长篇小说

王贵与李香香

根据李季同名叙事长诗改编

姬晓东 著

华夏出版社
HUAXIA PUBLISHING HOUSE

图书在版编目（CIP）数据

王贵与李香香／姬晓东著．—北京：华夏出版社，2014.3
ISBN 978-7-5080-7947-9

Ⅰ.①王… Ⅱ.①姬… Ⅲ.①长篇小说—中国-当代 Ⅳ.①I247.5

中国版本图书馆 CIP 数据核字（2014）第 004061 号

王贵与李香香

著　　者　姬晓东
责任编辑　唐永平

出版发行　华夏出版社
经　　销　新华书店
印　　刷　三河市李旗庄少明印装厂
装　　订　三河市李旗庄少明印装厂
版　　次　2014 年 3 月北京第 1 版
　　　　　2014 年 3 月北京第 1 次印刷
开　　本　720×1030　1/16 开
印　　张　18.25
字　　数　281 千字
定　　价　35.00 元

华夏出版社　地址：北京市东直门外香河园北里4号　邮编：100028
　　　　　　网址：www.hxph.com.cn　　电话：(010)64663331(转)
本版图书如有印装质量问题，请与我社营销中心调换。

目 录

A1. 几回回梦里回家乡 / 1
A2. 三边的思念真悠长 / 5
B1. 死羊湾是个好地方 / 9
B2. 穷人的苦命太恓惶 / 15
A3. 史海钩沉共话沧桑 / 22
B3. 杀父之仇刻骨铭心 / 25
B4. 一对毛眼眼瞭哥哥 / 31
B5. 四十里长涧烟墩山 / 37
B6. 受苦人甚时能出头 / 43
B7. 赶牲灵队伍有盼头 / 50
B8. 甩羊鞭王贵苦难言 / 58
B9. 油神下凡祈福平安 / 64
B10. 拦羊的人儿有人疼 / 73
B11. 总算寻见了领头人 / 84
B12. 山坡坡私自订终身 / 93
B13. 崔二爷想啃嫩草草 / 102
B14. 哥哥的心思你不明 / 107
B15. 盼日出却被关地牢 / 112
B16. 硬骨头不怕狗来啃 / 119
B17. 红旗插到了死羊湾 / 124
B18. 穷孩子当家家暖和 / 130

B19. 新郎官跟党闹革命／135
B20. 相爱的人儿揣在怀／146
B21. 搬来救兵反攻倒算／151
B22. 三边大地又起狂风／158
A4. 牺牲性命为了信仰／164
B23. 崔家回乡百姓遭殃／167
B24. 歪算盘打算成美事／174
B25. 月黑风高有"鬼"敲门／180
B26. 妹是哥哥的心头肉／184
B27. "寡妇"上坟魂牵梦绕／199
B28. 游击队来了"一锅端"／207
B29. 死羊湾天上飘彩云／212
B30. 跟着哥哥做花木兰／225
A5. 阴阳难隔人间情爱／229

王贵与李香香
　　——三边民间革命历史故事　李季／239

70年后,再说王贵与李香香／277

后记:让信仰拨动你的心灵之弦／283

A1. 几回回梦里回家乡

　　人老没瞌睡是正常的生理现象,早成为耄耋老人的她最近的没瞌睡就与众不同。虽说依旧保持着多年养成的习惯,晚上八点半就按部就班地洗漱,做一套自创的按摩、搓脚、捶背等保健动作,九点半,在伺候了二十多年的保姆陈大姐的注视下准时上床闭眼睡觉,可是,床是上了,她却是"身在曹营心在汉",人在床上,心却在浮想联翩,有几天甚至窗户露出了霞光时她还在假寐着。令她奇怪的是,即使是一夜未眠,起床后她依然精神饱满,光从精气神上,陈大姐一点也看不出来她经历过一夜无眠的折磨。

　　谁的假寐也不是闲着的。她在假寐时不闲的脑子里无时不在"放电影",当然放的不是《地雷战》、《地道战》、《南征北战》和《刘三姐》、《达吉和她的父亲》这些她早年喜欢看的电影,也不是《阿凡达》、《藏龙卧虎》、《钢琴课》、《少年派》这些国际大片,更不是近年来莫名其妙就红遍祖国大地的《泰囧》、《失恋三十三天》等。她的脑海里反复放映的都是半个多世纪前自己的"黑白生活片",而片子的女主角就是她自己。片子虽旧,里面甚至还有陈芝麻烂谷子的事,可是这样的"电影"一点也不减老人屡屡观赏的兴趣。

　　晚上的假寐延续着,这两天,在大白天她也开始假寐了。准确地说,白天的假寐算是白天做梦,也就是白日梦。真是日怪了,黄土早埋过脖子,尔格都埋到了头顶,她才知做白日梦其实是一件奇特而又美妙的享受!做白日梦的时候,头脑似乎在清醒的状态下令时空不停地转

王贵与李香香

换,时光任意地倒流,意识天马行空地穿越,自我的脑海如同宇宙般浩瀚。

她的自我陶醉在保姆陈大姐看来是怪异而不正常的,因为做白日梦的时候,她总是正襟危坐在明亮的窗前,那双平日还残存着深邃意韵的眼睛,如同盲人般呆滞,两眼混沌模糊,视线空洞无边。陈大姐起先以为老人是白内障加剧导致晶状体的彻底浑浊,便试探性地将自己的一只手放在老人的眼前,像是一只旗子一般不停地摆动,企图证明自己的判断正确。而当发现老人毫无知觉后,陈大姐脑子里瞬间将老人化成了一尊雕塑,喉咙也情不自禁地发出了声音,她一声比一声凄厉地叫着"阿姨,阿姨"!起先老人的身体回应是一个个小哆嗦,再接着就是"放着活计不干,跑到这里瞎捣乱"如此这般的抱怨。陈大姐自然不知老人是因为她的大呼小叫断送了一个美丽的白日梦而有些生气。陈大姐更不明白的是,中断一个老年人美好的童话般的白日梦,就如同把一个正腾云驾雾的神仙活生生地拉回残酷的人世间一样,其引发的愤怒可想而知。于是乎,有了教训的陈大姐以后无论老人再做咋样的白日梦,她也不去打扰了,只管自己守候在电视机旁,为《甄嬛传》跌宕起伏的命运揪心去了。但是,不久后的一天,当老人毫无干扰地圆满做完了白日梦后,似乎从梦的满足中得到灵感和启迪的她,睁大着意犹未尽的眼睛做出了一个令人震惊的决定,老人兴奋又幸福地说:"陈大姐,这几天收拾好东西,跟我回老家看看!"

诧异中的陈大姐一时没有反应,她不知老人要去哪里?在与老人朝夕相处的二十多年里,老人的老家在陈大姐的眼里就像是一块未愈的伤疤,真要是提及恐怕会揭起伤痕并有带起血肉一样的伤痛。曾经有几次,陈大姐似乎有意无意地提及陕北老家、叶落归根这样的词汇,对事物本已感觉迟钝的老人听到后显得反应灵敏,马上毫无理由地回避了陕北的话题而转移到了其他的话题。中国文化里的"叶落归根",说穿了就是越老越想家,越想就要想方设法地回家,而老人却越老越不愿意提及家,更谈不上回家了。长期以来,陈大姐的心里有一个无法理解的疑问,老人为何不愿意提及陕北老家呢,是不是老家就是老人久藏深处、紧紧捂住的一块伤疤和一个心病?

只有老人解哈,引发她做出回家决定的那个白日梦是这样的:那天,老人像往常那样独坐窗前眺望,用她那老树皮般干瘦、皱褶、斑痕

A1. 几回回梦里回家乡

密集、看不出血管的手,扶住冰凉的金线米黄大理石窗台,伫立遥望了不知多久,浑浊的眼神逐渐开始了诡异的变化,眼眶里似乎跳出了两只金色的小蜜蜂,蜜蜂们欢乐地舞蹈着,在她的耳畔嗡嗡作响,唱着歌。在一曲又一曲的歌声中,蜜蜂们刹那间就变成了两只麻雀从窗户里飞出去,在高高的天空里麻雀又变作两只展翅的大雁,带着她的心翱翔到蓝天白云之上。起先,大雁似乎毫无方向感,在东南西北到处盘旋,等到确定方位后,顿时好似暴风雨中的闪电一样向北而去,穿越连绵起伏的群山,扶摇直上九万里。蓦然间,她的心狂跳激荡,热血沸腾,身体飘飘然起来,脑子里也空空如也,缺氧一般失去知觉。此时,她的灵魂已是傲然出窍,整个人仿佛中了魔咒一般。思绪与目光跟着灵魂飞速游离过关中平原、渭北高原,登上了黄土高坡,看到了毛乌素沙漠南缘的片片绿洲。啊,那是死羊湾的山山梁梁,沟沟岔岔,那是摇摇欲坠的老油坊。哦,看见了,开满通红的山丹丹花的坡坡洼洼依旧是那样的恬静舒缓,山坡上的那棵自己小时候的记忆中就被雷电劈过的、千疮百孔的老柳树,依然枝繁叶茂。柳树旁的他去了哪里?哦,她仔细地找寻,终于看到那座被残酷的岁月荡涤的早已看不出年轮的坟茔,像一个低矮、瘦弱、营养不良的老人,孤零零地匍匐在黄土里。此时,她的心破碎了,也就是这个破碎的瞬间里,她做出了连自己也感到吃惊的决定:要回老家,给他上坟。

老人是这所干休所里为数不多的年龄高、职务高、所龄高的"三高"干部。九十五岁的她(这是档案年龄,她自己如今都说活得不好意思说年龄了)目前在干休所里排名老二,老大是一个九十八岁卧床十多年的男性老干部。老人一生中担任过的最高行政职务就是市里的妇联主任,当时享受着和副地市级一样的待遇。到进干休所时,因为她是抗日战争前参加革命的老干部,算下来就按照省级对待了。至于所龄最长,她住的省城这个干休所建于上个世纪八十年代初,建所后第一个入住者就是她。这些年里,别说入住的老干部成群结队地差不多都向马克思报到了,就连所长们也有三位陪着老干部去报到了,她却是从容淡定到底,无论谁找老马同志报到都属于他们个人的事情,反正她是只看马列书却总是没能去和马列面谈。后来,所里发展很快,由平房到低层楼房,再由低层到小高层,到了后来和房地产商联合起来建起蝶式高层大楼,老人也就跟着所里的发展而发展,今天住进了放眼西安东南角的

王贵与李香香

32层高楼的顶层。

老人回家的决定做出后，陈大姐起先以为她就是随口一说，可是较真的老人两天里五次要求她做出具体安排，甚至第五次说出时都有些恼火了。其实，陈大姐不知道的是，老人的思乡之情一直很浓郁，之所以不想提及，是害怕控制不住自己的情绪而要经常回去，这样就给组织增添了麻烦。这次，老人实在是控制不了自己的情感，想着此生也许就这唯一的一次了，所以才提了出来。陈大姐也是一个聪明人，仔细端详了她的神情并分析了这些话及语气后，认为这次老人是认真了，方才给所领导做了汇报。接到汇报，所领导和同志们反应强烈。入住干休所三十多年里，老人大门不出二门不迈，是那种崇尚低调简单自由自在生活的人，就连干休所对面的兴庆公园，老人从没刻意进去锻炼过身体，偶尔进一趟也是为看看一年一度的郁金香花展。有人问她为何能长寿？她就总结说自己不挑食、不锻炼、不生气，而她的不锻炼叫多少人瞪了白眼。前年，当季羡林老先生以98岁高龄辞世后，有媒体传出季老高寿的秘籍和她总结的一模一样时，她颇有些小得意，说季羡林季老是何等人物呀，自己的徒子徒孙加起来的文化都没人家的一个指头高，可在长寿之道上自己竟和大师完全相同，足以证明自己也能是一个养生教授。

尽管多数人对耄耋老人出远门表示反对，但是所领导本着求大同存小异的态度，认真分析研究了老人一两年来身体的种种检查记录，研究决定还是满足她的要求。也是啊，都这把年纪了，提出的每个要求对她而言都可能是最后的，还是不要让她把遗憾带进另一个世界里。做出决定的人，就是刚被麻醉一整天在手术床上切了大半个肺的所长。所长说，这人呀，生死线上奔波一回，最能转变的就是思维方式和活法了，难怪有人建议官员上任前应该送到医院的绝症病房和重刑监狱各体验半个月的生活，保准比听一百次预防腐败报告都能起到积极作用。

为了确保万无一失，所里派出最好的医生、最新最宽敞的一辆商务车，还安排黄副所长作为组长，全程陪同。医生叶大夫是个经验丰富的大夫，她甚至拿出了老人万一要是发生了意外该怎么办的预案，如发生意外时，该下哪个高速路口，进住哪家医院，必要时还要通过省老干局给省上领导请示，调动直升机救援等，细致的预案受到了大家的肯定。

A2. 三边的思念真悠长

  这是一个天气说不上是阴还是晴的早晨。从西安出发时，不知是雾还是霾将整个城市朦朦胧胧地罩着，能见度不足五十米。一行人坐上商务车，出了大门后老人突然问陈大姐，东西带了吗？陈大姐指着放在脚下一个干瘪的提包，老人见了长吁一口气，把微闭的双眼投向了窗外。商务车向东前行转到东二环，再向北上到北二环，到了未央路口转到正北方向，越过环城高速，大概半个小时上了包茂高速。这些环城路、立交桥本该对从不出远门的老人是新鲜的，但她似乎对这类新鲜的玩意不怎么感兴趣。倒是其他人对着远离城市的这次旅行充满了期待，上了高速就想谈笑风生，耳聪目不明的她却静静地坐着，大家见老人不搭腔，只好憋住了。只有陈大姐解哈，老人又开始做起了白日梦，是害怕别人打扰的。到中午时分，路经延安却看不见延安城，直到前行了一会儿看到公路两旁高楼林立，街道繁华的枣园时，黄副所长说中央党校在这儿建了一所分校，都带动了枣园的发展。老人突然插话说，中央党校的另外一所分校在井冈山，都是专门培养高级干部的。她还说，党校可是个好学校，各级领导干部真该常到这儿来洗洗脑，充充电。别整天间吃喝玩乐，唱那个OK，洗脚丫子。说话间，车子一闪便进入枣园隧道，中央党校的话题随之结束。出了隧道，叶大夫转换了话题，提起了一部反映延安保育院生活的电影《啊，摇篮》，那个"啊，摇篮"是用蹩脚的陕北话滑稽地说出来的，引得满车人哄堂大笑。老人似乎已从白日梦里灵醒过来，自上车后破天荒地第一次出声，还是笑声。前面是一个服务

5

王贵与李香香

区,看时间不早了,黄副所长便叫车辆进入高速公路服务区吃午饭。老人的脚踩到地上的一刹那,她的眼睛顿时泛出了诡异的灵光,平日僵直的身子也活跃起来,路走得硬朗有力。大家进到食堂点菜时,听到老人有意无意地讲了世界上最好的美味就是"荞面圪坨羊腥汤",大家就赶紧看菜谱,无果后又叫来服务员点名上这道不知是菜还是饭的东西,人家翻了白眼,我们这里卖的是快餐,吃美味要回家。老人说,是啊,最好的好吃的,就是自个儿家里的,是"我大"做的,尔格都过了几十年,还能想起那个喷香的味道。唉,人这一辈子过得真是太快了,看看我,一不留神就九十几了,老了啊。

离开服务区继续向北,进到了号称中国"科威特"的榆林市的地界。第一次到陕北的黄副所长的耳朵开始"砰砰"响了两声,叶大夫告诉他这是海拔逐渐升高引起的,陕北白于山地区的海拔差不多两千米,久居四百米海拔的西安人到这里身体就可能有点反应。老人听叶大夫这样说,显得有些小得意,说:"我就是久居西安几十年的,但一点反应都没有,因为这里是我家。"大家哈哈大笑,说:"您老都成精了,别说这点海拔,就是登珠穆朗玛峰也不会有反应的。"

走进陕北高原,天气越来越好,亮亮堂堂的,伴随着车子的快速移动,天空里飘动的一朵朵白云也和他们一路厮跟,汽车爬坡时,他们冲动地感觉到外面的云朵似乎伸手可摘,这些云朵像挂在刚被清洗过的湛蓝天空上。蓝天白云纯粹干净,色彩丰富透亮清爽,令人心旷神怡。人们的视野从天空漂移到大地后看到的更为亲切,起伏的大地像是一块缓缓铺开的彩色绸子,翠绿的林草,土黄的沙丘,湖蓝的河水,舒展自然,彩绸上凹凸不平的地方便是绸子舞动的杰作,留下了山坡、沟壑、土丘、涧地。还有不时掠过的高速立交桥,高耸入云的油气井架,和悠悠转动的巨大的风力发电车。田园恬静的美景与现代工业的壮观交汇在一起,真是如诗如画。

看,快看路边的这些柳树,当地人叫它"塞上柳"。老人兴奋地说着,伴随的是手舞足蹈的指引。大家看到一棵棵树皮粗糙,甚至树干被岁月的年轮侵蚀地掏空的半截身子的塞上柳,成群结队地傲然于大漠。它们无论看起来多么苍老,却都是枝繁叶茂、柳橼笔直、无畏无惧、通往云霄的。

是塞上柳,塞上柳我解哈,如今还能背诵赞美塞上柳的散文呢!颇

A2. 三边的思念真悠长

有文学造诣的叶大夫高兴地说着,在大家的掌声鼓励下开始了声情并茂的朗诵:她根植于干旱缺水的大漠,却具有比别的树种更为坚韧的品质;面对"塞上风尘日色昏"的沙尘暴傲然屹立,面对雷击电劈的险恶,她从来就是大义凛然。坚忍不拔,气宇轩昂,百折不挠,威武不屈是塞上柳的气概;温文尔雅,袅娜多姿,风情万种,魅力无限又是塞上柳的柔情。

哦,挺好的,文人的妙笔生花。其实,柳树在陕北随处可见,田埂、路边,房前屋后,我们陕北人说,家有三千柳,吃饭穿衣不用愁,晚上还能抱着老婆喝烧酒。听起来,老人不像文人那样对柳树怀有激情,她的描写有点轻描淡写,可又无不彰显出自豪,她还说着家乡与柳树的趣事,引起大家一片赞叹。

真是神奇的柳树。看,那一排排、一行行根繁叶茂、树叶婆娑的柳树,和热情好客的陕北人一样,摇曳着身子在给大家招手,特别是欢迎李老回家。叶大夫颇有诗人的情怀,又是一通情感抒发,感染了满车人的情绪,大家纷纷拿着照相机拍照。此时,前面一个指示牌醒目地告诉大家,靖边南出口到了。

下了高速,商务车在导航仪的引导下继续和蓝天白云一起移动。紧接着大家便惊呼高楼林立的靖边县城,车水马龙的街道和攒动的人群。车子拐上一条乡间柏油路,顿时葱茏的绿树投下了斑驳的光影,时不时地投进车里,让人们的眼前变得扑朔迷离。眼看老人的家乡临近,大家不约而同地不时偷窥老人,只见她的精神矍铄,满是斑点的脸上无处不充满着喜色,内心肯定如万钧雷霆般地激荡着。回来了,魂牵梦绕的家乡。这里,有我纯真的童年,苦难的青年,有我的爱与恨,我的情与仇。要不是当年和一帮穷苦人跟着共产党闹革命,打倒了恶霸崔二爷,哪会有王贵、李香香我们这些穷苦人翻身得解放、过上好光景的今天啊。

"吱"的一声,商务车刹住。司机抓耳挠腮地指着前面柏油路上悬挂的一块写着"广东路"的路牌不知所云,说导航仪上也找不到"死羊湾村"。老人把头探出去略微辨认了一下便坚定地说:"向右转,上这条广东路,没错。"见她这样坚决,大家都呵呵笑了。叶大夫打趣道:"上了这条路我们是不是转到了广东?"老人说:"你解哈个甚,我解哈这个广东路就是广阳湾磕东坑镇的路。"大家惊叹早就一口普通话的老人,咋开始说起了陕北话。老人继续说着,"前几天自己就来过这里,

7

王贵与李香香

算是给大家踩点！"听说她前几天回来过，大家更面面相觑不知所措，只有陈大姐理解地默默点头表示了认可。大家都看着陈大姐想问出个一二三，只是碍于老人的面子谁也没敢发问。

车子重新启动，老人缓缓地开始了讲述：死羊湾村一直是没有地名的，自己出生后不久，有一年村里突发瘟疫，足有上万只羊莫名其妙地死亡，羊只横七竖八的，真是漫山遍野。死了那么多的羊，后来方圆几十里的乡民们就把我们村叫做了死羊湾。解放后，有文化的村里人忌讳死羊湾这个名字不吉利，就提出改名。大家都想在羊上做文章，一致认为该叫广羊湾，期盼这里的羊越叫越多。可改名也不是一个小事，村里、乡里、县里层层报批，还到省民政厅跑过一回，记得大概是在上世纪六十年代初，上面批复下来，死羊湾改成广阳湾了。阳是阳光的阳，据说经办的人笔误把羊改为阳了。当然，村名能改，而李季先生的诗歌不能改，所以呀，世人一直解哈的是死羊湾。

老人的解释中，车子越过一片绿莹莹的庄稼地，一些移动的管子正在喷洒浓密的水雾，沉沉的雾气给大漠平添了几分现代的色彩。就在大家议论这里都使用上喷灌设备的时候，一座足有二十多米长的土坯打墙、榆树起梁、柳树做椽的起脊瓦房出现在眼前，老人眼睛一亮，激动万分地一挥手，道："天啊！快，快请停车。"

车"吱"的一声刹住，老人似乎很有动力地要急迫推开车门下去。坐在车门旁的叶医生手脚麻利地打开车门，扶着老人下了车。她先是站着仔细打量，然后步履蹒跚地走了过去，大家不知道这个屋子和老人有啥关系，都紧紧跟在后面。老人看了又看，对着无数条裂纹的门一推，"吱"的发出沉重的声音，门被推开了。老人没有一点迟疑地走了进去，屋子的透亮是从屋顶的破烂处洒落下来的，里面陈设的是一些奇怪的东西，一根足有十几米长、一个人都抱不拢的大梁，几口大到成人也可游刃有余地进去洗澡的大锅，还有一些池子、瓷缸等。老人的眼睛缓缓地从上到下、从左到右地查看，生怕遗漏任何一个圪崂。当她的眼睛终于回到面前曾经放过神龛的桌子时，伸出了树皮般皱了的手，轻轻拂去上面的灰尘。顿时，明亮的眼睛里饱含上了一汪亮晶晶的泪水，任凭外面闻讯赶来的老乡们"是李香香回来了"，"这老婆还活着"，"有九十多了吧，精神真好"的热议，她喏嚅着像是着魔般地喊着"大，大"，自个儿竟穿越到了几十年前。

B1. 死羊湾是个好地方

二十世纪三十年代初，晚春时节。

俗话说"陕北三月无春天"。这都过了谷雨，天气却依旧冷飕飕的，幽幽寒气呼呼袭人。光有冰冷的寒气和呼呼作响的风也罢了，要命的是今年的风刮起来就是遮天蔽日的大黄风，隔三差五就来席卷一回，令那些本喜欢安前补后的农人们，谁也不敢把辛苦积攒的屎尿沤出的臭乎乎、黑黝黝的肥料往山地里送。其实不送肥料上山是对的。面对着天冷地干，那些在黄土高原的沟沟峁峁、坡坡洼洼上，经过冬眠的万物准备苏醒过来，此时乜眼悄悄打量冷飕飕的大地后也只好继续死沉沉地睡去，即使在假寐，也不愿意第一个露出半点复苏的迹象。倒是在山梁的背风圪里圪崂处，偶有几株刚露出头的柠条，像歪歪斜斜学走路的小娃娃，带着几分新奇，踉踉跄跄地顽强挣扎，昭示着这个世界是有生命的。柠条虽说是万物中极为渺小的一种植物，但与周边彻头彻尾的黄土粒相比就自然显得鹤立鸡群。要和强大的狂风比较，这些柠条就像是几个骨瘦嶙峋的孩童，冒着几丝初生牛犊不怕虎的勇气和欺负他们的大人抗争，尽管这样的抗争是盲目的，多数情况下也是毫无结果的，但敢于逆境中活着的意义就在于，它们代表着无数的、包括那些庞然大物的柳树们发出了生命的呐喊。这呐喊带着一股神秘的、甚至惊天地泣鬼神的灵气，给死寂的黄土高原带来了一线喘息的生机与气若游丝的活力。

干旱的黄土地是沉寂的，勤劳的农人们并不因为土地的沉寂而沉寂，他们一辈又一辈地奉行着老人遗传下来"农忙时吃稠些，农闲时吃

王贵与李香香

稀些"的古训，每当大旱大灾之年一日三餐就变成两餐，一大早起来连碗稀黄汤都喝不上便做起了活计。他们有的提着粪筐子拾捡牲口们的粪便；有的精选着准备入种的籽种；有的趁着无法进地的空闲，收拾着猪窝、鸡舍、羊圈、牛棚，还有的就像等待冲锋上阵的战士那样，把心爱的锨、耙、犁、镰、耧等各式农具拿出来精心擦拭。当然，这些算是家底殷实的农人或稠或稀地还能吃上两顿饭，那些大量的雇农佃农们，除了一两间依靠自己的憨气力打起来的土坯，搭起来的屋子外，牛马驴骡，耙犁镰耧，一切的生产工具也是东家所有。一天要是能有碗稀汤薄水把肚子喝圆了，也算是烧了高香。

勤劳的农人们随时等待土地的召唤。财主们也不闲着，愈是饥荒之年他们就愈会算计自己的得失，唯恐那些外欠的租子、银钱收不回来，所以收账就成为他们日夜谋算的大事情。古往今来，对财富占有愈多的人就会变得愈贪婪无度，而贪婪的人是不可能有怜悯之心的，更不懂得雪中送炭。这些被钱财侵蚀了脑子的财主，只有一根筋变本加厉地雪上加霜。

在走进死羊湾村的小道上，头戴瓜皮帽、骑着小毛驴的崔二爷阴沉着脸。他是村里唯一的地主，烟墩山的山，四十里长涧的地，方圆几十里都姓崔。崔二爷算是一个标致男人，因为这样的大地主家，历代在人种的选择上是精良的，钱可以使鬼推磨，自然娶媳妇、选女婿都有模有样的俊美，一辈辈地繁殖下来，模样乖巧俊秀是自然而然的事情。好人种再加上平素里地主家远比一般乡民家的吃喝要好，还能上私塾念书熏陶上几年，有雪花膏涂抹着保养，有绫罗绸缎穿着打扮，地主家的后代自然没有奇丑无比的道理。所以崔二爷用时下的审美标准来说也算一个老帅哥。年近花甲的他，圆圆的脑袋恰到好处地安放在细长的脖子上，眼睛大大地闪着勾魂的光芒，就是两只毛桃一般大小的眼袋向下无力地垂着，显然是四个老婆加之外面花天酒地纵欲过度的结果。他的两肩平展，足有一米七五的身材还很匀称，只是年龄大了，腰板开始稍微弯得有些角度了。

骑在毛驴上的崔二爷不看唱本只专心致志地盘算着自己的事，他既兴高采烈又心事重重。兴高采烈的是，他刚刚离开的二十多里地外的镇靖保安团，此次终于批准死羊湾村设立保安队，队长自然是已当了好几年保长、本村大地主的他本人。这个队长虽说没甚待遇，甚至连支枪也

B1. 死羊湾是个好地方

不配，但也是属于民国政府的体系，官小不发委任状就是口头认可，只要认可的官便可狐假虎威地扯虎皮拉大旗，唬住那些愈来愈不听管教的刁民。说起对上面的认可，崔二爷从来是给就不拒，哪天要是上面真派发来一个"盖佬帽"，说不准他也会心甘情愿地受用。固然盖佬帽在陕北就是通俗所说的绿帽子，但只要是通过一定渠道发来的就有合理性，这样的东西在关键时候或许真能派上大用场。要说起心事重重，民国以来，这世道变化得太快了，前几年推行区、乡镇间邻制，还没有弄顺了又实行保甲制，明面上说联保连坐，互相监督，互相告发，一户违犯，连坐办罪，到了最终却连一户都办不了。因为政府似乎就成了空壳，没人听他们的话。政府内部更是驴踢狗咬的，加上共产党的实力像那初升的太阳，挡也挡不住，呼呼地弄出了动静。唉，撇开这些政治类的烦心事，时下，他最为揪心的是三年大旱连着大旱，租地的佃农们所欠的租子愈来愈多，长此以往拖下去，再大的家业也会亏空弄尽的。打心眼里说，他也解哈这些租子不是恶意拖欠，旱连旱令这些佃农们走入弹尽粮绝的绝地，可不管怎么说，欠账总要偿还吧，否则这个世界乱得就没了章法。可到底该从谁的头上开刀，来个杀鸡给猴看？这就是他熬煎得好久的烦心事。

死羊湾是三边的一个小山村。三边是陕北定边、靖边和安边的统称。陕西之北是陕北，陕北之北是三边。这是一块由毛乌素沙漠、黄土丘陵和河源区多种地形地貌构成的土地。秦长城、明长城的古遗址在三边蜿蜒曲折地穿行。她的海拔较四百公里外的西安高出了一千多米，地形却和毗邻的延安那种藏土匪的群山大川相差甚远，大多数土地是平坦连绵起伏的，几百里涧地紧紧相连，一片一片的土地平展展光溜溜，一眼望不到头，一些涧地甚至不用平整，跑飞机都没甚问题，见到这样的平地，人们或许就有些震撼，有了脱缰野马般无所不能的冲动。地是平整的，地上地下却没多少水，地下水藏得很深，即使是千辛万苦打上几百甚至千米钻出来的水也多数是苦咸水，含氟量超高，人畜长期饮用了都患上大骨节佝偻病，苦咸水连地也浇不成。自古以来这里的老百姓家家户户就是依靠收集天上水来过活的。可叹，老天爷对三边也是很吝啬的，一年刮风却不飘来雨做的云。雨水少，雨来时又是赶集一般地，好像长时间憋尿恐怕尿泡憋破似的，来了就是急吼吼地往下倒，干枯的大地来不及入渗，雨水就带着泥糊糊信马由缰地顺着无定河流淌起来，曲

11

王贵与李香香

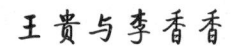

里拐弯地行四五百公里，走横山、过榆阳，到米脂、绥德，最后穿越清涧县境内的晋陕大峡谷，从河口送进了滔滔黄河。

土地这个金贵的东西其实和女人差不多，好女人先要有一张好脸，可是再好的一张脸也要常养着，保养最多的办法就是用水来滋润。所谓有水一片绿，无水一片黄，就是这个道理，没有受到滋润的脸用不了多久就成了枯黄憔悴的干黄脸。无水的土地要是再遇到劲风的骚扰，这张俊俏的脸就会惨不忍睹。三边一场风，从春刮到冬。三边的那风不是柔情细语的风，是带着刀子能杀人的风，风来的时候那可是飞沙走石、沙尘滚滚，分明就是一堵厚重又黑乎乎、会发出呼啸的墙，厚重的墙压到人的身上，瞬间又变成千军万马的逃兵，无论是人还是牛羊驴等动物的眼睛、鼻孔，还是嘴巴、毛孔，就连光屁股娃娃的屁眼、小鸡鸡的细眼眼，都成为这些逃兵的藏身之地。

广袤的三边大地当时也是苍凉悒惶的。清光绪年间有一个春天，朝廷派翰林王培芬作为钦差大臣到"三边"视察。肥头大耳的王翰林倒是满腹经纶，他几经周折沿着曲里拐弯的三边境内的秦长城、明长城等古遗址走了一遭，发现三边地区真是地瘠民贫、景象凄凉，不知究竟是出于何种目的，用辞赋格律写下了描绘三边景象的《七笔勾》：

万里遨游，百日山河无尽头，山秃穷而陡，水恶虎狼吼，四月柳絮稠，山花无锦绣，狂风阵起哪辨昏与昼，因此上把万紫千红一笔勾。

窑洞茅屋，省去砖木措上土，夏日晒难透，阴雨更肯漏，土块砌墙头，油灯壁上流，掩藏臭气马屎与牛溲，因此上把雕梁画栋一笔勾。

没面皮裘，四季常穿不肯丢，沙葛不需求，褐衫耐久留，裤腿宽而厚，破烂亦将就，毡片遮体被褥全没有，因此上把绫罗绸缎一笔勾。

客到久留，奶子熬茶敬一瓯，面饼葱汤醋，锅盔蒜盐韭，牛蹄与羊首，连毛吞入口，风卷残云吃尽方撒手，因此上把山珍海味一笔勾。

堪叹儒流，一领蓝衫便罢休，才入了黉门，文章便丢手，匾额挂门楼，不向长安走，飘风浪荡荣华坐享够，因此上把金榜题名一笔勾。

可笑女流，鬌发蓬松灰满头，腥膻乎乎口，面皮赛铁锈，黑漆钢叉手，驴蹄宽而厚，云雨巫山哪辨秋波流，因此上把粉黛佳人一笔勾。

塞外荒丘，土鞑回番族类稠，形容如猪狗，性心似马牛，嘻嘻推个球，哈哈拍会手，圣人传道此处偏遗漏，因此上把礼义廉耻一笔勾。

B1. 死羊湾是个好地方

对三边大发感慨的王翰林对自己的杰作颇有些得意,所以摇头晃脑地一路吟着七笔勾返回京城后,便迫不及待地将《七笔勾》作为奏折要送呈皇帝。他特意选了一个风和日丽的早晨,乘着皇帝爷高兴之时呈送上去。在七笔勾后面,他还大胆建议朝廷赶紧把"三边"给外夷一割了之。当然,王翰林对妙笔生花的每一笔都有自己亲历的注解,如"可笑女流,鬓发蓬松灰满头,腥膻乎乎口,面皮赛铁锈,黑漆钢叉手,驴蹄宽而厚,云雨巫山哪辨秋波流,因此上把粉黛佳人一笔勾",他自己在三边的一个多月里,无论城乡所看到的女子都是面容黝黑、蓬头垢面,压根就分辨不出丑俊来。而在这注解的背后真实的故事却是,一个月黑风高的夜晚,离京月余的王翰林极为寂寞,听着窗外呼呼作响的西北风,他的心里更是烦躁不安,整个胸膛像是陕北的腰鼓队摇鼓,敲打得他辗转反侧备受折磨。当男人血流加速的冲动屡屡顶着自己的裤子打了几次"伞"后,他终于以暗访三边女流、勾勒好自己的"第六笔"为理由暗自说服了自己,独自偷偷溜到定边街头最为红火的那座高头大脸的妓院——"赛貂蝉"门前。

作为三边贸易最为发达的定边,妓院的生意如同二毛筒子,永远是最宏盛的买卖,而月黑风高里整个街景凄凉萧条却正好衬托出这宗买卖在高悬的红灯笼照耀下的红火热闹。王翰林看着风中的红灯笼像是他的心一样在起伏摇动,却又为这里的陌生而踌躇不前。此时,一个裹着一身绿绸子的女子一股风一般地旋到他跟前一边掸着他身上的土,一边张口道:"大掌柜,您老介是几时来的?快请进磕呀,看这外面凉的!"王翰林嗅着女子带来的香气时身体就有些酥软,再定神看去,朦朦胧胧的灯光下,那女子眉眼倒是好看,皮肤白净,身材高挑,凹凸有致。女子见他对自己饱满的奶子有些着迷,就在狐媚的眼睛盯着他的同时,顺势将奶子顶到了他的胸前。久旱逢春雨的王翰林顿时血涌上头。但翰林的头脑毕竟是清楚的,还有些把持,他把女子往外推开,唯恐被贴得紧了、久了下面的"雨伞"绷不住捅破了漏出黏稠的水来。他想再仔细打量这个女子,却被袭来的一阵沙尘弄得蓬头垢面了。

王翰林随着袅娜的女子的牵引,走进胭脂味扑鼻的"赛貂蝉"妓院,在昏暗灯光的暖意温馨中,他很享受地躺到铺着热乎乎褥子的松软炕上,接受着女子的服侍。等到宽衣解带时,看到女子骨节宽大的两只

13

王贵与李香香

大手拾粪叉子一般粗硬地伸了过来，他倒吸一口冷气。他探起身子想一睹三寸金莲，看到的脚掌却像憨憨的驴蹄一般又宽又厚。他立马起身定睛去看那张白皙的脸蛋，更是看出了破绽。他用手使劲地在女子的脸上一捋，竟沾了厚厚的粉子，而方才还可人的脸蛋尔格呈现出一道黑斑，现了原形。顿时他趣味全无，下面雄起起的老弟也立马疲软地缩回到老窝里面了。好事没有做成，但他还是按照游戏规则掏出了银两。就在他厌恶地把银子递到女子手上的时候，脑子里突然冒出了"面皮赛铁锈，黑漆钢叉手，驴蹄宽而厚，云雨巫山哪辨秋波流，因此上把粉黛佳人一笔勾"的句子。文人得了好句心情自然大悦，甚至胜过做爱。他马上叫女子拿来笔墨，记录了灵感。可惜，目不识丁的女子不知道自己成为三边女人的"形象大使"了。其实，三边女人的长相是俊美的，勤劳善良的女人们身材匀称，脸蛋也是与众不同、白里透红的苹果脸，呈现出健康的肤色。可叹，王翰林用一个和自己有过肌肤之亲的妓女就普遍地勾勒出三边女人的整体现象，这显然是有失公平的。

　　三边看起来贫瘠，其实物华天宝，有那些欧洲教会的所作所为为证。在他们的眼里，三边是一块无垠的宝地。特别是在清王朝初期，他们独具慧眼地瞄到这里，荷兰、英国等国的传教士一拨赶着一拨地来到三边传教，抓住历史上三边民众无多少信仰的空当，使他们的教派迅速地壮大起来。一座座教堂鳞次栉比地建立起来站稳脚跟后，他们便通过本国政府不断地向清政府施压，购买甚至很不要脸地索要三边的土地，成为自己的封地，并在这些地上修起了三四十个教堂，也就是三边百姓俗称的"洋堂"。这些洋堂在雇佣大批当地农民放羊、种地的同时，还发展了自己的武装，洋堂的气焰十分嚣张。王翰林割让三边的奏折"七笔勾"，无人知晓是否暗中和洋堂的传教士里勾外连，以至于最后达到了甚目的，翻遍三边的史书也没有记载，但病病歪歪的光绪帝无心将奏折看完就搁置不予处理的确是事实。因为此事后来不了了之很说明了一切。不知是通过甚渠道，奏折的事情几经辗转却被受到侮辱的三边百姓知晓了，继而引起了一波又一波老百姓的愤怒与不满。庚子年间，光绪皇帝与慈禧太后避祸来到西安，靖边县令带着当地老百姓的请愿书专程南下西安告御状并得到了批准。光绪帝宣布王培芬的《七笔勾》奏折无效，并因此把王翰林贬为七品县令。

B2. 穷人的苦命太恓惶

　　一路盘算着主意的崔二爷默默无声，只听得毛驴蹄子"噗哒"的声音。直到临近村口看到他家那座高大威武的油坊时主意才拿定。他要屁颠屁颠跟在旁边的朱管家马上敲铜锣，通知村民到油坊前开会。自己就站在一棵大树下，享受了一会儿晚春三边大地上已火辣辣照射的太阳，便走进自家的油坊里。正值临近晌午时分，几个油毛子似乎因了春困乏力的缘故，都横七竖八地倒了一地睡得香甜。有一个的嘴角甚至流淌出了一串串口水，还滴滴答答不住地往下淌着。坐着的三个油毛子也穿戴整齐光拉着话，没有一点干活的样子。见此情形，崔二爷的脸色由青转到黄，在有些昏暗的油坊里实在不好看了。可是他并没发作，不动声色地问胡子拉碴的油坊大师父李德瑞，说："老李头，今儿个活计做完得早啊？"李德瑞看到在大家磨洋工时崔二爷突然闯了进来，顿时感到很不妙，心里自然有些哆嗦，想找对策，此时崔二爷这样一问就一时不知说甚是好，就只得用脚踢那些还在酣睡的伙计们。旁边的二师父倒是机灵，他指着几条麻袋，说："收来的麻子剩得不多了，要悠着点用才能保证机器不停转。唉，这一年连一年的灾年，老乡家里储藏的麻子真是不多了，要是再收不来蓖麻，油坊可真要关门了。要是真关门，大门大户你们崔家的声誉就坏到家了！"

　　这样的辩解听起来似乎有点道理，但崔二爷不是傻子，这番话分明就是一个刁民发出的杂音。他阴沉沉地盯着二师父端详了一会儿，谁料对方一点也不胆怯地回避，竟也是直愣愣地看着自己。崔二爷第一次看

王贵与李香香

到了挑战自己的人了，他愈看愈发现，二师父那张满脸堆着笑容的圆脸上的眼神幽幽的，阴冷又深邃，甚至像是一个巨大的能吞噬人的黑洞，令他不由得倒吸一口冷气。冷气进了肚子倒令他脑子出现了一片空白，正盘算着如何应对，给二师父点颜色，朱管家的铜锣就"咣当咣当"地敲响回荡起来："各家各户注意啦，立马到崔家油坊前集合，死羊湾保安队的崔队长——也就是崔二爷训话啦。任何人不得有误！"

"恭喜你崔二爷，高升保安队长了，呵呵！"二师父依旧用的是那张神秘的笑脸并搭配着幽幽的眼神开了腔。恭贺的口气是这样的味道，不由得叫崔二爷再次倒吸一口冷气，胸口也似乎有些堵起来。倒是憨厚老实的李德瑞看不下去了，对着油毛子们说："快抄起家伙，赶紧磕外面把场地打扫干净，乡亲们开会也利落。"他转过身子，毕恭毕敬地对崔二爷说，"我们干活了，你先在屋里坐坐。"说着，用自己衣服的破袖子在一个柳树墩子上揩了揩。

听到外面开始了人喧马闹吵吵嚷嚷，崔二爷便从油坊里出来了，四个家丁不知甚时候就立在了门口等候，他们虽不像保安团的人扛着快枪那样神气，但四把亮闪闪的大刀握在手里，加上身子远比乡民们粗壮多了，个个脸上凶巴巴的显得很是威武，这令崔二爷十分满意。这群家丁也是几年来让他们狼吞虎咽吃了多少粮食的结果。崔二爷往油坊前面的一个石条台子上一站，心里乐开了花。仅一袋烟的工夫，村里的男女老少黑压压地来了这么多，他有些惊叹，虽说地里干旱得没多少营生，可是人们还会不停地像鸡一般地去刨食，捡粮食粒，挖野菜，剥树皮，这个时辰能来这么多人不容易啊。面对这些身着褴褛衣衫、清一色青菜色脸的乡民，他在感到自己权威性的同时，也对茅草般单薄身子骨的乡民们有点隐痛和同情。今儿个没起黄风，要是真起风了，真担心那犹如一堵堵高墙压过来的三边风会把眼前这些单薄的乡民们吹得摇曳起来，更单薄的说不定会被放了"风筝"。单薄都是长期贫困、吃不饱穿不暖造成的，农人们都解哈给骡马添料能增膘，长膘的牲口才好使唤呢，何况这些人多为自己家的佃农、雇农和长工们呢，崔二爷也希望他们能吃饱有个好身子骨，身体是他们的，而力气属于崔家的。唉，都是该死的天灾惹的祸。在老天爷面前，也怪穷人们的命不好，祖祖辈辈生活在三边这个苦焦地方，要是生活在山清水秀的南方，再退一步就是生活在几百里外的宁夏，也不至于这样的窘迫。

"当——"管家把锣猛地一敲，大喊一声："开会了，请崔保长训

B2. 穷人的苦命太恓惶

话。"刚才崔二爷保留的一丝同情心也就被锣声敲没了。我崔二爷凭甚仁慈，崔家之所以能成为远近闻名、富甲一方的大户，那是崔家老先人们一滴汗水摔八瓣辛苦劳作、一粒粒粮食牙缝里省，一年年一辈辈，用了多少年的老劲儿才发达到今天的阵势。这死羊湾又有多少败家子坐吃山空、吃喝嫖赌败光了祖上的钱财，把地卖给了崔家。哼，再不上点硬的，租子年复一年久拖不还的话，邻村曾在天津都开过银行的牛家败落到后人们讨吃要饭的今天，恐怕就是崔家不远的明天吧！

哼哼，崔二爷拿定了主意，面对乡民开了腔："乡亲们，今儿个嘛，我给大家说个事情。这太平盛世不太平啊，东边的绥德米脂，南边的延安黄陵，西边的吴忠，就连北边的榆林，到处都在闹匪患。民国政府为了加强乡村的治安力量，保护大家不受匪患骚扰，决定在我县的一些村庄成立保安队，这保安队属县里的保安团直接领导。告诉大家一个好消息，经过我的努力，我们死羊湾村也被列入了保安队的序列。队长由我崔某人担任。"说着，他从衣袋里掏出了一张纸在空中晃了晃，"这是委任书，看看，这里还有县长的亲笔签名呢。这个，保安队成立后嘛，本人将和全体乡民们一道，竭力维护好死羊湾的秩序，保护好死羊湾村的大人娃娃不受到外面的侵扰。这个同时嘛，大家也要行动起来，防火防盗防匪患，还要追讨欠债、欠租这些久拖不还的人，破坏秩序的人。"

他一提到追讨欠债欠租，下面的人群里立马出现了骚动。大家议论纷纷，顿时恍然大悟了，原来崔二爷召集大家开会为的是拿保安队吓唬大家，给他交租子呀！

"崔二爷，你行行好吧！"就在吵吵嚷嚷的人群里，突然传出一个苍老又微弱但骨子里不失力量的声音。不用看，崔二爷就解哈保准是那个会弹三弦唱几句陕北说书的王麻子发出的。他忍不住循声望过去，果然是王麻子，人群里的他佝偻着身子，但还是有些鹤立鸡群，因为他的个头实在太高了。看起来满脸麻子、皱纹沟壑纵横，但国字脸、高额头，眼睛大而圆，鼻梁高而挺，就是佝偻起身子也比平常人高上半个头。有一次保安团的张团长来训话，命令大家席地而坐，却见人群里一个佝偻身子的人就是不听话地站立在当中，张团长大喊要那人坐下，那人非但没有坐下，还惹得其他人哄堂大笑，大家齐声说这个王麻子本就是坐着的，这笑话后来到处相传，都解哈了死羊湾有个大个子说书的。

"欠你家的租子不是不还，你看这连年的大旱，我们披星戴月的辛苦一年，到头来连个籽种都收不回来。崔二爷你就行行好，容我们有了

王贵与李香香

收成，保准连本带利地还你！"王麻子微弱但坚定地说着，引出了现场的一片"行行好"的祈求声，人群骚动不安起来。

哼，枪打出头鸟，出头的椽子先烂掉。你王麻子既然敢挑这个头，那我今儿个就从你这个刺儿头先开刀，来个杀鸡给猴看。崔二爷打定了主意。王麻子是个刺儿头，这四邻五乡的财主们都解哈，他有时候走村串乡地弹着一把破三弦，常常用说书来埋汰有钱人，崔家就没少受他的埋汰。这老东西无论给人家唱甚曲子，开头就是：

> 人人都说三边有三宝，穷人多来富人少；
> 一眼望不尽的老黄沙，那块地不属财主家？
> 三边向来雨水少，庄稼就像炭火烤。
> 瞎子摸黑路难上难，穷汉就怕闹荒年。
> 荒年怕尾不怕头，第二年的春荒人人愁。
> 掏完了苦菜上树梢，遍地不见绿苗苗。
> 百草吃尽吃树干，捣碎树干磨面面。
> 二三月饿死人装棺材，五六月饿死没人埋！
> 窖里粮食霉个遍，崔二爷粮食吃不完。
> 穷汉饿得皮包骨，崔二爷心狠见死他不救。
> 风吹大树嘶啦啦响，崔二爷有钱当保长。
> 一个算盘九十一颗珠，崔二爷牛羊没有数数。
> 三十里草地二十里沙，哪一群牛羊不属他家？
> 烟洞里冒烟飞满天，崔二爷他有半个天；
> 县长跟前说上一句话，刮风下雨都由他。
> 天气越冷风越紧，人越有钱心越狠！
> 天旱庄稼没收成，庄户人家皱眉头；
> 打不下粮食吃不成饭，崔二爷的租子也难还。
> 饿着肚子还好过，短下租子命难活！

听听，这唱的都是些什么乱七八糟的东西，分明就是赤裸裸地煽动闹事、找崔家的碴子嘛！

"当。"朱管家把锣狠劲地一敲，大声说："静一静，静一静。"转过身子继续请崔二爷说。

"王麻子，刚才你说甚，没听清，有理你站出来说嘛！"崔二爷脸

B2. 穷人的苦命太恓惶

上涌起了一丝笑意，鼓励道。

佝偻着腰的王麻子颤巍巍地走出人群，手里还拄着一根柳棍子，脸上毫无惧色地说："崔二爷，不瞒你说，我都三天没见一粒米了。你解哈解不哈，今儿个大家伙来这里，都是强挣扎着听你训话，指望着官府和你崔家的救济。可是，我们怨天怨地不怨崔二爷你，都是这该杀的老天爷啊。尔格就求你开恩，别再提甚租子的长短了，求你给大家再周济一些。毕竟，穷人的命也是命啊。"

崔二爷此时脸上定得平平的，像是一潭阴沉沉的死水，眼光盯着远处的云朵，仿佛眼前的事和他自己毫无关系。半晌，当他眼光收了回来，乜斜着眼看着身旁的朱管家时，只是一个外人不经意的眼神，朱管家就心领神会地敲了一声铜锣，厉声喝道："自古以来，欠债还钱，天经地义。老天爷的大旱是天灾，欠债不还那就是人祸了。要是按照王麻子所说的，天再这样一年年的旱连着旱，这租子就永世不交了？死老婆借的钱更是不还了？王麻子，尔格你又说，欠债非但不还，还要崔家再拿出来一些救济，是不是？"

崔二爷接住话茬，说："崔家的粮食也是靠大家交来的租子，这年年欠着，崔家的粮仓不是宝葫芦，说变满就满的。一大家子的，崔家也快揭不开锅了。"

"唉，我不说了，只能怨老天爷和狗日的粮食。还不起租子我还有一条命，这辈子还不起，来世给你当牲畜还！"王麻子叹息着，为自己、也为穷人的苦命愤愤不平。

"命？你的命顶个屁？能顶粮食顶饭吃？看来要上硬阵的了，不然你不知道马王爷长几只眼。来人，跟王麻子到家里转转，找点值钱的家当。"管家一挥手，四个家丁站到了王麻子跟前。

"走就走，我家穷屎打得炕板石响，穷家薄业还怕富人来闹腾！"王麻子说着，心里倒是十分坦然。他所谓的家，就是两孔黑乎乎的土窑洞，最值钱的也就是用了几辈子的一些锅碗瓢盆等物件，这样的家连老鼠进磕都长出气，你崔家人进磕了说不定会气都出不来。

管家带着家丁跟随着王麻子前脚一走，崔二爷原以为后面会跟着看稀罕的其他乡民，谁知大家都有些惊恐地看着自己，悄悄地议论着。他一副淡定地察言观色，听着这些诚惶诚恐的乡民们议论着是到娘家去借、还是变卖家里的东西还债，他感到有了杀鸡给猴看的效果。这时，他的心里腾起了一股热乎乎的暖流，这暖流是对无限财物的不断攫取占

19

王贵与李香香

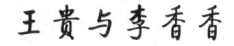

有和对崔家一辈辈强盛的信心。他捂住嘴巴假装不停地咳嗽着,但是感觉到了人们目光注视的火辣。家丁牵了毛驴过来,他轻松地跃上了驴背。猛然受到重压的毛驴有一个小小的趔趄,很快稳住脚,迈开了四蹄。毛驴尽管跟他形影不离,朝夕相处,还是不适应这个愈来愈肥胖的主人。毛驴更不明白,为何看见的其他人都是瘦子,而崔家大院的主人们都愈来愈胖,甚至驮上年仅十二岁的小少爷崔小宝都会感到吃力呢?

颠颠身子的毛驴找好了平衡,却不知崔二爷要去何方。定定神看到不远处的管家,解哈这两个人形影不离,便向管家走的方向迈步。崔二爷却一把拉住缰绳,把毛驴拽到相反的方向。此时的崔二爷想的是,不想亲眼看到争争吵吵中比较残忍的翻箱倒柜,他只想看和颜悦色中的满载而归。当然,他解哈穷得叮当响的王麻子家的满载而归是不可能的,今天的杀鸡给猴看效果已经达到,远比收回王麻子家所欠租子的意义重大。哼,一个三天没有吃到米的穷汉,家里能有甚值钱的东西!真要拿来一些臭烘烘的破烂,还恐怕熏臭了高门大宅的崔家大院。

村中央洞地上的油坊,离西边烟墩山旁的王麻子家也就一里地。朱管家和三个家丁默默地跟在王麻子后面走着,心里不住地盘算如何收拾今天的残局。这个朱管家在崔家做了几十年,甚坏点子都出过,甚事也都明白。就王麻子那两孔老鼠钻进去都会长出气的烂窑洞里能有甚油水?他明白,今天不过就是整出点动静来让王麻子服输,也给其他的乡民们做做样子看。

就像朱管家盘算的那样,王麻子的家压根算不上家,所谓的家,首先第一要素必须有女人,他的女人一直病恹恹的,前年撒手归西,剩下的家就是两孔在烟墩山上凿开的土洞洞,洞洞间又凿了一个小洞洞将二者相连。当年凿窑洞时挖出的黄土往山坡上一倒,平整出一个院子,四周用柳枝、橡棒扎起来便是围墙,穷人家不怕强盗土匪贼娃子惦念的,扎起围墙是为了圈几只家养的鸡羊们。

推开柳橡盘栏的门,朱管家左右看了一下,依旧没有其他人来看热闹,没有人看的戏好演。他就开始放松了,似乎脸上也挤出了一点点笑容,有了些许和善的意思。管家说:"王麻子,大家都是本乡田地的人,谁也不该为难谁,只是希望能理解我们这些做下人的难处,能找点家里值钱的比如祖上留下的甚物件,也好叫我们给崔家交差。"

王麻子翻了翻白眼说:"朱管家,家里值钱的你就自己找吧。你到死羊湾也不是一天两天了,也知我们老王家上下多少代都是豪爽义气的

B2. 穷人的苦命太恓惶

人家,没有逼到这份上是不会欠谁家一分钱的。我今儿个要是有三分的能耐,何必弄到这个地步呢?"

朱管家解哈王麻子是个硬茬,管他家里有没有顶债的东西,今儿个必须给个下马威,让村里的其他人家知晓,便把折服王麻子的希望寄托在家丁的身上。这些家丁都是从东路的绥德甚至山西那边逃荒过来的,无亲无故的能下得了手。

想到这里,他就把脸一拉,脸色顿时像夏天的云彩,刚才还是透亮细腻的白云,此刻变幻成厚重压顶的黑云。他说那就不客气了,一挥手,三个家丁就冲进了屋子,噼里啪啦地翻箱倒柜起来。突然听得"咔嚓"的破碎声,还在发愣的王麻子却像是战士听到冲锋的号角一般,猛地扑进到屋里,看到唯一的青花瓷细碗打成了四五块。这可是全家最珍贵的东西,是当年王贵他妈嫁过来时从娘家带过来的,这只碗是娘家盛肉的碗,可惜在王麻子家没放几次肉就高高搁置起来,成了对婆姨睹物思人的念想。王麻子把瓷碗最大的碎片攥在手里,攥到流出了鲜红的血的时候,就发疯一般地转身扑向门口立着的朱管家的身上。朱管家闪身一躲,锋利的瓷片还是扎进了他的肩膀,他号叫着,用上了吃奶的气力飞起一脚正踢中王麻子的心窝子。"咣当"一声,王麻子应声倒地。从屋里赶出来的三家丁看着管家流血的臂膀,都对着躺在地下的王麻子踹脚。三拳两脚过去,就见王麻子抽搐了一下,再也不动弹了。

崔二爷和一些乡民们闻讯赶来后,王麻子已是直挺挺的翻了白眼,他蹲下来把手放在王麻子的鼻孔边,感觉到没有了一丝气息,便立起身响亮地给了朱管家一个大耳光。事情弄到这个地步,是崔二爷万万没有想到更不愿意看到的。再怎么说,王麻子也是一条人命啊。还在两个时辰前,王麻子理直气壮地当着那么多人的面道理讲得头头是道,这一转眼却阴阳世界人两隔。看到乡民们越来越多,崔二爷从口袋里掏出一块手绢揩着眼角流淌出来的眼泪,然后问管家王麻子家还有甚人。没等管家回答,便有人说有一个儿子王贵,不知是砍柴还是挖苦菜磕了。他便叫管家留给王家半块大洋,准备棺材板,等王贵和亲戚们来了商量安葬。

王贵与李香香

A3. 史海钩沉共话沧桑

　　李香香平息了情绪后，步履蹒跚地离开老油坊，放眼看着昔日死羊湾，今日的广阳湾村，到处是漂亮的楼板房，怎么也和记忆对不上。她定定神，脑子却高速运转着试图寻觅到一些昔日的痕迹。这会儿，闻讯赶来了一位中年人和一位青年人，个个身材魁梧，脸色光亮。他们自称是村委会的人。中年人姓刘，是村委会主任，刚换届上来的。他开着一辆黑色奥迪越野车，一看就是先富裕起来的能人又重返村里带着老百姓共同致富的那种。能人回村担任领导是近些年基层涌现出的新事物，各级党委政府都在积极推行，基层群众也积极响应。从来都不能小看基层老百姓的参政议政能力，特别是在如今微博、微信盛行的时代里，就是穷乡僻壤的老百姓也解哈中国和世界的事情，连在大洋彼岸的美国有钱人才能参加选举总统、当议员这样的事说起来都是如数家珍。不过有些遗憾的是，如今能人们纷纷回村里领着大家共同致富，可村里的大多数村民又在城镇化的康庄大道上迈着步子，赶集般地进城做起了城里人。有人对这样的城里人比喻说，他们到了城里无疑就是无根的墙头草和无土栽植的鲜花，说不定要陷入吃了上顿儿没下顿儿的窘况，但村民们冲着要让娃娃们享受到城里的教育资源和自己能赚现钱的便利，也依旧愿意带着孩子们住在城里。

　　刘主任搀扶着李香香在村里走动着，指指点点讲述着这些年的变迁。无论是农业学大寨时期，还是改革开放之后，村里一直在治沟保涧，打井修地，打坝淤地，造林种草，不断地打下了良好的农业发展的

A3. 史海钩沉共话沧桑

基础。同时,通过种地种草,发展家庭畜牧业和家庭庄园,村民们的光景愈来愈好了,看看尔格家家户户都盖起了窗明几净的楼板房。

李香香就要刘主任带着随便找一家参观参观。刘主任就开始敲门,敲了五六家好不容易叫开了一家的门,女主人是一个六十多岁的老太太,看到李香香十分高兴,说自己早就知道您老人家了。

李香香看到院落宽敞,布局错落有致,房顶上还放置了太阳能热水器。老人就对着这家的主人感叹,说过去咱们这里连人畜饮水都成大问题,干旱的时候连水窖里的黄汤汤都喝不上,尔格你们不光吃水不成问题,连洗澡也很方便了。这摸得着、看得见的实实在在的变化更令李香香感到欣慰。离开这户人家的时候,她抚着高头大脸的这种白色瓷砖一贴到底、通红的门上还镶嵌了黄灿灿的铜钉、弥漫着皇亲国戚味道的大门,凝视着左邻右舍的新宅大院,脑海里不由得穿越了时间的尘雾,回到了当年的死羊湾村,说起来连崔二爷家的大门也没这样的气派。她问刘主任:"村里原有的旧土窑还在吗?"刘主任笑盈盈地说:"前些年有些人家还在破窑里圈羊只,尔格那些烂窑洞连羊都不住了。"人畜不住的窑洞很快就会因塌陷而消失,明白这个常识的老人心里不住地遗憾,不知尔格的人们会不会对那个峥嵘岁月发生的事情感兴趣呢?她问周围闻讯过来看热闹的几个村民:"知道不知道共产党是如何发展壮大起来的?"人们笑笑,好像害羞一样,都不回答。她叹了一口气说,"大家知道吗?我们共产党在过去的九十多年里,从成立时的五十多名党员,举起旗帜发展起来,到打日本鬼子的抗日战争时,就有了一百二十万人,而到了建国的时候就有了四百五十万人了"。她指着一个衣服口袋上插着一支钢笔、戴着眼镜的一个中年人问,"你们知道共产党现在有多少党员吗?"见对方摇头,老太太自豪地说:"已经有了八千五百万了。如今共产党正在带领五十六个民族的同胞,实现着民族复兴的伟大的中国梦。"她把前一段时间报纸上的这一段话背诵得滚瓜烂熟,为的是有机会给大家讲述一番,就像当年林大哥在统万城客栈里那样。可惜,眼前的人们对老人还活着甚至能回到村里的兴趣,远大于对她讲述的这些事情的兴趣。

看着大家的表情,她也就不想再说甚了,场面显得有些尴尬。这时听到东南边那个竖着一面国旗的黑红色院墙的大院里人喧马闹,还传出了羊咩咩叫的声音。一旁的刘主任说:"那是尔格广阳湾的村委会,正

王贵与李香香

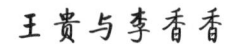

在杀鸡宰羊准备午饭,迎接老人和省城来的各位领导。"说着就要带老人回村委会喝茶吃饭去。老人未置可否地摆着手,摆了几下,手并没放下来,而是搭在额头往西边眺望,潜意识里似乎隐隐约约地看到有一条小路,就是横在自家和王贵家之间的那条小沟。因为她的青春都在这条小沟的跨越中度过的,她似乎看到王贵背着一袭红衣的自己,在吹鼓手响吹细打中回到两孔土窑里,在那天晚上她由一个少女变成了女人,李香香变成了王贵的女人。

刘主任再次催促大家到村委会大院磕喝茶歇息,把老人迷离的目光拉了回来。她看着郁郁葱葱的烟墩山,分明就是大和王贵在那里向她招手,对着她在微笑嘛。于是,她要大家先跟着刘主任回村委会,只要保姆陈大姐随同自己到山梁的高处转转。叶医生说自己是医生,此次出来肩负着对老人身体照看的重大责任。老人却礼貌地拒绝了,说:"请放心吧,回到老家就接上了地气,没问题的。"一行人只好给陈大姐好生安顿,老人却嫌他们唠唠叨叨,说自己就想一个人坐着回忆一番。大家也就不好说甚了。

B3. 杀父之仇刻骨铭心

　　上个世纪三十年代，宽广无垠的三边大地苍凉凄美，静静的小河由于没有了水的滋润，如同一位变成千年木乃伊的早逝的美丽女人，魅力与灵气全无。河床泛起的白色盐渍侵蚀得河道如同一块没有营养的腊肉。干旱下的三边大地依旧是那样的平展，一望无际，只是那些遇到丰年疯长的野草现如今被龟裂的大地吞噬了，即使是在一些沟湾、背洼残存的屈指可数的几株已发黄的老苗苗，也无不被那些饿疯了的人们惦念着，能真正躲过他们地毯式搜索的寥寥无几。搜索野草野菜的多为女人和娃娃们，她们提着厚重的柳条筐子，像一只只野兔在土地上刨食。每每看到空空如也的篮子，便下意识地用无助的眼神望着湛蓝的天空，希冀着老天爷为人间饱受饥荒的子民们流出几滴泪水来。当然她们的希冀是一厢情愿的，而寻觅吃食是这个春天的主要内容。在大地上苦苦寻觅的还有不断缩小着队伍和身子骨的牲口们。貌似懒散其实饥困乏力的羊群，拖着虚弱的身子在寻觅的不是草场，而是几根野草，而能寻觅到一些前辈们不知是几年前遗留下来的枯枝烂叶，牲口们也肯定会欢呼雀跃，因为这是嘴里能吃到的最美佳肴，特别是对于新出生的羊羔而言，自打来到这个世界，就没有见过这样的美味。

　　就在三边大地和人与牲口都陷入无比静谧、死气沉沉的绝境时，经常就会响起一串串的清脆的铃铛声来打破死寂，给大地注射强心针，增添出生机与活力。铃铛响起来时，饥饿的人与牲口都不约而同地抬起头，带着一种期望，眺望着这一对对走在山梁梁上、从东路的绥德、吴

王贵与李香香

堡、山西来的赶牲灵队伍。有时候一天走过无数的队伍,大家也就从漫天的朝霞目送他们消逝在绚丽的晚霞中。

这天傍晚,死羊湾的人们目送赶牲灵的队伍消逝在地平线后,又把目光投向村外空旷的山野。大漠的余晖映照着群山,缓缓向下移动着,而缕缕青烟还在不住地升腾着,和向下的余晖交错缠绕着。这青烟从今儿个大早开始就被点燃,一直袅袅升腾着,到尔格还没有熄灭的迹象。

离青烟最近的一棵老柳树后面,躲躲闪闪出现的是一双美丽而明亮的大眼睛。这双单纯又充满了爱怜与柔情的眼睛,几乎一眨不眨地凝视着一个地方,连她最喜欢看的赶牲灵队伍响着清脆的铃声走过也没兴趣。这双美丽眼睛的主人是二八年纪的李香香,她瓜子脸,高鼻梁,扑闪闪的毛眼眼明亮纯洁,似皓月下晶莹透亮的一潭有灵气的泉水。虽然她长期营养不良,但像是一颗优秀的种子无论条件多么苛刻也拦不住生根、发芽、成长一样,并不影响她个头高挑、身材匀称,该凸显的地方像是含苞欲放的花蕾,恰到好处又好不含羞,充满青春期奔放的激情。有着三边人基因的她,性格外露里不乏含蓄,张扬中有些内敛,敢爱又敢恨,敢做又敢为。此刻,差不多躲在树后一天的她,脸上写满的是无尽的担心与深深的忧伤。不消问,都是"情"字惹的祸。

离着李香香不远的一个老柳树墩子上,胸前系着的被星星点点陈年麻油点缀得早看不出颜色的长襟的李德瑞显得心事重重,他呆坐着,"吧嗒吧嗒"不停地打着火镰,抽一锅又一锅呛人的旱烟。李德瑞是李香香的大,虽然李家是响当当的穷人,没有那些金银财宝、玉石珍珠,可是女儿李香香就是他价值连城的金银财宝、金不换的掌上明珠。也难怪,当年香香她妈生产时大出血,保住了小香香,自己却撒手归西。李德瑞又当大来又当妈,屎一把尿一把,把仅有尺把长的小香香拉扯成如花似玉的大姑娘。女子大了不由爹。她的一举一动、喜怒哀乐、所思所想,咋能不揪动李老汉的心呢?何况是兵荒马乱、跌下年成的而今!他时而望着不远处的李香香,时而把目光投向更远处青烟燃起的地方。

离李德瑞不远的山村小道上,头戴皮帽、脚蹬皮靴的崔二爷还是滑稽地骑着那头老迈的小毛驴,从跟在后面的朱管家气喘吁吁的样子,解哈今天他是出村了。崔二爷似乎情不自禁地往西边看了一眼,就"吁"地喊住了毛驴,在他的视野里,依旧是早晨出门时看到的缕缕青烟,看着这些升腾不停的青烟,又回过眼神去看还在喘气的朱管家,若有所思

B3. 杀父之仇刻骨铭心

的他的眼神逐渐显得神秘与狡诈起来。

　　李香香、李德瑞和崔二爷他们更远的地方，是三三两两的乡民们。饥荒之年里无能为力的他们，拖着虚弱的身子，除了挖点野草野菜，在广袤的大地上再也无所作为，而逃荒不是三边人的做派，只有东路人来他们这里逃荒，三边人哪怕是饿死也绝不做丢人现眼的讨吃事。

　　他们所有人的目光，不用问便知投向的是在远处冒青烟的坟头上独坐了一整天的死者王麻子的儿子王贵。

　　这是一座新堆起来的坟茔，由于黄土里没有水分的原因，这座坟茔其实就是一堆松散的尘土。无风的天气里，尘土是可以拢在一起的，拢在了一起却没有形，没有形状的土，即便堆起来也不像用铁锨拍打过的圆圆尖尖、光光滑滑的老坟那样好看又有气势。立不起来的新坟就像一个老和尚头上戴的帽子，既毫无精神又平平塌塌。坟堆的基础没有打好，四周再怎么打扮也无济于事，看不见顶的坟堆上插的一个引魂幡也耷拉着脑袋，怎么看也看不出来能引导死者的魂灵过奈何桥、走鬼门关、气宇轩昂地奔向最后归宿的精气神。

　　从赶着太阳未升起前入土开始，坟茔前跪了一天的王贵，从头到脚披麻戴孝。一席白衣裤、腰间系着白带子的他，从大入土的那个时辰开始，就跪地叩头，给土里的大，给帮了几天忙的乡亲们。他婉拒了乡亲们的劝告，心里只有一个念头，就是不忍心丢下大一个人，自己回到土窑里磕。为了叫大好好地上路，不在阴间受气，他央求乡亲们送来更多的冥钱纸火，放在早准备好的一捆捆柴草上有规律地点燃。看着点燃的纸钱化为飞舞的纸屑，他的眼神迷离茫然又无助无奈。

　　王贵相信自己一辈子都不会忘记前天发生的事情。这天清早起来，喝了大抖着口袋用最后的一点玉米面和野菜叶子煮的稀糊糊，便拎着里面放置了一把砍柴刀的柳条筐出门了。喝玉米面糊时，看着大把全部稀糊糊倒进自己的碗里而他自己却汤水未沾，王贵就拿定主意今天一定要弄回来点好东西，给大补补身子。自从娘走了以后，大的身子每况愈下，少吃没喝的这一两年来更是虚弱不堪。

　　王麻子看到儿子走出家门时，甩开膀子迈着的大步比平时显得更有劲，就解哈是那点面糊糊起的作用，可惜下一顿的面糊糊在哪里，他也不知道。而在王贵心里，比面糊糊更有劲的是今天要磕的地方，离家足有十多里地的红砂峁。那里是一片片地貌奇特、颜色通红的红砂石林。

27

王贵与李香香

　　这些石头有的像是巨龙的脑袋、脊梁，也有的像老虎、狮子和豹子。一个个山峁像一座座楼塔，与远处连绵起伏的黄土高原呼应，构成了一幅色彩浓郁、美轮美奂的丹霞奇观。

　　大自然馈赠的礼物都是有历史和道理的，王贵当然不知道、也不会明白这些红砂石都是经过几亿年的风沙洪水的洗礼才形成的。他只是在石林的缝隙中，从一个个大小不一的黑乎乎深邃的看不清楚的洞口里探究、找寻着野兔们的踪迹。因为前年，王贵无意路经此地时，就逮着了一只生了病的兔子。所以当今年入春以来看到家里吃了上顿没下顿的窘况时，他就不由得想逮几只野物，给大好好补补身子，哪怕蹲守上几天也值得。今早的面糊糊他没和大让来让去，一股脑自己差不多全喝光了，就是为了这个目的。

　　到了红石峁，王贵发现自己想得太天真了，他沿着红石头一层层、一浪浪地转来转去的差不多搜寻了几个时辰，直到肚子开始咕咕叫起来，也没找到一粒兔粪蛋。倒是发现地上的几粒羊粪蛋，也比平时缩小了许多。这该死的干旱！连羊粪蛋都受到影响。王贵有些失望地走在红石峁上，一不留神差点儿就从岩石边滑下去，他赶紧后退几步到了安全的地方再看下面，那是一处犹如利刃齐刷刷劈开的绝崖峭壁，几百米深的下面是扩宽的河床，有一片片闪亮的东西，定睛一看，那是在太阳的照耀下河水反射出来的光亮，虽然是星星点点的但闪出了令人振奋的光芒。

　　有水的地方必定就有生命。王贵想着小河里的小鱼小虾小虫小青蛙们，不由得有了下到河里摸鱼的冲动。他在悬崖的边上这里踩踩、那里挖挖，搜寻着下去的小道，突然看见前面红色的沙砾石上踩踏出了一条羊肠小道，他按捺住心头的激动，朝着这条小道走去，谁料脚步一移动，几粒沙砾在草鞋下面滚动起来，他的身子一倾斜就仰面倒下，整个人带着筐子呼的一下旋起一股风滑下了悬崖。也就是几秒钟时间，他感到身子下面被谁托住了，翻滚了几下停了下来，原来自己落在悬崖下面凸出的一块巨石上。他心有余悸地往上面一看，直线距离差不多有一丈高。幸好，这块石头是四周高中间低，自己先是落在一个斜坡上然后翻滚到另一个坡上，最后落在了中间。他站起来活动活动四肢，除了擦破几块皮，幸运的是筋骨没有受到丁点伤。他发现柳条筐也躺在自己的身边，砍柴刀和绳子依旧躺在筐子里。就在他要拿起筐子准备往上攀登

B3. 杀父之仇刻骨铭心

时，奇迹发生了。筐子下面竟出现了一个毛茸茸的东西，突然出现的动物把王贵吓得啊的一声大叫，听到叫声，那个动物的身子也微微颤动，竟吓得不知道逃跑，等到几秒钟后灵醒过来抖着身子要逃跑时，说时迟那时快，王贵早把砍柴刀投掷过去，不偏不倚地正中动物的头部。王贵提起还在抖动的动物一看，是一只团（我国北方常见的一种野生动物），本来成年的团重量都在七八斤上下，肉乎乎的全是一包脂肪，眼前的这只看起来也是成年的团，皮包骨头的没二斤重。团的大小一点也没有影响到王贵的兴致，他兴冲冲地盘算着，团的肉是高热的大补品，要是喝了团肉汤，大的身子骨肯定能好起来。

把团放进筐子里在肩上背好，王贵顿时又有了气力。他手握砍柴刀在不太硬的红砂石上砍下了几个脚蹬的窝子，开始往上爬。当他汗淋淋地爬上来时，忽听油坊的二师父叫着自己的名字，慌慌张张地跑了过来。王贵猛地一愣，第六感觉告诉他，难道大出事了？！

王贵被二师父搀扶着跌跌撞撞地回到家里时，王麻子的尸首早被王姓的户家亲戚和李德瑞这些附近乡亲们清洗干净。穷人家也没甚换的干净衣服，大家将他身上原有的破烂衣服弹去了尘土依旧穿上，算是收拾停当。屋里的几个人也将地空了出来，大家搭把手便将已经直挺挺的王麻子抬进了屋子。见此情形，王贵撕心裂肺地喊着大，大，大！连滚带爬地进了屋子，匍匐在大的身上哭喊着，却始终没有流出些眼泪来。

哭了足有一个时辰，众人不停地劝说还是无法使他安静。一个十几岁的娃娃，前年死了娘，尔格又突然死了大，就是自己的大山塌了，从此以后王贵无依无靠地成了孤儿。少年丧父是人生的最大不幸，哪怕天塌了下来对于一个个体来说，又能有多大的打击？随后的几个时辰，王贵的脑子出现了巨大的空洞，时而大和娘出现在空洞里，默不作声地走到他的跟前，可他刚要和他们拉话，他们却像是两朵云彩漂浮而去，他也跟着飘到了天上，追呀追的，前面就再也看不到人了，眼前也像是穿越进入了时间的隧道里，完全是一片黑暗。半夜时分，王贵的脑子清醒过来，他盘问着那些陪自己守灵的王姓户家亲戚们，大的死因究竟是什么。他记得从红石峁回来的路上，油坊二师父似乎说过一些，隐约地记得和崔二爷有关，但具体内容尔格一句也记不得。

"你大死的时候，除了崔家的管家和家丁外再无其他人在场。他们说你大还不起债就自个儿拿起一根木棍子戳到胸口上寻死的。崔家说毕

29

王贵与李香香

竟和他们要债有关，就订了棺材板，还留下半块大洋办后事。"

王贵抽泣着问大家："我大这样的死法谁相信？"大家摇摇头，都说有些蹊跷，尽管一直有病，但病不至于死。再说一天都好端端的，退一万步说，就是自个儿寻死也是崔家逼的。可是崔家逼了又能咋？这万恶的社会是官官相护，打官司我们又没有钱，即使凑齐了打官司的钱也拿不出打赢官司的钱。唉，谁叫我们还欠着人家的债。你大的命中就是这种死法，活着的还是息事宁人，死人也就那样了，再咋也是救不活的，还是好生把死人下葬好，最后还要活人好好地活好。只有这样，死人才能瞑目。

听着大家众口一词地说着，王贵的意识逐渐变得清醒，他理解众人们之所以这样说完全是出于好心，毕竟胳膊拧不过大腿。在他们看来，自己的微不足道和财大气粗的崔家相比简直就是小蚂蚁一只，除了认命还是认命。猛然间，他想到了从自己手里飞出的那把锋利的砍刀和寒光闪过后身首分离的囝。他终于站了起来，在院子圪崂里找到柳条筐子，拿出那只血已凝固的囝，毕恭毕敬地放在大的灵前，跪下，虔诚地磕了三个响头后，身体里的血就呼呼地直往上冒，浑身上下热血沸腾。冲动中，他的脑子里一刻不停地想着报仇报仇报仇，冲动中他忽的一下站了起来，从筐子里拎起了发着寒光的砍柴刀，大的声音又在耳畔急促地响起：我要入土为安，入土为安，入土为安啊！说话间，他看到了大佝偻着身子猛地坐了起来，一只手还拍打着地下，另一只手要夺走砍刀。他诧异得不知如何是好。揉揉血红的眼睛，屏住呼吸再看面前，却见大的身躯还是纹丝不动地躺着。好吧，就入土为安吧！他顺手将砍刀一抛，"嗖"的一下，带着一股风，重重地嵌入门板，吓得周围的人都煞白了脸。他倒是开始从容了，拿定主意的他在释然中感到了一些轻松，接下来的事情就该按部就班地办了。

三天后，王麻子被安葬了。

B4. 一对毛眼眼瞭哥哥

"咕—咕—咕——",村东头的一只大公鸡引吭高歌的报晓,引来死羊湾全村所有的公鸡此起彼伏的响应。鸡真是一个奇怪的家禽,大灾之年,尽管早饿得皮包骨头动弹不得,有不少饿得奄奄一息时挨了一刀,甚至有的还来不及挨刀就被饿死了,但只要是活着的还照样尽职尽责,每天东方麻麻亮的时候就开始做起了准备,那一嗓子还是要使出全身的气力亮出来的,这是义务与职责,也是鸡们活的价值的申明。有了公鸡们的鸣叫,随着太阳的初升,死气沉沉的死羊湾才有了一丝的活力。活力是有大小的,但活力就是一种力量和希望,对于深陷绝境的人来说,即使微不足道的活力也是一根救命的稻草,保住了命就有了新的希望,就有了好过如今的未来。人们为了未来与希望,也把公鸡们的性命保全了。

公鸡打鸣前的一个时辰里,王贵就早早地醒来了,他躺在土炕上假寐着,这也是大走后自然形成的习惯。不用掐指,他解哈今天是大的头七。头七是一个大祭日,要干的事情多着呢。于是他马上起来,麻利地套上孝服。这孝服还是前年娘走的时候缝制的,用到周年后,他看着阴森森的不舒服,就想弄成几块碎布,大就是不愿意,说留着以后还有用场,没出两年,竟成了为大送葬的用场。今天要精精神神地给大点纸上坟。起床后,他先是拎起一只木桶,走到院子里的水窖前将木桶系上绳子放进去,一下下的抖动着绳子。几分钟后感觉到木桶有些沉重了,便拉了上来,他略显吃力地提起水桶走进窑洞里,掀起水缸盖子,准备提起水桶倒进磕,提到半空中看到仅有的半桶水都是黄汤汤,等到沉淀后

王贵与李香香

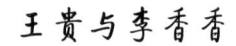

可能还澄不出一半的水来，便叹口气将木桶放置一边。木桶里的打上来的这些黄汤汤，还是前年冬天唯一的一场大雪后他和大跑到漫山遍野里收集到水窖里的，雨雪这些生水当时收集起来不能饮用，必须经过一段时间的发酵后才能饮用。发酵后的雨雪水饮用了才不拉肚子。然而长时间的发酵又可能令这些窖水产生异味。像死羊湾这种地处西南山区的村子，多少年多少辈，几乎家家户户都打上两三口水窖储水过活。像崔二爷这种富裕人家就不一样，打两口百八十丈深的井，便能保证一家老小一般年景的过活。

等待"黄汤汤"沉淀的工夫，王贵倒腾起早饭，他拿起了一个黄米袋子将袋口对准大锅轻轻地抖动，却没有倒出一粒小米。这还是给大办后事时，乡亲们一点一点凑起来的。不甘心的他小心翼翼地将袋子翻过来，终于在布缝的地方，发现了三五十粒黄灿灿的米粒。他轻手轻脚地将一粒粒黄米抓进一个大瓷碗里，又接着在地下摆放的几口瓷缸里寻找，颗粒没有的结果是他预料的。他一时有些沮丧，呆坐在地下，不知道今天的两顿饭在哪里？

"唰唰"的扫帚舞动声从外面传来，王贵好生奇怪地走出去寻声张望，在院子的东边，一个身上披满朝霞、曲线苗条的身影专注地挥动着显得笨拙的大扫帚。

王贵的心里一热，香香真是一个好女子，他跑了过去问道："香香，咋这早就起来了？"

李香香低垂着头，但能看到她满脸通红，脸上写满了羞涩，说："都快立夏了，睡不着！再说，王贵哥，你不是起得比我还早吗？刚才老远就听到你家的木桶响动了。"李香香说到这里，脸更加红了，红得发烫，她不经意间暴露了自己更早前就来到过王贵家门口的秘密。

王贵在逆光中没有看到李香香羞涩的红脸，只是觉得让人家一个如花似玉的大姑娘跑到家里来干活不好意思，就说："快放下扫帚，要是真睡不着，快给你大做活磕。"说着便要抢过扫帚。

李香香躲闪着王贵的抢夺，说："不，我不嘛！就愿意给你扫。"说着，躲到另一边，手中的扫帚抢得更快了。

王贵看拗不过李香香，一时无语又无事可做，轻轻地摇着头，既有些苦笑，更多的是感到高兴。别看小时候李香香常常鼻涕拉水的假小子一般，常常和村里的后生们下河摸鱼，上树掏麻雀蛋，当时看起来男不男女不女的很不打眼，可这一两年长开后的她，印证了女大十八变的老

B4. 一对毛眼眼瞭哥哥

人言。那俊俏的模样不仅成为死羊湾方圆几十里最俊的女子,她还心灵手巧,豪爽仗义,有股子天不怕地不怕的豪气,和王贵算是真正青梅竹马的好伙伴。只是自打前两年李香香觉得自己已长成了大人,两个人就不好意思过多地往来。不来往绝不是心里没有了对方。一个家庭要是出现一次大的变故,这家的娃娃一夜之间就仿佛成熟了十岁。王麻子突然死了后,李香香落落大方地在王家忙前顾后,好似一个小主人在大家眼前晃悠。王贵不是傻子,李香香之所以这样做,正在给他和乡亲们传递着一种信号,就是她发自内心地喜欢他。可是两个人能走到一起吗?人家如花似玉,自己好似一个乞丐;人家有疼爱呵护的大和一定的家底,自己却是赤条条一个,一人饱了全家不饿,但尔格每顿饭都在发愁。他早就从李香香的大李德瑞的眼睛里看到了一百个对自己的不满意。而真要是走不到一起,无意义的交往岂不是给香香妹子找上了麻烦。王贵胡思乱想的无奈中,就在土窑旁边的柴房里抱出来一堆柳椽棒子,用锋利无比的砍刀开始劈柴。

听着王贵抡着砍刀"噼啪噼啪"有节奏劈柴的声音,李香香扫地的速度明显放慢了,她情不自禁地看了一眼两丈开外的王贵。春日早晨金色的阳光笼罩着王贵修长的身子,虽然略微显得单薄了一些,但他动作协调,劈起柴来那么有力,那么好看。王贵显得清瘦的脸庞五官分明,有棱有角,特别是深深的眼睛和高挺的鼻梁,分明就是曾经叱咤风云的匈奴人的后代。李香香呆呆地看着王贵,一颗还在发育的小心脏顿时像一只活蹦乱跳的大兔子,强烈地撞击着胸腔。她那羞涩的红脸更加发烫,犹如含苞待放的花蕾,等着有人带着晨露来使她光鲜无比地绽开。前年王贵娘死的时候,她还对生命没有任何体验,而王麻子的离去,令她解哈了生与死其实就是一步之遥的事情。深刻的感悟拂动了少女的春心,一夜之间长大了的她,真切地想男人了,这是发自心灵深处的想,想得痒痒的,麻麻的。想人的心在不停地悸动着,心灵的琴弦上便呼应了三边女子私下传唱的信天游《想亲亲想在心眼眼上》:

蜜蜂呀那个落在呀,
那窗眼眼那个上。
想亲亲那个想在呀,
这心眼眼那个上。

王贵与李香香

一对对那个蝴蝶呀，
在绕天那个飞。
不想那个别人呀，
单想那个你。
不想那个别人呀，
单想，
单想那个你。

  李香香心中的帅哥王贵，其实是标准的三边人模样。在死羊湾村北边不出一百华里，有一座宏大的城堡遗址，因城堡通体白色，像一只沉船静静地躺在松软的毛乌素沙漠里，千百年来，它与黄色的沙漠朝夕相处，当地人叫它白城子。白城子不是一般意义上住着凶神恶煞山大王那样的城堡，它是五胡十六国时期匈奴人建立起来的大夏国的国都。当年匈奴贵族首领赫连勃勃驰骋千里来到无定河畔，看到这里牛马衔尾，水草丰美，群羊塞道，清水涟漪的美景后，情不自禁地发出了"真是临广泽而带清流的宝地啊"的感叹，随即动用十五万民众耗时五年建起了这座名为"统万城"的大夏都城，意即一统天下万万年。统万城城高十仞，基厚三十步，上广十步，宫城五仞，其坚可以砺刀斧。台榭高大，飞阁相连，皆雕镂图画，被以绮绣，饰以丹青，穷极文采，尽显豪华。然而二十多年后，气吞万里如虎的匈奴神秘地消亡了。再过了一百多年，北魏突袭夏州，民众遗恨未消，纷纷来到早已成为空城的统万城毁城，给后人留下了残垣断壁。匈奴消亡了，但后人并未消亡，民间有传说陕北人多数为匈奴的后裔，并且信誓旦旦地拿出了证据，只要是小脚趾的指甲一分两瓣的人必定为匈奴人的后代。陕北人的小脚趾大多如此，也就意味着陕北人就是匈奴人的后代。王贵记得大的陕北说书里就常说匈奴当年如何威风凛凛，从蒙古下来横扫中原，马踏长安，打过秦岭，统治中国的半壁江山。王贵和一帮娃娃们只当是听古代故事，对于匈奴祖先并无任何联系，匈奴民族的豪爽大气和率真憨厚的基因，倒成了陕北人无形的遗传财富。

  半晌听不到扫帚舞动的声音，王贵大着胆子抬起头看个究竟，刚好和李香香正发愣的眼神碰个正着，两人同时有了麻麻的触电般的感觉，双方的尴尬中都不知道该说甚是好。此时小沟沟对面传来李德瑞的声

B4. 一对毛眼眼瞭哥哥

音:"香香,大早上走哪达了?听见没有,快回家吃饭啰!"

大的叫声李香香丝毫没有听到,直到王贵说你大叫了后,她才回过神,大声应答了一声,眼睛却没有离开王贵一眼。她盯着看着,有些不舍地放下扫帚,脸还是红扑扑地,低头说:"王贵哥,那我先走了。"说着她抿着嘴,低眉垂眼地紧走几步出了院子。

王贵的目光跟随着李香香的身影移动着,香香在视野里消失的时候,他还踮起了脚尖张望,连脚步声都没有的时候,他猛地抽了自己一个嘴巴,自言自语道:"癞蛤蟆想吃天鹅肉!再说,唉——"

李香香家与王贵家隔着二三十米宽的一条小沟,三跷两步走过沟之间的土梁梁就到。三边大地就像是一张张饱经沧桑的老人的脸,皱纹纵横交错,颜色深浅不一,历史的年轮无不刻画在这张脸上。每个村庄的老人脸上都有自己的特点,可它们的布局和结构又是那样的雷同。如果说鼻梁、眼窝是厚重的大山的话,穷苦人的土窑洞无不挖建在这里,为的是躲避密密麻麻的"沟壑",为了一丝的光亮,特别是防止洪水的侵扰。脸上最光鲜的莫过于位于中央的脸蛋了,阳光好,风水好,出路好,更没有洪水的侵扰,所以从来就受到有钱人的青睐。死羊湾的崔二爷的深宅大院,甚至是油坊都是建在这些地方。

脸上写满喜悦的李香香哼着信天游进了家门,看到大粗碗里已冒起了热气,顿时感到肚子真是饿了,二话不说,端起碗就吃。虽说李德瑞在油坊做大师父,但一年能勉强和香香吃饱肚子,灾年里能吃到小米、黄米混合稀饭,还有一碟子萝卜咸菜,也就知足了。香香连着喝了几口,消除了些饿意,听到旁边"吧嗒吧嗒"打火镰的声音,才仿佛记起一旁坐着的大。她抬起头说:"大你吃了吗?"李德瑞心事重重地说吃过了,便继续有一搭没一搭地打着火镰,半响才吸上一口旱烟。浓浓的烟雾到他的嘴里流窜一圈,又重新从嘴里出来时,烟雾的流动似乎要捎带上几句话出来,但他的嘴蠕动了几下却还是没说出来。

李香香吸溜吸溜地喝了几口,胃算是安顿住了,脑子又闹腾起来,用筷子扒拉着数得见的米粒,看着大粗碗,想起了心事。

李德瑞的一口烟雾终于捎带出了一句话:"香香,大清早就上王贵家了?"

李香香有些羞涩,头低得差不多埋进碗里,嗯了一声就算应答。

对女儿有一肚子话的李德瑞多次想说却欲言又止,他不知投向何处

王贵与李香香

的目光就证明了这一点，目光转了多处没有找到落脚点，只好看着脚下，自言自语地说："王贵真是个可怜的娃娃，前年没了娘，这又死了大！唉，不知道以后的光景咋过呢！人都年轻过，都想过好事，可是人这一辈子呢，说短很短，他大他妈说走就走了，短得很。但要是长呢，更长！别说都过了六十的崔二爷还三妻四妾的，就村里赶牲灵的赵大爷，八十了，这都快活成精了，少吃没喝的还活着，这样的一辈子呐，就更长了！"李德瑞停顿了一下，把目光投向李香香，意味深长地叹了一口气，"唉，一个人，受苦是一个，还好说；一对人，受苦就是一双啊！再要是有三五个娃娃，这苦日子一辈子就算赖上了，想躲也躲不开，想逃也逃不了。苦啊！"

李香香抬起头，若有所思地想说甚，当她的目光与大的目光碰撞后连忙躲开，头又低下了。

李德瑞站了起来，一边收拾着油坊上工的行头，一边接着说道："香香，锅里还剩点稀饭，送给王贵吧！估计这两天乡亲们接济的那点粮食也该吃完了，快断顿了吧？不过，一码是一码。"他不知道自己为何后面要附加这句话。

"哎——这就送过去。"听到让给王贵送稀饭，李香香的眼睛一亮，欢天喜地地应答着，哪管一码是一码的事。

那对毛眼眼瞬间一亮的眼神，被李德瑞捕捉到了，都是打年轻过来的人，年轻人的心思咋能不知道，但他心里五味杂陈的很不是滋味。他不动声色地像是刚想起来一道事情，就说："对了，宁夏你姨捎话来了，说给你看好一户人家，拉得差不离了。后生相貌堂堂人品好，那家的大人实在，家境也好，就等着念书的后生放假见面呢。"李德瑞的这番话是随口说出的，说的时候心里还不免对香香的姨有些怨气。大前年香香的姨从宁夏来看他们时，李德瑞就给她安顿过，让她给香香在宁夏找个好人家。香香姨直说包在她身子，香香这么俊的女子，准保谁娶谁喜欢，一定能找个好人家的。谁知都过了三年，香香一晃也长成大女子了，那边却一直音信全无。这一两年里村子四下五处说媒的都踏破门槛了，可他都看不上。不是后生本人不行就是家境不行。香香打小没娘疼过，终身依靠可要找好。宁夏是富足的地方，也是三边人向往的地方。实在不行的话，得自己亲自出马到宁夏催催。就不信如花似玉的好女子找不到一个好人家。李德瑞打定了主意，心里就轻松了许多。

B5. 四十里长涧烟墩山

就要立夏了,三边的早晨还是凉意袭人。喝了黄米稀饭、吃了大白馍还外带一颗煮鸡蛋的崔二爷,穿上一件绸子马褂,外套一件二毛筒子坎肩,拉一块羊皮垫子独坐在大门口,看着出出进进的人们都毕恭毕敬地向他鞠躬问好,感到十分惬意。等到四处没人了,他便微微闭上眼睛,摇晃着圆滚滚的大脑袋,哼着他最喜欢的那首家喻户晓的陕北民歌《拉手手》:

  我想拉你的手,
  我想亲你的口,
  拉手手,亲口口,
  咱们两个圪崂崂里走。

曲子哼完,他似乎发现了这歌词存在着大问题,自言自语道:"这都甚乱七八糟的破词呀,拉那个女人的手,亲她的口,用得着圪崂崂里走吗?那多不舒服啊,和女人上到好铺好盖的大炕上多好!嘿嘿,快活死了呀!"

崔二爷是土财主出身,是山西大槐树下迁移到三边来的。崔家多少辈子都是省吃俭用、勤劳持家、牙齿上、汗水里创下的这份家业,使得家业辈辈发扬光大,到了崔二爷的大这辈手上,家业殷实到了顶峰。家业大了,人丁却是愈来愈稀疏,这令崔老爷十分头疼。崔二爷排行老

王贵与李香香

二，是二太太生的宝贝疙瘩。别看崔家大门大户，崔老爷却十分钟爱青梅竹马的大太太，这个貌美德高的女人是崔老爷姨家的女儿，崔老爷小的时候就把娶她当成最幸福的事情，所以娶到家后就当她做心中的一颗太阳，别的女人再俊，在他的眼里也没有了兴趣，他是不会动心思的。他与大太太相濡以沫操持着家业，可叹心中的太阳有一个巨大的瑕疵，就是不会生养。心里有愧的大太太看自己的肚子永远鼓不起来，就大度地张罗着给老爷娶个能生儿育女的填房，遭到爱她甚过自己生命的老爷的拒绝，这样僵持了十来年，看着崔家每天死一般的沉寂，无奈，大太太就自写休书逃到庙里出家。事情弄到了这个份上，老爷就勉强说服自己娶了小，而按照约定，大太太必须从庙里还俗，回家坐镇。填房娶进崔家后果然不辱使命地打开了生育的大门，只要老爷肯下苦力耕耘便能有收获，很快就生出一个男娃。遗憾的是这个男娃没过百天就莫名其妙地死了。填房哭得昏天黑地，大太太却淡定地说："崔家有老爷的这块好地还怕连年的灾年？"于是大太太亲自上阵，为老爷和填房服侍。他们两人也争气，一不做二不休，差不多一年一个。只是连生四个女儿后不禁感到了万分的沮丧，甚至对生儿子都失去了信心，又是大太太用胜不骄、败不馁的精神继续鼓劲，直到第六胎，崔家终于生出了掌上明珠崔二爷。之所以叫他崔二爷，是因为此前有过一个没过百天的哥哥。崔家历经磨难有了后人，全家欢欣鼓舞，大太太更是视为己出，悉心照顾。幼小的崔二爷聪明伶俐，受到经常从门口过的那些来自东边的赶牲灵队伍的影响，打小就想着到外面闯荡一番，只是老爷和大太太不住地给他泄气，最远只让他到镇靖念了几年私塾。崔二爷懵里懵懂地念了四书五经，解哈了人之初性本善的大道理。镇靖离死羊湾有二十多里路，家比他近的同学都住在学校，他却是白天去晚上回，家丁全程跟着，寸步不离。

  私塾刚刚读完，有点见识的崔二爷又重新有了见见世面的念头，他想到榆林或则南下西安再读几年书。他的想法自然遭到崔老爷、大太太的坚决反对。年轻人的叛逆之心大概历朝历代都有吧，叛逆中的崔二爷不敢明着来，就和老爷怄气。就这样无声地僵持着。时间一天天地过去了，忽然一个早晨，老爷感到胸口不适，就给大太太交代了一句："赶紧给儿子娶亲，成家立业！"仅半袋烟工夫，就匆忙地走了。少年丧父对崔二爷的打击如同遭遇灭顶之灾。他彻底打消了再出去见见世面的念

B5. 四十里长涧烟墩山

头,全盘接过崔家的家业,成了名副其实的崔二爷。

在大太太的张罗下,老爷子的忌日过了一周年,他就娶了老爷生前早订好的、自己还没见过面的靖边最大的油坊老板的宝贝闺女。对于大太太的提议,他是坚决反对的。死了老子的年轻人要娶媳妇,这放在平常的人家也要等守孝三年满了后;而大门大户的崔家更要讲究孝道,不然会叫四乡五邻的人家笑掉大牙的。大太太说:"特事特办不讲那些没用的规矩,了了老爷的遗嘱就是最大的孝道。"她专断地不问青红皂白地找了最好的阴阳先生定了日子,红红火火地给他娶了婆姨。新婚之夜,崔二爷掀起大红盖头才发现新媳妇奇丑无比,特别是两只眼睛细小得像两条蚯蚓,眼角还吊死鬼般地垂吊下来。这副寒伧的模样使崔二爷原本对新婚的无限憧憬荡然无存。他实在不理解大为甚要给自己娶这样一个婆姨,难道这就是他常常吊在嘴边的丑女是家中宝吗?还是为了油坊大老板丰厚的嫁妆?崔家的钱还少吗,为何还喜欢在"肥上增膘"呢?就在新婚之夜,他不仅把对老爷的怀念彻底抛开了,还对他有了愤懑与痛恨,也为自己娶姨太太找到了堂而皇之的借口。他要娶姨太太,要一个接一个地娶,直到娶不动了才感到释然。当然,经过多年的亲身感受后,他才解哈老爷为自己选定的这个女人的良苦用心。她不仅仅是知书达礼的贤妻良母,更是处事不惊、遇事不慌的罕见女子,即使是自己后来的放纵,她除了关心自己男人的身体,再甚事也不闻不问。老爷的去世使她少奶奶的身份直接变为太太,而等到崔二爷很快娶了二姨太后,太太的称谓又成了大太太。而已升为老太太的原大太太,看着儿子和媳妇将崔家打理得有条不紊,自然放心地吃斋念佛去了。

真印证了丑女家中宝的老话,自从崔二爷娶了大太太后,别的地方旱灾雹灾接连不断,但崔家的这片土地上像是老天爷在罩着,一直风调雨顺,连年丰收。好的年景给崔家带来的财富滚雪球般愈滚愈大,他也像中国的大多数地主那样,有了钱财买土地,有了土地赚钱财,循环往复直到死去。仅十几二十年的工夫,崔二爷就把四十里长涧和烟墩山的全部土地都叫姓了崔。

虽然骨子里和老爷是一脉相通的地主,但他经历的时代和老爷的不一样,也就远比老爷想得开。最令他感到震惊的便是清王朝的事情了,听到强大的清王朝瞬间就土崩瓦解后,他对民国感到恐惧,对这个危机四伏的世界感到很不踏实。他想再也不能做牙缝上节省的地主了!他要

王贵与李香香

未雨绸缪，保护自家的安全，不彻头彻尾地及时行乐，但也不叫自己和家人过得太清贫节省。于是他动了整修崔家大院的心思，特意跑到米脂看了在中国也算最大的窑洞庄园的杨家沟村，在大太太的嚷嚷中，硬是拿出满满一盒的金银财宝，动用了一年的租子，忍痛割爱地划出比原宅子大三四倍的上好风水宝地修建庄园。为了不破坏风水，他按照米脂请来的阴阳先生指引，以原宅子为中心进行了大规模的扩建。先是筑起高达丈余的石头院墙，还在四角修了箭楼，接着用差不多四五年的时间修起六座相连的四合院，还有一个后花园。从外面看崔家大院固若金汤，里面看宽裕奢华。钱花得大太太像是割肉般难受，就连大油坊主的老丈人来了气也憋得不好出，似乎崔二爷就成了花天酒地、不务正业的败家子。而走进兵荒马乱的年代，特别是有一次十几个流窜来的土匪围住崔家大院，又是砸门又是架梯子，折腾了一夜，只能毫无任何收获地逃窜之后，大太太才夸赞他的好眼光。可惜老丈人已经作古，无法为他的深谋远虑叫好了。

"老爷，老爷不好了！"朱管家气喘吁吁地从羊圈那边跑来，惊扰了陶醉在成就感中的崔二爷的甜蜜的回忆。他最不喜欢这个时候有人打扰，就铁青着脸，有些气鼓鼓地责问："你慌慌张张的叫甚叫，报丧呢？一大早不见你的鬼影子，做甚了？"

朱管家沮丧着脸，看也不看他的表情，径自说道："唉，真是麻绳提豆腐，提不起了！羊圈的二愣子，这回估计是彻底爬不起来了！"

"噢，是二愣子的事呀！"崔二爷懒洋洋地坐着，说，"不是把洋堂沙神父给的阿司匹林给他吃了两片了吗？阿司匹林可是金贵的东西。咋，二愣子的病还不好？"

朱管家说："穷小子命贱，哪能享用外国的好东西。唉，这两天二愣子的精气神可是一天不如一天了。可怜他放的那群羊，这都窝在圈里两整天了，饿得'咩咩'地乱叫，都掉膘了。"

崔二爷还是漫不经心地说："平时看起来二愣子还结实，这回得了甚病，咋就爬不起来了？"

朱管家左右看看不远处还有人，便凑过来弯着腰给崔二爷耳语："看那症状，不是麻疹就是伤寒。"

崔二爷猛地从羊皮垫子上坐起来，埋怨管家说："啊，你咋不早说呢。快，快磕看看。"

B5. 四十里长涧烟墩山

崔家的羊圈就在崔家大院对面，两者也只是隔了一条小沟，这也是在整修崔家大院时崔二爷专门隔出来的。这一来大院再也听不见羊群整天咩咩烦人的叫声，二来也闻不到呛人的羊粪味道，三来羊圈刚好三面环着一座小山丘，修建时能省下不少费用。

朱管家一路小跑着在前面引路，崔二爷三步并作两步紧跟着，很快就听到了"咩咩"的羊只叫唤声。两人走进羊圈，百八十只羊都耷拉着脑袋，身子虚弱地趴在地上乱叫着，在好年景里就这数量的肥羊看起来都是满圈的，尔格羊瘦小了，羊圈就显得空空荡荡的。在羊圈一角的杂草堆上，一个人蜷曲着身子呻吟着，看起来浑身充满了痛苦。崔二爷连忙掏出一块手帕，捂住嘴巴。

朱管家比崔二爷走得更近一些，在两三米之外站好，说："二愣子你好点了吗？老爷来看你了。"

二愣子看起来真是病入膏肓了，他艰难地睁开眼睛，身子往这边挪了几寸，就吓得崔二爷连忙后退。二愣子痛苦地呻吟着，说："老爷好，我，我实在是爬不起来了，耽误了羊吃草，对不起啊。哎哟哟，实在是动弹不得了。"

崔二爷嘴上继续用手帕捂着，假惺惺地做出了探身子的动作，说："二、二愣子！你可要想开些，这吃五谷的人哪能不生百病？放心，没事的。话再说回来，我也要感谢你啊，你真是个好老汉，看看自个儿都病成甚了，还惦念着羊群吃草。朱管家，准备一块大洋，赶紧送二愣子回家养病。等病好了，再来放羊。"

二愣子听崔二爷这样一说，似乎刚才的病痛还没这句话刺得痛。他着急地准备挣扎起来，边咳嗽边说："老爷，别赶我走。我大我妈都死了，早就没家回了。唉，自、自打十三岁到你崔家当长工，我就只有羊圈这一个家呀！"说着，二愣子呜呜地大声哭泣，"老爷，别赶我走，羊圈就是我的家，让我在羊圈继续住着吧！呜呜——"

管家早有了安排，家丁很快就走了进来。他们都面无表情，先是站到崔二爷旁边算是报到了，见崔二爷看也不看他们，就走到管家那里。朱管家说："该送二愣子回家了。"几个家丁连抱带拉地将二愣子拖了出去，门口早有马车等候。

在崔家干了大半辈子的二愣子也见过崔家不少卸磨杀驴的事，但看起来是别人的事情今天真遇到自己的头上了，心里就是不甘心啊。他不

王贵与李香香

　　停地翻滚着，挣扎着，把头扭过来看着在一边喂羊的崔二爷的背影，还抱着最后一线的希望，解哈自己活不了多久了不为别的，为的是要死在崔家起码还有人收尸而不被野狗吃掉。然而希望破灭了，此时崔二爷的沉默就是晴天霹雳。二愣子不停地说着："老爷，不，不能这样啊！我二愣子给崔家当牛做马大半辈子，没功劳也有苦劳啊！不能这样对我，不能啊，不能！"等到已经拉出了大门，二愣子感到彻底无望了，他就开始歇斯底里地喊叫，"好你个崔剥皮，卸磨杀驴，不得好死。就是变成厉鬼，我也放不过你个驴日的！"

　　二愣子的声音逐渐变弱，直到消失。听着这样的哀号，崔二爷能说甚呢？他的一生经历过太多这样的生离死别，他面无表情地侧转身子走到那一群羊的旁边，看着羊群，他的心里却说："不怨天不怨地，二愣子你就怨自己的命吧！我为你祈祷，希望你来世转到一个好人家。"他弯下腰捡起了几根干草，爱怜地送到一只皮包骨头的小羊嘴边，自言自语道，"真是不当，小羊乖乖，这该死的大旱，还有二愣子，才几天就叫你们掉膘了。来，吃，吃！"

　　说话间，朱管家从外面进来，看他带着一些得意的脸就解哈了一切。果然，他走了过来悄声说："老爷，全搞定了。"

　　崔二爷淡定地说道："要送，那就送得愈远愈好！"

　　管家颇为自信地低声说："早弄清楚了，他家的土窑洞尔格还在，送回去也算是叶落归根吧！"

　　"那就好，哦，我们崔家的规矩可是一个萝卜一个坑呐，放羊的走了，羊还在，等着的三愣子、四愣子在哪达？"

　　朱管家嘿嘿笑着，说："有，当然有！我甚回办的事老爷你不放心过？"说着，他又习惯性地凑到崔二爷的耳边开始耳语，只见崔二爷频频点头。

B6. 受苦人甚时能出头

　　三边的海拔高,但山梁起伏,山势不高。要说崔家的烟墩山就算方圆几十里最高的山了,当然,烟墩山从严格意义上说也不是山,就是一道长长的、连绵起伏有几十里长的大梁,东高西低,走势向南,山梁的中间竖起了一道像房脊子一样小山峰,还是按着走势,直接插到了山梁西南头的低洼处,那里长着一片茂密的树林,风水先生们就说,这小山峰其实就是崔家的阳具,而那片林子是崔家女人的东西,这样直插进去才保佑了崔家人丁兴旺,事业发达。
　　不管天有多么干旱,这片林子总是郁郁葱葱的,就是老树都被下面的新树芽顶死了,那也不用补栽,新树又在老树身上或者四周不断地发芽,前赴后继地顶上来,新老树一哄而起就像是一个五世同堂的大家族,人丁兴旺枝繁叶茂,不惧怕任何干旱侵扰。谁也说不上林子出现的具体年代,林子茂密起来后一般的砍伐似乎就是为林子挠痒痒了,一些植物如沙柳、柠条等几年不平茬就被新发的芽顶死。平茬、顶死、发芽,多少年来这片林子历经过多少干旱都得以保存。据说林子下面有一个天然储存水的大盆地,当地老百姓亲眼见过有一年这里下了七八十年都未见过的大雨,到处陷入汪洋之中,而这片林子附近却没有存留住一点积水,只听得山洪哗啦啦地汇集在一起,往一个地方流淌着,继而发出了"咕咚咕咚"老牛喝水般的声音,雨下多少老牛就喝走多少,当地人把这个地方叫做金牛洼,这也是这片林子千百年来茂密的原因。
　　一大早,年轻的王贵就来到金牛洼的林子里忙活。连续几年的大

王贵与李香香

旱,加之这周围众多的乡民们都来这里寻柴火,金牛洼的林子已出现衰败死亡的前兆。林子再也没有以前那么茂密,树叶也不像以往那样绿中带黑、黑中透亮的精神,许多叶子卷曲着,毫无生机。等到太阳一竿子高的时候,汗流浃背的王贵望着身后堆积如山的柴火,终于把挥舞着的砍柴刀当啷一甩,从腰间解下一条绳索,三下五除二地捆扎起来,然后擦着汗,席地而坐,欣赏地打量起这几捆柴火,估算着柴火卖到镇靖城里能换多少黄米。不能久坐了,镇靖城还有十几里路程呢。他心里告诉着自己,便立起身子将柴火往肩膀上一背。刚要迈步,就听得天空里传来沉闷的雷声。他仰天长望,天空晴朗,没有一丝云彩呀,怎么会有雷声?就在他诧异的时候,天空又真切地滚过一串串闷雷。王贵的腿有些颤抖起来,记得小时候老人们就说过,听见闷雷和炸雷,要就地磕头祷告,还要念几句咒语。王贵连忙跪地磕头,一时却忘记了咒语。他只好再次抬头张望,却看见蓝天里大的身影飘向自己的头顶,王麻子凄凉的声音顿时传来:"贵啊,大找到你娘了。我们好着呢!唉,大给崔二爷种了半辈子的地,到头来,短下租子命难活啊!我们走了好,离开这个不公平的世界,眼不见,心不烦。可就是,我们都走了,留下你一个孤零零的在世上,该咋过呀!贵,贵啊!放心不下你啊!"

听着熟悉的声音,王贵心里说道:"大,你好好走吧,儿子把仇报了就来找你们。"他使劲地揉揉眼,又抬头在空旷的天空里看个究竟,却看不见大的身影。他把肩膀上的柴火放在一边,紧锁起眉头思忖了一会儿,把手放在砍柴刀的锋利刀刃上反复地摸索,双眉锁得更紧了,腮帮子也鼓了起来。过了一会儿,他又重新背起了柴火。唉,无论怎么样,今天的日子还要继续过。

从镇靖城里卖柴回到死羊湾,夜晚的大幕已经拉开。那个时代城乡联系十分密切,城里有乡,乡中有城。持续的干旱乡里粮食副食蔬菜产不出来,城里也就受到牵连。王贵的柴火足足几个时辰就是卖不出去,最后还是一个好心的老婆婆看着这个后生可怜兮兮的,才照顾了他的生意。老婆婆说市场上粮价飞涨,家家户户都是勒紧裤带过日子,吃得少了用的柴火也就少了。整整劳累一天,换取的就是一个窝头和三两小米。累得都快散架的王贵跟跟跄跄地走回家,看到门口放着一块手巾包的东西,不用问肯定是李香香放下的,里边保准是一块窝头或是一块野菜团子,因为这已经不是第一次了。他小心翼翼地打开一看,果然是一

B6. 受苦人甚时能出头

块掺和了糠的野菜团子。嗅着菜团子的清香，王贵一天的劳累荡然无存，甜蜜之心像十五的月亮油然而生。他连忙躺到了土炕上，一手拿着菜团子，另一只手将手巾放到鼻子下面嗅了又嗅，兴许是菜团子的诱惑太大了，饥肠辘辘的肚子不争气地响了起来，他只好放下手巾，对着菜团子看了又看，猛地像是饿狼吞食般咬了一口，就三下五除二地把菜团子全部送进嘴里。

又是一个十五的月亮从窗户外面悄悄地升了上来，磨盘大的月亮用皎洁的光亮照耀着大地。王贵出神地看着，明知月儿圆时便是思念的时刻，但他此时却不敢再想香香，因为愈想就愈觉得沮丧，可是不想却就愈要想，他就这样承受着煎熬与折磨。和李香香相比他感到十分自卑，就说眼下连一捆柴火都卖不出去，没了这个吃饭的来源，甚至都不知道下一顿饭用什么填肚子。胡思乱想中，突然听得房门"吱"地响了一声，王贵的心便紧缩了一下，紧张地发问："是谁？"门外却是静悄悄的，连一丝的风都没有。王贵又把目光投向月亮，却看到王麻子似乎从月亮里走了出来，很快地就到了自己的头顶上盘旋起来，同时那个熟悉的声音再次传来："大给崔二爷租种了半辈子地，到头来，短下租子命难活啊！"头皮发麻的王贵有些害怕，他大喊一声："大！"接着就歇斯底里地发问，"大啊，你究竟要我做甚？你说，说呀！"他连滚带爬地走出门外，仰起脖子想要看个究竟。大地异常的静谧，静谧得都有些令人窒息。王贵愤怒了，他感觉自己再不将愤怒爆发出来，自己就可能随时爆炸！

在明晃晃热辣辣的太阳下面，这个世界是不公平的：有人穿着绫罗绸缎，吃得肥头大耳；有人却衣不裹体，饿得皮包骨头。而到了万籁俱寂的夜里，在圆圆的、明亮的月光下面，这个世界又是公平的，无论高官平民，无论洋房土窑，皎洁的月亮都公平地、静静地挂在那里。

崔二爷家的月亮和王贵家的月亮看起来是一样的圆和亮，但同样的一轮皓月下的生活和心情却大不一样。明月下，怀揣仇恨的王贵耳畔不断萦绕着大的话，而月亮对他来说仅是一个能照亮对手的大灯笼。太阳和月亮对崔家而言就是花天酒地的由头，初一他们在太阳底下过节日，到了十五又在月亮底下过节日。崔二爷把姨太太们都聚集在八仙桌前、喝酒行乐，尽一个现代地主之所能。毕竟崔二爷年过花甲了，他解哈任何东西都是生不带来死不带去的，只有享乐是属于自己的。

王贵与李香香

月亮升到窗户外面时,崔家的酒宴正推向高潮。戏班子出身的四姨太头戴大红花,扭动着细软的腰肢,姿态风骚迷人。她手里拿着一把桃花扇,对着崔二爷和大家作了一个揖:"下面我给大家演唱一首陕北民歌《挂红灯》。"报完幕,她像水上漂一般地走到桌前。崔二爷还在说着老四"走起来还真像个唱旦角的",她就哗啦甩开了桃花扇,扭动着身子唱了开来:

> 正月那里来是新年,
> 纸糊的灯笼挂在门前,
> 风吹那灯笼呼噜噜噜噜转,
> 我和我那三哥三哥三哥过新年。
> 曾巴一巴一巴曾巴曾巴曾,
> 咳红花一花一花红,
> 红花一花一花红花红花红,
> 咳绿个茵茵,
> 张生你哟是你是妹妹小情人。

崔二爷高兴地扬起双手一边鼓掌,一边叫好,说:"老四唱得好不好?再来一个要不要?"

朱管家和围观的两个家丁鼓掌叫好,二姨太、三姨太两人互相交换着眼神,手不紧不慢地拍几下算是应付,而大太太不知道躲到哪里去了。崔二爷也不管她们的感受,依旧兴致大发,说:"那好,老四,我点一个,就那个《吃你的口口比肉香》!"

> 沙梁梁招手沙湾湾来,
> 死黑门的裤带解不开。
> 车车推在路畔畔,
> 把朋友引在沙湾湾。
> 梁梁上柳梢湾湾上柴,
> 咱哪达达碰见哪达达来。
> 一把搂住细腰腰,
> 好像老山羊疼羔羔。

B6. 受苦人甚时能出头

脚步抬高把气憋定，
怀揣上馍馍把狗哄定。
白脸脸雀长翅膀，
吃你的口口比肉香。
白布衫衫怀敞开，
白格生生的奶奶露出来。
哎哟哟，我两个手手揣奶奶呀哎嗨哟，
红格当当嘴唇白格生生牙，
亲口口说下些疼人话。
……

  崔家里面正红火热闹地赏着月亮、过着十五，冲动的王贵也来到崔家大院门口。看着高悬的红灯笼在微风下轻轻地摇动着，朱红漆的大门透射着凉飕飕的威严。他不由得后退一步，停顿了一下又打起了精神，看着大门愈看愈来气，就猛地扑了上去，使劲地用拳头擂起来。

  听到响动，在偏房里打瞌睡的家丁先跑了出来，接着里面的朱管家也走了出来，厉声喝问："是谁呀？这么放肆！"大门"吱"的一声打开了，管家看到是王贵，对这小子冒冒失失地闯来感到纳闷，纳闷中王贵敏捷地一闪身走进了院子。

  看王贵气咻咻的有些来者不善，朱管家马上换了一副面孔，带着淡淡微笑的神情说："呵呵，是你，王麻子家的小子啊。这真是想上天就被龙抓，刚说要来找你，你就自己送上门了。好，好事。"

  听说管家要找自己，王贵有些诧异，转念一想，这不是睁着眼睛说瞎话吗？一个大管家能找我吗？感到受到糊弄的他更加气愤，厉声又有些怯生生地问："你找我？哄谁呢，咋可能？哼，不和你说了，给我叫崔二爷出来。"他记起了来崔家的使命，就喊着要见崔二爷，往屋子里面闯。

  朱管家把干瘦的身子往前面一拦，说："王麻子家的，你说甚？一个碎娃娃真是没大没小了，也不看看这是甚地方！老爷是谁，是你想找就能找的吗？"他大声斥责着，要往外面拉扯王贵。

  "谁呀！大呼小叫的，坏我的雅兴。"崔二爷满脸怒气地从屋子里面出来。本来他还想听四姨太唱那个《半夜里来了你这勾命鬼》：骑上

王贵与李香香

那个毛驴哟狗咬腿，半夜里来了你这勾命的鬼；搂住那个亲人哟亲上个嘴，肚子里的疙瘩化成了水……多好的歌词和意境啊，就差上炕云雨了，却被一个毛头小子坏了雅兴，崔二爷十分生气。他打量眼前这个后生，看起来有些陌生，便问管家："这是谁家的后生，黑天半夜的私闯崔家，想做甚?! 磕，叫他大来! 会养不会管的东西！"

崔二爷一动气，彻底激怒了王贵。如果说刚才他还有些怯生生的话，尔格被劈头盖脸地骂了，等于给他壮了胆。他马上拉开初生牛犊不怕虎的架势，指着崔二爷，说："你想找我大，恐怕他是来不了了。你解不哈我大王麻子叫你们逼死了吗? 今儿个我到崔家来是讨工钱，不，是讨命来了! 我大给你家揽了半辈子工，到头来一个钱没挣下，还欠了你家一河滩债，都贴上性命了！"

王贵的一席话把崔二爷噎得无以应对，他没想到一个还没长开的娃娃会用这种腔调跟自己说话。倒是朱管家狗仗人势，走上前一把扯住王贵的胸口说："甚，你说甚? 这远有统万城，近到烟墩山，你后生打问打问磕，大门大户的崔家欠过谁的一分钱？"发完狠，他狠劲地甩开手，转身满脸堆笑地看着崔二爷，说，"老爷，这就是我刚和你说过的那个王贵，王麻子的小子！"

好马就烈，好驴都犟。崔二爷听说是王麻子的儿子，就想到了刚刚送走的二愣子和羊圈里的那群羊，便善人一样放松了表情，还堆出了一丝的笑容。他和蔼地说："王贵你这后生不错，这股子硬气比你大都强。不过，也真是可惜了。王贵，你的脑子还是不够用，初生牛犊的劲儿也用错了地方。朱管家——"他叫着管家，使了一个眼神。

心领神会的朱管家不知道啥时候已做好了准备，马上从怀里掏出一个账本，颐指气使地说："王家的后生你可是听好了。王麻子家连续两年租子没交过一颗，三年前的还欠着一多半，按照和崔家的租地契约，共欠糜子两担二斗，荞麦八斗，高粱一担。这还不算，年初又向崔家借高粱三斗，细糠四斗三升，这是和租地有关的，算第一笔；民国十七年腊月二十三，给你妈办后事借崔家大洋五块，利滚利，利加利到尔格是二十一块半，另外再上人头税、印花税共计二十五块大洋，这是第二笔。"朱管家停顿了一下，手指蘸着唾沫不住地翻阅，还乜眼看了看王贵，继续说道，"这是民国十六年的，民国十五年，嗬，这后面还有你爷爷王孝顺的呢，反正多着呢？"

B6. 受苦人甚时能出头

崔二爷满意地说道："王贵贤侄啊，听清楚了吧，这陈芝麻烂谷子的欠账不少吧，你家这是越借越多，就是分文不还。而我们崔家呢，不说账本上的那些，今年看你家揭不开锅了还给借了吧？再怎么，崔家也要帮你们过活呢。我算是菩萨心肠，是不是？尔格，你大是一借债自己一吃喝，然后脚一蹬找你妈享福磕了。可欠下的债怎么办？常话说得好，父债子还！父债子还呐！这个理你不会解不哈吧！听明白了吗？好，朱管家，王贵的事给安排好了！"

朱管家嘿嘿地奸笑着，从账本里弄出一张纸递到王贵面前，说："你来得好不如来得巧，今儿个既送上门来，就画押吧！"

王贵眼睛瞪得圆圆的说："画押？画甚押。"

管家眼睛一瞪，说："你是真糊涂还是装糊涂，刚才念了那么多，你不做崔家的长工咋还债呀？"

王贵彻底地愤怒了，他歇斯底里地说："我不会给你们做长工的，你们凭甚要我做长工，这天底下还有没有王法？"

管家拿着账本在王贵面前使劲地晃动着，说："你要王法，这就是自古以来的王法！"

"好，按照你们的王法，我给你们还债。"王贵说着，像是一头愤怒的狮子，猛地从腰间拔出了那把在月光下寒光逼人的砍刀，冲着刚转身要回屋的崔二爷就要砍过去。大概是感觉到后脑勺有了寒气，崔二爷下意识地把身子往旁边一躲，砍刀飞落，砍到地下站立着。闻讯而来的几个家丁一把将王贵按倒在地，牢牢抓住。管家气急破坏地叫嚣着："快，快给我捆起来。"

崔二爷抚摸着后脑勺大口地喘着气，对着管家说："真是反了，给，给我好好教训教训。"

王贵与李香香

B7. 赶牲灵队伍有盼头

　　三边大地上最令人感到振奋和最有活力的一道风景，就是赶牲灵的队伍雄赳赳气昂昂地行进在山梁上的身影。在"嘀铃铃"清脆的响铃声中，驮着镰刀斧头、锅碗瓢盆、日用百货、针头线脑等货物的赶牲灵队伍，由一匹匹劲头十足的骡马组成。赶牲灵的人更是精神，这些来自东路绥德、吴堡和山西的汉子们，个个浓眉大眼，身材魁梧，常年的野外生活并没有带来疲惫不堪，而是肌肉发达，活力四射。而往往伴随着骡马响铃声的，就是一串串激昂高亢、悦耳动听的信天游歌声：

　　　　走头头儿的那个骡子儿来哎，
　　　　三盏盏儿的那个灯。
　　　　哎呀带上了那个铃儿来哦，
　　　　哇哇儿得的那个声。
　　　　哎呀带上了那个铃儿来哦，
　　　　哇哇儿得的那个声。

　　拉开嘹亮的嗓子唱歌的是一个身材伟岸、国字脸的人，姓林，三十来岁。他被常年的奔波晒得黝黑，看起来却很精神。眼下这支由十多个赶牲灵的人组成的队伍就是他一手创办起来的。陕北是典型的自给自足的封闭型农业经济，但贫穷的陕北物产十分丰富，黄河沿岸有大红枣，南部有小米绿豆小杂粮，北部风沙草滩区有牛羊肉、羊皮，所以就

B7. 赶牲灵队伍有盼头

需要通过赶牲灵的队伍把当地的土特产卖出去，再把需要的日用品买回来。千百年来，陕北这块土地上，运货驮人，终年就是由这些赶牲灵的队伍来承担的。

赶牲灵的脚夫们每天大约要走上六七十华里，要是一些急着见心中小妹妹的脚夫，每天走上八九十里甚至是百里都有的。这也好理解，脚夫们一走就是半月一月甚至两月的，能消除长途跋涉的寂寞便是歇脚的晚上能够给他们提供吃住、交上小妹妹的骡马客栈。"你赶上骡子我开上店，来来往往常见面。大路畔上铃子响，刘成和哥哥过来了。"这首民歌很好地诠释了脚夫们和客栈里小妹妹的关系。

国子脸的人停止了脚步，看着前面的山梁，用搭在脖子上的羊肚肚手巾擦了一下脸，冲着赶牲灵的驼队大喊一声："伙计们，再加一把油，今黑地歇脚的刘家疙瘩就要到了！"

赶脚的汉子们差不多异口同声整齐地说道："噢，统万城客栈！"

"林大哥，客栈的老板娘早等上你了吧？"有一个赶脚人话音未落，众人都哈哈大笑起来。

林大哥不置可否地笑着，信天游里就唱着：四十里长涧羊羔山，好婆姨出在张家畔。张家畔起身刘家峁站，峁底里下去我把朋友看。林大哥来到刘家疙瘩看的不是朋友，而是爱人。"呵呵。"林大哥清了一下嗓子，继续唱起这首赶牲灵的人都会唱的民歌《赶牲灵》：

> 白脖子儿的那个哈巴儿来哎，
> 朝南得的那个呀。
> 哎呀赶牲灵的那人儿哟哦，
> 过呀来的那个了。
> 哎呀赶牲灵的那人儿哟哦，
> 过呀来的那个了。
> 你若是我的妹子儿来哎，
> 招一招的那个手。
> 哎呀你不是我的妹子那哦，
> 走你得的那个路。
> 哎呀你不是我的妹子那哦，

王贵与李香香

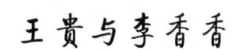

走你得的那个路。
哎呀你不是我的妹子那哦，
走你得的那个路。

　　林大哥韵味独特、韵律优美的歌声在夕阳西下的大地上回荡着，引得家里的婆姨女子们跑出家门远远地张望。赶路的男人们也驻足聆听，就连吃草的小羊、耕作的毛驴和撒野的野狗，都为美妙的歌声深深地吸引。

　　掐指算计着日子的统万城客栈老板娘巧巧，这两天心慌意乱得像是揣了个野兔子。今个早起来更是失态得不能自已，心猿意马的她丢三落四，到大门外搂柴却弄回家来一筐子黄土，要烧水却在壶里没加水，巧巧的失态全部是因为那个人长得帅、歌子唱得好、识文断字更会疼人的林大哥！

　　二十五六岁年纪的巧巧个头高挑，长相甜美，身材凹凸起伏，错落有致，浑身上下无不散发着女人的成熟韵味。巧巧的皮肤更是白皙鲜嫩，像剥过皮的煮鸡蛋，也像刚刚下了蒸笼的豆腐脑，她激动的时候，白皙的脸上泛起些许的红晕，更像恰到好处地涂抹了淡淡的胭脂，谁见了都想亲上一口。当然这不一定是男女情爱的那种亲吻，而是觉得她这个人的可亲。三边出好羊皮但不出好皮肤，像巧巧这样在三边更是难得一见。有些女人把自己的粗糙归罪给老天爷，说是一年一场从春刮到冬的三边风沙把自己的好脸蛋毁了，当和巧巧站起一起时说这些话的女人大概再也不敢这样说了，唯恐闪了舌头。在天生丽质的巧巧面前，那些肆意的风沙也好像怜香惜玉，不敢大耍淫威，风沙刮到了她的脸上也就是轻抚与按摩了。

　　巧巧不是三边人，她生长在被誉为塞上小北平的榆林城里。榆林城是长城沿线上最著名的古城之一，而城里那汪桃花泉水更为著名，此水女人喝了面若桃花，男人喝了壮如公牛。打小受到桃花水滋润的巧巧，有如此面容皮肤，自然不足为奇。巧巧生在一个小手工业者家庭，父亲是城里最有名的银匠。心灵手巧的银匠能看着墙上的画做出物件，无论龙凤呈祥、百鸟朝凤的大挂件，还是银锁、银手镯、银项圈，还有其他的金银首饰，他做起来犹如庖丁解牛一般熟练，手艺在陕西内蒙古宁夏

B7. 赶牲灵队伍有盼头

一带很有知名度。

人常说一句话，肥的上增膘，瘦的上捅刀，表达了对这个不公平社会的愤懑。但是，谁家找对象时也遵循着这个规则，要的是门当户对，有钱人找有钱人，是好上加好的强强联手；而穷人找穷人，则是瞎子配瘸子，西葫芦配南瓜。巧巧家虽不是开银行的大门大户人家，但祖祖辈辈做着边客生意，整天过手的又是黄金白银，从钱财方面来说也算是城里响当当的富裕人家了。日复一日年复一年，巧巧像是一棵雨后的春苗，一不留神就出落成了如花似玉的大姑娘。有女百家求，好女千家爱。巧巧才十三四岁，老银匠家的门槛就被上门求亲的人踏破了，前街的叶状元、吴名医，后街的张半街、刘银行，大凡榆林城里有适龄儿子能数得上的人家都来上门。纷至沓来的提亲叫表面矜持的老银匠内心乐开了花。谁料，来说谁家，女儿都是一副爱理不理的态度，再不就是要嫁你嫁，我可一辈子就守在家的气话，几次弄得老银匠差点吐出血来。

不是巧巧生理有甚问题，也不是巧巧不想嫁人。只有她解哈自己心里的位置早给一个人占据了，再也不可能给别人留出空间。这个人就是她家的邻居高榜眼婆姨的亲侄子，从米脂来到榆林中学念书的艾崇武。中国大地军阀混战，人人自危，民不聊生，而他们两个年轻人不谈风花雪月，却都对民族的未来有着深深的焦虑，交换着对中国未来的看法，都解哈德先生和赛先生，这样的两颗年轻的心，发生碰撞便是自然而然的。要说这艾家也是大户人家，在米脂县有十里水二十座山，他们家就是坐落在蟠龙山上的一个窑洞庄园。后生长得相貌堂堂，看起来有一股书生气，文雅俊秀。在老银匠和女儿怄气的时候，榜眼婆姨就正式摊牌，说出她家侄儿和巧巧已经相好的一二三四。大女子自己寻婆家本来就是丢人的事，传出去老银匠家会名声扫地的，再说寻的又是米脂的乡下人，这颜面更是没处放。虽说老银匠就是一个手工个体户，但他以城里人自居，还是小北平的城里人，就有着天生的自豪感和荣耀感。米脂的地主再怎么有钱，也是土啦吧唧的乡下人，离城一丈就是乡棒嘛。所以他严词拒绝了乡棒的提亲。当然他更不知道这个年轻人是榆林中学的进步学生，正在积极争取加入中国共产党。为了早日斩断两人的联系，老银匠和婆姨一方面出演着没有新意的一哭二闹三上吊的把戏，另一方面就越俎代庖地替女儿选定了在天津开银行的解大人家的二公子，还给

王贵与李香香

男方家送去了生辰八字,选好良辰吉日,只等着到时候一出嫁,进了解家的门,自然一了百了。可是,老银匠只知道女子无才便是德的古训,却不知道女子有才不听话的事实,他把本来就喜欢打抱不平的女儿送到学校识文断字就算走错了一步。上了学,有文化,而且知道中国革命的巧巧,岂能善罢甘休服从家庭的安排?!结婚前巧巧看起来十分乖顺,可是就在全家人放松警惕的新婚前夜,巧巧跟着艾崇武跑得无影无踪,成了载入榆林县志的一个大事件。老银匠气得一病不起,银匠铺也就关张了事,没过几年,老银匠撒手人寰去了极乐世界。

巧巧出走后,年轻气盛的她想托人捎话给家里,说明自己的出走不是为了男人,而是为了民族的未来。但这些所谓民族、国家的大道理能说服别人吗?无非令人家听起来就似痴人说梦,所以她才作罢,等于和家庭彻底地决裂了。当巧巧和艾崇武南下西安,东去太原,北上包头,绕着一大圈转了两三年后,发现外面的世界和想象中的完全不一样,不仅没找到一丁点儿用武之地,而且连自己的落脚之地都找不到,连温饱都成了大问题。后来,他们在到宁夏发展的路途中,遇到了一支赶牲灵的队伍,里面竟有艾崇武家的伙计。当米脂的老艾地主一把鼻涕一把眼泪地撵到靖边,求着儿子艾崇武跟他回米脂做大少爷时,那个满口理想、爱着巧巧的人,早已经被几年的奔波磨灭了理想和斗志,如果说以前他是看在巧巧的坚决鼓励下才没有妥协回家的话,尔格好不容易在父亲面前有了台阶,就在巧巧和父亲之间选择了父亲。临分手时,艾崇武给巧巧磕了三个响头,说了声等着我回来寻你,就头也不回地扬长而去。丢下这个孤苦伶仃的女子,叫天天不应叫地地不灵,走投无路的她只好跑到红石峁的悬崖边思考自己的出路。姓艾的男人已没任何希望,名声扫地的又无脸回到榆林,在举目无亲的此地只有等死。她瞅瞅眼前的悬崖,突然意识到下面倒是自己唯一的出路,只要往前迈出几步,就能腾空而起消逝在蓝天白云中。拿定了主意她顿时感到了释然和轻松,于是就认真地整理着头发和衣服,有些壮士断腕一般的气魄,一步步接近了悬崖。就在她准备腾起一跃跳下去的紧要当口,听到空旷的田野里传出了一个好听的磁性声音:"女子,你等等,可不敢做甚憨事情!"是人是鬼,这荒郊野地的竟有人在身旁?她马上吓得软瘫倒地。只见一个相貌堂堂的男人跑了过来,这个人就是林大哥。他赶着牲灵刚刚走到

B7. 赶牲灵队伍有盼头

附近，突然闹起了肚子，便躲开伙计们到这边找拉屎的地方，上天就让他巧遇到了这么一幕。后来，已成为恋人的他们躺在一起不知说过多少回，两人这样的相遇不是缘分二字能说透的。更令她动心的是，赶牲灵的林大哥竟也是榆林中学的毕业生，是真正的男子汉，参加过西北地区向国民党打响第一枪的清涧起义。

林大哥救了巧巧的命，并未一救了之。得知她寻短见的前因后果后，林大哥就苦口婆心地劝导她，道理翻得令她泪水涟涟。林大哥察觉这个女子很有理想，并不是简单的爱情失意，便稍微透露了自己的身份，说："你看我们整天赶着牲口做着贸易，你知道我们心里想的是甚？告诉你，是赶走天下欺负百姓的豪绅恶霸，让这个社会平等，人人有饭吃有衣穿，最后号召劳苦大众一起努力，建立一个和谐富饶人人平等的民主国家。"巧巧听了这番话，灰塌塌无神的眼睛顿时变得明亮起来。琴瑟共鸣，找到了共同的志趣就燃起了活的希望。后来，巧巧才知道林大哥的身份就是共产党员，而且在共产党领导的清涧起义中差点送了命。逃脱后，才按照党组织的安排，组建了这个赶牲灵游击队。虽然他们的游击队人员不多，但为陕北的革命组织运送物资，传递情报，起到了重要的作用。

为解决巧巧的后顾之忧，也为了建立一个固定的联络站，林大哥经过向上级组织请示批准，建起了这个统万城客栈。之所以建在刘家疙瘩，是因为这地方虽是走西口的必经之路，不知道甚原因多年来就是没人在这里建起客栈，赶牲灵的人们路经此地不是赶紧走大站到二十里外的东坑客栈，就是提前到离这里十几里的岔上歇脚，有时候不注意走到前不着村后不着店的这块地方，脚夫们的心里就都有些发毛。决定修客栈后，重整旗鼓的巧巧跟着林大哥走了几趟西口，暗暗考察了别的客栈的经营之道。仅仅经过三个月的时间，林大哥就将买的一块荒坡地平整出来，他们砍了十几棵柳树，备足了几百条椽子，伙计们齐心协力，建起这座后来在走西口路上名噪一时的"统万城客栈"。林大哥几乎每隔上半月就要来客栈住上几天，歇歇脚，拉拉话，进行休整，这里成了他唯一的家。

"统万城客栈"字样的一串红灯笼亮闪闪地在微风中轻轻摇动，门口黄色的大幡高高地飘扬。客栈院子里，有人在整理货物，有人喂着宝

王贵与李香香

贝牲口，有人洗脸洗身子，充满了浓浓的生气。只要林大哥他们的赶牲灵队伍到来，一定给客栈带来比别的赶牲灵队伍更旺盛的勃勃生机。

在客栈的屋子里，林大哥和弟兄们打着哈哈喝着烧酒，所谓重色不能轻友，来了客栈不能直接到巧巧房里歇息。他们的酒喝得正酣时，巧巧提着一袋子旱烟走了进来，一个伙计看见了便起哄，说："林大哥，早叫你看老板娘，你却就要留在这达陪我们喝酒，尔格看看，惹老板娘生气了吧？"

巧巧的脸红扑扑的，她深情地看着林大哥，对起哄的伙计甩手就是一烟袋，嗔怪道："快拿上这好烟叶堵住你的臭嘴吧。"

林大哥显得不好意思，他站了起来，用袖子擦了擦炕沿，招呼巧巧坐下。有人又起哄，端起酒杯叫老板娘喝酒。巧巧也不拒绝，正在喝时，刚才的那个伙计提出两人要喝交杯酒。巧巧说就你麻烦，却大大方方地把胳膊拐了过来。林大哥倒是有些不好意思了，可是犹豫中他的胳膊已被巧巧勾了过来，只好喝了交杯酒，引得大家一片喝彩和掌声。

喝过了交杯酒，林大哥才低声问："你的事忙完了？"

巧巧会意地点了头，对着大家说："伙计们，谁还和我喝交杯酒？"大家说："我们都想和你喝，就怕林大哥打死我们。"

"哈哈，那好，我给大家敬一杯酒，找你们林大哥有事说。"

大家就起哄，说："敬酒我们也不敢喝了，春宵一刻值千金，赶紧忙你们的吧。"巧巧说："这可是你们说的，那好，我们就走了。"说着就拉着林大哥走出去。大家互相看着，有人就带头开始起哄，嗷一声吼一声，还唱起了"拉手手亲口口，咱们两个圪崂崂里走"。林大哥逃一般地走出了屋子，而巧巧却回过头，扬起了胳膊，笑眯眯地做打人状。

巧巧和林大哥一前一后走进自己的屋子，随着屋门"吱"的一声闭上，她就扑到林大哥的身上，两人紧紧地拥抱在了一起。

林大哥是陕北最早的共青团员之一，也是榆林中学的学运策划者和组织者。后来由于遭陕北军阀井岳秀的迫害，他被迫逃亡西安。1927年秋按照上级的指示，跟随着陕西省委派出的共产党员唐澍、白乐停来到陕北清涧，与当地的共产党员李象九、谢子长等一起，利用共产党组织掌握的井岳秀部第十一旅第三营为主力，联络千余名官兵，发动了震惊中外的清涧起义，打响了西北地区武装反抗国民党统治的第一枪。由

B7. 赶牲灵队伍有盼头

于起义部队行动方向不够明确，战术应变不够灵活主动，屡遭国民党军队袭击，损失惨重，不得不分散隐蔽。林大哥也是九死一生，逃脱出来，联系到上级党组织后，经组织同意，组建了这支赶牲灵游击队。

昏暗的油灯下，巧巧躺在林大哥的手臂上，眨巴着眼睛与林大哥拉话说："唉，陕北十年九旱，加上苛捐杂税愈来愈多，如今三边的乡亲们对中国的老天爷和周围那些'洋堂'里神父的上帝算是彻底绝望了。前一阵子死羊湾的地主恶霸崔二爷逼债逼死了王麻子，乡亲们更是把这些地主恨到骨头缝里磕了。"

林大哥探起身子显得有些激动，他说："巧巧，告诉你一个好消息，刘志丹、谢子长的队伍，已在陕北地区成了大气候。上级指示我们，要尽快发动群众，建立自己的武装，与反动势力作坚决的斗争。"

巧巧一把抱住他，高兴地说"嗯，那就太好了。我们真要是有了自己的武装，那些坏人就不敢这样猖狂地欺负乡民了。不过，三边这个地方地广人稀，乡亲们住得分散，要说发动群众也不是件容易的事情，走家串户耗费时间，走动多了也容易引起怀疑。人最集中、最多的地方就是崔家的油坊。能把那达的油毛子和他们的亲戚朋友组织起来，咱们的力量就能马上壮大。依我看，不如找时间就到油坊和那些油毛子接近磕，探探他们的态度。"

林大哥亲了一口巧巧，说："对呀，不入虎穴，焉得虎子。油坊是崔二爷的，但油毛子受他的剥削压迫很深，所以很容易觉醒。"

巧巧点点头，表示赞同。

林大哥说："我这一走就是半月一月的，真难为你一个人顶着这么一大摊子了，又忙又累的，令人心疼。"

巧巧神情专注地望着他，慢慢地把视线转向了屋顶那些横七竖八的柳椽，过了一会儿，她真诚地说："人就是要忙、累着才好，真要闲着了，恐怕就剩下整天想你了。想你又见不上你，岂不是更难受。"

林大哥动情地把巧巧搂进了怀里。

王贵与李香香

B8. 甩羊鞭王贵苦难言

　　王贵被崔家偷偷地关起来已过了两天。心灰意冷的他，目光呆滞，脸色蜡黄，不吃不喝，不说不动，死人一般地蜷曲在羊圈里放置柴火的角落。朱管家带着家丁来过两次，还送来一碗照见影子的米汤和两个裂着大口子的黑窝窝头。这些饭食，对于肚子饿得咕咕作响的王贵无疑是山珍海味。但是他咽着口水就是不吃，心里愤愤地念道："呸，恶心死了，老子就是做饿死鬼也不吃你崔家的东西！"王贵吃不吃东西管家不管，管家知道一条大后生三天两响是饿不死的。管家来了的职责便是喋喋不休地劝说王贵替崔家放羊，他左说崔家如何仁慈，右说崔家的长工如何享福，王贵听来全是骗人的胡言。

　　王贵不知道，自己失踪的这两天，李香香急得口舌生疮，差不多快要发疯了。在给王麻子办丧事的那几天，她大大方方地抛头露面，但在平时她是不敢光明正大地和王贵来往的。毕竟一个大女子家，和年轻后生接触过多会叫乡民们笑话的。所以，她每天不知要多少次竖起耳朵或睁大着眼睛，远远听着、看着王贵家那边的风吹草动。每天入夜，直到听见王贵家的破门吱的响了，她才开始安稳地入睡。十五那天晚上，本来她是等着王贵家闩门的声音，却听到王贵开门离开的声音。这么晚了他要干吗？她好想起来问个究竟，但碍于外屋还在咳嗽着的大，她没敢吭声更没敢出门，只是侧耳聆听着。谁知从此后几天里竟再也没听到一点动静！在万分不安中，她彻夜难眠，天还麻麻亮时就爬了起来，顾不上躲避还躺在炕上睡觉的大，便急巴巴地跨过门前的小沟，推开王贵的

B8. 甩羊鞭王贵苦难言

家门,一看炕上的行头,她便知道王贵未归。他会去哪里呢?随后的时间里,她一天三四次地往王贵家跑着看,也走遍附近的大小山沟和一道道山梁,还到过红石峁的河滩和金牛洼的林子,均是一无所获。

今儿个,她拖着疲惫的身子回家时,大早把做好的黄米干饭递到面前,还专门放了两勺子猪油。大爱怜地说:"香香,吃点吧。唉,看你这两天都瘦成甚了?"

满脸憔悴的李香香把碗推开,说:"大,你自个儿吃吧,我,我不饿。"

"疯跑了一天,哪能不饿?唉,孩子,大解哈你的心思。还是先把饭吃了,吃饱了,大给你说说想解哈的事。"

"真的?"李香香马上来了精神,摇动着大的胳膊,着急地说,"大,快说,快说呀!你解哈王贵哥在哪达?"

李德瑞指着饭,李香香马上端起来大口吃了起来。也就吃了半碗,她放下了碗对大说:"吃饱了,快说呀!"李德瑞叹了一口气,缓缓地说:"王贵呀,估计在崔家!"

崔家?李香香感到难以置信,这咋可能?他磕崔家做甚?虽说有些质疑,她也顾不得和大再深究,一转身跑出去,冲着崔家去了。她家坡底下有几个衣衫褴褛的老汉蹴在几块大石头上晒太阳,村里公认最有文化和见识的雷老汉正给大家讲薛仁贵征西。余晖下,老汉们披着金色的晚霞,虽然饿得没有了气力,但故事听得还是津津有味,有两个老汉流出了鼻涕也忘记去揩。李香香小的时候就喜欢听这些老汉们讲的故事,大了,虽然心里痒痒的,想听也不好意思去听。在老汉们的注视下,她急火火地来到崔家门口。望着那两扇紧闭的大红漆门,她不知该如何是好。从太阳西下到夜幕降临,李香香一直在崔家周围徘徊着。

崔家的大红灯笼亮了起来的时候,王贵哥依旧没有丁点消息。茫然的李香香一无所获地正打算回家,刚刚转过身子要走,听得崔家大门响了起来,只见崔二爷和管家带着一个家丁急匆匆地走了出来,凶狠狠的家丁手里除了拎着一个马灯还拿着一根鞭子。她敏捷地躲到一旁的黑暗处,要看个究竟。只见几个人黑着脸翻过了门前的那条小沟,到了崔家的羊圈。李香香似乎明白了一些,又甚也没有明白,她思忖着。

"哎,小子,你在干吗呢?来,马灯过来照一下。"管家进到羊圈就咋咋呼呼地说道,"啊,捏上泥娃娃了,还真有你的,瓦罐里的水和

王贵与李香香

着地下的泥,搞起了闲情逸致!"依旧卷曲在草堆上的王贵,麻麻的光亮中正聚精会神地拿着一块泥巴捏着,随着马灯的照亮,看到他捏的是一个俊女子的模样。

崔二爷嘿嘿的笑声中弥漫出了淫荡的意味,说:"管家你看看,你不是说这后生几天都不吃不喝了,咋还会想着女人?唉,看来无论穷人富人,连牲口也一样,临死上也都喜欢女人的,特别是俊女人呐。"

"的确如此,如此!"管家附和着。

崔二爷调转了话题,往前面走了一步,还躬了腰冲着王贵说:"后生,盘算得咋样了?这押你是画还是不画?"

见王贵眼睛都不眨,朱管家走上前踢了王贵一脚,说:"小子,老爷问你话呢,耳朵塞上了驴毛,咋不说话?"

"别胡来。"崔二爷假惺惺地制止了朱管家,继续说道,"娃娃小,要耐着性子给翻道理嘛!王贵呀,我们中华民族是世界上最有名的礼仪之邦,自古以来甚事都是讲理说性的!就说你家的事情和你大王麻子吧!他年老久病又吃不上饭,说着就走了,的确很不幸啊。不过哪个人又不死,能在这个世上活上一万年?话说回来,你大办后事的时候我们崔家对你也不薄呀,看你可怜,不是给你借了半块大洋吗?唉,人死不能复生。同理,欠债也不能不还!你呢,父债子不还,还想动杀气。我大人大量不仅饶了你,看你一个人无依无靠,就收留你做长工!其实,真做了我家的长工,就成了我家的人嘛,山上放羊,油坊做工,和那么多的乡里乡亲、老少爷们一起,又热闹,又有吃有穿有依靠,两全其美,多好的事情!将心比心,馍馍换点心呐。这样吧,我问你,要是我俩换了个,你该咋做?还是好好盘算盘算吧。"

王贵哼了一声,气鼓鼓地扭过头。管家要上去教训王贵,崔二爷举手阻拦。场面一时十分尴尬。

> 说下时间定下话,
> 你这几天不来做什么。
> 唑拉拉滚水下进个米,
> 人人都有就短你。
> 野鹊落在羊圈咋,
> 一定给妹妹捎来话。

B8. 甩羊鞭王贵苦难言

　　大洋蔓蔓葱五颗，
　　总总想你三天多。

　美妙的歌声如天籁之音，突然传了进来，几个人转动着脖子寻觅着，似乎真的有天女下凡。崔二爷还不住地问："甚情况，甚情况？"
　李香香忘情地唱着，她相信王贵哥就在附近，自己的歌声一定能给王贵哥带来好运，逢凶化吉，渡过难关。

　　蔓蔓开花小苗苗旺，
　　从小就拴在你身上。
　　河里头流水九层冰，
　　看你十回九回空。
　　天天刮风天天下，
　　天天见面拉不上话。
　　大白兔来红耳朵，
　　想谁也不像想哥哥你。
　　心上的话儿嘴里唱，
　　哥哥想咱都一样。
　　三天里没了音信，
　　知心人不来你因为甚。
　　等到明日见你的面，
　　知心的话儿都拉遍。

　歌声飘走了，崔二爷的脑袋还在空中转着，如痴如醉。等到灵醒过来，发现声音是从门外传来的，就叫管家出去看看。管家很快回来，说没看见人。崔二爷狐疑地看看左右，对于无源之声感到了震惊与莫名的恐惧。
　崔二爷收回目光，重新看着王贵："说，答应还是不答应？"
　歌声一响起来，王贵就听出是香香妹子的，眼前便出现了香香甜美的微笑和少女羞涩的神情。他解哈香香会唱歌，没想到她的歌竟能如此美妙动听，沁入自己的心脾。情不自禁中，他把手里的泥人贴到自己的胸前，顿时感到两颗年轻的心跳动在一起。"王贵哥，你可不能做傻事

王贵与李香香

呀,你要是做了傻事,香香妹子怎么活呀!"他似乎听到李香香在和自己说着悄悄话。是啊,古话不是说,君子报仇十年不晚吗,为何不能退一步再仔细思量呢?想到这里,王贵浑身顿时有了巨大的力量,他一咬牙对着崔二爷和管家说:"好,父债子还!王麻子的债,我给你还!"

还在刚才的歌声中狐疑的崔二爷醒悟过来,不明白王贵为何突然答应,就手一拍高兴地夸赞道:"就说你是一个灵锤锤嘛!后生有前途,保险比王麻子强。来,快来,签名画押!"

管家更是屁颠屁颠的,他高兴地拿出纸笔,放在王贵跟前,指点着画押的地方,王贵看也不看就画了押。管家拿出印泥要他用大拇指蘸了,却见王贵用牙齿咬破了指头,用自己的鲜血按到那张卖身契上。崔二爷看了心里冒出了一股股冷气,刚才的高兴劲烟消云散了。想着刚才飘来的不知是人还是鬼的神秘歌声,看着眼前这个倔强后生眼光里透出的那股狠劲,真不知道这个长工对崔家是祸还是福。就这样,王贵父债子还地做起了崔二爷家的羊倌。

三边地处河源涧地与风沙草滩过渡地带,是北方蒙古草原向西南部的延伸,这里地域大、梁峁多,地形地貌适宜畜牧业的发展,要不是这两年持续的大旱,天苍苍野茫茫风吹草低见牛羊的诗情画意在三边也是经常呈现的。三边宜牧,三边人也就和羊只有着天然的联系,三边的三宝里面就有了皮毛。三边人发着羊财,三边人和羊就有着天然的亲近感。好的年景里,再穷的人家也要养几只羊,凭着这些羊只换点日用百货、针头线脑。王贵的家也不例外,他长到六七岁时,大便给他做了一根细细的鞭子,他赶着家里的三只羊,学着那些老羊倌们的样子,响亮地甩起鞭子,在家门口放牧起来。

属羊的王贵对羊的情感是骨子里就有的。即使是羊只不姓王而姓崔,一旦让他接管了,他还真是全心全意地把心思扑到羊身上。为了这些羊只能在贫瘠的大地上找到一些吃食,天还麻麻亮,他就醒来。头一个晚上放开吃了两个窝头,加上年轻身体好的缘故,几天的疲惫一扫而光。沐浴着东方泛起的晨光,他把这些朝夕相处了几天、但毫无交流的羊只们赶起了身,将瓦罐里的一点水倒出,与找到的一点朱红色调和了,拿起一根柳棍,一边清点着羊的数量,一边专注地将朱红色涂在羊背上做了记号。等他大汗淋漓地做完了这一切、赶着羊群走出羊圈时,东方已经出了朝霞。

B8. 甩羊鞭王贵苦难言

"王贵哥，等等我。"王贵前后招呼着羊只，突然的叫声吓了他一大跳。只见李香香眼圈红红的，怀里还抱着一双鞋子从路边蹦蹦跳跳地闪了出来。

王贵定睛看是李香香，有些意外，本能地说："香香，一大早的，你咋来了？"话说过后，他马上觉得不能这样热情，顿时拉起了脸。他前后看着，用放羊铲挖起一块黄土，掷向跑得远的两只羊。

李香香也帮着赶羊往一起聚拢，她走进王贵身边，害羞地将鞋递了过去，说："试试脚，看合适不？"

王贵接也不接，把鞋子推回到李香香手里，接连掷了几铲子土，一声不吭地赶着羊群走了，丢下李香香一个人在那里发愣。

都说女人的心是夏天的云，说变就变，可是男人心咋也是这样？受到委屈的李香香眼泪在脸上滚动着，虽然她在王贵家有时也感觉到了冷淡，但实在弄不明白，他咋能毫无道理地这样对待自己？她抹着眼泪刚要放声大哭，好让王贵听到，试探他的内心究竟如何，却看到崔二爷的儿子崔小宝一边放肆地在大路上撒尿，一边探头探脑地窥视着这边的动静，她只好把哭声吞进肚子，默默地离开。只听得后面传来崔小宝的叫声："香香姐，等等我，等等我！"李香香一看崔小宝撵了上来，三步并作两步走，最后索性跑了起来。崔家的这个半傻子，每次见了自己就要亲热，烦死人了！

63

王贵与李香香

B9. 油神下凡祈福平安

黄芥开花金点点，
哥哥就爱你的花眼眼。
大河畔上栽柳树，
花衫衫耀得哥哥好眼雾。
拔不起黄芥带不起艾，
下不下个狠心怎来来？
山曲儿好像没梁子斗，
甚时候想唱甚时候有。
芝麻黄芥能出油，
信天游里甚都有。
……

  信天游里唱的黄芥，是三边大地上极为普遍的一种榨油作物。漫山遍野更多的榨油作物是胡麻，矮矮的胡麻开着白色的碎花，星星点点地点缀着大地。到了秋天收获的时节，胡麻散发着淡淡清香，黄黄的杆、褐色的果，在勤劳人们的喜气洋洋中走进了千家万户的院落，承载着三边人对未来美好生活的寄托。

  胡麻的种植催生了三边的油坊发展。至于三边手工榨油的工艺起自何年何代，谁也说不清楚。老辈们倒是传说，很久很久以前，一位神仙在三边播下胡麻种，收获后，当地人不知道胡麻有何用途，喜出望外的是有外来人整袋子收购这种作物，当地人就用它来换取百货布匹。有一

B9. 油神下凡祈福平安

年三边罕见地风调雨顺，胡麻获得了前所未有的大丰收，东西多了就没有了价格，大量积攒的胡麻带给乡民们的是无限的惆怅，于是有一个人听说人家拿走胡麻是用来榨油的，自己也就尝试着在家里榨油。试验了多次出来的胡麻渣是油汪汪的，就是分离不出麻油。已耗尽了全部资产的这个人百般无奈之下，决定一死了之。一个月黑风高的晚上，对这个世界有颇多留恋的他，对着老天爷不住地长吁短叹，等到头遍鸡叫之后，实在不得不死了，就下定了死的决心，一头扎进蒸料用的蒸锅里。此时正遇到一股清风吹来，把炉火烧得很旺，他很快就被活活蒸死了。他生前一直修善积福，救助贫苦。他的善行，老天爷一直在关注着。他一扎进蒸锅，就被请到了天上。老天爷专门派他到天庭的榨油匠人那里学习榨油诀窍，等到他手艺学到后便封他为黑虎爷，命他下凡，把榨油技艺传到民间。他返回三边，附身到一位老人身上，毫无保留地将榨油技艺传给了当地百姓，并要他们代代相传，为三边百姓造福。看到厚重的油梁和柱子人们把握不住，他就从天庭里带来两个帮手，这就是榨油时帮忙按压油梁的大梁与梁柱的"大将军"和防止油梁左右摇摆的"二将军"。"大将军"与"二将军"驻守在各家油坊，以保油坊的平安。掌握了传统手工榨油工艺的三边人，吃水不忘打井人，他们把黑虎爷尊为榨油匠的祖师爷，在每座油坊内供奉黑虎爷的牌位。而每次开榨前，都要在牌位前点上油灯，上香祈福，期盼黑虎爷保佑顺当榨油、多多出油。

崔家油坊里敬奉黑虎爷的神龛下面，摆放一个长长的香案，虽说是灾年，但上面还是放了几颗青色的毛杏、一碗小米干饭和半只猪蹄等祭品。平时口无遮拦、打打闹闹的油毛子们一脸的严肃，一干人通通光着脊梁，恭敬地跪在神龛的前面，看着立起身子的李德瑞在香案前烧表敬香。只见他神态安详，步履稳健，三炷香的青烟冉冉升起之后，他高举香烛对着神龛毕恭毕敬地作了三个揖，然后将香烛插进香炉里，自己退后三步跪倒在神龛前，带领大家虔诚地叩了三个响头。

上香仪式完毕后，油毛子们各就各位忙起自己手头的活计。油坊二师父手把着出油嘴，查看好设备后立起身子，面对着伙计们亮了一嗓子，嘹亮地唱道：

一炷香油神下凡，

王贵与李香香

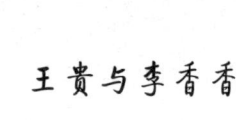

  二炷香永无灾殃，
  三炷香阖家安康，
  四炷香神龙吉祥。

  二师父的歌声激发起了油毛子的热情，充满喜悦的油毛子们全都光着脊梁，兴奋地喊起了号子。这个时候，他们不管麻油是不是属于自己的，只觉得是自己的劳动结了硕果。油毛子们一边继续做工，一边齐声唱了起来，有几个平时活泼一些的人还就地扭动着身子，欢快地跳着陕北大秧歌：

  一篓子麻油亮晶晶，
  装着大伙颗颗心。
  两篓子麻油两条龙，
  富人享福咱受穷。
  三篓子麻油出死水，
  为甚财富都姓崔。
  四篓子麻油走四方，
  山山峁峁飘油香。
  五篓子麻油五魁首，
  油神高兴跟我走。
  六篓子麻油六六顺，
  穷乐和来少忧愁！

  李德瑞看到大家都准备好了，就定定神，像一个指挥着千军万马的将军那样有力地一挥手，高声宣布："出油！"
  油坊二师父接着用更亮的嗓门喊着："出油！"
  从油坊里的各个环节上，兴奋的油毛子一个个传递着共同的声音："出油，出油，出油，出油！"
  万物都是通灵性的，兴许是受到油毛子的情绪感染，那些亮晶晶的麻油也不再扭扭捏捏地躲藏在深处，它们不负众望，欢快地一股脑流淌出来。油毛子们欢呼着，不知甚时候进来观看出油的林大哥也被他们的乐观情绪所感染，充满着好奇又兴奋的他，激动地鼓起掌来。

B9. 油神下凡祈福平安

油毛子们发现进来了外人，便都表现出了不高兴的表情。看眼前的这个人一身老板打扮，李德瑞就没有发作，只是满脸不高兴地问道："你是谁，从哪达来的，咋随便就进来了？"说着就挥手要他出去。林大哥解哈大概是坏了人家的规矩，就识趣地往外面走，跟在后面的李德瑞出了门，看见统万城客栈的老板娘巧巧身着红色喜庆的衣服，亭亭玉立地站在附近，就明白了究竟。看来这个老板是巧巧带来的人，巧巧解哈女人是不能随便进油坊的，所以才躲在外面。这个巧巧呀，不愧是大城市榆林城的人，不光长得叫大家心疼，而且大度泼辣会说笑话，经常介绍那些赶牲灵的客户给油坊，因此油坊里的人对她都高看一眼。

"李师父，忙啊？"巧巧见李德瑞出来，便热情地问道。

李德瑞也连忙打招呼，说："巧巧，你咋有闲工夫到这达来？"说着就走近巧巧旁边，扭头用眼睛询问这人是谁？巧巧正要回答，油坊二师父抱着一篓子油走了出来，看见巧巧和那个老板，就打趣说："老板娘，这个标致男人是你的相好吧？"巧巧有些得意地嗔怪他，说："是我的相好咋的了，你眼红呀？哼，告诉你，人家是绥德来的林掌柜，赶牲灵队伍里的头儿，从几百里路上慕名而来，专程来看你们麻油的。"

巧巧是很大方的，但她的大方在谁跟前都是一样的话语和动作，而这次的大方就有些不同，说话的时候眼睛里都带着几分爱意和得意。二师父看在眼里，心里五味杂陈，很不是滋味。他假装大度地说："难怪人家常说米脂的婆姨绥德的汉，清涧的石板瓦窑堡的炭。这个绥德的男人长得就是不一般。"这样说完心里更不自在起来。自打巧巧建起了客栈，她落落大方的做派，无拘无束的性格，和谁也打着哈哈能说上话的喜庆劲儿，很快就成了这一带穷人们心目中的女神。当然，早就听说巧巧有一个男人，相貌堂堂，没想到见了本人如此英俊。唉，是男人都会对美若天仙的巧巧产生些非分之想，但想到她已名花有主了，口水也就只好咽进了肚子。

不管舒服不舒服，听到人家是专程来拜访油坊的，李德瑞就来了劲儿，颇有些成就感地拍着胸膛说："林掌柜，要说看麻油算是走对地方了。别看我们死羊湾人没文化，但要说榨油的技术，在全中国不敢吹，就在满三边里，死羊湾的麻油是数一数二的。这油坊不榨油，也香飘十八里；要是开始榨油的话，那香味啊，能飘到半个三边。要是刮上北风的话，说不定能飘到榆林城呐。我们的麻油在方圆百十里那是顶呱

王贵与李香香

呱的。"

林大哥爽朗地笑了，说："俗话说酒好不怕巷子深，尔格是油好不怕巷子深。我大老远的，也就是冲着李师父你老哥和这些上好的麻油，从百里外闻着味寻上门的。"

油坊二师父哼了一声，有些妒忌的意味，说："这位老板还真会说话，难怪老板娘——"他看了一眼巧巧，发现她正用眼睛瞪着自己，就把话逼了回去，叹了口气随即换转话题，说道，"麻油再好能顶甚！和我们这些下苦的油毛子一点尿关系都没有，油坊姓崔呀。人家的油坊，人家的麻子，人家的香油，说不好的话，连我们的命也是人家的。甚时候把我们身上的油榨干了，我们就当做油渣被扫地出门了。"

"不要瞎说，好好干你的活。"李德瑞看二师父对一个生人牢骚满腹，口无遮拦，便阻拦住。

"本来就是嘛。"二师父有些不服气地歪着脖子。李德瑞见状，说："你领着林老板好好看看我们的设备和榨油的工艺，快磕做点正事。"说着，他就独自忙起自己的事情。

林大哥和巧巧下意识地对视，从眼神的交换里看得出对二师父感到满意。林大哥递过去了一只烟袋，说："还望师父关照。"可是从二师父的眼睛中分明投射出一股熊熊的火焰，虽然这股火焰就是纯粹的妒火，但他认定，死羊湾的革命火种就要从油坊二师父身上开始点燃。他跟着二师父在油坊里外转了一会儿，问这问那的，二师父基本上懒得回答。但他也做出无所谓的表情，最后说："你们的麻油真的不错。我先订上二十桶，至于价格嘛，就是没有巧巧，我也相信你们的为人。"说着，他把手伸到二师父面前，"交给朋友。"二师父似乎有些为难，看巧巧期待的眼神，他很不情愿地伸出了手，象征性地与林大哥握了一下。

"晚上叫上几个要好的弟兄，我请你们到客栈喝酒。"林大哥大度地说着。二师父刚要说不妥就要拒绝，却见巧巧有些愠怒地看着自己，拒绝的话到了嘴边却成了"行，谢谢了。"

看着人家两个亲密地离去的背影，二师父直想扇自己一个耳光。在漂亮女人面前，男人真是贱。模样俊俏的女人就是他妈的一个好骑手，再刚烈野性的骏马都会被制得服服帖帖的。也好，今天油坊出了油，也是人家崔二爷家的喜事，没有甚值得庆贺的事情，倒是到客栈喝酒，可

B9. 油神下凡祈福平安

以为自己放松一下。再说了，答应的事情哪怕是陷阱也要往里面跳。这就是豪爽义气的三边人的性格。今天出油了，后响的事就不多了，李德瑞安顿二师父领着大家收拾家什后独自回家。大家又忙了一阵子，干完活。二师父张罗几个和自己脾气相投的弟兄，说起到客栈喝酒的事。这年头连饭都快吃不上了，还有酒喝，大家自然高兴得欢呼雀跃，立马就要起身。二师父直说大家真没有出息，自己却也坐不住了，看着太阳还不紧不慢地高悬天空，他实在等不及了，就一挥手带着大家起身。路上，他吩咐大家要拿出三边男人的劲头，齐心协力地把那个姓林的放倒。大家异口同声说了没麻达。赶在太阳快要落山前，几个人就急火火地来到客栈。

他们的提前到来被林大哥看做是一种三边人肝胆相照的侠气。通红的砖茶已经熬得滚烫，端出来的时候还点了一壶马奶子。奶子倒不稀奇，估计是赶牲灵队伍里的马匹中有奶水，当下挤出来的。稀奇的倒是一小碗黄灿灿的炒米和两块乳白色的奶酪。奶茶泡炒米，放点奶酪，简直就是神仙的活法。可惜，这些平时还常见的东西，灾年里对贫穷的油毛子来说就是久违了的金贵东西。三边之北就是蒙古，所以许多风俗和蒙古族人相差无二。他们喜欢大碗喝酒大块吃肉，然后喝着奶茶唱着酒歌，一醉方休，过简单粗犷的生活。唉，该死的、狗日的大旱！

这个外表英俊的林大哥还真够意思，把这酒场弄得正式隆重。他请大家坐到土炕上，面前放了一张四四方方的炕桌，一会儿工夫便调出了一个凉拌野菜，一个胡萝卜丝，上面亮晶晶的都淋了不少麻油。荤菜则是水泡的肉干，吃起来没有了任何肉的味道，甚至味同嚼蜡，但是对于许久都没有见过肉的人来说，这样的水泡肉干无疑就是山珍海味。当然，炕头摆放的那两坛子老酒，更是令油毛子们垂涎欲滴的东西。他们互相交换着眼神，对今天的酒宴充满了期待。嗜酒如命的二师父虽然暗自咽着口水，但到尔格还保持着矜持，哪怕面对炒米的诱惑，也只是喝着奶茶。

七八个酒碗在炕桌上一字排开，像是几只可爱的小公鸡张着小口在嗷嗷待哺，小小的桌子有了几分拥挤。林大哥拎起酒坛子，挨个往里面倒酒，动作有些大了自然有几滴洒扑洒到碗外面，二师父下意识地用手去接，酒落在手上还是不听话，湿漉漉地往下直淌，他赶忙用嘴巴去舔手掌，吸得吱吱的声音逗得大家哈哈大笑，他发现自己的失态，也就嘿

王贵与李香香

嘿地笑了起来。他看着林大哥，自我解嘲地说："好东西可不敢糟蹋了。"

林大哥看着二师父笑了，这是那种亲切的开心的笑，他端起一个酒碗，说："我这个人走南闯北之所以能在江湖上混得下去，靠的就是朋友。今儿个，油坊的诸位师父给我林某人面子，我就先干为敬了。"一仰脖子咕嘟两声喝了个底朝天。二师父没想到这个东路人这么豪爽，毫不示弱地端起了碗，也是一个底朝天。大家纷纷效仿，都喝得开心痛快。

每人喝干三碗，便有人开始了豪言壮语，海吹自己到榆林上包头走宁夏闯西安，道出了一揽子过五关斩六将的辉煌历史，有一个说逛过榆林城里的窑子，那女人俊得和巧巧差不多。正遇到巧巧进来看茶，难免就被巧巧给了一巴掌，逗得大家颇为高兴。有一个油毛子大着舌头说了要尿尿，谁料下炕时脚下一软竟顺势倒在了地下。

林大哥见状就问大家这酒咋样？众人连说烧心不上头，必定是好酒。刚才腿软跪地的油毛子也说，先软胳膊后软腿，好酒喝了不怕鬼。

林大哥说："这是你们芦河水酿的芦河老酒，岂有不好的道理。"

"我们家也是芦河水酿的酒，咋就没有这么好喝？"二师父问道。油毛子们平时能喝到的酒都是自己家或亲朋好友酿的酒，但味道的确没今儿个喝的醇绵幽香。

"这是陈年老酒，起码储存了十年以上，今儿个招待朋友才特意拿出来的。"林大哥解释道。

原来如此。他们的酒都是当年酿当年喝，嗜酒如命的人们是不可能把酒储存这么长时间的。大家摇摇头。

"解哈芦河的来历吗？"见大家纷纷摇头，有人甚至说芦河就一条小小的河，能有甚来历？林大哥便给大家讲起故事，"远古洪荒，也就是很早很早以前，我们这里还是一片无边无际的汪洋。在天上十个太阳的烤炙下，汪洋干枯，大部分地方露出了地面，倒是留下碧绿的一个小湖。这湖水荡漾，犹如明镜一般，吸引了天上的月亮公主。她偷偷地跑下来洗了个澡，洗完就在软绵绵的沙滩上散步。闻着浓郁芬芳的花香，浑身上下淋漓酣畅，月亮公主便彻底地迷上了这片人间仙境，每天晚上都要来洗澡的地步。就这样日复一日，年复一年地洗着，湖水开始浑浊起来。"

B9. 油神下凡祈福平安

"啊,天上的仙女身上也有垢痂子?"正陶醉在仙女洗澡有事中的二师父听到仙女洗得连湖水都弄脏了,便好奇地发问。逗得大家开心地大笑。他看着林大哥,感觉到不好意思,便说,"还是继续吧。"

林大哥说:"湖水浑浊了,那么咋样才能把这浑水排出磕,使水重新清甜新鲜呢?月亮公主陷入了深思之中。有一天,她走出湖面,越过沙滩,看到了一道吐着芳香的绿油油的草坡,非常高兴,一脚踩下去,竟踩开了一眼哗啦啦的泉水。她喝了一口泛起朵朵浪花的水,那么的凉爽和香甜!月亮公主陶醉着,然而她没有发现泉水愈流愈多,都把小湖淹没了。情急之中,她突然看到了一根粗壮的柳棍,就连忙抓起来,用棍子在湖边使劲地扒拉着,试图疏导湖水。仅扒拉了几下,湖岸边就出现了一条深深的壕沟,四处溢出的湖水都乖顺地顺着这条壕沟流淌起来。月亮公主赶紧在水流的前面跑着划壕沟,水就紧跟着在后面流淌,就这样不知道过了多久,三边大地上出现了一条由西向东,滚滚滔滔的河流。这条河时而涨,时而落,时而清澈,时而浑浊,谁解哈为何飘忽不定?那是月亮姑娘害怕泉水流淌完了自己洗澡不方便,所以每次洗完澡后就用一块大青石把大半的泉眼盖住,留一小点儿让它慢慢地流着。她下凡洗澡的时候就搬开大青石,让泉水喷涌而出。这条河就是大家都解哈的飘忽不定的无定河。仙女洗澡的时候,无定河挟带着泥沙汹涌而下,平时,泉眼盖住了流出来的汩汩清泉就慢慢流淌出了一条支流,就是我们靖边的芦河。"

"啧啧,说了半天,我们喝的原来是仙女的洗澡水,多脏啊。"一个油毛子惊讶地说着,但还是显得美滋滋的,一副陶醉的表情。

二师父拍了一下他的脑袋,说:"你想得美,仙女的洗澡水那是神水,想喝能喝上吗?"

"来,我们继续喝,这是芦河水酿的芦河酒。"林大哥又打开一个酒坛子的塞子,豪放地给大家的碗里倒上,说,"如果无定河是母亲河的话,芦河就是无定河的女儿。芦河清澈纯净,天真无邪,酿的酒更加醇绵入口,像月亮公主。"

"嗨嗨,林老板故事讲得好,陈年老酒更好。来,大家一醉方休。"二师父高兴地说着,端起碗和林大哥碰了,一饮而尽。谁料,这碗酒下去,他竟呜呜地哭泣开了,不住地骂着狗日的干旱和灾年。

林大哥给大家斟满酒,说:"大旱是我们贫穷的一个原因,可不是

71

王贵与李香香

唯一的原因。大家想想，前两年风调雨顺的，再往前看，我们的老先人们经历过多少风调雨顺的年景，可为何我们穷人就是住不上瓦房，穿不起绫罗绸缎？我们甚至都吃不饱穿不暖，祖祖辈辈受穷。"

二师父大着舌头说："那就是命，命中注定啊！不是说，人、人的命，天注定吗，胡思乱想，顶用吗？"

"不是命，是这个社会出了问题。比如崔二爷他——"林大哥刚要考虑从崔二爷说起，竟勾起了大家伤心的记忆。二师父发疯一般地扯起嗓子大喊："崔二爷，我操你妈，操你祖宗八辈！"他的咒骂像是一根导火索，引来了一连串的叫骂声。借着酒劲，大家伙儿个个争先恐后地列举崔二爷的种种丑恶罪行。有的说他欺男霸女，是个罪恶滔天的老淫棍；有的说他是一个假善人，表面上是个笑面虎，其实长了一颗蝎子心，崔家上下几十个长工和那些租地的乡亲们，哪家没有受到他的欺负？那个朱管家狗仗人势，是一个狼心狗肺的家伙。二师父拉着林大哥的手，说："兄弟，你是一个好人，看起来也是一个识文断字的念书人，你有法子帮我们治一治崔二爷吗？要是能治崔二爷，我先替大家谢你了。"说着就和他碰杯。等到这碗酒碰过后，二师父随着自己的脑袋一歪，拉风箱般的鼾声就响了起来。另外几个人也直说困了，就横七竖八地倒头睡觉。有两个还要喝酒，巧巧已经收拾了残羹剩饭，只给他们提供酽茶了。

酒会成了控诉会，这正是林大哥想要得到的目的。刚才他还插不上一句话，尔格说话却没几个人能听得明白了。他和巧巧对视而笑，显然是为了今天取得的成果。

B10. 拦羊的人儿有人疼

  自从那天被王贵冷落,生了一肚子闷气的李香香感到很委屈。热脸贴上冷屁股的事,别说放在一个大姑娘身上,就是搁在小伙子身上也不好接受。心中的愠怒又没地方磕发泄,只好对着那双不知花费了多少心血的鞋子撒气,她把鞋子扔在地下,愤愤不平地踩上几脚,有一次还想用剪子把鞋子铰碎。当然,她解哈这样做只不过是玩自欺欺人的小把戏。

  岁月是不给任何人留情的,不管你希望它驻足不驻足,它总是忠实地按照自己的程序不断地前行着。在烦恼的李香香浑然不知中,夏季就到来了。王贵哥像是一个驱之不散的幻影,时时撞击着她的脑海。以前,还能在他家的土窑洞里看到他;做了长工后,他就再也没有回来过。入夜,她辗转反侧,难以入眠。她的心里不知多少遍暗自吟唱着那首《老祖先留下了人爱人》:六月的日头腊月的那风,老祖宗留下个人爱人。三月的桃花满山山红,世上的那女人就爱男人。天上的星星配对对,人人那都有一个干妹妹。骑上那骆驼风头头高,人里头数上那咱二人好哟。王贵哥——,每当吟唱完这首情歌,她总是不由自主地叫着王贵哥,心里像受到惊吓的羊羔,身子仿佛被放到火炉子上一样烤炙。这就是一个思春少女的情怀,男人愈是不搭理她,她就愈觉得这个男人好。为了这个男人,她可以放下尊严,放下名誉,愿意付出一切。

  在水草肥美的时候,羊群可以懒散悠闲地吃着草。尔格,面对龟裂

王贵与李香香

的赤野,羊只们拖着疲惫的身子,满世界乱窜着寻找吃食。凡是能揪起来的野菜野草早被一拨又一拨的人们拔光了,留给羊只的就是用嘴巴和鼻子找寻得到的那些好不容易破土而出的一缕缕嫩芽。王贵记得红石峁有一个高高的悬崖,下面有一股长流水,水经过的地方是一个很小的盆地。他相信这个盆地有水淌过的地方一定是一片绿洲,没有淌过水的地方也一定是湿漉漉的,会有水草出现。于是他赶着皮包骨头的羊群,过了红石峁里著名的一线天和夹皮沟,再走三四里羊肠小道,费了九牛二虎之力来到这里。一看,果然见到了久违的绿色。这绿色虽说有些星星点点的,多数都泛着淡黄,但对饥饿的羊群来说无疑就是走进了天堂。羊只们撒开了欢,放开肚皮,先是吃得喷喷有声,等到肚子滚圆后,屁又放得噗噗有声。无论两种声音中的哪一种,王贵听起来都像是春雷一般悦耳动听。羊只们安顿好了,他也有时间想自己的事情了。他想着死去的大,想着自己今后的生活,想着如何实现那个十年不晚的报仇夙愿,但无论想甚事情,李香香的影子总是不时地闯了进来,搅得他心神不安。信天游,不断头,断了头就没法解忧愁。

还是不想这些烦心的事了。王贵手里抓起河滩上的一团泥巴,左右捏了几下就出现了一个女子的雏形,怎么看都觉得是李香香。他感到沮丧万分,便站了起来"啊——"地亮了一嗓子,开始肆意地吼起不断头的信天游。红火的大太阳下,他的信天游和那些山峁、沟川、半死的树木、无尽的原野,开始了淋漓尽致的直接交流:

    太阳出来一点点红呀,
    拦羊的人儿谁心疼。
    月芽出来一点点明呀,
    拦羊的人儿谁照应。
    羊肚子手巾三道道兰,
    拦羊的人儿回家(呦号)难。
    一难没有买冰糖的钱,
    二难没有好衣(呦号)衫。
    天上的星星三颗颗亮,
    拦羊的人儿谁照(呦号)应。
    天上的星星三颗颗亮,

B10. 拦羊的人儿有人疼

  拦羊的人儿好凄（呦号）慌。
  拦羊的人儿好凄（呦号）慌。
  好凄慌哎——

  一扯嗓子咋就随口唱出了这么一首歌？王贵对下意识地唱出这首低沉悲怆的腔调和歌词感到十分不爽。他也许不知道，信天游是心灵深处情感的自然流淌，是鬼魂般附着并游荡在人体上的一种精灵。信天游具有无可比拟的时空穿透力，能煽动想象的翅膀，从心里和喉中自由地飞翔。孤独与寂寞的王贵，面对着干旱的土地和自己内心情感的折磨，他没有一点心情，唱不出土地给农人们带来收获和希望的喜悦。
  王贵正在沮丧的时候，突然，如天籁之音的信天游从天边飘来：

  三十三颗荞面九十九道棱，
  小妹妹弄不好就是人家的人。
  你黑着脸不和妹妹说，
  你叫妹妹心里急得哭。
  四十里长涧三十里水，
  妹妹白黑地里就想你。
  水流千里归大海，
  妹盼哥哥的心转回来。

  歌声还在山谷里回荡着，王贵已是泪流满面了。良久，他放开捂着的脸开始四下找寻，在红石峁的红彤彤的悬崖边，一尊伫立着的女神正面对着自己瞭望，他心上的堤坝有些松动，心里喊着香香："香香，可不能埋怨我啊。"于是就喋喋不休地开始解释和自责，但还是不知如何是好。天空中又飘起了李香香柔美急迫的声音："王贵哥，王贵哥，我在这达，在这达啊。"只见那尊女神的手拼命地朝着这边挥动，听着一声声柔情似水的呼唤，王贵心的堤坝算是彻底崩溃了。他也拼命地招手，扯开喉咙喊着："香香，香香！"
  王贵与李香香不好意思地并肩坐到一达，转身对视着却一时不知说甚是好。李香香没有了刚才的大胆泼辣，小鸟依人般怔怔地看着这个日

王贵与李香香

思夜想的男人，而王贵把手里的泥巴倒来倒去，以掩饰自己的不安。

"王贵哥，刚才捏甚了？不会是我吧？"李香香找到了话题，主动问道。

王贵不敢直视李香香的眼睛，看着脚下面，反问说："不是你，还能是谁？"

李香香问："你都不理我，还捏我干甚？再说了，好久不见我了，脑子里大概都盘算不起我的模样了，就是你的手艺再高，也捏不像呀。"

"谁、谁说捏不、不像？"王贵着急得有些结巴，一指自己的身后，说，"我就是闭着眼都能捏出你。你看那么多，哪个不像？"

李香香扭头看过去，果然后面摆放了大大小小十几个泥人，她欢天喜地拿起来挨个端详，留发髻的，长辫子的，站着的，坐着的，蹲着的，喜怒哀乐，还有一个是撅着嘴的。尽管表情各异，但都惟妙惟肖，令李香香心花怒放。

"王贵哥，你的手艺见长了。还记得小时候捏的我吗？"

王贵红了脸，说："咋不记得了。第一次我学着捏你，把你捏成一个老和尚，你哭得都给我大告状了。"

"你喜欢我吗？"李香香来了一个突然袭击。

"喜欢呀。"王贵想也不想，随口道。

"那你为甚不理我？你说，说呀！"

"唉，香香，一言难尽啊。我大死得不明不白，我不能就这样饶了仇人。再说我是一个揽工汉，一人吃饱全家饱，咋能拖累你。"

"不许这样说。揽工汉？你看我大你大他们谁不是揽工汉？我不嫌弃。再说，要报仇，两个人的力量总比一个人大吧！"

"香香，说实话，那天我的身上藏着砍柴刀到崔家讨说法，差一点就把崔二爷劈了。他们把我关起来后，我才静下心来想了很多，甚至都想到了一死了之，那样也能早点磕我大我妈那达。可是，想到、想到了你，才又有了活下去的勇气。毕竟老人们说过，好死不如赖活着。可是打算活了，又不知以后该怎么活。我在生与死的门槛里进来出去，管家像崔家的催命鬼一样催。我不管一切，就是在等待，却也不知道自己在等待甚。那天晚上，你的歌声从天而降后马上进入到我的心里，我彻底地灵醒过来，解哈了我大说书时常常说的话，留得青山在不愁没柴烧，君子报仇十年不晚。是啊，连自己的命都不要，那咋能报仇呢？我也解

76

B10. 拦羊的人儿有人疼

哈了，喜欢一个人就是叫她无忧愁，为了不连累你，我不搭理你，就是为了叫你无忧愁。"

"你真是个憨憨。"李香香听完王贵的一席话，笑着嗔怪他，"人的最大的忧愁不是因为吃饭穿衣，你看吃着山珍海味、穿着绫罗绸缎的崔二爷的姨太太们，她们并不都是开心的。人的欢喜是来自心尖尖上麻麻的，颤颤的，嘻嘻，我也说不清的感受。"

李香香甜蜜地说着，发现王贵用火辣辣的眼睛盯住自己，便脸红扑扑的也盯着王贵，说："你看甚？"

王贵呢喃道："香香，你真好看！"低声吟唱起了信天游：

　　四十里长涧羊羔山，
　　好女子出在死羊湾。
　　世上的女人比星星多，
　　最俊的只有妹子你一个！

李香香手里拿起一块泥巴，也深情地唱起：

　　沟湾里胶泥黄又多，
　　挖块胶泥捏两个。
　　捏一个你来捏一个我，
　　捏的就像活人脱。

王贵也拿起刚才未捏完的泥巴，一边捏着一边对唱起来：

　　哥哥身上有妹妹，
　　捏完了泥人叫妹妹。

李香香应声道：

　　妹妹身上有哥哥，
　　捏完了泥人叫哥哥。

王贵与李香香

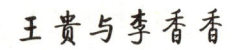

　　王贵手里拿着泥人，情不自禁地张开双臂呢喃着香香妹子，李香香也心跳加剧地呻吟着王贵哥，两人像是两块南极与北极的磁铁，自然而然地吸在一达，难以分开。

　　人的一生中有多少个第一次，第一次呱呱坠地，睁开眼睛看这个美好又无奈的世界；第一次咿呀学语、踉跄学步；还有第一次亲吻、入洞房和女人的第一次生孩子……但在那个封建时代男女之间授受不亲，男女之间第一次的紧紧拥抱，愈是难以呼吸就愈是甜蜜壮美、幸福无比，这样的拥抱可以珍藏一生。

　　"王贵——你不要脸，不许抱我的香香姐，不许你捏我的香香姐。"一个稚嫩的声音对于两个扭扭捏捏初次拥抱的人来说犹如晴天里的炸雷响在天际，两人紧张得一时不知如何是好，紧张中甚至都忘记了分开。只见崔二爷的公子崔小宝不知从哪里突然闯过来，狠劲地拉开王贵，并把王贵手里的泥人一把抢下，使劲一摔，又猛踩上几脚，然后气鼓鼓地从地下挖起一块泥巴，一边揉着泥巴，一边讨好地对着早已经羞得满脸绯红的李香香说，"香香姐，我给你捏，保准比这个揽工汉捏得好，捏得俊！"

　　回过神的李香香一把推开崔小宝，厌恶地说："谁要你的脏手捏呐！"

　　崔小宝说："我就捏，就要捏，捏完了我还要娶你当我的婆姨！"

　　李香香这回更是又气又急："你瞎说些甚，谁要给你当婆姨？猴娃娃家的，小心闪了你的嫩舌头。"

　　崔小宝的少爷脾气上来了，他倔强地拉住香香的衣袖，说："就你，就你，就是你。回磕我就给我大说，过几天就娶你当婆姨啦。"

　　一旁的王贵瞪着眼，不知哪来的一股劲，伸出一只手抓住崔小宝的一个肩膀，将那胖乎乎的身子提起来，说："你小子要是再瞎说，看老子扯烂你的臭嘴不？"

　　王贵突来的愤怒，把崔小宝吓得瘫坐在地下，立马不敢言语了。再看到王贵立起身子，在崔小宝的头顶上"噼啪"一下响亮地甩了甩羊鞭，这小子吓得如死人般安静。王贵看着面如土色的崔小宝，拉起李香香的手说："我们走，离开这个小混蛋。"说着，赶上了他的羊群离开了。

　　看着王贵与李香香逐渐远去的背影，崔小宝呜呜地放开声大哭起

B10. 拦羊的人儿有人疼

来，他双脚在泥地上胡乱踢着，歇斯底里地喊叫："来人啊，王贵欺负我啦，抢我的婆姨香香姐啦。"

崔小宝是崔二爷的独子，也是崔二爷和正房大太太生的儿子。崔小宝出生时崔二爷差不多已到了知天命的年纪，就是大太太也已年过不惑。崔小宝降生到崔家也真是命中注定的。风流倜傥的崔二爷从来就看不起长相对不起自己的大太太，特别是在大太太连生两个女子、自己又娶了另外三房姨太太之后，他再也不与大太太同房。那年，崔家遇到了十年不曾有的大丰收年。秋收过后，崔二爷看着粮满仓、羊满圈、油满缸的兴旺光景，面对满堂的家人夸赞大太太治家有方，一高兴，喝醉了酒的他就破天荒地钻进了大太太的被窝，两棵发了新芽的老树缠绵在一起，竟找到了意外的快活。崔二爷醉眼蒙眬地愈看压在身子底下的大太太愈俊，就不知疲倦地愈战愈勇。次日早晨，大太太依旧很早就起来操持家务，酒醒后的崔二爷看着又老又丑的大太太，真惊讶昨晚上的美感是从哪个圪塄里出来的，弄得自己神魂颠倒。对这个丑婆姨，自己的心里还有些后悔。谁解哈，就是这次疯狂的最后同房，大太太这棵老树开花又结果，高龄产下了崔小宝。崔家的长子降生，崔家张灯结彩好不高兴。崔小宝满月的时候，油坊主老丈人拄着拐杖来到女婿家，亲自给崔小宝戴上一把银锁，意寓锁住外孙子的灵魂，不受神鬼的打扰，使其健康快乐地成长。大太太更是吃斋念佛保佑着儿子。

等到崔小宝开始发育时就看出了问题：他头大腿短，眼睛小鼻子塌，长相上和大太太有几分相似，但是脑子非但不像大太太那样灵光，而且还有些呆头呆脑的，不好使。直到四岁，他才会叫大。九岁到私塾念书，两年念下来只会背诵一句：人之初性本善。整天憨头憨脑的，满世界里撒野。崔小宝的憨态，高兴了姨太太们，她们说这是当年银锁没有戴好，锁坏了小宝的脑子。很快，崔小宝到了十二岁开锁的年龄，崔二爷不惜代价地举办了开锁仪式，想一洗儿子的笨脑子，虽然他解哈无济于事。开锁仪式其实就是一种成年仪式，意味着娃娃的魂魄齐全了，长成大人了，同时也寓意着打开了智慧的锁链，让娃娃从幼年的蒙昧中解脱出来。仪式举行前，崔小宝穿上了新衣服，然后由大太太的娘家兄弟用钥匙打开挂着的用十二层红布围裹着的大锁。崔家在祠堂里祖宗牌位前摆设了一个猪头和其他的贡品，然后由崔二爷点燃了香烛，先是敬神祇，接着敬祖先，跪地磕头。这些程序完成后，开锁人要崔小宝坐在

王贵与李香香

筛箩里，打了一把大油伞，将开锁人脖子上的锁挂到崔小宝脖子上，崔家有一位长者开始念叨着喜词：

> 头顶鱼，怀抱兔，脚踩莲！
> 九石榴，一佛手，守住亲娘再不走！
> 金鱼鱼，活兔兔，俺娃娃活个没数数！

大家正在为崔小宝祈祷，谁知这小子自打进到了祠堂就盯住了供桌上的猪头，坐在筛箩里的他乘大家的注意力都在祷告上，猛地一把将猪头上的耳朵揪了下来。最气不过的是崔二爷，差点儿背过了气。大太太心里堵着，但依旧说宝宝还是个娃娃，乖，你就好好地吃。她张罗着举行完了仪式。

掌灯时分是崔家大院最热闹的时刻。崔小宝端了自己的饭碗，挑了几根粉条放进嘴里的同时想离开餐桌，被大太太厉声喝住。他擦了一把流淌在脑门上的汗珠，喊着热，得到了娘的默许后，他才敢离开。出了门，把饭碗往墙角的狗跟前一放，他飞一般地跑了。感到狐疑的朱管家紧跟着崔小宝想要看个究竟，就随着他走进了长工们吃饭的院子。

山上劳作的、油坊榨油的、河滩放牧的，崔家的几十个长工都差不多踩着太阳落山的点回到了大院，此刻也正在开饭。大家依次排队，先是拿了大粗碗，挨个到掌勺师父面前的篮子里拿两个黑乎乎的糠窝窝团子和一勺子稀糊糊的汤汤。崔小宝贼眉鼠眼地看着，找不到王贵的影子。正在纳闷，只见王贵急匆匆地跑了进来，一看就知道是赶着羊群进圈拖了一些时间的。只见他也是轻车熟路地从篮子里拿出窝头，一口就咬住一个，然后递上大粗碗。刚讨了一勺子汤汤，突然眼前上来一个人，猛地夺过碗，一把摔在地下，"当啷"一声，汤水四溅，碗也打成了几块瓷片。王贵还没有反应过来，手里的窝头也被夺下了。似乎明白过来的他刚要拿下嘴里叼着的窝头，却被一只胖乎乎的手夺了下来，忽地就砸在了他的脸上。窝头是一些粗糠与烂菜混合在一起做出来的，摔在脸上犹如被土疙瘩砸着般疼痛。王贵揉着脸定睛一看，原来是崔小宝，就说："你疯了，咋打碎我的碗？"崔小宝气急败坏地说："不给你吃饭，打碎你的碗，我还要打你呢，叫你欺负我，和我抢香香姐。"

看出些端倪的朱管家上前几步到了崔小宝身边，立即追问道："小少爷，这个王贵咋的你了？"

崔小宝气鼓鼓地指着王贵，说："他不要脸，给香香姐捏了那么多的泥娃娃，还抱香香姐。我不让，他就骂我，还想打我。呜呜——"

朱管家扬起手，狠劲地给了王贵了一巴掌，说："他妈的还反了你？也不尿泡尿照照自己是做甚的，胆敢惹小少爷生气？给我滚！"

王贵的眼泪早已经在眼眶里打起了转转。他的眼睛深处喷射出一股愤怒的火焰，死死地盯着朱管家和崔小宝，而两个拳头也下意识地逐渐攥紧，似乎就要抡起来了，这时耳畔仿佛想起了大说的君子报仇十年不晚的话，他松开了拳头，一言未发地转身离开。

朱管家感觉到了王贵由愤怒到平息的过程，看着王贵离去的背影，他瞪着眼凶狠地喊叫："你要是再胆敢惹小少爷生气，小心拧下你的脑袋！"目光收回来对着崔小宝，马上十分柔和地说，"小少爷，为甚你也想捏那个李香香？"

崔小宝晃动着大脑袋，嘿嘿笑着，有点不好意思地说："香香姐长得可俊了，像画里的美人。"他说着，还真有些害羞，一转身，像兔子一样跑开了。

这下轮到朱管家发愣了。这个干瘦的老管家，纹丝不动地呆站在院子里，半晌才反应过来。他自言自语道："嘿嘿，这他妈的种子和种子就是不一样啊。少爷的魂才刚全了没几天，就会想女人了，还解哈俊女人。这倒真印证了老子英雄儿好汉、老子卖葱儿卖蒜的千古名言！这情况是要赶紧给老爷说说。"

崔二爷正倚在炕头吸着大烟，这是前几年才有的嗜好。这玩意儿有瘾，喜欢上了还真是难舍难割。随着年龄的增长，一般女人对他是没有多少吸引力的，再说身子骨也不争气了，闲暇的时候老就想着离死愈来愈近了，人世间的好事还有多少没有享受过？一次，他头痛多天不好，大太太就拿出她大留下的一块大烟土让他吸了一口，他顿时头脑清晰，心旷神怡，不仅病痛全无，还没了烦恼，连未来的死亡都感到是奔赴一个美丽的地方去享乐。从此他就喜欢上了能带来腾云驾雾感觉的这个东西。他四姨太是行家里手，此时她正帮着给崔二爷安上泡泡，然后自己也准备躺在旁边来上一口。见朱管家进来，她老大

81

王贵与李香香

不愿意地下了炕。

朱管家嘿嘿笑着,说:"不好意思,打扰你了,四姨太。"就立在炕沿。崔二爷长长地吸进去一口烟,品味着云来雾去的感觉,看得管家也直咂舌头,似乎也想享受一番。过了半晌,大概是从云雾里面回到了凡间,崔二爷才记得身边的管家,问道:"你急急忙忙的有甚事情?"

管家有些吞吞吐吐,说:"也不是甚大事,但觉得还是要老爷解哈好。"

"究竟甚事?利索点嘛。"

"老爷,这个事不知当说不当说?"

"有话快说,有屁快放。"崔二爷乜眼看着管家,有些不耐烦了。

"油坊的那个老李头,叫李德瑞的!"

"李大师父呀,手艺很高的那个,他咋了?"

"不是他咋,是他有一个女子,叫李香香的。"

"那娃娃我解哈,就是那个鼻涕邋遢的猴女子吧?"

朱管家嘿嘿一笑,说:"尔格,这猴女子可早就不鼻涕邋遢了,已经出落成水灵灵的大女子了。"

四姨太见说的又是女人的事情,就对着管家使劲地剜了一眼,管家佯装没有看见,继续和老爷说话。

过了瘾的崔二爷听见说俊女子的事情,立马来了兴趣,连忙探起身子,精神十足地问:"哦,猴女子成大女子很正常啊,不过咋就能水灵呢,油毛子的女子难道还会俊成天仙不成?"

"真的变成天仙了。"

"啊,那我们甚时候会会?"崔二爷越发来了兴趣。

一旁的四姨太妒忌得眼睛里直冒火,就撅起涂抹得猩红的大嘴,扭着身子,满脸不高兴地说:"老爷你也不看看自己的那把年纪,年轻女子能有甚好,别忘记了那可是刮人油的刀子,不是护油的包子。"

崔二爷指着晃动身子的四姨太,说:"你看这憨婆姨,除了吃醋,还能干甚!"

朱管家一看老爷话题跑偏了,眼珠子一转,就想再转回到还没有说完的正题,连忙说:"老爷,我今儿个要告诉你的是,崔家有人看上小香香了!"

82

B10. 拦羊的人儿有人疼

崔二爷的眼珠子一转，想了想不对呀，崔家没有和李香香年龄合适的人啊。就好奇地发问："我们崔家，谁？"

朱管家神秘地说："你肯定想不到，是，是小少爷。他，好像真被李香香把魂给勾磕了。"

"啊——"崔二爷满脸狐疑，他看着四姨太，又看着朱管家说，"哈哈，你搞错没有，咋会是他？这小子才多大呀！嘿嘿，真要是这样也不错，还真是我崔家的种，风流倜傥，对女人开窍早。"

83

王贵与李香香

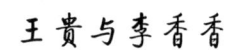

B11. 总算寻见了领头人

　　崔小宝打破了王贵的碗，害得他今儿个又没吃上晚饭。这样的事情对王贵而言已发生了多次，只要是遇到一点点事情，比如羊拉了稀屎，朱管家就罚王贵饿上一顿。这样的饥饿对于干了一天活的年轻后生来说，简直是要命的。此刻，躺在羊圈干草上的王贵，肚子就咕噜噜不停地叫着，真是人是铁饭是钢，一顿不吃饿得慌。虽说所谓的晚饭永远是两个粗糠菜团子和一碗黑乎乎的汤水，不管咋说，吃进去也能填起瘪了一天的肚子，叫饥肠辘辘的肚子不再闹腾。王贵瞪大的眼睛无神更无助，真不知这漫漫的长夜咋度过。他先是采用画饼充饥法，想着娘活着的时候自己吃过的黄澄澄的油糕、油馍馍，白花花的肥猪肉酸菜和香喷喷的荞面圪坨羊腥汤，可是愈想就愈饿。这个法子不灵，他又想着叫人心颤的香香妹子，想得四肢发软，回过头来还是肚子饿的缘故。他又开始哼不断头的信天游，充做精神食粮，谁料还是无济于事。人啊，这种奇怪的动物，再怎么想，肚子问题不解决就一直受肚子的困扰。再不吃点东西，今儿个黑夜就过不去了。王贵使出气力站了起来，拉开门，发现外面黑幽幽的，他强打起精神，融入夜色之中。

　　暗夜里的三边大地是静谧安详的，除了偶尔传来三两声知了的叫声外，就是自己踢踏踢踏的脚步声。安静的夜里自己的脚步声听起来就像是后面有人在追赶，令他感到有些恐惧。王贵不由得想到人死后大概就是生活这样的环境里。大地的安静倒衬托出天上的热闹，远远近近、高高低低的星星们眨巴着眼睛，互相挑逗戏耍。更活泼的就是那些流星

84

B11. 总算寻见了领头人

了，拖着长长的明亮的尾巴，在夜空里张扬地划过，很是风光，当然也是最后的风光了。饥肠辘辘的王贵是没有心思欣赏璀璨的夜空的，他漫无目标地行走着，不经意中发现竟走回了自己的家。这也不难想象，不说聪明的猫狗，即使是一条蠢驴，不用主人吆喝也能找到回家的路。王贵刚想要推开家门，又记得李香香说过每天都在听着他的开门声，别因为自己的开门惹得香香睡不好觉。况且，一贫如洗的家里连老鼠进去都会叹气的。站在与香香家一沟之隔的自家门前，他很想跨过沟，到香香家寻找点吃食，就听得李德瑞咳咳的声音，王贵的腿软了。还是知趣地离开吧。除了这里，又该磕哪里呢？突然他想到了崔家的油坊。晚上，二师父他们几个在死羊湾村里没家的，长年累月地就住在油坊里。

　　王贵是个有心人，这段时间里他不知不觉地发现，油坊的那些师父们个个容光焕发，干起活来精气神十足，有时候还哼哼着信天游，连说话也怪里怪气的，叫人听不懂。比如那天因为刮大风，大家都没上工，管家立马让厨房给每人减一个窝头。其他的长工们都是敢怒不敢言，油坊的师父们却喊着要斗争，他们一起和管家讲理，理亏的管家招架不住，后来又每天给增加了一个。王贵解不哈斗争是个甚，但斗争的确很有用，斗争就斗争出了一个窝头！

　　想着二师父他们的斗争，王贵浑身上下似乎就有了劲，他加快步子充满希望地跑过去，谁料扑了一个空。黑天半夜的，这些油毛子们能到哪达去呢？

　　夜幕像是一块毯子，天愈黑就愈厚重，此时已饿得头晕眼花的王贵漫无目标地行走在山梁梁上，腿不住地打软，开始不停地摔倒，倒了又站起来，继续跟跟跄跄地走着。走，走得远远的，离开崔家，离开死羊湾，再也不见狗日的崔二爷和管家了！也就是要决定离开崔家的当儿，另外一个声音也在耳畔响起，李香香好像就在不远处跟着自己，喘着气说："王贵哥，王贵哥，你要到哪达？停住脚，等等妹妹啊，荞面圪坨羊腥汤，咱们死死活活厮跟上。"王贵情不自禁地转过身子看后面，在厚重的黑色天幕里，香香喊叫着甩着臂膀，泪眼婆娑地拼命奔跑着。他的心碎了，不由得呻吟唤道："好香香，我们死死活活厮跟上。"

　　解决了走还是不走的问题，肚子更厉害地闹腾起来，王贵的两眼冒出的金星加速度地飘荡着，还时不时地碰撞在一起，冒出更大的金星，不知要比天上的星星亮了多少。他的两只脚尔格也像踩在了棉花上，走

85

王贵与李香香

起来像一个醉汉,深一脚浅一脚的。这样不知走了多久,也不知走到了哪达,他腿一软倒了下来,顺着山坡滚到一片玉米地里。简直像是神话一样,眼前出现了一簇簇玉米青苗。这意外的发现令他欣喜若狂,刚要拔几株送到嘴边,突然心头堵了,一下把手停住。农人骨子里看到这些好不容易出苗的玉米,就犹如看到自己的娃娃,王贵马上下意识地涌出对土地和庄稼的爱恋之情。他匍匐在苗子中间,小心翼翼地拔起最弱的一株,撕扯着送进嘴里,连着吃了三株弱苗后,脑海里开始浮现出这三株玉米苗子长出来的十几个金黄玉米棒子,便再也不敢造次了。有了点精神的王贵从地头爬了起来,有些不知所措地环顾四周。突然看到在黑魆魆的夜里,一盏红灯挂在天际隐隐约约地闪烁着,他定睛一看,这不是天灯,而是"统万城客栈"招揽生意的灯光,于是毫不犹豫地朝着灯光的方向跌跌撞撞地走去。

二师父自打在客栈痛快淋漓地喝过那次烧酒后,就和林老板成了没有磕过头的拜把子弟兄,不,比那些只解哈酒肉的拜把子弟兄还要亲热。所以只要林老板和他的赶牲灵队伍来到客栈,二师父就带着油坊的弟兄们赶过来,不是为了喝酒,比喝酒更愉快的是,林大哥说的话给大家的生活带来了新的希望,每个人的眼前都能出现一条光明平坦的大道,在这条道路上每个人都有奔头。

二师父得知林大哥来到客栈的消息后,早早地带着伙计们就过来了,他们已经熟得和亲人一般。大家围坐在昏暗的油灯下,从聚精会神的情形看,林大哥激昂的演讲已经持续好久了。

林大哥问大家:"我们穷人为甚一辈子、甚至祖祖辈辈都要受穷,而富人却一辈一辈好像掉进了蜜罐罐里?"

油坊二师父不以为然地说:"呵,这还用说吗,首先人家老先人就传下来财富了,再说了龙生龙凤生凤,老鼠生的儿子会打洞呢。就说我们的崔二爷,即便是生了崔小宝那个半憨憨,因为他是崔二爷的儿子,有那么多的土地和财富,将来也能享得荣华富贵。"二师父的话引来大家的阵阵赞叹,都说是这个道理。

林大哥却反驳地问大家:"这个说法对吗?大家这样来想,崔二爷这些地主豪绅的财富是谁带来的?"

"是他们的老先人留下来的。"有人回答说。

B11. 总算寻见了领头人

"那么,他们老先人的财富又是哪达来的呢?"

"是人家更老的先人们留下的。怨啥,怨咱们的老先人也是穷人呗。"二师父的话引起了大家的共鸣。

"看看,这就是大家认识上的误区。"林大哥说,"富人之所以辈辈富裕,其实是封建社会的剥削制度造成的,也就是说是这个不公平的社会决定了富人更富、穷人更穷。他们的富裕,其实说穿了,靠的就是剥削与压迫。"

大家一愣,都开动脑筋盘算起来,感到这个稀奇的说法有些道理。二师父就问:"你说的剥削是个甚?"

"问得好。我就慢慢地给大家解释甚个叫剥削。"林大哥站起来,让大家好好想想下面的事情。他说,"一年四季里我们起五更睡半夜,到头来种的庄稼给谁了?榨的油给谁了?放的羊谁吃了?是不是都给了地主,给了崔二爷他们这些人?而他们一年里别说干活了,就是到田间地头磕几回?到油坊又是几回?他们呀,夏天摇着扇子,冬天烤着火,吃喝嫖赌,游手好闲,欺压百姓,不劳而获。这,就是剥削。"

真是醍醐灌顶,油坊二师父兴奋地说:"还真是这么回事。林大哥,那谁能不让崔二爷剥削我们?"

林大哥说:"改变我们的命运当然要靠我们自己,因为自己的命运就在自己手里。"

二师父摇摇头:"这么大的事,就靠我们呀?说笑话,笑话。"

林大哥随手拿起一根绳子,递给二师父,说:"你把这根绳子扯断。"

二师父有些不解但还是拿了过去,轻轻一扯,很容易就断了。

林大哥拿过绳子对折了四次,又递给他说:"你再扯扯试试。"这次,二师父用了九牛二虎之力,把手都勒得通红,绳子依然没有断。

林大哥指着绳子,说:"这就是团结的力量。只要我们大家团结起来,心往一达想,劲往一达使,穷人们都彻底觉醒了,就能彻底砸碎这个旧世界,使社会得到公平。老百姓当家做主,就能过上好光景。"

每一次林大哥的到来,容光焕发的巧巧就像过年一般高兴。她不仅喜欢这个男人的模样,也喜欢他的博学和男子汉的做派,这才是真男人。高兴中的巧巧,时不时地进来给大家添茶水,然后躲在一个角落里,听着自己所爱的男人的声音也是一种幸福。众人已被林大哥的精彩

87

王贵与李香香

演讲所吸引，压根就顾不得和老板娘开甚玩笑了。

"要能叫这个社会人人平等，老百姓自己当家做主，出路只有一条，就是进行坚决的反抗与毫不留情的斗争。在我们这达斗争的对象就是崔二爷。该怎么斗呢？告诉大家一个好消息，在东边的绥德、米脂、吴堡、清涧一带，共产党的组织早已经成立了，就连陕北大军阀井岳秀的老窝榆林城里，也都悄悄地成立了共产党的组织。"林大哥激动地说着，手也有力地一挥，巧巧看来这样挥手的动作简直好看极了。

油坊二师父不解地问道："啥叫共产党，是做甚的？"

林大哥充满了严肃又敬佩地说："共产党就是咱们穷人自己的组织，专为领导老百姓和地主恶霸反动派进行斗争的。"

里面热热闹闹地讨论着，谁也没注意，王贵拨开了门缝，正好奇地往里面窥视。昏暗的灯光下他没有看清几个人，但听得出来油坊的二师父和伙计们都在这里。半蹲着的王贵偷听到里面的人不住地说着斗争、斗争，原来二师父长的本事是在这达学的。他为今天歪打正着有了新发现感到高兴，也为油坊的师父伙计们瞒着自己而有些沮丧。平时说自己是娃娃就算了，有这么好的事情咋把自己还当做娃娃呢？他想找机会质问一次二师父，别把我王贵不当兄弟。

"林大哥，我们靖边来了共产党没有？"二师父神秘地问道。

林大哥也有些神秘地一笑，反问道："你说呢？呵呵呵，其实，只要大家相信共产党是我们穷人的组织，党组织就会来到大家身边。当然尔格是悄悄的，等到革命形势有利于我们的时候，共产党就会从地下转到地上。"

林大哥这样一说，大家明白了共产党没有忘记靖边的穷人，都显得很兴奋，现场气氛更加活跃，

油坊二师父对林大哥直截了当地问："你就是共产党吧？一定是，你人那么好，解哈的事情又那么多。"

林大哥正踌躇着该怎么回答，突然门外面传来一种奇怪的声音，他立即压低声音，警惕地问道："是谁？"

只见虚弱的王贵连人带身子一起倒进门来，众人异口同声叫了一声："王贵！"

在门外蹲了太久的王贵，听到靖边也有带领穷人和崔二爷斗争的共产党，就激动地站起来要闯进来，谁知身子太弱，还没有站起来，就连

B11. 总算寻见了领头人

人带身子跌了进来。在大家搀扶他起来的当儿,王贵冲着陌生的林大哥说:"大哥,我也是穷人,共产党要我不?我参加了共产党,是不是就能吃饱肚子和崔二爷斗争了?"听着王贵的话,大家都笑了起来。王贵看见巧巧也在人群里,就问,"老板娘,有吃的没有?我饿!"

王贵接过巧巧拿来的两个窝头和递来的一杯茶水,也顾不得那么多人了,狼吞虎咽地吃了起来。林大哥问这娃娃是谁家的,咋半夜三更到这里来了?二师父悄声说了王贵的身世,知道的人就有些麻木了,不知道的人都眼睛红红的,表示了同情。见大家都在说自己,王贵便使劲地咬了一口窝窝头,又喝了一大口水,接着二师父的话,说:"吃不饱穿不暖不算甚,更遭罪的就是他们常常不问青红皂白地打我,姨太太打,朱管家打,崔小宝打,反正只要和崔家沾上边的,谁看我不顺眼,二话不说就打!那个崔二爷更是阴险毒辣,他从来不直接打,估计是他害怕揽工汉脏了他的手,就在背后指使别人打。看,这都是留下的伤疤。这达还没好,那达就又打烂了。"

林大哥抚着王贵的伤疤,痛心地说:"唉,在这个社会里,要说起来,大伙儿哪一个没受过王贵那样的苦,遭过那样的罪啊?刚才我说了,羊群走路靠头羊,穷苦人翻身靠共产党。在共产党的领导下,只要我们穷人能真正组织起来,大伙儿抱成团,就一点也不怕崔二爷、王二爷。通过大家勇敢地和他们斗争,肯定能斗倒他们,斗出一个好光景来。大家盼望的那个'两亩地,一头牛,老婆娃娃热炕头'的日子,一定不会太远了。"

听到这里,大家都激动地鼓起掌来。林大哥忙看着门口,摆手制止。

油坊二师父压低声音:"林大哥,你就直说吧,我们死羊湾的弟兄们该咋干?"

林大哥说:"我们这达也没有成熟的经验。不过,绥德、米脂一带在闹红,就是闹起了红军。红军是共产党的队伍,是咱穷苦人自己的队伍。在共产党的领导下,那达的好多村子都成立了农会,乡民们在农会的领导下,有组织地和地主土豪展开斗争。依我看,我们也私下里成立农会,这样大家就能抱起团,和崔二爷进行斗争了!当然,大家对斗争的残酷性要有足够的认识,可能要流血,甚至要搭上性命的。"

王贵说:"为了能过上好日子,咱甚也不怕,就是贴上性命也

89

王贵与李香香

值得。"

"我们贴上性命没甚，你猴娃娃可不敢把命豁出了，李香香还等着你娶呢。"油坊伙计和王贵逗笑的话，惹得大家哄堂大笑。王贵脸红脖子粗，不知道说甚是好，只能扬起手拍打着伙计。

林大哥制止了大家的打闹，正色道："我有一个提议，我看死羊湾的农会今儿个就成立，农会主席就由二师父担任，怎么样？"

大家都说行，只是平时肝胆义气的二师父却红了脸，连忙摆手说自己不行。

林大哥说："咋就不行呢，难道还没参加革命就要当逃兵？"

听这样一说，二师父立马鼓起了勇气，说："我是怕自己的本事不够，大家伙要是真信任我，那我就试试。"

第一次参加这样的会议，就赶上了这么多大事情。看着这些穷人们还有了自己的组织，此时的王贵觉得自己一夜之间长大成人了，心里不住地为先前准备逃离死羊湾的想法而感到深深懊悔。

一次性买了几十桶死羊湾的麻油，等到更多的骡马驮上了定边花马池的食盐返回统万城客栈后，林大哥率领着他的赶牲灵队伍要回绥德了。

为了发展死羊湾的革命力量，这一阵子，林大哥基本上再没继续西去，而是住在客栈，等待其他人从定边、宁夏完成交易后返回来。和巧巧朝夕相处，两人的感情更浓也更深了。愈是这种时候分手就愈感到难舍难分。陕北人讲究"出门饺子回家面"。一大早，巧巧抖尽了面口袋，弄出了最后的一把面粉，用鸡蛋加野菜拌了一团馅，勉强凑够了原料，包了六个饺子，意即一路顺风。看着心上人当面吃了，两人才走出屋门。看到众伙计们已开始将货物抬到骡子身上，巧巧便跟着林大哥一起出来。林大哥在骡子前整理货物，巧巧深情地帮他拉拉扯扯整理着衣裳。

心情复杂的林大哥整理好自己的东西，抬起头，看了巧巧一眼，就毅然决然地高喊道："伙计们，人和骡子都吃饱吗？"

早已整装待发的众人齐声应答："都饱了！"

"喝足了？"

"足了！"

"骡子驮满了？"

B11. 总算寻见了领头人

"满了!"

"好,上路啦!"林大哥坚定地把手一挥,带着赶牲灵的队伍出发了。走了十几步,他回过头,和巧巧招招手,又调转头往前走去。他解哈巧巧会目不转睛地送着自己的,如果他回了头,说不定她会马上跑过来抱头痛哭,那么,今天就休想走得了。没有回头的林大哥,清了嗓子,吼叫起了赶牲灵的伙计们人人都会唱的信天游《走西口》:

妹在家里头,
心跟着哥哥走,
我解哈你泪蛋蛋只为哥哥流,
拆散了炕头头拆不散骨肉,
寻不到盼头头哥就不撒手。

走西口哪达是个头,
走西口不知命里有没有,
走西口人憔悴了心没瘦,
走西口,
流着眼泪放歌喉。

林大哥没有回头,但巧巧一直跟着他们的赶牲灵队伍走着。听着林大哥的歌声,巧巧也在心头唱起了《走西口》:

哥哥走西口,
小妹妹呀实在难留。
手拉着我哥哥的手,
送你送到大门口。

哥哥你出村口,
小妹妹也有句话儿留。
走路那个走大路,
人马多来解忧愁。

91

王贵与李香香

紧紧地拉住哥哥的手,
汪汪的泪水止不住地流。
只恨哥哥不能带我一起走,
只盼哥哥你早回到家门口。

哥哥你走西口,
小妹妹呀苦在心头。
这一走要等多少的时候,
盼你也要白了头。

紧紧地拉住哥哥的手,
汪汪的泪水止不住地流。
纵有千言万语难叫我回头,
只盼哥哥你早回到家门口。

巧巧站在高高的山梁上瞭望着,看到林大哥他们消失在坡坡下面,禁不住揩了一把早已经泪水婆娑的眼睛。却见一只手拿着一块羊肚儿手巾递了过来,不知甚时候,王贵赶着一群羊就站在她的身后。看着眼前的巧巧和远处若隐若现的驼队,王贵的心也是颤颤的,他马上想到了自己和香香,懵懵懂懂中似乎解哈了甚叫个爱情。

B12. 山坡坡私自订终身

　　进入头伏的第一个傍晚，天际滚动着厚重的黑云，像是一座座大山出现在死羊湾的上空。随着黑云愈来愈厚，先是从遥远的地方传来了沉闷的雷声，过了不久，就有一个个耀眼的闪电交织着在暗夜里掠过，随之而来的炸雷好像要撕破人们的五脏六腑，吓得鸡鸣狗叫，羊咩驴嚎，娃娃们号啕大哭，大人们也心惊肉跳。持续的雷电交加中，倾盆大雨从天而降，这雨下得不是唰啦啦的声音，而是地动山摇般作响。当一个滚地雷拖着长长的尾巴从天而降，劈开了村头的一棵老柳树之后，天上安宁了，地下死寂了，只听得滴滴答答的下雨声好像在为谁哭泣。过了好久，除了几个胆大的乡民依旧静观其变外，大多的乡民都在燃香朝觐，磕头祈祷。这一夜，整个村庄的大人娃娃，在那些鸡羊狗马骡子毛驴的陪伴下，彻夜难眠。

　　雨后天晴，当一轮红日从东方冉冉升起之后，带着欣喜、恐惧、疲惫、兴奋等复杂情绪的人们纷纷走出家门，看到了这一场暴雨给干枯的死羊湾带来的勃勃生机。太阳落山前还是赤野一片，此刻，这些受到滋润的土地就悄悄地开始返青了。兴许大自然之间是相通的，埋藏在土地里的种子早就解哈要来这么一场暴雨，所以就集结在土地的表层，巨大的雷声就是要这些种子出来的冲锋号，不久它们就要顶出细小的绿芽。至于春上费了老劲出了苗的庄稼们，更是兴高采烈地喊着号子，猛长个头，玉米地里都能听见啪啪的暴长的声音。干旱太久了，如此的暴雨，大多数都被土地渗透，没有引发多少山洪。

王贵与李香香

走出羊圈，呼吸着潮潮的新鲜空气，王贵润润的鼻子一发痒就打了一个痛快的喷嚏。喷嚏的声音刚落，他就使劲地甩了甩鞭子，"啪啪啪"地连响三声。同样的好心情羊只们也感受得到，它们纷纷撒开四蹄，跑了起来。这些牲口们也解哈，响雷打闪大雨倾盆后的今儿个，一定有美餐在等着自己。

王贵的心情就像是这初升的太阳一样，喜气洋洋的。他的好心情是两方面带来的。一是和香香妹子的关系有了更进一步的发展，不仅拉了绵手手，还亲了小口口。这一亲，成了王贵多少天来美美的回忆。人真是奇怪的动物，手手也好，口口也罢，不就是肉吗？羊只浑身都是肉，可摸着咋就和摸香香的不一样呢？摸着香香的手手感到麻麻的，痒痒的，痒痒中有些冲动，冲动中更不知咋的就想着继续摸下去。再一个就是结识了林大哥。这个英俊的男人，竟解哈那么多的东西，而这些东西说到底就是为了穷人能过上好日子的。也就奇怪，这个世上还真有人想着穷人念着穷人帮着穷人。起先他一点也不相信林大哥说的话，更不相信看不见摸不着的共产党。后来不光听林大哥说得句句在理，也见到林大哥他们赶牲灵的人悄悄地接济穷人，还给过自己一件大褂子。想到这里，他心里就无比踏实，对今后好日子的向往也就愈来愈强烈。有了盼头就有劲头。躺在山坡上，他望着湛蓝的天空和那朵朵飘动的白云，想象着今后和香香的美好生活，不由得笑出了声。他自个儿也不好意思地坐了起来，使劲地把羊鞭子挥动得"啪啪"作响。他的羊群正对着冒出地面的绿色无比贪婪，才不理睬他那响鞭呢。

鞭子声仿佛是响亮的召唤一般，声音还在山坳里回荡的时候，就听到甜美的声音传来："王贵哥，快来搭把手。"他四处张望，就见李香香提着一个瓦罐从山梁梁下面刚冒出了头。她一边走着，一边在欢快地挥手。王贵也挥着手，就飞一般地朝着山梁跑下去。

王贵一手接过饭罐子，一手替李香香擦着满头的大汗，擦着擦着就忍不住了，一把扳过香香的脸就亲了一口，还啪啪出了声。李香香说那边还有人，就推开了他。果然，雨后的地头到处都是忙碌的农人们。农谚说，头伏萝卜二伏菜，到了三伏种荞麦。萝卜要在头伏里下种，白菜要在二伏里撒籽，到了三伏才种生长期短的荞麦。荞麦一经耕种只用两个月的时间就能收获。昨夜的一场雨，今天谁家也不闲着了。王贵解哈香香的大做了一辈子的油毛子，家里

B12. 山坡坡私自订终身

无地可种，香香才这样消停。他扬起饭罐子问香香："给你大送饭不到油坊，咋跑到这达了？"

李香香说："你是憨呀还是装憨？"见王贵还真是呆头呆脑，就说，"你先吃点，剩下的再给我大。"

这下王贵难为情了，他说："那咋行？我不能吃，还是快磕油坊送给你大吧！"

李香香撒娇地说："不嘛，你吃，就要你吃。"说着亲手揭开饭罐，拿出一个勺子掏出一勺子饭，递到王贵的嘴边。王贵幸福地吃进去，吧嗒几下嘴说："嘿嘿，真香。"

李香香蛮有成就感地说："当然香啦，我偷偷放了两勺子麻油呢。"

王贵傻愣愣地笑着。

李香香白里透红的脸上堆满了羞怯，她说："王贵哥，绥德那边的人唱的一首歌可好听了，我刚刚学会，你要听吗？"

王贵问："是甚歌？"

李香香说："叫《三十里铺》，据说是他们那里一个村子的名字，我给你唱你可不能笑话我。"见他充满期待地点头，她就唱了起来：

提起个家来家有名，
家住在绥德三十里铺村。
四妹子儿爱见那三哥哥，
他是我的知心人。

三十里铺来有大路，
戏楼拆了修马路。
三哥哥今年一十九，
咱们二人没盛够。

三哥哥今年一十九，
四妹子儿今年一十六。
人人说咱二人天配就，
你把妹妹闪在半路口。

王贵与李香香

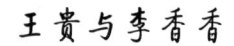

叫一声凤英你不要哭，
三哥哥走了回来哩。
有什么话儿你对我说，
心里不要害急。

悠扬动听的歌声在山梁和山坳上回荡着，王贵与李香香两颗年轻的心强烈地碰撞着。蓝天白云下，他们坐在历经亿万年形成的红石上，彼此欣赏，彼此深爱，憧憬未来，幸福无比。

崔小宝实在忍不住对李香香的思念，这些时候吃饭不香睡觉不宁的。这个饭来张口、衣来伸手，没心没肺的小少爷，自打李香香走进他的心里后，他解哈了思念的味道。饱受着煎熬的他又不好意思说给威严的大和娘听，便不得不找朱管家倾诉自己的心声。管家心里盘算着，人人都说少爷是个傻子，这么小就解哈了女人的好处，证明他一点也不傻，说不定还是一个顶级的聪明人。只是尔格没有发现而已。管家就给崔二爷再次说了崔小宝的事情，崔二爷一愣，马上就想去老李头家看看李香香。

香香家的门和三边大多数人家的大门一样，也是用柳椽柳棍子捆扎起的，管家一推就开，随便就走进了院子。立在院子当间儿，管家便吼叫起来："老李头，李香香，你们家里有人吗？崔老爷来看你们啦。"这样喊叫了半天，屋里静静的没有动静，他就自言自语道："好像不在家！不在家，又会到哪磕呢？"

"管她到了哪达，我今儿个甚事也不做了，就专门会会这个李香香。走，我们满死羊湾里找！"崔二爷下了决心，似乎是跟自己赌气，李香香再怎么女大十八变，猪八戒还能变成白骨精？死羊湾的女子能俊得把不懂事的儿子迷住，一定是妖精变的吧。在靖边有个说法，四十里长涧羊羔羔山，好女子出在柳桂湾，好婆姨都在张家畔，水缸里没水后生抢着担。崔二爷的大太太是油坊老板的女儿，二姨太是张家畔的婆姨，三姨太的娘家就是柳桂湾，四姨太则是榆林城吃桃花水的女子。

李香香和王贵在一达达里。这些日子他们两个的感情就像三伏天里火辣辣的大太阳，温度急剧上升着，随时都能爆炸。王贵这次才解哈一日不见如隔三秋的滋味，只要李香香不在身边，他就坐不安稳，着急上

96

B12. 山坡坡私自订终身

火,两天不见口舌生疮。而当香香坐在旁边,哪怕就那样怔怔地互相看着,也很甜蜜。这会儿,李香香被王贵看得撑不住了,就大大方方地质问他:"不好好做你的活计,就解哈看,有甚好看的?"

王贵笑盈盈地说:"香香,你就是三十里铺里唱的那个凤英。不,要比凤英好看多了,就是天上的七仙女。"

李香香说:"没想到呆头呆脑的你,还会油腔滑调的。七仙女,你见过七仙女?"

王贵说:"我大说书里常常提到七仙女下凡,还说过七个仙女到湖里洗澡,人间的董永偷了七个仙女里最小、也是最俊的那个仙女的衣裳,她就因为无衣可穿再也回不到了天上,才嫁给了董永做婆姨。"

李香香捂住自己的脸,说:"丢死人了,还说人家洗澡,你甚意思?"

王贵就说:"葫芦没嘴满肚情,哥哥心思妹最明。"

李香香说:"你那花花肠子,我咋能明白?"

王贵嘿嘿一笑,说:"那我唱一段给你的,你就明白了。"

  满天星星颗颗明,
  哥哥心里只有你。
  大路畔上的灵芝草,
  谁也没有香香妹子好!

李香香脸色绯红地说:"没想到老实巴交的你,唱起来还一套一套的。不过,就这两句,我也会。"

  马里头挑马四银蹄,
  人里头挑人就数哥哥你!

王贵接着下句就唱:

  受苦一天不瞌睡,
  合不着眼睛我想妹。

王贵与李香香

李香香唱：

    白天想哥哥村里串，
    夜里想哥哥像油灯烤。

    王贵突然想起了甚，就问香香说："这些天我简直活在梦里，尔格有些清醒了。我问你，交上个有钱的，花钱常不断，为甚要跟我这个揽工的受恓惶？"
    李香香说："不是信天游里唱过，烟锅锅点灯半炕炕明，酒盅盅量米不嫌哥哥穷。"
    王贵感动地说："红瓢子西瓜绿皮包，妹妹的话儿我一辈子忘不了。"
    李香香害羞地轻轻说："肚里的话儿乱如麻，不知甚时睡一达啦。"说着，双手一把捂住自己的脸。
    受到鼓舞的王贵大了胆子，说："天当房子地做炕，尔格就睡不思量。"说着就要动手。
    李香香连忙说："那是歌词里唱的，可不许动真的。"这样说了，眼睛火辣辣地凝视着王贵，慢慢闭住了眼睛。王贵一把搂过香香，低头对着红嘴嘴就是一阵猛亲。李香香猛地推开王贵，说："王贵哥，你娶了我吧！"
    王贵像是刚刚抓到了一个烫手的山芋，连连摆手说："娶不得，娶不得。我一个穷得叮当响的揽工汉，哪敢盘算娶如花似玉的香香你？"
    李香香嗔怪道："看你那点出息，咋就不敢？我只要你的那一颗爱妹子的心，只要两个人好上一辈子，就足够了。你记住我李香香说的话，哪怕是天当被子地当床，吃糠咽菜过光景，跟着你王贵哥，我也心甘情愿。"
    王贵说："我相信你是真心的，但你大是不会愿意的。说实在的，我早看出来你大不愿意把你嫁给我。说起来，你大是个好人，他对我也好，不过那好是可怜我这个没大没娘的娃娃，要是放张贵、刘贵在你大跟前，他也会是一样对他们好的。但对你就不一样了，打心眼里说，他要你嫁个好人家。话说回来，你要是我的女子，我也和你大的想法一模一样。谁不愿意自己的女子找个好人家，过上一辈子不愁吃不愁穿的日子呢?"

李香香眼睛睁得老大,她看着王贵,说:"没想到你还挺复杂的,盘算这么多的事,还你的女子长你的女子短了。告诉你,我大的事有我处理呢,尔格,我就要你亲口说,你真心喜欢香香妹子,我们两个好得就像是烟墩山与统万城,天荒地老。"

王贵嘿嘿一笑,有些苦涩的意味,说:"不怕你笑话,我在梦里都不知多少次梦见娶你进了我家的那两孔烂土窑呢,好几次我梦见你都上炕了,却叫人家抢走了。最后不是哭醒的,就是拿着刀子砍人家后惊醒的。"

"那你面对活生生的我,尔格的是甚心情?"

"我尔格的这心情呀,就像信天游里唱的'想你想成泪人人,抽签打卦问神神'。从太阳没升起来到太阳落下去,日谋夜算着想和你好哩!"

李香香激动地一把拉住王贵的手,说:"王贵哥,你真好。咱、咱们尔格就定下终身吧。"

王贵有些害怕地抓耳挠腮,说:"这,这行吗?"

"咋不行?我们两个的事情,我们做主。来,"李香香使劲一扯,王贵顺势跪地,李香香也跪在王贵身边,她看到不远处有一座土地庙,就拉着王贵调整着方向,双手合十放在胸前,紧紧地闭住双眼,说道,"天上一个神神,地下两个人人;神神保佑着人人,人人爱着人人。我,李香香——"

见旁边的王贵没有反应,李香香就拉了他一把,说:"和我一起说。"王贵也就说道:"我,王贵。"

"李香香要嫁给王贵当婆姨。"

"王贵要给李香香当男人。"

两人都睁开眼睛,手紧紧地拉在一起,说道:"我们两个要做婆姨汉,就像烟墩山一样,天荒地老。"说完,他们对着苍天,虔诚地叩了三个响头。

王贵紧张又激动地看着李香香,说:"好了吗?"

"不好!"李香香说,"没见过人家结婚都要夫妻对拜、共入洞房吗?我们也夫妻对拜。"说着两人深情地对视着,互相拜了,挨得太近了,两个头咣当地碰在了一起,但两人感到在这个神圣的时刻,谁也不

99

王贵与李香香

能笑。

尔格该入洞房了吧！王贵的表情开始绷不住了，眼睛也迷离起来，嗓子眼好像被堵住了半个，沙哑着说："香香，你刚才不是说天当被子地做床，我们就共同入洞房吧！"李香香呢喃着，王贵没听到说的是甚，就一把抱住了香香。

"好你个狗日的，你个死王贵，早说了不许亲，不能亲，你还亲。嗷——来人啊，快来看不要脸的王贵亲嘴了。呜呜——"这个时候幽灵般的崔小宝又不知是从哪达冒了出来，他歇斯底里地吼着、骂着，接着就是呜咽的哭泣，还顺手拿起几块黄土疙瘩，拼命地往这边扔。

李香香羞得连忙推开王贵。正在兴头上的王贵愤怒得像一头狮子，没等崔小宝走到跟前，自己就先跑过去，顺手给他了一巴掌。崔小宝也顾不上揉自己的脸蛋，哭着就地抱住王贵的腿，说："王贵你不要脸，香香姐是我的，你凭甚跟我抢，还要亲香香姐。"

李香香听着有些尴尬，跺着脚说："崔小宝你瞎说个甚，再说我要拧烂你的臭嘴。"

崔小宝哭得更厉害了。

此时，听得崔二爷的声音从山梁下面传了上来："小宝，你咋在那达呢？有甚情况了？"随着话音，崔二爷与管家走上山梁。

崔小宝抬头一看，还真是大来了，就更加蛮狠起来了。他直喊："大，你快过来，给我做主。不要脸的王贵，亲我的香香姐。"

崔二爷一言不发地看着李香香，心想，果然是女大十八变，越变越好看。不经意之中，李香香已经出落成人间仙女了。

本来李香香就是天生丽质，加上刚刚和王贵温存，受到了滋润，她更是妩媚了。只见她面若桃花，浑身上下无不散发出少女的魅力。

看到老爷两眼发呆有些失态，管家想打破尴尬，就过来介绍说："老爷，这个女子便是李香香。"

崔二爷嘿嘿笑着，走近李香香，伸出了宽厚白皙的手，不知道是要握还是要摸，吓得李香香慌忙地躲开。

憨憨崔小宝看不出来大的心事，他傻笑着，说："大，香香姐好看吧？香香姐是我的！我要娶香香姐当婆姨。"

崔二爷说："好看，很好看。我们娶，大给你娶。"

李香香又羞又气地对着崔小宝说："你瞎说些甚，谁要嫁给你？"

B12. 山坡坡私自订终身

崔小宝又闹腾起来，说："我就要娶你。大，给我娶，我就要娶香香姐！"说着一把鼻涕一把眼泪地又"呜呜"起来。

朱管家拉住崔小宝哄劝说："少爷不要哭，咱家老爷说娶谁就能娶到谁。你看这烟墩山的山，四十里长涧的地，哪个不是姓崔的？哼，别说娶她一个李香香，就是天上的七仙女，只要崔家人看上了，那她也都得乖乖下凡叫崔家娶回家。"

听这样一说，崔小宝的脸又是暴雨转晴天，高兴的他手舞足蹈地说："好啊，我能娶香香姐了。"

他们高兴的当儿，李香香早低头提起了饭罐，对着王贵悄悄说："王贵哥，给我大送饭磕了。"就头也不回地快步离开。

朱管家凑到王贵面前，凶巴巴地说："以后还是好好放你的羊，要是再死缠硬磨李香香，小心拧断你的脖子！"

王贵与李香香

B13. 崔二爷想啃嫩草草

自打见了李香香,崔二爷就对李香香神魂颠倒了。他自己都对自己的这种举动感到吃惊,都甚年纪了,却像得了花痴病一般,走也想,坐也想,吃饭睡觉还在想。本来长相身材都不错、还带着一股洋气的四姨太在他偶尔有兴趣的时候还能温存上一番,尔格看着妖艳的四姨太只有一个字的感觉,那就是烦!煎熬中,崔二爷想到,面对如此的美女子,自己不能守株待兔,而要主动出击。他好几次尾随着李香香,看到不远处山坡上有劳作的农人们才没敢去明目张胆地骚扰,毕竟自己是大门大户有身份的人,公开调戏女子被人看见是难堪和没面子的事情。而李香香的活动也是没有规律的,今儿个可能送饭,明儿个这个时候却不知道又在哪达去了。

真是功夫不负有心人,这天终于找到了机会。李香香提着饭罐,显然是从油坊送饭回来,步子慢悠悠地走着,似乎在盘算着心事。守候了一个多时辰的崔二爷环顾左右,看到四下无人,心里就狂跳着,暗自窃喜。他突然从一堵土墙后面闪了出来,挡住了李香香的去路,笑嘻嘻地说:"小香香,给你大送饭了?做的是甚好吃的东西呀?"

埋头想心事的李香香被突然出现的崔二爷吓了一跳,她低头不语,慌忙疾走。崔二爷伸开双臂,拦住她,说:"小香香你不要恼,二爷我,哦,还有少爷都有心和你交好。"

李香香气恼地说:"走开,谁要和你们交好了?"

崔二爷见李香香答话了,暗自高兴,便以一个过来人开导她,说:

B13. 崔二爷想啃嫩草草

"你可真是一个憨女女。这花儿能有几日红,女人能有几年的好看头?大米干饭羊腥汤,要是顺了我崔家保准有你的好光景。"见李香香低头无语,崔二爷的眼睛开始放光,他以为说到了香香的心坎上,看了四下还是无人,就从衣袋里掏出两块大洋,还逞能般地把其中一块放在耳边呼地吹着,说,"听听,都是嗡嗡响的好银元,你快拿上,磕买双绣花鞋,扯两件花衣裳。要是这样一打扮呀,那俊得,啧啧,咱三边算个甚,就是到绥德、米脂、榆林城,保准也能赛过那里的貂蝉。对,我看以后就叫你赛貂蝉!"

又羞又怒的李香香生气地"呸"了一口,说:"谁要你家的臭大洋!"

崔二爷的泼皮劲上来了,他瞪着眼说:"死女子,你不要不识好歹,真要惹恼二爷我,会让你受不了!"他又缓和了口气,说,"你要是和我们崔家好了,一辈子吃饭穿衣都无忧无虑,过的那才叫神仙的光景。你要是跟了王贵,哼,一辈子就是穷了。"

李香香瞪着崔二爷,说:"穷光景我也愿意。"

崔二爷一时感到无措,只好说:"放着白面你要吃糠,看上王贵却看不上我、我崔家,是不是打小你的脑子就进水了?"

李香香捂住耳朵,不容分说,跑开了。

崔二爷看李香香像一个兔子那样从自己面前溜走,很不甘心,在后面撵了几步,力不从心的他只好上气不接下气地停住脚步,站在原地盘算着:看来要叫李香香服服帖帖,就必须釜底抽薪,断了她对王贵的念想。哼,铜罗里筛面落面箱,王贵的命儿就在我手上。还真不信制服不了那小子了。李香香,咱们就骑驴看唱本,走着瞧吧!打定了主意,就见到管家急匆匆地跑了过来。他有些气恼地问:"你不好好地在家照应,跑到这来做甚?"

"老爷,张团长来了。"管家说,"我刚刚安顿好人,也叫厨房杀鸡准备饭了,安顿好了就急急来找你。"

张团长来做甚?崔二爷思忖着,还是急急地与管家赶回家里。

县保安团是张团长一手建起来的,平时负责镇靖城里的安全,也经常出来到乡村里巡视。他四十多岁的样子,头大腿短脖子粗,斜背一支盒子枪,脸上的凶巴巴是自带的,即使不怒也有着一股煞气,令人见了不寒而栗。崔二爷是死羊湾的保长,又是新任的保安队长,张团长前来

王贵与李香香

视察自然就要尽一份地主之谊。其实，崔二爷对这些保安团的人视为流氓地痞加无赖，但惹又惹不起，离又离不开，所以就保持着一定的距离。

两人寒暄了一会儿，张团长张开两根指头向崔二爷勾着，叫他靠近自己，崔二爷极不情愿地凑到了跟前。就听得张团长神秘兮兮地压低声说："崔二爷，我们这太平盛世不太平啊。据可靠情报，靖边已出了共产党，你们死羊湾、刘家疙瘩、青羊岔、宁条梁、东坑这一带匪患尤为严重。解哈共产党是干甚的吗？就是专门和你们有钱人作对的。他们喊的就是要穷鬼们团结起来，打倒你们这些土豪，分掉你们的田地。"

崔二爷听得紧张起来，他只听说过南边的延安和西边的甘肃南梁共产党开始闹红，可没想到这么快共产党就在自己的身边闹起来了。

张团长继续说："对于共产党的暗地活动，你这个保安队长可不敢麻痹大意啊。要密切注意他们的动向，一有风吹草动，不论甚情况，马上给保安团报告。"

崔二爷连忙表态："那是，一定，一定的！"说着，他招手叫过朱管家，说，"刚才张团长的话听清楚了吗？找几个家丁，不，你要亲自带着咱们的保安队，到村里村外加强巡查和暗访，不惜一切代价找出可疑分子，保我死羊湾和周边的平安。"

朱管家点着头，说："解哈了，一定照办。"他看看张团长，又说，"饭菜已好，酒也烫热了，你看是不是和张团长边吃边拉？"

张团长听说酒肉已好，喉结不由得动了一下，说："好了就吃就喝。"

餐厅的大圆桌上早摆上五六个凉菜，还有一只葫芦鸡。崔二爷把张团长安置在桌子中央，自己和大太太坐在他的两边，几个姨太太也都围坐在周围。这样的饭局，特别是和张团长这样的人吃饭，本来是不用姨太太陪的，可来过几次的张团长说和姨太太们都熟悉，来了便点名要她们陪。人家是政府的人，又是客人，直接提出来了，不同意就不好看的，崔二爷只好勉为其难地把姨太太们都叫上了桌。二太太、三太太都比较矜持，显得不怎么情愿，就那个四姨太欢天喜地的，好像是招待她的娘老子一般殷勤！

崔家一大家子人陪着张团长喝酒，朱管家提着一个大酒壶围着圆桌转着圈来回地跑，深弯着老腰给大家不停地倒酒。崔二爷敬酒只几个回

B13. 崔二爷想啃嫩草草

合就送张团长到了半醉状态。张团长打了一个饱嗝，睡眼惺忪地端起酒杯，说："崔二爷，不，崔队长，你给我敬了这、这么多酒，尔格也轮到我敬、敬了。不是来而不往非礼也嘛。来，一敬一碰。"说着，站了起来先给崔二爷端起一杯。崔二爷假装有些受宠若惊的样子，连忙接过去一饮而尽，说："谢谢张团长的抬爱。"自己又给自己斟满酒，继续和张团长碰了，并用手示意张团长落座，说，"太太们，尔格该你们敬酒了。"

自酒席开始后，坐得最远处的四姨太连一句话也插不上，尔格好不容易老爷放话了，就率先站起来说："张团长，我老四给你敬一杯。"大太太却近水楼台先得月，端起杯子要先敬酒。张团长叫着嫂子，就一口喝了进去。见大太太抿了嘴却没有喝，张团长就有点不高兴。四姨太见机便走了过来，指着自己杯中酒，说："我替大姐干了，看，满满的。"一仰脖子喝进去后，又斟满自己的杯子一手拿起来，另一只手端起张团长的杯子，递了过去，"这杯是我敬张团长的，我陪你，干！"

张团长色迷迷地看着四姨太，接杯子的时候顺便捏了一下那只白皙瘦小的手，说："四妹子好酒量！张某我佩服，佩服。"吱的一声喝进去，顿时来了精神，"四姨太，我们再干一杯。算我敬你！"

四姨太发着嗲，说："团长大人解哈靖边的坏习惯，敬酒要敬三杯。我都没有敬完你！"两人接着又碰了几杯。崔二爷看着两人的亲热劲，浑身上下不舒服，只是不停地咳嗽，以掩饰自己的烦躁。大太太早就看不下去了，一言不发地看着崔二爷，算是打了招呼，独自离开。

张团长与四姨太一轮敬酒喝进去，燃起了欲望的烈火，两人情绪十分高涨，轮到二姨太、三姨太敬酒，在她们身上没有心事的张团长便显得有些敷衍了事，眼睛还盯着四姨太那边看。崔二爷实在看不下去了，又不能说甚，就准备结束酒宴，张团长却一把拦住，说："不忙不忙，我们有好多正事都没拉呢，边喝边拉。"他也不管崔二爷情愿不情愿，抓起酒杯又碰了，"这兵荒马乱的年头，要没你、你们这些保安队，匪患还不知能猖獗到甚、甚程度。来，敬、敬你一杯！"

崔二爷碰了酒，抓住了话把子，说："我们保安队为党国做出了那么大的贡献，可你也知道的，咱们的保安队有名无实的一张皮。说实在的，就连看护我这个大院的能力都没有，更别说维护五邻四舍和死羊湾的治安了。还望张团长高抬贵手，拨几支快枪，叫我们保安队也有模有

105

王贵与李香香

样地武装一下。嘿嘿,有了武装我崔某人就如虎添翼,就一定能消灭匪寇,为党国肝胆涂地,鞠躬尽瘁。"

张团长舌头有些僵硬地说:"枪、枪的事要说难真难,说不难也不是太难,主要、主要是这个东西必不可少。"他的三个指头来回搓着,崔二爷心领神会但无动于衷,心里说我是不见兔子不撒鹰,拿不来枪不给钱。

B14. 哥哥的心思你不明

　　日子像是一匹好猎手骑着的骏马，跑起来飞快。伏天的那场透雨过后，死羊湾的山梁上，涧地里，一片一片，一绺一绺，粉红色的荞麦花招蜂引蝶，匍匐着等待着久违的丰收。荞麦如平展展的毯子，似五彩的锦缎，又宛如天上被霞光映照的彩云，美轮美奂，漂亮极了。

　　与散发出阵阵清香、沁人心脾的荞麦花一样芬芳四溢的，就是王贵的心情了。除了和李香香一日不见如隔三秋的思念之外，王贵就是期盼着和林大哥多待在一起。而林大哥到客栈来的时间很有限，倒是王贵有空就直往油坊跑，和二师父他们在油坊里描绘着死羊湾和自己的美好未来。

　　王贵的这些变化，看在眼里、急在心的是李德瑞老汉，因为家里的女儿香香和王贵的神态是一模一样的。李德瑞老了，但也是打年轻的时候过来的，看到女儿和王贵走路像是飘着，说话就像唱歌，连睡觉都笑着的样子，这不是他们相好了还能是个甚？

　　可是，王贵合适吗？如果香香是一个无德无能又是丑八怪的女子，嫁个王贵也算般配。可香香是方圆几十里、甚至百十里地上的一朵花，鲜花真能插到牛粪上吗？王贵是个好后生，但好后生和好女婿不是一码事。好女婿要给女儿的是一辈子生活有保障，不管是遭灾受旱，还是变了世道，他都能让女儿和他们将来的娃娃们有饭吃，有衣穿，有房住。光是待女儿好有甚用，吃了上顿没下顿的光景能好几天?!这些道理不知给香香翻过多少次了，可就是没用，有几次翻道理都翻得恼了。唉，

- 107 -

王贵与李香香

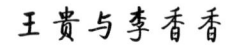

女大不听大的话了。李德瑞看王贵和二师父他们走得近,想叫二师父帮忙劝劝王贵,可看着他们整天间帮着王贵叫自己老岳父,还能帮自己吗?实在没有办法,解铃还得系铃人,只好自己找王贵拉拉话,叫他断了这个念想。

约估着王贵放羊回来,李德瑞看太阳就要落山,就在必经之路上吧嗒吧嗒地抽着旱烟,等着他。果然,王贵哼着信天游赶着群羊走了过来。看到大石头上坐着的李德瑞,王贵连忙招呼:"叔,你不回家,咋在这达?"

李德瑞站了起来,说:"我就是为了在这达等你。"

王贵的心一紧缩,受惊一般地说:"你等我?出甚事了,香香咋了?"

看王贵那火烧一般着急的样子,可见他已经和香香的关系不一般了。李德瑞低垂着头,说:"你放心,香香没甚事。我就是想和你拉拉话。该咋说呢,王贵啊,这样吧,有个事叔想跟你商量,也听听你的意见,好拿个主意。香香不是在宁夏盐池县有个亲姨嘛,那年回来我就安顿她给香香找个好人家,毕竟宁夏比我们这达的光景不知要好多少。前几天,她捎话来了,说找到了一个大户人家。那后生虎头虎脑的,长得精神,也有文化。"

王贵一听,如五雷轰顶,他清醒了一些后,解哈了李德瑞找自己的意思。他早看出李德瑞的心思,只是后来香香鼓励自己,说她能说动大,他才再没往深里盘算。看来一意孤行地和自己相好的香香压根就没做她大的工作。王贵想着,泪花花在眼眶里打起转转。但面对着香香的大,自己能说甚呢,只好默默点头,算是答应。

李德瑞见他点头了,就说:"其实你也是一个好后生,说实在的,叔也喜欢你。可是,这个喜欢和女婿压根就是两码事。我也是打年轻过来的,你和香香的心思我都看得出。叔实不想瞒你,就你家那不遮风雨的两孔烂土窑,和你给崔家打一辈子长工的身份,一辈子都没有出头之日啊。我,作为一个老人,我咋能放心地把香香给你啊!你盘算过没有,你大一辈子的光景,说不准就是你将来的样子!唉,王贵啊,这天下父母解哈人往高处走,水往低处流,盼望着儿女往高处走。你真的要是喜欢香香,就该为她着想。叔说的,你解哈不?"

李德瑞看着王贵的泪眼,心里也是一阵阵难受,有些哽咽地说:

B14. 哥哥的心思你不明

"你要是不嫌弃,就给叔做干儿子吧!来,叫干大!"

听这样一说,王贵刚才在眼眶里打转转的眼泪夺眶而出,他马上蒙住了一张泪脸:"叔,你甚也不说了。你的意思我彻底解哈,我会永远把香香妹子当亲妹子的。"

"唉,"李德瑞叹了口气,继续说,"王贵啊,我已是土上半脖子的人了,人世间的道理看得比你后生肯定清楚。其实人就是一个命,人的命天注定,胡思乱想不顶用,不认不行啊。"

两人一时无语,突然传来李香香急促的喊叫声:"来人啊,王贵哥,快来啊。"王贵一听是李香香的声音,就连忙过去,不远处看到李香香和崔小宝正在拉扯,他便像离弦之箭一般地扑了过去,一把拉开紧抱着李香香的腿、嘴里还不停地叫着"姐姐我要娶你、娶你当婆姨"的崔小宝,本能地和李香香抱在一起,对崔小宝说:"你小子再死缠烂缠,我可是真要——"说着做了一个砍头的动作。

崔小宝吓得脸色苍白,低着头不敢吭声。王贵正要安慰香香几句,一抬头,猛地看见李德瑞走过来,顿时想起了刚刚对李德瑞的承诺,他与香香的身子之间瞬间像是产生了强烈的磁场排斥,迅速地分开了。

李香香敏感地察觉到了王贵的异样。她看着走过来的大和王贵两个人都是忐忑不安、欲言又止的神情,懵里懵懂的,不知发生了甚事。见这个情形,崔小宝又大着胆子钻了空子,一边抱住李香香的腿,一边抬起头紧张地看着王贵,见王贵依然是一言不发,他露出一副自鸣得意的样子。

王贵任凭崔小宝抱着李香香,还是原地不动,甚至把目光投向了别处,等到李德瑞快要走近时,他看了一眼正在哀求地看着自己的李香香,却慌忙地吆喝着羊群走开了。看着他远去的背影,像是一根钉死的柱子一般的李香香,泪珠情不自禁地在脸庞上扑簌簌的滚动着。

李德瑞瞥了一眼呆若木鸡的女儿,过去使劲地拉开了还在抱着腿、流出鼻涕口水的崔小宝,对他说:"快回家吃饭磕,不要在这里捣乱。"然后又面无表情地看着李香香,说了一声,"回家。"

爱恋时的幸福是极为短暂的,而平时的思念和折磨却无边无际。李香香就陷入这种无边无际的折磨中。不知道发生了甚事的她,实在不能理解王贵的脸咋说变就变?她的心在滴着血,破碎,难受,愤懑,后悔,悲哀,不甘心,五味杂陈,食不甘味。这样盘算了几天,她茅塞顿

王贵与李香香

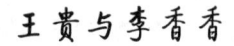

开，肯定是大和他说了什么。她想到那天王贵是在和大嘀嘀咕咕后才对自己开始冷淡的，虽然从大的脸上却看不出一点蛛丝马迹，但变故一定与大有关。不管怎么样，事情要弄明白。王贵不理自己，自己就只好厚着脸皮去找王贵，从他那里寻找答案。

她赶在王贵上山前把他堵在羊圈。王贵打开羊圈门，一群羊争先恐后地跑了出去，或许是看到了前面站着和王贵熟悉的李香香，通人性的羊群咩咩地叫着，算是跟她打了招呼。王贵一抬头，看到李香香提着一个篮子，满怀期盼地站在门口，他咽了口唾沫，却好似没看见香香的存在，在心里刀剜一般的煎熬中，擦着香香的身子走了过去。李香香一边横挡在中间，帮忙往一达达赶着羊群，一边说："王贵哥，你今天要磕下泥湾放羊吧？我也顺便跟着你磕掏些野菜。"

王贵低声说："我不磕下泥湾，你自个儿磕掏吧！"说话的当儿，他转过身子，疾走起来，羊群也跟在他后面就是一阵猛跑，腾起了一股股尘土。

王贵总算搭了腔，李香香的心中就有股子暗喜，她也紧跑几步，撒娇地说："我不，就不！你走哪达我就跟着你到哪达。"

王贵停住脚步阴沉着脸，说："别跟我了，再跟，我就真恼了。"

李香香一把拉住王贵的衣袖，声音有些发颤地说："王贵哥，你咋了？为甚这样对我？"

王贵不言语，拿起羊铲子连着铲起几块土疙瘩，对羊群嗷嗷叫着，心无旁骛地赶着羊走了。留下发愣的李香香，她在思忖着：不行，今儿个必须要有个结果。倔强劲上来后，她像是一个暗探，不远不近地跟着王贵，要到一个合适的地方，听他说出个子丑寅卯来。

大旱刚过去的那场透雨的成果尔格还在显现着，令秋日里的死羊湾有了些许的惬意，不多的糜子、谷子和各类豆科杂粮，都沉甸甸的，散发出芳芳，芬芳不仅仅是味道，也是一种镇静剂，让连续遭灾的乡民们能踏实睡觉。秋高气爽中，王贵一点也开心不起来，羊只们在刚刚收获过的土地上寻觅着吃食，显得十分满足和踏实，可他却心事重重地半躺在山梁上，两眼无神地仰望天空，不知该如何是好。几朵米黄色鲜花在眼前飘来荡去，在蓝天白云的衬托下分外妖娆。尔格的王贵是没有心情欣赏鲜花的，他讨厌漂亮的花花草草，因为漂亮的花草撩动着自己受伤的心。看着花朵还在不知趣地向他摇动，他就要伸出手去将它们推开，

B14. 哥哥的心思你不明

却见到鲜花的后面是一张清晰动人的脸。

"王贵哥,你看这花美吧?"李香香气喘吁吁地不知道从哪达冒了出来,手里拿着一枝绽开的淡黄色的小花,在王贵眼前晃动。王贵忽地坐了起来,动气地说:"你咋又撵来了?真烦!"

李香香委屈地说道:"王贵哥,这几天你究竟咋了?哼,叫我一个大女子热脸贴到冷屁股上,你也好意思。忘记我们私定终身了?"

王贵显得不屑一顾地说:"甚私定终身?有过吗?没有的事吧。还是快挖你的苦菜吧,别打扰我放羊了。"

听着王贵的冷嘲热讽,李香香实在受不了了,她生气地一跺脚,说:"你,那好,走就走,离了狗粪还不种地了!"她动粗地骂了一句,抹了一把眼泪,连走带跑地离开。

王贵静静地注视着远方,许久也没有回头,他害怕自己克制不住转身去撵香香妹子。心如刀绞的他只是捂住胸口,控制着泪水不从眼眶里奔涌出来。

傍晚,吃饭的时候遇到了二师父,听说林大哥来到了客栈,这些天压在他心上的愁云无法拨开,他想找林大哥说说,准能有办法。

王贵与李香香

B15. 盼日出却被关地牢

夜幕下的大地十分静谧，听得见的几声稀稀落落的犬吠显得张扬而无度，给死寂的夜空带来了一些活力。

自打张团长和崔二爷亲自部署了查找共产党活动的任务后，平时就喜欢张家门瞅瞅、李家门猫猫的朱管家显得异常兴奋，就像当年朝廷派到三边的钦差大臣王翰林一样，他专门搜寻人家的隐私。朱管家今年五十多岁，算是刚步入人老没瞌睡的年纪。他年轻时是方圆百十里有名的朱五快，吃得快拉得快走得快睡得快和脑子快。尔格老了，年轻时的"五快"还依旧保留着。五十来岁的人，严格来说不是没瞌睡，而是睡得快醒得快，说着话就能打起呼噜，等呼噜声刚传到别人耳朵里时却又能立马醒来。所以白天打上三四个盹，夜里就能转上大半夜。朱管家在一岁多时小鸡鸡被狗咬掉了一大半，他傻乎乎的，除了当时疼痛了一下外再没别的感觉。可是看着眼前这个小废人，念过几年私塾的父亲暗自着急，为他安排好了后事，打小按照后宫里培养太监的要求，培养他这个不割自阉的小太监。谁知，后宫找美人普天下弄得风起云涌，找太监却悄无声息，没有一点关系休想进宫里。经人推荐，朱管家就进了崔家，一干就是四十年。作为一个废人，对于自己永远不能享受的男女之乐，他怀有比常人更大的好奇心。于是乎，他就有了蹑手蹑脚、偷窥人家的癖好。年轻的时候曾好奇地偷听到崔二爷的头上，挨过崔家的皮鞭。尔格老了，这些癖好也随着功能的完全丧失而彻底消失。谁料张团长和崔二爷把见不得人的偷窥当做任务分配给自己，引发了他新的兴

B15. 盼日出却被关地牢

趣。这些天里，他几乎在全村挨门逐户地偷听过三圈，依旧是一无所获，甚至连男女做爱的声音都没有听到，这结果令他沮丧万分。

　　林大哥这次来到客栈，带来了好消息，这些消息像是滚滚的春雷，给枯焦的大地带来了滋润，给人们带来了希望和力量。他对这些贫苦的兄弟们说："我今天给大家讲的就是目前的革命形势。中共陕甘边区特委和陕甘边区红军临时总指挥部召开联席会议，确定了以甘肃庆阳的南梁为中心，把陕甘边划分为三个游击战略区，我们陕北为第一路游击区。而今刘志丹、谢子长、习仲勋等同志都在南梁，为创建红色政权做准备工作。要是用信天游唱的话，就是千里的雷声万里的闪，陕北革命大发展。就说我们靖边，该咋发展呢？大家不是期盼共产党早日来到咱们这里吗，这次来了，不久前靖边县的第一个党支部在青羊岔成立。这意味着，党组织正式来到了我们身边。"

　　如果说山洼里的一些稀疏的小草能给饥饿的群羊带来活的希望的话，那么，这回传来的消息无疑是让群羊找到了水草肥美的大牧场。好消息像一只报春鸟一样，给刘家疙瘩、死羊湾的这些穷兄弟们带来对未来的美好希望。大家伸出手想要鼓掌，林大哥一挥手制止了，他的眼睛警惕地投到门外，压低声音说："愈是在这个特殊时期，反动派就会愈加丧心病狂。也就是说，愈是见到胜利曙光的时候，就愈不能大意啊。要警惕敌人疯狗一般地反扑。只有保护好自己，才能保存实力，有能力与反对派进行长期艰苦的斗争。"

　　林大哥精神抖擞，浑身上下充满着朝气。王贵看着林大哥，却不住地走神，共产党组织究竟是咋回事，说老实话，王贵目前懵懵懂懂的，还不知所以然，但一听到共产党，他顿时就觉得在头顶上升起了明亮的大太阳。他多么希望林大哥说的穷人当家做主的日子立刻就来到啊，那样，心爱的香香就会和自己在一达里过上天荒地老的好日子。

　　"王贵，你有甚问的？"林大哥提问到了王贵，他还在憧憬着娶李香香的美好时刻。二师父捅他说："林大哥问你呢。"他才回味过来，说："我就是一句话，咱们甚时候和崔二爷斗？再迟了，恐怕耽误我的事情了。"林大哥对王贵说的耽误事情感到莫名其妙，说："你的事情，究竟是甚事呢？还有具体的时间，你的事情和斗争的时间关系大吗？"众人就说这后生是说娶媳妇的事吧？王贵想把李德瑞的话给大家说说，

113

王贵与李香香

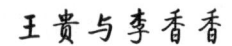

又觉得自己的事放在众人面前说不妥,却再也找不到由头,突然觉得一阵内急,就捂肚子,举手说:"报告林大哥,实在憋不住了,我要出去撒尿!"撒尿都喊着报告,惹得大家哄堂大笑。

可是谁也想不到,就在他们热闹地谈论革命形势的时候,这屋子的门上贴着一张大耳朵,管家的大耳朵。这天,朱管家鬼使神差地在村里转悠了两个时辰依旧毫无收获,睡不着的他漫无目的地在村外走着,忽然看见统万城客栈的招牌一闪闪的,虽说这一带不属于死羊湾的地界,但是这里常常有三教九流的人聚集在一起,而张团长也指示要扩大搜索的范围,保不住就能在这里找出点事。他鬼鬼祟祟地来到院子,听到有一个屋子里人声鼎沸,便悄悄地蹲在门口偷听:天哪,原来共产党就在这里呀!五十多岁的他耳朵虽然背了,但还是听到不少内容,他心惊肉跳,更惊讶的是,声音脆生生的那个人,分明就是崔家的长工王贵,他咋也和这些人弄在了一达?他感到了问题的严重性,心里不住地说:还是张团长高明,早就发现了蛛丝马迹,尔格连王贵这样的小后生都被共产党收拢在一达了,这世道岂能不乱套?他从门缝里窥视,可惜门缝太小,他找了根树枝扒拉,又不敢弄出了声,所以只解哈里面人多,但不知道还认识谁?正在盘算如何等会议结束找个地方仔细辨认,就听见王贵说要撒尿的话,吓得他像是一只老鼠,屁滚尿流撒腿就跑,消失在黑夜里。客栈没有围墙,走到院子尽头便是一道土坡,管家就爬在土坡下躲藏起来。王贵走出门,似乎听到了一点动静,他四处张望一番,黑黝黝的夜空,甚也看不见。他感觉内急得厉害,便连走带跑到了院子尽头,解开裤腰上系的布条子,大大方方对着黑暗的夜空高高地尿起来。真是歪打正着,王贵的这泡尿不偏不倚地正好射在土坡下面藏着的朱管家头上。朱管家恨得咬牙切齿,却憋住气不敢吭声。王贵淋漓尽致地撒了一大尿泡,刚才只顾听林大哥讲了,竟憋了这么多的尿,等到一泡尿撒完,朱管家的浑身被淋得湿透。臭气熏天的管家再也无暇偷听赤匪的说辞,悄悄地回到死羊湾,给崔二爷报告去了。

王贵回到屋里,告诉林大哥外面好像有人偷听,但又看不到。林大哥警觉地说:"从尔格开始,大家再要是聚集开会,外面必须留下放哨的人员。死羊湾的革命斗争还没有开始,不能因为走漏风声断送了革命前程。"二师父指着大家挨个做了安排,说以后每次两个人轮流放哨,随即就派了两个人出去。安排妥当,二师父向林大哥汇报说:"我们谋

B15. 盼日出却被关地牢

划这么长时间,大家也深入到贫雇农家里组织发动,看来形势对我们很有利。可是,一直纸上谈兵,大家都等不及了,甚时候动真格的?"林大哥说:"好,我们就从减租免息开始。连续几年的大旱,大家的储粮早就吃空了,今年还算有点收成,也只够乡民们保命。眼看秋收结束,地主马上就要收租了。我们组织大家齐心协力要地主减租免息。这是一场硬仗,减租免息等于割地主的肉,喝他们的血,他们肯定不会答应的。但我们这第一仗必须成功。大家有信心吗?"大家听到能减租免息,更是显得异常兴奋,齐声说能。于是纷纷出主意、想办法,准备着新的斗争的到来。

离开客栈,大家厮跟着返回死羊湾。等王贵悄悄地回到羊圈已是后半夜了。他想,林大哥说了这么多的好消息,今晚看来是睡不着了,不过明天早上把羊放到山上后,便可以补上今儿个晚上欠的觉。他轻轻地推开羊圈的栏门,轻车熟路地找到自己睡觉的柴草堆,黑暗中三下五除二地脱了衣裳,摸索着那床烂被子,突然摸到了一个人腿,他啊地叫了一声,连忙问道:"谁?"噗的一声,油灯猛地点燃。他不由得倒吸一口冷气,只见崔二爷、朱管家和几个团丁正凶神恶煞般地站在他的面前。

崔二爷沉着脸,阴阳怪气地问:"后生,这天都快亮了,你才回来,是磕哪达乐活了,还是给你大上坟了?"

王贵紧张得一时语塞,不知道说甚是好。几个家丁凶巴巴地异口同声道:"说!"

朱管家嘿嘿地奸笑着,走到王贵跟前,对着脸就是一个响亮的耳光,咬着牙狠狠地说道:"统万城客栈的老板娘那达好逍遥吧?"

王贵心里一惊,倒有些不害怕了,扭过头依旧不接话茬。

崔二爷一副痛心疾首的样子,叹着气,说:"真是人心不足蛇吞象。我是看你没大没妈,才好心收留你,供你吃,供你喝,冬穿皮袄夏穿单,吃了凉菜吃热菜。你咋就、咋就长出了一个狼心狗肺呢?竟胆大妄为,私通共匪,祸害政府,扰乱社会。后生,今儿个你要是说不出个子丑寅卯来,恐怕你的小命就难保了。"

朱管家大喊一声:"把这小子给我吊起来,不开口就往死里打!今天就叫他看看马王爷究竟长了几只眼。"得令的家丁们平时就看这个王贵牛逼烘烘的不顺眼,他和俊女子李香香勾勾搭搭,惹得他们眼热心烦

115

王贵与李香香

躁，尔格有了这个机会，就狠劲地在王贵身子抡起棍子，打得王贵疼痛得不住呻吟，后来就妈妈老子的乱叫。朱管家挥手叫家丁停住，又凑过来问："王贵，你是说还是不说？"王贵翻着白眼，哼了一声。管家说，"看来你长的是一张贼皮，再给我打！"

听到王贵的惨叫声，管家便跟着崔二爷走到院子里。崔二爷问："你再想想，那达开会的人里还看清楚了谁？听声音也能听出来谁吧？"

朱管家着急地说："唉，不是人很多嘛，那达油灯又不亮。要不是王贵这小子出来尿尿，我恐怕连他也认不出来。"

崔二爷说："好吧，我们就从王贵嘴里掏东西。你可要给我看紧了，千万不能走露一点风声。等从这小子口里拿到共产党的秘密，我们就立马找张团长搬兵，连锅端了那个很可能是共匪据点的统万城客栈。到那个时候，张团长就不能再推三阻四地不给我们枪了！"

朱管家跷起了大拇指："还是老爷高明！"

崔二爷定定神，幽幽地说："还有，你解哈吧，这个王贵抓了起来以后，那个李、李香香的事就会好办多了。对，一定要抓紧办，免得夜长梦多。女子水灵灵的，是个男人就招啊！"

这次朱管家有些苦笑了，崔二爷的话有点伤自己的自尊。但修炼了多年的他，还是满脸堆笑地说："那么我们就顺水推舟，来个喜事丧事一块儿办！谁叫这小子坏老爷的好事呢。"

崔二爷起先没听清管家的话，等听清了，就高兴地拍着管家的肩膀："嘿嘿，真有你的，不愧跟了我多年，修成精了。我们说干就干，明天就找老李头。"崔二爷兴奋地说着，竟没有了睡意。管家说："老爷还是打个盹吧，累坏了身子咋娶李香香呢？""说的是！"崔二爷就喜欢管家这样善解人意。

大清早，一夜没有睡觉的管家来到崔二爷的屋子前想听听动静，没想到门自动开了。崔二爷眼睛上糊了一层脏乎乎的焦黄色眼屎，精神看起来还是蛮好的。管家在心里有些感叹，性生活也能养人啊。两人也没说甚话，管家一路小跑，崔二爷还是骑了毛驴，两人就上路了。刚到李香香家门口，就见李德瑞夹着油毛子的行头正欲出门。看见崔二爷和朱管家走了过来，后面还跟着几个家丁抬着东西，李德瑞心里难免咯噔了一下。

朱管家说："老李头，真是勤快，今儿个早上听见喜鹊叫喳喳了吧？

B15. 盼日出却被关地牢

看看，好事就接着来了。眨巴甚眼睛啊？告诉你，崔家看上香香了。这不，给你送聘礼来了。"

李德瑞的猜测果然得到了印证，他表情淡定地说："崔老爷，真是对不住，我家香香已是二八女子了。你们也盘算一下，这么大的女子能没主吗？"

朱管家抢着说："哼，谁不知道，你说的那个主，就是崔家的长工王贵吧！嘿嘿，老实告诉你，王贵的小命都快活到尽头了，他要做女婿，真是痴心妄想。"管家还担心李德瑞不相信自己的话，又压低声音补充说，"告诉你，那小子私通共匪，已叫我们给抓起来了。等录完口供，就交到保安团，嘿嘿，等着他的就是吃'花生米'了。"

崔二爷拿起挂着的拐棍敲打了朱管家，骂道："你他妈的胡说些甚！"

朱管家本来想让李德瑞死心，谁知不经意中却暴露了王贵的事情，他一把捂住嘴巴，紧张地看着崔二爷。

李德瑞的眉毛微微抖了几下，但表情依然淡定，沉稳地应答："王贵死与活和我家有甚关系？对了，忘记给你们说了，我家香香已许配给了宁夏盐池的大户人家。崔二爷，你家的东西，咋拿来的就咋拿回磕，我要上工了。"

正说着，刚刚起床的李香香披头散发、疯子一般从屋里出来，冲到朱管家面前，拉住他的衣袖说："我王贵哥咋了，出了甚事？你们究竟把他咋的了？"

崔二爷满脸愠怒地看着朱管家，众人面面相觑，也不知该说甚。李香香突然从一个圪塄里抄起一个瓦亮的大铁锹，高高举在崔二爷的头顶上，厉声说道："王贵哥咋了，你们说不说？不说就休想走出这个门！"

崔二爷战战兢兢地说："别动手，别动手，放下铁锹，我给你说。"说着就给家丁使眼色，倒是朱管家头脑灵光，乘着崔二爷说话分散了李香香的注意力时，猛地上前，从后面抱住了李香香。几个家丁顺势夺下了铁锹。惊出一身冷汗的崔二爷悻悻地叫喊道："疯了，都他妈的疯了。管家，我们走！"

看着一行人匆匆离开的背影，李香香才后悔就这样放走了他们。她躲避着大的眼睛，回到了屋里，却像是一只热锅上的蚂蚁，转来转去。该咋办呢？她想到了统万城客栈的老板娘巧巧。自己好像记得王贵说

117

王贵与李香香

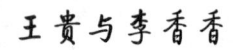

过，他后来经常磕客栈，还和那个赶牲灵的林大哥有点关系。于是，她再没有一点犹豫，见大已经磕上工了，就撒开双腿跑往客栈。李香香奔跑着，脑子里全是王贵的身影，她不知跌了多少跤，跌跌撞撞地来到了客栈门口，竟软瘫地倒在门口。

"女子，你是哪达的？"林大哥刚好走出门，看到这个披散着头发、汗津津的女子，关切地问。李香香见眼前的这个身材伟岸、长相俊俏的男人对自己的问候这样亲切，便认定他是林大哥，她说："你是林大哥吗？"

"你是谁，咋解哈我？"男人一愣，反问道。

听他真的就是林大哥，李香香像是千难万险才找到了失散的亲人，"哇"的一声开始痛哭。巧巧循声出来，见是李香香，就连忙搀扶着她起来，问道："香香，不要哭，出甚事了？慢慢说。"

李香香抽泣地叙述完，林大哥安慰她不要急，游击队会想办法营救王贵的。看着林大哥坚毅的神情，她狂跳不安的心才逐渐恢复了平静。林大哥安排李香香到房间休息，他紧锁着眉头，转过身对巧巧说："看来王贵被抓和我们有关。说不定他到客栈的事被敌人发现了，不然咋能安私通共匪的罪名？我们必须尽快采取行动，力争抢在崔二爷前面动手。"

巧巧也有些紧张，不知所措地看着林大哥，说："那我们该咋办？"

"这样，你先通知二师父等几个骨干立即来客栈，我们商量一个对策。"

真是破了天荒，林大哥竟在大白天召集大家开会，说明情况十分紧急。等到大家凑齐后，林大哥先是通报了李香香说的情况，然后给大家说出了一个办法，就是将减租减息的行动提前实施。他详细说了安排后，大家都说方案可行，保证在一夜之间将群众发动起来。

B16. 硬骨头不怕狗来啃

年纪轻轻的王贵竟是这样刀枪不入的硬汉子，这令管家和崔二爷都没有想到。王贵都被吊打两天了，那张嘴始终撬不开，令崔二爷感到十分沮丧。面对骑虎难下的局面，一时又想不到好办法，崔二爷本想早日挖出线索，到张团长跟前邀功求赏，以便弄到几杆快枪，现在看来没指望了。

崔二爷把所有的心思放到了王贵身上的时候，他没有料到，死羊湾村的减租免息运动犹如暴风骤雨一般在一个晚上酝酿成熟。祖祖辈辈受到压迫而目前正挣扎在死亡线上的贫雇农们，想也没有想到的减租减息竟出现在他们的眼前，仿佛是饱受干旱的土地遇到了透彻的甘霖，他们以无可比拟的激动心情投入到了斗争之中。也有一些雇农在犹豫，心想自古皇粮国税、租地交租天经地义，但禁不住讲理论道的游说。也是，历朝历代遇到大灾年，都要开仓放粮，可是崔家粮食满仓，却还要逼着大家交租子，还逼死了王麻子，可见崔二爷是个恶贯满盈的家伙。这些人家徒四壁，一饿就是半年一年的，等也是死，和崔二爷斗争，说不定能找到一条活路。活命是不讲道理的，这就是农民的朴素真理，远比甚理论都要强大千万倍。所以，原本准备在崔家秋后收租子时爆发的减租免息运动，一夜间就酝酿成熟提前爆发，也就不足为奇了。

当几百个佃农黑压压地站着崔家大门口时，闻讯而来的崔二爷顿时感到人多的力量。这些人过去他经常面对，但那是他们服服帖帖地听自己训话的时候，而今儿个，他们是来和自己闹事的。顿时崔二爷感到天

王贵与李香香

旋地转，内心冰凉。他扶住墙壁，眨巴眨巴眼睛，终于清醒过来。于是，他先叫管家出去周旋，找到几个带头闹事的人，想办法把他们先抓起来，杀鸡给猴看，杀杀这些刁民的威风。

谁料，当管家气势汹汹地说要抓人时，佃农们都把锄头、镰刀、木犁、褡裢等农具统统扔到了崔家大院的门口，有几个甚至还翻出了不知多少辈子的契约要退租土地！

管家一看事情弄大了，赶紧请崔二爷亲自出马。这下老谋深算的崔二爷也有些慌了：毕竟再大的土地要是没人租种，哪来的财富啊?！

崔二爷实在不明白，平素听惯了自己训话的这些人，咋就能在没有听到管家的铜锣声时自发地组织到这达来？这是崔家祖祖辈辈都没有遇到过的事情。不，应该是方圆几十里乃至靖边县的历史上也没有遇到过的事情。当这些人喊叫着减租免息时，崔二爷的大脑还盘算着他们突然聚集起来的原因，而此起彼伏的喊声又无法分辨他们究竟喊的是甚，他一直都没有听清楚。他大着嗓门喊叫了一声："喊甚呢喊，一个一个说，乱糟糟的甚也听不见！"他的这一嗓子镇住了一大半人，有的还往后缩着。崔二爷的心里有了底：毕竟他们是心虚的。

"我们要求减租免息。"人群里第一个跳出来的就是油坊的二师父，他说，"今年秋天的荞麦稍微有点收成，但大旱了几年，家家户户都穷屄打得炕板石响。你就学好向善，给大家减租免息吧！"

这个家伙，自己早就看出不是好东西。崔二爷心里骂着，但马上堆出一脸的笑，说："原来你们提的是这个事情呀，呵呵呵，我和大家还真是不谋而合，早就和我家的朱管家商量，要他调查摸底，收租的时候，这个减、减租，还有免、免息。朱管家，你弄得咋样了？"

崔二爷的这番话说出来，别说一旁的朱管家目瞪口呆，就是佃农们也张开大口没有想到。

"老爷，这事我已开始调查了，就要有结果了。"奸猾的朱管家大着声顺着杆子爬，他还一指下面的一个方向，说，"那天我到你家不是说过这个事情吗？"被指的那一片乡民们互相看着，不知道管家究竟磕过谁家，但也默认肯定是磕过的。配合了大半辈子的崔二爷和管家，两人出演的双簧，把大家弄得云来雾去的。二师父也没见过这样的局面，就只好说："那你们快点吧！"

见崔二爷话说到这个份上，善良的乡民们觉得东家还是够意思的，

120

B16. 硬骨头不怕狗来啃

再闹下去，乡里乡亲的也不好意思，就嚷嚷着散去了。

崔二爷此时似乎稳操胜券了，就显得有些强势："快点慢点那要看我们忙的情况。再说了，你们忙甚，尔格又没到收租子的时候？"

人们一听崔二爷说得有道理，不是还没有开始收租吗？大家就散了。看着一群人远去的背影，崔二爷这才发现，自己浑身汗淋淋的，已是湿透了。他预感到这些人的背后一定有组织者，这个二师父和王贵只是一些跑腿的，只有挖出后面的人，才能打下去这些刁民的威风，否则，崔家真的没有出路了。崔二爷第一次感到身边藏着的巨大危机。他要管家抓紧时间，一定要从王贵口里掏出东西。自己也不敢再拖下去，连夜到了镇靖城，搬张团长这个救兵。起先张团长对崔二爷家的事很不上心，当说到已经抓起来的王贵和共产党有勾结，才觉得这个事情不小，说不定顺藤摸瓜能找到靖边县里的共产党，能挖到共产党的根系，铲除县里的大患，不用说就给自己的升迁找到了一个机会。想到了这里，他才连忙和崔二爷一起谋划起来。毕竟，保安团听起来叫"团"，其实也就几十个人，和正规军的一个连都比不上，武器装备更是不值得一提。他们两个谈来谈去，最后决定先派一个班跟着崔二爷回死羊湾共同审讯王贵，等有了结果再做打算。

好不容易组织起来的乡民，叫崔二爷用了几句骗人的话就一哄而散，无奈中的二师父感到无比的尴尬。他向林大哥汇报情况时，还检讨自己的能力不足。林大哥安慰说："能在一夜之间发动起这么多的群众，说明你们很有工作能力，也很有成效。从中也看到了我们的希望和未来。况且，你们并没有失败呀，崔二爷不管是实心实意，还是虚情假意，起码当着那么多人的面做出了承诺。接下来他肯定是要耍滑头、糊弄大家的，那么就给了我们机会，可以揭露他的鬼把戏，让更多的人看清楚他的本来面目。"一席话，说得二师父心里暖洋洋的，他不由得佩服林大哥看问题比自己要远很多。

"不过，你带头质问崔二爷，他肯定对你有所怀疑。王贵被他们关押，在无形中暴露了我们的客栈。所以，大家都要提高警惕，密切注意崔二爷和县保安团的动向，防止他们进行疯狂的反扑。同时，如果条件允许的话，尽快联系我们的赶牲灵队伍过来支援你们。"林大哥叮嘱他。

崔二爷带着一个班的保安团团丁回到死羊湾后，连大院都没有进就

121

王贵与李香香

到了羊圈，了解对王贵的审讯结果。他看到王贵依旧被吊在梁上，死人一般耷拉着头，浑身上下鲜血淋漓，处于半昏迷状态。"怎么样？"崔二爷问管家。

管家摇摇头，说："这小子真他妈的硬气，棍子都打断了两三根，就是一言不发。"

团丁头儿走了过来，把手拿棍子的家丁推到了一边，说："看我的。"便拿起枪托对着王贵的屁股使劲地抡了一下。

王贵疼得大叫了一声。团丁头儿问道："解哈老子是谁吗？保安团的，专门办你小子的案子来的。你要是说了，就免你浑身无罪；胆敢顽抗到底，那就只有死路一条！"

王贵翻着白眼，虚弱地说："就是打死了我，我真的，甚、甚也解不哈。"

团丁头儿一副吊死鬼脸，说："你小子的硬骨头看来非要修理得碎了不可啊，解哈马王爷长了几只眼吗？你解不哈，我们张团长解哈，所以才派我来专门啃你这块狗也不吃的骨头。"他对着手下说，"来，一个一个来，练练手。"

他手下的几个人每人还没轮到打一枪托，就听一个人大喊："班长，打不得了，他昏过磕了。"

团丁头儿走过来，把手伸到王贵的鼻孔下面感觉了一下，说："真快没有气了？来，拿水浇醒！"

管家突然想起自己被王贵浇尿的事情，就坏坏地出主意，说："水不顶事，拿尿浇，连熏带洗，醒得快。"嘴上这样说了，心里却暗自高兴：叫你小子也尝尝被尿浇的滋味。他下意识地摸了摸自己的脸，还将手放在鼻孔下嗅嗅，只是别人不知道他的意思。

团丁头儿嘀咕着说："办法倒是个好办法，可是到哪达找那么多的尿？"管家就拉过一个烂瓷盆，自己先往里面尿了，最后还挤出了几滴。家丁和团丁们也纷纷效仿，都贡献出了一大泡尿。崔二爷看着凑起的半盆子尿，自己也想做个贡献，但看在众目睽睽之下，觉得不雅，就只好作罢。

团丁头儿捏着鼻子，指示手下将半盆子尿液泼到王贵的头上。尿液似乎冲进了王贵的嘴里，他猛地咳嗽了几声，然后微微睁开眼睛。团丁头儿转身向管家伸出大拇指，就走上前去一把抓起王贵的脑袋，"啪

122

B16. 硬骨头不怕狗来啃

啪"就是两个耳光。闻到了一股尿味后,他就叫喊着,在其他团丁的哈哈大笑中,他把打耳光的那只手不住地甩着。

管家嘿嘿地走上前,悄悄地说:"你小子这把嫩骨头真是硬啊。我朱某人佩服,佩服!不过,真不知你是因为年轻解不哈事,还是本来就是一个憨尿?你也不盘算盘算,在咱靖边县这地盘上,崔二爷可是有身份的人啊。你一个穷小子,谁给的你胆子,竟敢和崔家抢女人?能有你的好果子吃吗?"

刚刚清醒过来的王贵逮住了机会,猛地冲着朱管家的下体踢了一脚。尽管人在空中吊着使不上劲儿,也踢得着了,朱管家捂住裤裆,"哎哟"乱叫。他恼羞成怒,冲上来又打又踢地发泄了一通,骂骂咧咧道:"你他妈的还真是煮熟的鸭子,就剩嘴硬了!共产党究竟给你甚好处,这样水米不进不低头?快快招来,那天晚上讲话的那个大汉叫甚名字?那天开会的有没有油坊二师父?再不说,可真要往死里打了。"

团丁头儿赤膊上阵,挥动了几下棍子,说:"朱管家,他又昏过去了,再打下去完蛋了。"

朱管家依旧恼羞成怒,说:"继续浇,浇尿!往死里打。"

团丁头儿为难地说:"你说得倒是轻巧,再到哪达去找那么多的尿?"

123

王贵与李香香

B17. 红旗插到了死羊湾

又过了两天,王贵被打得昏了,又被水和尿浇醒,醒了又是一通连续猛打,直到再次被打昏,无论怎么折磨,他就是一个字也不说。团丁头儿也不由得高看王贵几眼,说经自己的手不知弄死过多少个人,但还没遇到过王贵这样的硬汉,要是再这样弄下去,恐怕挺不过一两天了。

挖不出幕后主使,就叫王贵这样死,崔二爷于心不甘。他狠狠地说:"王贵要是死了,我们再到哪达去找共产党?再说死到这达,又咋能起到杀鸡给猴看的效果?"管家说:"王贵被抓已不是啥秘密了,还不如拉出去示众,给那些喊叫着减租免息的刁民们一个下马威。"

团丁头儿也被这块硬骨头弄得有些丧气,想早点做一个了断,就说:"管家出了一个好主意,我们拉他出去示众,然后枪毙,以儆效尤。"

"好,对付完王贵,我们再收拾油坊的那个刺儿头二师父。不过,对二师父的消息要严格保密,一定不得走露半点风声。"崔二爷说着,还看了管家一眼,对管家透露王贵的消息耿耿于怀。

几个团丁将王贵放下来丢在草堆上,团丁头儿说:"后生啊,老子我干这个也不是一天两天了,我们虽然吃的不是一个碗里的饭,鞋匠和靴匠不是一种匠人,但老兄佩服你。上路前敬你一碗酒,表表心意,希望你早日转生,十八年后又是一条好汉!"鲜血淋漓的王贵双手被绑着,团丁只好给他端起了酒碗。酒真是一个好东西,一口喝进去,浑身是胆,也就顾不了上路的恐惧了。连团丁们也奇怪,这个后生对于即将到

124

B17. 红旗插到了死羊湾

来的死似乎是毫不在意。其实，王贵之所以能这样坚持下去，就是因为这几天来心中一直有一个强大的信念，那就是林大哥和油坊师父们的事情自己绝不能吐露半句。他认为如果吐露了这个秘密，自己死后一定会下地狱；即使侥幸活着，也会生不如死，遭到报应的。就这样朴素简单的信念，支撑着他勇敢与坚强地斗争下去。等到团丁们出去之后，他看到了一旁捏的那么多的小泥人，心中开始隐隐作痛起来，为心里装着的李香香。这不是简单的说笑，而是实实在在的生离死别，就在一个瞬间里，他们两人就要阴阳两隔。尽管他解哈没有来世，但还是那么迫切地期待着来世，因为有来世就有希望，就能和最爱的人李香香在一达达里甜蜜相会，他微笑着，一切的一切都留给来世吧！他看着小泥人，似乎感觉到了巨大的、完全可以战胜死神的力量。

"当！当！当！"管家敲着铜锣在村子里转悠，张罗人们开会："各家各户注意啦，立马到油坊前开会，商量减租免息的事情。"他解哈经过减租免息风波闹腾的乡民们，不可能像以前那样俯首听命，如果要叫他们来开会，必须找他们关注的事情做由头。果然，听到管家通知为减租免息开会，乡民们纷纷放下自己的营生，聚拢过来。不一会儿，油坊前就聚集起了不少乡民，大家交头接耳，热烈地谈论着，为减租免息闹出了结果而感到激动。就在人们议论纷纷的时候，就见几个背枪的人跟在一头骡子两边，骡子上放着一个人，脚一晃一晃的，后面跟着崔二爷和他的管家。等到走近众人，骡子上的人被卸了下来，却见他脚一软，眼看就要瘫倒，又被两个团丁架起来，拖到了场地中央。大家看到这个被五花大绑的人，头低垂着，能看见被鲜血染红的脑门儿，浑身上下皮开肉绽，鲜血淋漓，脑袋被打得脱了相，肿得比正常人大了一倍都多，好似一个肥大的猪头。血人和崔二爷、几个团丁一字排开，另有几个团丁荷枪实弹地站在四周警惕地张望着，现场的紧张气氛看起来哪里像是要拉减租免息的事情，倒更像是杀人！有人悄悄地议论，有些大人把娃娃的眼睛蒙住。

有当兵的撑腰的崔二爷，腰杆一挺，说话很有底气，他说："乡亲们，给大家通报一个消息，我们死羊湾村出大事了。村里有了共产党！没有想到吧，大家看看这是谁？把他的头扶起来。"

"啊，王贵！"乡民们惊呼。

"众所周知，我们死羊湾民风淳朴，乡民厚道，祖祖辈辈大家和平

125

王贵与李香香

相处,和睦一家,是本县的典范。即使我崔某人和大家有一点过节,那都是鸡毛蒜皮的小事,和大家一达里搅稠稀,哪有锅碗瓢盆不碰搭的事。对着明晃晃的太阳,平心而论,这么多年来,我姓崔的没亏待过任何人,也没亏待过王贵吧?!他大病死后,看他可怜,我就把他收到崔家。可是我咋就瞎眼了,养出这么个过罢河来拆桥、翅膀硬了就忘恩的狼心狗肺的东西呢?!"

浑身无力的王贵蠕动着嘴没有发出声音,他脑子还很清楚,心里不住地骂着:世上坏良心的人就数你崔二爷,打死了我亲大你还把我当牲畜使唤,苦死苦活一年到头地干,从来没见你给过半个钱。三更半夜牲口正吃草,老狗你就把我吼叫起来了。一句话三瞪眼,三天两头挨皮鞭。没有衣裳没有被,一年四季穿你老羊皮。你吃的大米和白面,我吃顿黄米当过年。我王贵虽穷心眼亮,自己的事情有主张。闹革命成功我就翻了身,不闹革命我也活不长。可惜,他发不出声了。

管家在讲着话,崔二爷却看着王贵,心里说道:五黄六月会飘雪花?太阳会从西边出来吗?撒泡尿来照照你的影,贼眉鼠眼还会成了精!死到临头还嘴硬,送你上西天叫你还逞能!

王贵似乎听到了崔二爷的心里话,他气得直哆嗦,也在心里说道:老狗你不要耍威风,大风要吹灭你这盏破油灯!我一个死了不要紧,等千万个穷汉后面跟,保准要了你的命!

崔二爷也能感受到王贵说的,他气得疯狗一般咬牙切齿:狗咬屁屎你不是人敬的,好话不听你还骂人哩!看来,你还是继续皮硬了。好,你皮硬那我就是皮匠,专熟硬皮子。

朱管家讲了一通后,一挥手说:"先打后杀,叫大家看看私通共匪的下场。"他的话音未落,旁边的团丁们挥起了枪托使劲打着,王贵连哼哼的气力都没有了。众乡亲个个惊恐万分,有些人在心里直后悔那天参与了减租免息运动,说不定哪天崔二爷带着这些团丁把自己抓走。人们这个时候想起了油坊二师父,却满场寻不到他的踪影。

"啪啪,啪啪啪啪",突然,从不远处传来了几声枪声,紧接着枪声愈来愈密集,显得很有章法。趾高气扬的崔二爷顿时惊慌失措,他连连发问:"是哪达在打枪?哪达在打枪?"说着,他看了看团丁,几个团丁紧张地举起了枪,不停地四处张望,显得比他还要紧张。团丁们平时欺压百姓倒还有一手,尔格要真枪实弹地上阵,自然混乱成了一团。

B17. 红旗插到了死羊湾

"老爷，不、不好了，是共产党的游击队打来了。"一个家丁从崔家大院的方向连滚带爬地跑了过来，他指着身后，结结巴巴地说着，"都打进家啦。"

此时的崔二爷倒是有些镇定，说甚也不相信红军会毫无征兆地从天而降。他疑惑地问："打进家？你说清楚，打进谁家了？"

家丁往身后一指："家，打进你家了！大太太、姨太太都被圈在羊圈里，吓得直筛糠。"

这下，崔二爷绷不住了。他的眼前闪着崔家的土地、大院、粮仓和太太们的金银财宝，这些东西像是一只只风筝一般飞快地掠过。他摇摇头，眨巴眨巴眼睛，气运丹田地定定神，继续问道："你看见他们来了多少人？"

家丁眼神茫然地举起手胡乱比划，说长枪短炮就有这么多，人马多得看也看不到头。

崔二爷带着哭腔，看着几个团丁正紧张地凑在一起嘀咕，便说："这真是甚、甚世道了，穷小子说反就反了？"他对着管家说，"给弟兄们一人赏十块大洋，跟我打回家里磕。"

团丁们互相看着，都显得十分害怕。团丁头儿连忙收拾着自己的东西，反问道："就我们几个人打回去呀？崔二爷，你这是拿鸡蛋去碰石头，自找死吧。弟兄们，我们还是撤了吧！再走迟了，被共产党抓住，小命也难保。"头儿一说，众团丁慌慌撤退。

"不能走啊，张团长叫你们是来保护死羊湾和我崔家的啊。"崔二爷冲着他们的背影哭天喊地，再回过头来看见五花大绑的王贵，仿佛记得今儿个开会的使命，便连忙丧心病狂地指着王贵大喊，"快回来啊，每人给二十，不，三十块大洋，杀了他，杀了他再走也不迟啊！"他喊叫着，看到团丁跑得比兔子都快，只好发疯地拿起一根棍子，准备冲到王贵跟前，再看那些乡民，早蜂拥而至，将王贵团团围住。

机灵的朱管家惊慌失措中牵来了崔二爷的那头小毛驴，喊叫着："老爷，快走吧！你不是常说，留得青山在，不愁没柴烧吗？再不跑，可真就跑不了了。"

崔二爷稳住身子，咬牙切齿地看着那些乡民把王贵团团围住，剪开了捆在王贵身上的绳索，只好仓皇地骑上毛驴，一拍驴屁股，开溜了。随着毛驴的摇晃，崔二爷还不时向后面张望，看到村里已乱成了一团

127

王贵与李香香

糟。他心里狠狠地说：死羊湾，用不了多久，老子还会回来的！不信，咱们走着瞧！

崔二爷带着几个人狼狈逃窜后，林大哥、巧巧、二师父、李香香和一些红军游击队员奔跑着过来了。李香香拨开人群，看到了鲜血淋漓的王贵，顿时泪如泉涌，痛不欲生。她连忙蹲在王贵跟前，一把抱住那个血糊糊既熟悉又陌生的身子，哭着叫道："王贵哥，醒醒，你醒醒呀，我是香香！"王贵依然处于昏迷状态。

林大哥手里拿着一把盒子枪，急匆匆地走了过来，他看着依旧闭着眼睛的王贵，问道："这里最近的医生在哪达？"二师父说："镇靖城里有，但不方便，再就是宁条梁了。"林大哥便安排人去请。

李香香依旧半伏在王贵身上，摇动着他的手，叫着："王贵哥，你说话呀，睁眼看看我好不？啊，你要不睁眼，我也活不下磕了！"

女儿撕心裂肺的叫喊，无时不刺激着李德瑞的心。老实的李德瑞原以为就是开会，没有想到竟然拉出了血糊糊的王贵，听着崔二爷数落着王贵的种种罪行！他的心里五味杂陈，是痛苦的煎熬和难受，对受尽蹂躏的王贵的肉体，对伤痕累累的女儿的心里，同时在庆幸中又有些担心。他庆幸由于自己的干扰，王贵离开了女儿，也担心女儿和王贵走到了哪一步，要是失了身子，对于未来的女婿就是一个污点和把柄。他的思想一直做着斗争。谁知就响起了枪声，紧接着崔二爷逃之夭夭，王贵又捡回了一条命。这几个时辰的变化，竟是生与死、爱与恨的转折。此时，他看着王贵和女儿，表情沉痛地抹着眼泪，心里开始了祈祷，祈祷中又对王贵给予了默认："苍天啊，只要王贵能活过来，就随着他们两个的愿了吧。"

苍天终究是有眼的。在大家的呼唤声中，王贵终于从死神的怀抱里挣脱出来，缓缓地睁开眼睛。尽管他的眼睛只是睁开了一条模模糊糊的细缝，但还是能看到晃动的人影。听见香香妹子好听的声音，他知道自己得救了，无努力地微笑着，鼓足了劲说："香香，我，没事。"声音低微得只有香香能够听得到。

林大哥紧紧地握住王贵的手，说："王贵兄弟！崔二爷被打跑了，胜利的红旗插到了山畔上，咱们死羊湾，解放了。打今儿个起，咱们死羊湾的穷苦人，开始当家做主，死羊湾要过上人人平等的生活。"

"过上人人平等的生活。"李香香回味着林大哥的这句话，突然看

B17. 红旗插到了死羊湾

到了不远处大的目光，李德瑞正期盼地看着她。她就有些赌气地拉紧了王贵的手，问林大哥道："林大哥，要是解放了，我们两个——"

林大哥肯定地说："当然可以在一起。共产党提倡的就是男女平等，自由恋爱，婚姻自主，和喜欢的人结婚。"

李香香把期待的目光投向了李德瑞，只见他的眼睛里闪烁着泪花，还使劲地揩了一把，默默地点头应许。于是，她对王贵说："王贵哥，你快好起来吧，我们可以结婚了。"听到这句话的王贵，仿佛注入了强心针，激动地坐起身来，可是浑身的伤痛又让他动弹不得。

林大哥和巧巧看着这一对幸福的人儿走到了一起，他们自己的心里也乐开了花。

那天林大哥接到李香香的报告后，就下定决心要救出这个可怜的孩子。他看着自己身边的几个游击队员和几支土枪，决定潜入崔家大院，然后活捉崔二爷，逼他放了王贵。就在大家积极准备时，死羊湾传来消息，崔二爷带着全副武装的保安团一个班的人来到死羊湾，专门审讯王贵，为的是取得共产党活动线索后邀功求赏。保安团一个班的到来，对游击队十分不利。林大哥分析了眼下的情况，认为崔二爷很可能狗急跳墙，为杀一儆百而加快加害王贵。林大哥对大家说："不入虎穴，焉得虎子，在这个非常时期，我们既要斗智也要斗勇。"他当机立断，决定带着手下的几个人先到死羊湾附近，找到机会救出王贵。当听到管家开会的锣声后，林大哥眼前一亮，终于找到了机会。他说："我们就利用崔二爷带着团丁家丁到油坊抖势的这个时间，来个釜底抽薪，抄了崔家大院这个老窝。这就叫兵不厌诈。我们占领崔家大院后，还要营造出大部队攻打死羊湾的氛围，佯攻会场，逼着他们逃跑。"他还叫巧巧找香香和其他几个女人负责燃放鞭炮，模仿出枪声。

果然，保安团的团丁不是打仗的料，一听到枪声就狼奔鼠窜，剩下势单力薄的崔二爷也赶紧溜走了。

王贵与李香香

B18. 穷孩子当家家暖和

  打跑了崔二爷,游击队按照上级的指示,驻扎在死羊湾,为村里如火如荼的土改保驾护航。
  林大哥忙着组织大家成立农会,抓紧清算崔家的财产和土地,死羊湾人兴高采烈地获得了他们祖祖辈辈做梦都不敢梦的收获。乡民们都知道,干旱以来崔家就一直哭穷,说他们家也是坐吃山空立地吃陷,马上就要揭不开锅了。谁知打开崔家的粮仓,看到黄澄澄的粮食堆积如山,乡民们连连感叹:就是几辈子也不会有这么多的粮食啊!
  为找到这些粮食,林大哥和游击队员们费了好多的周折。走进崔家大院,游击队做的第一件事就是要找到崔二爷的粮食,开仓放粮,赈济灾民。转了几个大圈子,找到的就是一些家里日常用的粮食,并没有找到传说中的崔家大粮仓。最后还是在崔家祠堂后面的小山包里发现了隐藏着的巨大粮仓,里面全用青石造就,还在人们不经意的地方设置了一些通风口。这些石头粮柜上面都贴着某某年入仓字样的小纸条,还有五六十年前同治年间的存粮,竟然也保存得很好,还能食用。清理出来的粮食足够死羊湾的老老少少吃上两年。这下,大家都义愤填膺了,纷纷谴责平时满口仁义的崔二爷,装出一副崔家也快揭不开锅的可怜样子向大家讨租子,哪想到他家的储粮这么多!面对眼看就要饿死人的死羊湾乡民们无动于衷,崔二爷真是蝎子心肠!大家分着崔家的粮食,也控诉着他的罪行,一时崔家的粮仓就成了临时批判崔二爷的会场了。
  粮食一天之内就分配完了,但土地和财产分配起来就颇费了些周折。最麻烦的是整理那些地契，要和各家各户进行核实。这些土地有一半是崔二爷采取各种方式，如抵债、强买等霸占的，还有一些土地的占有能追溯到五辈以上。工作组没黑没白地加班加点，用了十几天的时间，总算将崔家庞大的资产初步理出了一些头绪。他们考虑到要在这个特殊时期里必须趁热打铁，啰唆时间长了并没好事，拖得太久就会夜长梦多，所以登记完毕后就按照原始地契和尔格各家的情况归纳出来，将部分清理出来的土地资产进行分配，让死羊湾的乡民们尽快当家做主，继而进一步调动起乡民们对共产党和土地革命的热情。

　　游击队和农会把崔家的祠堂当做办公地点，大家把清点出来的一个个账本摞起来，那些纸质发黄的地契则拿在手里，这些地契多是四十里长涧的上好土地。

　　乡民们满脸放着光芒，真是做梦都不会想到，一夜之间这个世界就颠倒了，穷人竟能翻身成为土地的主人！在如梦如幻的境地里，乡民们也就分成了三种人：对崔二爷无所顾忌而完全相信人民已经当家做主的算一种，这种人占了小一半，他们受崔二爷的压迫很深，生活在水深火热之中，不革命就没有活路，期待通过革命早日改变自己的命运，属于彻底的革命者；另一种心里既忐忑不安又万分激动地期待成为土地的主人，这些人祖祖辈辈都梦想着有一天能拥有了土地，但是土地来得太突然了，令他们心里接受不了，可不去分享又唯恐吃亏，这种人占了大多数；还有第三类也就是一小部分乡民，面对土地的分配有些忐忑不安，土地本来就是人家地主老财的，是人家祖祖辈辈挣下来的财富，共产党咋就能在一夜之间明目张胆地把人家的土地财物分光了呢？想不通的结果就是面对地契都不敢要，他们只是看着人家到祠堂里去拿地契，自己却龟缩在家里，或是到田间地头四处打探，静观其变。

　　林大哥拿着花名册，按照顺序大声喊着，此时喊到的人叫李梦财，一个苦大仇深的光棍，两个娃娃一个饿死，一个送人，婆姨疯疯癫癫地跑了，没了消息。林大哥说："按照政策和你家的情况，给你分坡地三垧，滩地一垧半。"

　　李梦财佝偻着身子，兴高采烈地走上前去，对着林大哥毕恭毕敬地不知道说甚是好，似乎想哭但没有出声，只是用袖筒擦了一下鼻子，接过地契后，手抖着对着太阳看看，又使劲地吹了一口，就放在耳朵旁似乎要听声音。下面有人说："你格李梦财，地契又不是银元，还会吹着

王贵与李香香

响?"也有人调侃说:"李梦财,有了这几垧地,就能再娶一个婆姨了吧?"

排在李梦财后面的就是李德瑞。平时胆小怕事的李德瑞,这些天也放大了胆子。香香和王贵的婚事已尘埃落定,自己自然而然地就和他们的命运绑在了一起。王贵若参加了革命,自己就是游击队员的老丈人了,再怎么也撇不清干系啊,他也就豁了出去。虽然心里有了准备,但一辈子老实巴交的他从林大哥手里接过了两张地契后,还是有些不敢相信:五六垧地就这样轻而易举地到了自己的手里,崔家的土地姓了李!他掐着自己的手臂,还是有些疼痛的感觉,就自个儿问自个儿,说:"我老汉不是做梦吧,这地就这么一下子姓了李?"

林大哥笑着说:"李大哥,这不是做梦,是打土豪、分田地的成果。你看看,本来这些土地很早就是你们李家的,你就应该是这些土地的主人。只是被崔二爷霸占了,尔格才是真正的物归原主。"

李德瑞听得懵里懵懂的,似乎也记得爷爷在自己小的时候指着这些土地说过,这些地在爷爷的爷爷前真是老李家的,后来爷爷抽大烟卖给了崔家。有朝一日等老天开了眼,这些土地重新姓了李,别忘了到爷爷的坟头说一声。李德瑞的眼光迷离起来,还真要拿着地契磕坟头给老先人报喜呢。

分光了崔家的土地后,二师父提出不如一不做二不休,把崔家大院的东西也分了,叫这个老家伙彻底断了念想。林大哥把这些事交给农会处理,他特意交代要选出几名德高望重、为人正派的乡民,按照公平公正的原则分配。大家雷厉风行,尽职尽责,登记分配工作搞得井然有序。几个村民分到了崔二爷家的椅子、桌子等物,另外一位村民有些眼热,就对着正在抬太师椅的人喊道:"快把太师椅放下,叫我也尝尝坐太师椅的滋味,也做一回崔二爷。"椅子放下后就一屁股坐上去,却连连说道,"他娘的,真不好坐,硬邦邦的板子磕得屁股生痛,还不如我的茅草舒坦。"众人就说他命中就是钻草堆的,是享受不了荣华富贵的。

女人们对好衣裳、鞋子有天然的喜好。死羊湾的女人和她们的男人关注的东西也不一样,农会干部说了崔家女人用的东西不登记,也不集体分配,这些婆姨们就到四姨太的屋子里疯抢,翻箱倒柜寻找花花绿绿的衣裳和抹脸蛋的雪花膏等女人用品。一会儿工夫,率先进来的几个人都满载而归,后面来的看四姨太的东西没有了,就进入到三姨太、二姨

B18. 穷孩子当家家暖和

太和大太太的屋子里，屋内的东西也是席卷一空。

拿着四姨太东西的几个婆姨看见李香香走了过来，就拿起四姨太穿过的绸子衣裳给李香香看，说："香香，看这新崭崭的衣裳多好，你来试一试，穿在身上保准合身。等你和王贵结婚时穿上，一定成了这天底下最俊最俊的新娘子了。"李香香摸了一下洋气的衣裳，笑盈盈地说："你们穿上也俊着呢！"心里却想，再洋气的衣裳也是妖精四姨太用过的，我李香香一点也不稀罕。

分完了崔家的粮食、土地和财产，分东西上瘾的农会干部挖空心思地想着新目标。就有人提出把崔二爷的姨太太也分给村里没婆姨的光棍汉，让老家伙彻底对死羊湾断了念想。二师父不用看就解哈提这事的人本身一定就是一个光棍汉，尽管他也想着这是不错的主意，但分人毕竟不是分东西，一共四个太太，还有老有小，有丑有俊，很难做到公平合理，特别是农会成员里面就有六个光棍，本身就不够他们每人分一个，总不能你分胳膊他分腿吧？再说了，就是有婆姨的也未尝不想尝尝地主婆的鲜！农会主席二师父感到问题很棘手，就交给林大哥定夺。没承想，遭到林大哥劈头盖脸地一通斥责："简直是胡闹，乱弹琴。"林大哥从来都没有那样大发雷霆，他说，"难怪国民党反动派污蔑共产党是共匪，大肆宣传我们是共产共妻。如果你们真那样做了，几个农会干部分了地主老财的姨太太，那么你们不就是为了自己享受荣华富贵才革命的吗？这和国民党保安团有甚区别？共产党的威信何在？以后谁跟着共产党闹革命？"二师父听林大哥说的句句在理，回去就把提出分姨太太的人臭骂了一通。

从死羊湾的人上人到阶下囚，崔二爷的太太们已没有了昔日的光彩，不仅绫罗绸缎的衣衫污迹斑斑，看不出颜色，而且个个蓬头垢面，才几天工夫便脱了人形。自打游击队打进了崔家大院，她们就被关押在羊圈里。几天下来，她们浑身都充满了羊屎的气味。三个姨太太整天以泪洗面，不是带着哭腔，就是唉声叹气。最能嚎叫的就是三姨太，她一天总要喊几次，说自己的娘家也是穷人，她要回娘家，过穷人的光景。四姨太和三姨太也差不多，她起先和游击队员套近乎，还要骚情，人家不理睬她，大太太警告她不要给崔家丢人现眼，她哼哼地不以为然。她感叹说："真是三十年河东，三十年河西呀！一夜之间世道就变成了这个模样，要是早知有今天，还不如当初嫁给揽工汉和榆林街头的小商小

133

王贵与李香香

贩呢！"

　　最淡定的是大太太，她总是自言自语又像是给几个姨太太吃定心丸一样，说："谁笑到最后才是笑得最好的。尔格究竟谁笑到最后，还说不定呢？"她就不相信，这些穷小子们胆敢抢走崔家的东西和土地，能睡得着吃得消？不过她心里也明白，跑了的老爷这会儿可能发疯了。老爷对作为身外之物的姨太太们无所谓，但撂不下崔家祖祖辈辈积累下来的万贯家财和万顷良田，如果崔家的家业葬送在他的手上，他会无颜面对崔家的列祖列宗的，所以哪怕豁出命来，他也要夺回来的。她在期待着。

B19. 新郎官跟党闹革命

　　在李香香的悉心照顾下，分配到了粮食、衣物和土地的王贵，经过两个多月的精心调理，身体彻底复原，甚至比以前更加结实。躺在自己的土窑里，看着李香香进进出出为自己忙碌，有一次王贵憨憨地对香香说："这样的遭罪还真好。"李香香连忙呸呸地吐唾沫，并要他再别说这样的话。王贵说，"你看，我遭罪了，游击队就打跑了崔二爷，死羊湾的乡民们都分到了土地、粮食和财产，而我王贵更是得到了一个大金娃娃。"李香香明知故问："你哪达分到了金娃娃？"王贵一把拉过李香香，抱到怀里，说："你不是金娃娃是个甚？对，是比金娃娃还要金贵的七仙女。"

　　"我是七仙女。那你想好了没，甚时候娶你的七仙女呢？"李香香故作天真地问道。

　　"明天，不，今天，我尔格就要娶。"王贵急急地说着，就要亲吻香香。

　　"我要你说正经的。"李香香正儿八经地说。正是花儿一般的年纪，哪个少女又不怀春呢？自打王贵与自己重归于好后，大也同意了他们两人的事情，李香香像是掉进蜜罐一般的甜，连睡梦中都偷着乐。心里的甜蜜和身体的燥热交织着、煎熬着，她渴望得到王贵的抚爱，但只能到新婚之夜才能真正拥有他，这样，她就对新婚之夜更加憧憬。

　　看着李香香的一本正经，王贵也不再开玩笑，说："我们两个好好合计合计。"两人就把见过的别人家办婚事的那些事盘算了一番，这事

王贵与李香香

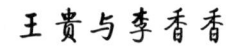

那事的还真麻烦。还是李香香脑子好使,她说:"我们两个有今天,是林大哥带来的,结婚的事情还是找他拿主意吧。"王贵连说好。

找到林大哥,王贵红着脸扭扭捏捏地说出结婚的意思,林大哥一听,直拍自己的脑袋说:"真是该死,你们的好事怨我怨我,前一阵子光顾忙着给大家分享胜利的果实,却忽略了你们两个该得的果实了。"他这样一说,王贵嘟哝着不知说甚是好,倒是机灵的李香香忙说:"前些天他的身子那样不好,元气大伤,也结不了婚。"说完就咋舌感到后悔,这没羞没臊的话不像从一个大女子口里说出来的。好在,林大哥并没当真,他对李香香说:"尔格你们俩的婚事已是万事齐备,等我和你大具体商量一下,选个良辰吉日,就红红火火地办了。到时候我给你们当证婚人。"两人高兴得都快要跳起来了,握住林大哥的手,激动得不知说甚是好。

林大哥把这个事跟李德瑞说了,老李头说:"我也盘算着正准备找你林老板。王贵是香香自个儿找的,一个大女子家自己找男人,按旧理说是不光彩的事,自己的脸上也有些挂不住,所以也想着早点办了事,免得人们说三道四。我想要按着老理,找媒人,看日子,毕竟我就这一个女子,把婚礼办得热热闹闹、红红火火的,等我死了也有脸见香香妈。"

林大哥说:"本来共产党人是不赞成找阴阳先生搞封建迷信那一套的,不过就入乡随俗吧,我也给王贵他们说了,看个良辰吉日。这样,阴阳先生你自己看着找吧,剩下的事情就由我全权负责,只要你放心,这个婚礼我给你办。"李德瑞说:"你林老板能亲自操办,我是一百个放心。"很快,李德瑞到宁条梁找了一个阴阳先生,报上两人的生辰八字,看了三个日子。李德瑞把三个日子都交给林大哥,林大哥指着最近的日子古历二十八,说:"我看就是这个二十八吧,再晚了,天气就凉了。"李德瑞担心时间过紧,怕事情办起来忙中出乱,林大哥又说了自己的想法和详细的打算,具体到哪一天安排用白泥刷墙,哪一天找裁缝给新人缝衣裳,哪一天打扮新娘,到时候谁谁负责迎亲,谁谁又负责送亲等等,李德瑞见已安排得这样详细,真说不出甚问题,就同意了这个日子。林大哥说:"到时候你就等着女儿女婿给你磕头,享受自由恋爱之花结的果实吧!"

二十八的良辰吉日说到就到。这天早晨,王贵家的院子里开始人头

B19. 新郎官跟党闹革命

攒动,有死羊湾村的,统万城客栈的,还有四旁五处听说说书人王麻子的儿子王贵办婚礼的,大家都兴高采烈地赶来看热闹。

头一天傍晚,巧巧来到新房,把自己亲手剪的大红囍字贴到了窗子和大门上,在家里的墙上也贴了一个精致的剪纸,剪纸是一对戏水的鸳鸯图,而这对戏水鸳鸯的下面的炕上,是一床红色的粗布铺盖,是林大哥代表游击队为新人送的。白色的墙壁配红色的被子,显得简洁干练又红火喜气。

陕北人娶亲的队伍里,除了新郎之外,有迎人的,有送人的,还有媒人,男方去多少人迎亲,女方也陪多少人送亲,总之,迎人送人的婆姨们为双数。前边有一班吹鼓手开道,队伍浩浩荡荡,踏得山沟里黄土飞扬。由于山大沟深,有时候迎亲队伍得走两天才能把新娘子娶回来,这样沿途无论到了哪个村口,吹鼓手都要冲着村子使出浑身的解数,吹上几曲拿手的唢呐曲,走到村里的任何一家,都是热情招待,夜里安排住宿。所以,只要迎亲的队伍出现在哪达了,古老的黄土地上的崖畔畔,山梁梁,到处都是兴高采烈的人们,人家娶媳妇仿佛是自己家办喜事一般高兴。

王贵与李香香两家只相差二三十米,但该有的礼数都要有,迎亲送亲的婆姨们打扮得花枝招展的,男人们胡子刮得干干净净,头上都扎了崭新的白羊肚毛巾。吹鼓手是方圆几十里最好的老高班子,只是鉴于两家太近,林大哥就设计王贵索性把李香香背回家,这样也比坐轿子更有意思。只是担心王贵的身子骨。王贵把胸膛拍得嘭嘭作响,说自己的身子比铁还要硬朗。本来李香香是要巧巧做自己的伴娘的,可是巧巧坚决不同意。林大哥看着巧巧红红的眼神,明白她的心思,也就没有勉强,看周围没人时就凑到她的耳边说:"等忙完这阵子,就到我的绥德老家办一个比这还要红火一百倍的婚礼。"巧巧解哈那是遥遥无期的事情,但咋样的女人也是喜欢被哄的,所以巧巧还是很高兴的。

按照规矩娶亲的一队人在李香香家吃过晌午饭,就由王贵背着李香香在迎亲送亲的两队人马的簇拥下,跨过门前的那条小沟。随着欢快的鞭炮声,吹鼓手们把唢呐的大喇叭对着苍穹,鼓着腮帮子可劲地吹,他们气都不换,一吹就是一两袋烟的工夫。大家都在欣赏吹鼓手的技艺。李香香心疼王贵,喊着要下来,王贵却死活不让,倒是巧巧悄悄地扶住李香香,给王贵减轻了一些压力。好不容易吹完曲子,迎亲队伍又前呼

王贵与李香香

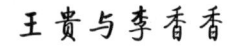

后拥地走进院子，随着司仪林大哥"落轿"一声喊，唢呐又高奏起来。李香香从王贵的背上下来，双脚踩到一条白毛毡上，王贵汗淋淋的，连眼睛都在笑。

看到人太多，连墙上树上都是热情的乡民们，林大哥就决定把本该在屋里举行的新婚仪式放到院子里。看热闹的人都是喜气洋洋的。打倒了崔二爷，都能吃饱了肚子，气色都开始转好，再看到这样的喜庆婚礼，大家的心情充满喜悦。院子里设有供桌，桌上搭了红布，放置了两盆黄米和小米，巧巧不知道从哪里弄来了一点猪肉也供在桌子上。李德瑞高高在上，正襟危坐，扎着红绸的王贵与蒙着盖头的李香香分站两旁。按照老式规矩，司仪要唱：一拜神灵送福来，二拜四方甲乙丁。两家儿女合婚姻，一年四季永安康。三拜老人福寿长，钱财万贵有牛羊。可林大哥早说了，这场婚礼是新老形式的结合，所以感谢神灵就改成了感谢共产党。

林大哥满脸流光溢彩，高兴地说："乡亲们，大家看到没有，今天的天格外蓝，阳光灿烂。这是一个好日子，也是一个好生活的开始。在这里，我林孔山万分高兴地给王贵与李香香做证婚人。大家看看，李香香是我们三边高原上人最俊、心最美的好女子，王贵是一个老实勤快、善良厚道的好后生。他们两人青梅竹马，两小无猜，通过自由恋爱，历经坎坷波折，今天终于修成正果，走到了一起。来，我们鼓起掌来，为这一对经历磨难的年轻人祝福吧，祝福他们未来的生活芝麻开花节节高！"

看热闹的人都鼓起了掌，有几个交头接耳悄悄地问："林大哥刚才说王贵和李香香恋爱啦，甚叫个恋爱？"旁边的一个乡民说："恋爱，恋爱就是亲嘴呗，真是个灰汉，连这个都解不哈。"周围的人都哈哈大笑，笑声很快融入婚礼的热闹里。

林大哥说："按照程序，轮到新娘新郎拜三拜啦。"说着，他转过身，高声说，"一拜天地！拜天，共产党就是带领我们翻身得解放的天；拜地，普天下老百姓就是土地真正的主人，拜地，也就是拜老百姓。"

看着一对新人毕恭毕敬地拜了天地，林大哥又说："二拜父母，请李德瑞师父受拜。"李德瑞泪眼婆婆地接受了两个年轻人的拜礼。

"好，下面进行第三拜，夫妻对拜！"林大哥高兴地注视着这对新人。

B19. 新郎官跟党闹革命

王贵和李香香互相看着，微笑着低头互拜。由于两人挨得太近，加上都十分紧张，一低头竟碰到了一块儿，咣当一声响，引发了大家的哄堂大笑。

林大哥也笑着提高了嗓门，说："我宣布，从尔格开始，王贵与李香香正式结为婆姨汉。请大家扭起我们陕北的大秧歌，跳起草原上的舞蹈，为这对历经磨难的新人祝福吧！"

二师父把一个大米斗放在王贵、李香香面前，他们两个抬上米斗进入了土窑洞里。李香香在王贵的搀扶下上了炕，就迫不及待地揭去新娘的盖头，一位算是李香香姑奶奶的老年婆姨给她上头，一边梳一边用没有牙齿的嘴巴嘟哝着唱：

> 头一木梳长，
> 二一木梳节节长，
> 李家的女子跳过王家的墙。
> 对对核桃对对枣，
> 对对儿女满炕跑。
> 养女的，要巧的，石榴牡丹铰得好。
> 养小子，要好的，穿长衫，戴顶子。
> ……

唱完后，老人把李香香的头发盘成髻子挽起来，旁边看着的人们早拿过了两个酒杯，最后叫王贵和李香香二人喝交杯酒。

一对新人喝完了交杯酒，外面就有人喊，"转九曲"就要开始了。王贵与李香香连忙下炕，和大家跑到了转九曲的河滩，他们解哈这是林大哥安排的，为的是通过转九曲给大家带来好运，也让死羊湾人更好地团结在一起，为今后的斗争做长期的准备。

转九曲活动源自《封神榜》，说是三仙岛的云霄、琼霄、碧霄三位娘娘为报杀兄之仇，在西岐布下"九曲阵"，此阵连环相套，复杂多变，规模宏大，盛况空前。演阵活动后来成了一种民间求神灵消除灾难，保佑人畜平安，五谷丰登，幸福美好的活动。布阵是用秋天的高粱秆剪成长三尺的棍棍，扎成束以后，横、竖各栽十九行，共三百六十一把，象征全年的天数；秆间相距一米，再把顶上涂上泥巴，安置"灯

王贵与李香香

碗",倒上清油,放上棉花捻子;阵形四方形的池城,城内设有象征着九个星宿的九个小城,大城套小城,小城连大城。

王贵和李香香挽着手来到九曲阵,跃跃欲试的人们都在入口处聚集,等待着他们。林大哥说:"今天我们就请这一对新人开启九曲阵的大门。"两人笑盈盈地手挽手肩并肩,第一个走进九曲阵。按照乡俗,第一个走进九曲阵的就能生出一个大胖小子。

林大哥和巧巧随着人流走在九曲阵的最后面,巧巧不时抬头看着林大哥不说话,与热闹的转九曲的人流相比,显得那么恬静与俊美。他们有意落下步子,完全落在大家后面时才开了腔。巧巧有些担忧地说:"看着这些翻身得解放的死羊湾乡民,我心里既高兴又在打着小鼓,十分地不安。你们游击队是不是快要离开死羊湾了?"

林大哥说:"游击队离开,那是迟早的事情。刘志丹、谢子长、习仲勋、高岗率领的陕北红军的力量一天天壮大。根据最新情报,前几天,陕甘边区工农代表大会在甘肃庆阳南梁的关帝庙召开,成立了陕甘边区苏维埃政府,选举成立了陕甘边区革命军事委员会和边区赤卫军总指挥部。习仲勋当选为政府主席,刘志丹当选为革命军事委员会主席。这是我们西北地区第一个红色政府。红色烈火在陕甘宁大地燃烧,极大地鼓舞了更多的民众,使他们觉醒。就说死羊湾吧,崔二爷打跑了,村里的农会和赤卫队也建了起来。但是三边和陕北还有更多的村子等着游击队去领导他们打倒村里的张二爷、王二爷们。所以,我估计上级很快就会调走游击队,转到新的战场,去发展更多的革命力量,使陕北大地早日插满红旗,更多的人能过上好光景。"

"那当然好。可是——"巧巧担忧地说,"你们要是走了,崔二爷很可能又会回来害人的。"

林大哥也是担忧地说:"完全有这个可能。听说尔格他正和保安团完全勾结在一达了,目的就是靠拉拢关系,发展自己的反动武装和实力,随时准备卷土重来,反攻倒算。他有一天真要是回来了,必定会丧心病狂地报复的。我们必须提高警惕。"

巧巧说:"我们就不能找个机会彻底消灭他吗?"

林大哥说:"镇靖城是国民党保安团的老窝,目前靠我们的实力一时还不能和他们硬拼。但是,革命的大形势发展势如破竹,刘志丹的部队已解放了几座县城,令敌人闻风丧胆。一般情况下,保安团是不会轻

B19. 新郎官跟党闹革命

举妄动的。当然,也不排除他们伺机反攻的可能。如果是小股部队和崔二爷敢回到死羊湾,我们就会把握时机,彻底干净地消灭他们。"

巧巧高兴地说:"真要有那一天,就太好了。你看大家转九曲的高兴劲儿,盼星星盼月亮,多会儿才能盼到没有剥削压迫、社会和谐稳定、生活安逸富裕的那一天呀?"

林大哥说:"那一天肯定会来到的。只是,我也有些担心:崔二爷如果突然回来反攻倒算,我们要是不能及时赶回来,老百姓肯定会遭大罪的。"

巧巧拉住林大哥的手说:"我会想办法用最快的速度把消息送给你们的。"

话说到这里,林大哥深情地望着她,说:"巧巧,你要加倍小心,发生了这么多的事情,客栈可能已被敌人盯上了,千万要小心,随时做好转移的准备。记住,只有保护好自己,才能更好地打击敌人。"

他们两个转出了九曲阵,看着后面又涌上来的人流,巧巧拉着林大哥走到一旁停住了脚步,一往情深地说:"你出门在外,更要小心啊。我,等着你来娶的那一天。"

"一定的,那一天一定会到来的。"林大哥坚定地说,心里却有一些不安。

夜幕拉了下来,村里的后生和小媳妇们还在王贵的洞房里闹腾。一对新人刚按照后生们的要求狠狠地亲了嘴,油坊的一个年轻伙计趁李香香不注意,把一把麻子从她的脖子后面撒进去,要王贵给摸出来。王贵不好意思地往李香香的红肚兜里伸手进去,李香香扑腾着不叫进去,两个人就纠缠在一起,惹得大家哈哈大笑。折腾中,王贵摸出了几颗交差,可是后生们却不依不饶,要他到香香的胸前再去摸。又是一通扑腾和打斗,多少只眼睛眼巴巴地看着王贵游动的手,脑海里却产生了无数的遐想。直到李德瑞在院子里大喊着,时候不早了,你们也该散了,闹洞房的后生们才恋恋不舍地一个个离去。还有几个准备听门的,看着李德瑞跟盯着贼娃子一样盯着自己,加上外面的天气实在太冷,才悻悻地离开。

映着红色的灯光,王贵与李香香一身喜气地对视着,两人的手紧紧地拉在一起。王贵看着眼前真实的李香香,动情地说:"啊,香香,我们终于走到一达达里了。解哈吗,这会儿我觉得自己就是这个世上最最

141

王贵与李香香

幸福的人了。"

李香香高兴地扑到王贵的怀里，回应说："我也是，半夜里等着公鸡叫，为这个日子，可把我盼死了。"

王贵用刚刚冒出的几根胡子在李香香的脸上摩挲着，撩拨得李香香心里痒痒的，酥软的痒。两个充血的红嘴唇本能地挨在一起，就开始使劲地吮吸。亲着亲着，王贵的手不安分起来，一把伸进香香的兜兜里面。李香香开始了喘息，还不忘记刚才的事情："刚才叫你捡麻子，咋那么不老实？"王贵也喘着粗气，说："香香，我亲吗？"李香香扭动着身子，忙里偷闲地说："嗯嗯嗯嗯，你，你比我大都亲！"

几番激情后，王贵和李香香紧紧地拥抱着拉话。王贵感叹地说："我大走的这一两年，我真是活在了梦中。整天间天上地下，云来雾去，经常分不清哪个是真的，哪个是梦里的。"

李香香说："我也是，生和死，快活和痛苦，老在转换，恍恍惚惚的，真折磨人。"

王贵说："要不是闹革命穷人翻不了身，不是闹革命咱俩也结不了婚！是革命救了你和我，也救了咱们这些庄户人。"

李香香说："谁说不是啊。可惜，害人的崔二爷跑了。"

"他跑不了，革命革命，就是革他这样恶霸地主的命，所以他的命迟早会被革掉的。"王贵坚定地说，"不过，这个世上还有数也数不清的崔二爷，只有把他们的命都革了，天下的穷苦人才算是真正翻身得解放。"

李香香充满敬佩地看着王贵，说："王贵哥，你解哈的真多。"

王贵嘿嘿笑着，说："香香妹子，你真是高看我了，我哪有那个本事呀，都是林大哥说的。他还说，一杆红旗要大家扛，红旗倒了都遭殃。香香，有个事情和你商量商量。算了，还是不说了吧。"其实，王贵养病的这段时间以来，他一直在盘算着一个问题，就是病好了以后自己该咋办？谁都解哈自己的命是人家林大哥和游击队给的，游击队那么好，人与人之间和亲弟兄一般，他们干的都是学好向善的、为天下老百姓谋取幸福的大好事。自己年纪轻轻的，也该跟着林大哥他们一起去大干一场。可是，一想到身边伺候自己的李香香，他就想到了林大哥常常说的，两亩地一头牛，老婆娃娃热炕头的美好生活。自己要是参加了游击队，跟着林大哥走南闯北，把香香妹子一个人留着村里，无限的相思

B19. 新郎官跟党闹革命

之苦，两个人咋能受得了？所以他把话一直留在心里。

李香香探起半个身子，捏住王贵的鼻子道："你就快说吧，还是不是男人了。你要是不说，我就不理你了，不叫你抱，不叫你，那个。"说着，就把头扎向他的怀里。

王贵鼓起了勇气，说："那好，这可是你叫我说的，错了可不能埋怨我。"

"说吧，我不会埋怨的。"李香香似乎也猜出了甚事情，只是等着王贵亲口说出来。

"这太阳出来了就一股劲地红，我，我也打算跟着林大哥，跟着共产党，长远闹革命。"

李香香往他怀里拱了拱，说："嗯，我盘算你说的就是这事。老古人说了，吃水不忘打井人。我们有今儿个，靠的就是共产党。你当红军我一百个高兴，只是，只是有点舍不得你。盼着你常常回来看看我。"

"真的，你同意了？"王贵激动地抱住李香香的脸，吱吱地亲了几口，然后说，"我只要一有空，就回来看你。"

虽然折腾了半夜，有些累了，但心里一旦有了事，王贵就睡不着，他幻想着自己扛上快枪后雄赳赳的样子，愈想愈兴奋，便盼着天早一点亮起来，好去跟林大哥说。李香香也没了睡意，她前三后四地胡乱盘算着和王贵成亲的一系列事情，愈想愈对自己刚才竟不顾后果地痛快答应王贵参加游击队的事情有了些悔意：刚品咂出点男女恩爱的甜蜜味道，就要分离，这是一；枪子是不分好人坏人、为了富人还是为了穷人的，如果王贵遇到了不长眼的枪子，那自己岂不是年纪轻轻的就成了寡妇，这是二；游击队走了，对自己死缠烂磨的崔二爷说不准甚时候就打马回来，那时候，他绝对会纠缠自己的，这是三。想着想着，她竟有些害怕，看看身边的王贵，仿佛是睡着了。听听他的呼噜声，不对，这呼噜声太均匀了，不正常的声音足以证明他压根也没睡着。

两人就这样一动不动地盘算着，静静地熬到了天亮。起来后王贵就说要去找林大哥报名，李香香说："那先吃点饭，随后我也跟你磕。"两人忙着淘了从崔二爷家里分来的黄米，加了两个洋芋，熬了半锅黄米饭，狼吞虎咽地猛吃了点后，就赶往崔家大院。

令他们没料到的是，走进崔家大院，院子里已站了很多人。到了林大哥屋子门口，挤的人更多了。大家看王贵和李香香来了，就一边喊着

143

王贵与李香香

新娘子、新郎官,一边让路叫他们进去。他俩笑盈盈地走进了屋子,看到里面的人满满当当的,除了油坊的几个师父伙计、村里的二牛、丑蛋、三毛等人外,还有附近村子的几个眼熟的后生。二师父看王贵来了,就打趣说:"新郎官不是也来报名参加游击队的吧?"王贵说:"你真算说对了,我就是来报名的。"二师父呵呵几声,说:"你能舍得如花似玉的新娘子?"王贵红了脸不知说甚是好,心里却是一惊,盘算今儿个是个甚日子,咋这么多的人来参加游击队?见大家还在打趣,李香香就大大方方地说:"我家王贵跟着林大哥闹革命,能有甚舍不得的?"话是这样说,她却也是红了脸。

王贵当然不知道,昨天在王贵与李香香入了洞房后,林大哥借着这个人多热闹的场合,不失时机地动员大家积极参加游击队,打倒三边和陕北更多的崔二爷。他的鼓动当场受到大家的热烈响应。油坊二师父接了他的话头,说:"谁要是个血性男儿,明儿个就上崔家大院来找林大哥报名。早点参加游击队,就能早点分到快枪,学到打土豪恶霸的真本领。"大家当场议论纷纷,马上就有人报名。还是林大哥冷静些,他说:"当兵打仗这事情不小,大家还是回磕和父母老婆商量了再定。"这不,一大早引来了这么多的人。

了解到这个情况后,别说是王贵,连李香香也暗自称奇,他们为昨儿个谈起参军的事情感到庆幸。死羊湾解放了,要说收获最大的就是他们俩,在参军这个事情真要是落在了大伙儿的后面,保不住惹人笑话。

见到了王贵和李香香,林大哥显得很高兴,心里暗想:这革命真是一团火,燃起来后,火焰冲天。他说:"你们刚结婚,家里的事肯定有一摊子,还是等安顿好后,下次再参加游击队。尔格留在村里参加赤卫队,保卫胜利成果也很重要。"

王贵一听急了,他拉住林大哥的手,说:"没有你林大哥到死羊湾来闹革命,甭说没有我们今天的好光景,就连我们的性命恐怕也早没了,早埋进黄土了。"李香香也说:"王贵说的对,没有共产党和你林大哥,就没我们的今儿个。都说吃水不忘打井人,我们幸福了就更不能忘本。"

正说着,就听到有人嚷嚷:"游击队的林队长是哪一个?"大家回头一看,村南头瞎眼多年的刘奶奶手里拖着一个个头矮小的后生走了过来。林大哥连忙过去搀扶住老人,说:"老人家,你有甚事?"老人摸

B19. 新郎官跟党闹革命

摸索索地在空中寻找着人，问："你是林队长吧？"问过话后就把手里牵着的孙子的手递过来，说，"这是我的孙子，别看他个子不高，可年龄大了，都满了十四了。唉，他大去了，跟着我一个孤老婆子说不准哪一天连命也保不住。今儿个我来，就是送他跟着共产党闹革命的。"林大哥顿时醒悟过来，分崔家财产时听说过刘奶奶家的情况，前年儿子给崔家赶大车，被受惊的骡子顶下山崖摔死了，之后儿媳妇精神失常，在一个响雷打闪的黑夜里跑得没了踪影。林大哥说："谢谢刘奶奶对游击队的支持。不过，你家孙子要是走了，你老的生活更是不方便了。"老人说："我一把老骨头了，哪天架子散了也就算了。孙子跟着你们共产党，我才能瞑目。"老人的一席话感动了周围的一群人，林大哥眼里也闪着泪花，他动情地说："有这么好的陕北老百姓，共产党的事业岂能弄不大？！"

王贵与李香香

B20. 相爱的人儿揣在怀

　　新婚燕尔的李香香就像是掉进蜜罐里，喜悦挡也挡不住，幸福都写在脸上。她白天里盼着天早黑，黑夜里盼着夜绵长。即使是在白天里，她也不经意地陷入对黑夜的令人心旷神怡的回忆之中，每当想起这些，她就春心荡漾，浑身燥热难忍，常常不能自已。

　　令人感到遗憾的是，幸福总像流星一般飞快地划过，而遭受的相思之苦却总是那么长久。新婚第三天，游击队接到上级的指示，他们开拔到延安安塞一带展开工作。林大哥理解新婚的这一对年轻人的感受，对王贵说："你刚刚结婚，家里还有一摊子事情需要照应，要不就给你放几天的假，等上几天再来找游击队吧？"王贵搔着头皮，很不好意思地问："这能成吗？"

　　林大哥说："我们游击队也有人之常情嘛。"王贵红着脸谢了林大哥，高兴地跑回去跟香香一说，竟受到劈头盖脸的训斥。

　　李香香满脸愠怒地说："这样的要求你也敢向林大哥提出来？亏你还是个男人！连我们女人都知道好男儿志在四方、好马飞奔千里的老话，你都记不得了？刚参加游击队就想窝在家里，叫游击队的其他人咋看你？你想想，人家那些队员们就没老婆娃娃？如果都像你这样顾小家守着婆姨，那谁还革命？不光是游击队的人，村里的叔叔大爷、姨姨婶婶们也会笑话你的，他们会说原来王贵就那么点出息，有了婆姨就猫在家里甚也不做，以后还咋做人！"

　　王贵说："你说的这些我都解哈，可我不是舍不得离开你嘛！"

B20. 相爱的人儿揣在怀

李香香说:"听你的意思,难道我就能舍得你?这婆姨汉的事是一辈子的,慢悠悠的长着呢,而革命的事就很紧急。早一天磕革命,就能早一天打倒崔二爷们,让更多的穷苦大众翻身得解放。"

王贵恋恋不舍,但还是说:"好吧,我再给林大哥说说,跟上他们走。"

李香香说:"那是你的事。其实,该我操心的是给你准备带走的那些东西,看看,衣裳和鞋子,这些东西早准备好了。"李香香拿出来洗得发白的衣服,破烂的地方该补的都补上了大补丁。

王贵恋恋不舍地跟着游击队走了。疼在心尖尖上的李香香对王贵走的情景,永久地定格在自己的脑海里,好多的时候都把情景的闪回作为一种释放想念的手段。记得在那天,高照的艳阳驱散了冬日的寒冷,油坊前,游击队员们精神抖擞地整装待发。死羊湾新参加游击队的队员和亲人们交谈着,大家都是依依不舍的样子,二牛他妈还在偷偷地不住抹眼泪。

在游击队骡马的一旁,林大哥握住巧巧的手,千叮咛万嘱咐:"你千万要记得我说的话,只有保护好自己,才能更好地战胜敌人。"巧巧点头答应了,但有些泪眼迷离,说:"这次到延安一走,说不上会有多久,你可要保重啊。"

王贵与李香香躲在远处的一棵大柳树下,他们窃窃私语地说着情话。经历过彻夜的缠绵,此刻又想要紧紧地拥抱亲吻。人啊真是一种奇怪的动物,怎么爱就没有尽头呢?两个人看着四周有那么多的眼睛,只好克制着自己的情绪。新婚后的分手真是艰难,两人眼泪汪汪,似乎都有一肚子不能说透的心事。王贵的内心除了对香香妹子的无限缠绵,还惦记着哪一天崔二爷要是真的杀了回来,香香妹子不光受气,说不定还会受到欺负。而李香香惦记的是王贵哥出门打仗,吃苦受累是小事,随时都会献出宝贵的生命。此刻,李香香突然后悔起来,为那天自己刺激了想请假在家的王贵。两人的手绞在一达达里,各自的眼睛紧紧地盯着对方。"该走了。"看着大多数游击队员都开始和亲人挥手告别,李香香说。

"香香,我这一走,不知其时才能回来。"王贵说着鼻子一酸,有些难受。

李香香笑了,但笑得有些勉强,她深情地看着王贵,慢慢地从怀里

147

王贵与李香香

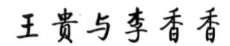

掏出一个小泥人,说:"你就安心革命磕吧,想我的时候就拿出来看,平时放在心口上。妹妹时时刻刻跟着你,陪着你,爱着你。"

王贵嗯地答应了,自己变戏法一般也从怀里掏出一个泥人说:"这个你也拿上,放在心口。看,像不像你的王贵哥,我们死死活活相跟上。"

看着不谋而合的杰作,两人开心地笑了,将两个泥人紧紧地靠在一起。李香香调皮地将泥人的嘴挨在一达,王贵心头却是一阵紧缩,泪水也在心里流淌起来。此时听到林大哥在不远处喊叫:"大家集合了,准备出发。"王贵抚摸起了李香香的头,低声说:"我该走了,队伍有纪律。"

李香香抬头看着王贵,嗯了一声,猛然踮起脚,将自己的嘴放在王贵的嘴上,使劲地亲了一口,然后红着脸低头跑开了。

伴随着丁零零的驼铃声,林大哥带领的赶牲灵游击队出发了,奔赴新的战场。王贵、二师父等这些新队员放不下死羊湾的亲人,他们想起来崔二爷就不寒而栗,期望着早日除掉崔二爷,让没有雾霾遮掩的阳光一直照耀在死羊湾的山川、沟壑和家家户户每个人的心上。

走在队伍里的王贵却不时地回头,在人群里寻觅着李香香的倩影,然而尽管回头多次却没有找到,这多少令他感到了沮丧。当然,他理解香香妹子之所以没出现在人群中,是因为她经受不起离别的痛苦。他却不知道自己的香香妹子早就跑到前面,站在高高的山梁上,注视着游击队和她的爱人。看着他们的队伍逐渐离开后,李香香低声吟唱着信天游:

  送情郎送在大门外,
  妹妹我拿出泥人人来,
  情郎哥哥你要揣在怀。
  我身上解下你身上揣,
  哥哥想起妹妹看上一眼来,
  妹妹就在你心怀。

  送情郎送在五里桥,
  手扳栏杆往下瞧,

B20. 相爱的人儿揣在怀

风吹水流影影飘,
咱们二人心一条。

送情郎送在柳树墩,
折根柳枝儿送亲人,
你拿钢枪我劳动,
妹妹永远是哥哥的人,
妹妹我永远是哥哥的人。

李香香泪流满面地唱着,跟随着游击队跑了一个又一个山梁,直到大沟岔的沟沿边才驻足,目送着他们消失在山坳中。这一情景,每当漫漫长夜里,李香香手攥着红红的盖头,都在闪回,有时候会情不自禁地牵动着五脏六腑不停地翻腾。

王贵对李香香的思念也像是连绵不断的大漠,或是碧波荡漾大海,浩瀚无边,无以穷尽。好在白天游击队要扎寨安营,忙着斗争恶霸地主,还要学习军事技术,学习文化,一到油灯熄灭后,王贵躺在土炕上,胸口上安放着惟妙惟肖的香香妹子泥人,他就难以入睡,此时那首经典的信天游涌入他的脑海,他相信此刻的香香妹子也躺在炕上拿着自己的泥人,在和自己对着歌呢。于是,王贵在心里就唱了起来:

羊啦肚子手巾哟三道道蓝,
咱们见啦面面,
容易哎呀拉话话难。

一个在那山上哟一个在那沟,
咱们拉不上那个话话,
哎呀招一招哟手。

瞭啦见那村村哟瞭不见那人,
我泪格蛋蛋抛在了,
哎呀沙蒿蒿林。

149

王贵与李香香

果然,刚刚唱到泪蛋蛋抛在了沙蒿蒿林,自己的眼前就看到香香妹子戴着红盖头站在沙梁梁上,笑盈盈地给自己把歌唱:

沙梁梁上站了个俏妹妹,
惹得那个喜鹊满呀么满树飞。
白格生生脸脸柳呀么柳梢眉,
双了辫辫一了那个甩,扭呀么扭嘴嘴儿。

哟嗨嗨!啊毛眼眼望断哎黄呀么黄河水,
爱你恨你几回回啊,几呀么几回回。

黄土坡坡站了个傻妹妹,
爱得那个后生不呀么不想回。
黄了沙了飞大漠,一呀么一块飞,
死死活活不分离,不呀么不分离。

哟嗨嗨!啊毛眼眼望断哎黄呀么黄河水,
爱你恨你几回回啊,几呀么几回回。

毛眼眼望断哎黄呀么黄河水,
爱你恨你几回回啊,几呀么几回回,
爱你恨你几回回啊,几呀么几回回。

150

B21. 搬来救兵反攻倒算

　　难熬的岁月如同一把专刮人油的刀子，仅仅两个多月的时间，仓皇出逃的崔二爷便瘦得脱了人形。还是那顶瓜皮帽，尔格戴在脑袋上就不安分了，不是它也看不起崔二爷的大脑袋变成了小脑袋，而是帽子明显的没有牵挂的地方，稍不留神就会从光头上脱落。崔二爷的眼睛窝子也凹了进去，似乎成了两个深坑，高高的颧骨又好似两座凸起的山包一样，脸蛋上凭空突兀出两块骨头，显得十分难看。特别是嘴角的两边，更有些滑稽了，左边耷拉，右边高跷，大概一边已经毫无希望地做出了垂头丧气的架势，而另一边还是高低不服气地继续保留着昔日颐指气使的神态，左右两边一斗争，谁也不服气，就出现了这样的效果。
　　俗话说再瘦的骆驼也比马大，船烂了还有三千颗钉儿。其实，逃到镇靖城的崔二爷不是因为穷困潦倒才成了这副模样的，作为方圆百八十里的大财主，尔格他在镇靖城里既不是瘦骆驼也不是烂船，因为崔家在镇靖城和张家畔镇、宁条梁镇都有不少门面房，还有经营麻油及荞麦、黄豆这些杂粮的几个商号，这些商号每时每刻都能给崔家滚动出白花花的银元。有了钱的生活应该是惬意的。就说他喜欢的女人吧，平时到城里来，身旁的女人如同走马灯一般围着转，只是这次出来，他没有精力，更没心情想女人罢了。
　　镇靖城堡是三边规模最大也是最重要的城堡之一，初为唐夏州节度使李佑所筑，城墙高有七八米，周长有四五里，东、南、北各留一门。县衙设在此城已有一百多年的历史。历朝历代衙门的事情总是好办的，

王贵与李香香

经过一百多年的修缮建设，镇靖城愈来愈大，形成了以"十"字街为中心，辐射出三街六巷的格局。城内半山半滩，城西为西山寨子，西南、西北城墙顺山势延伸，高入云端，是瞭望和防守的最佳地点。城里铺面林立，商贸云集，还建有老爷楼、城隍庙、贞观寺、武圣庙等。

崔二爷每天要祈祷的庙宇叫做七佛殿，坐落在镇靖城的西城墙边，西城墙又和明长城相连。登上高高耸立的西峰，可以俯视四边环水的镇靖城。东芦河流经城东向北拐去，西芦河经城西向东北拐去，两水汇合向城北流出了塞外，这样别开洞天的地理位置，在北方地区绝无仅有。站在西峰之上，可以看到下端的寨门如同城中套城一样壮观，还能看到山上的兵道和大户人家撺着好风水修筑的住宅。

所谓七佛是指毗婆尸佛、尸弃佛、毗舍婆佛、拘楼孙佛、拘那含佛、迦叶佛、释迦牟尼佛。佛教说，世界经历若干万年毁灭一次，再重新开始进行轮回，而这样的一个周期叫做"一劫"。过去若干"劫"组成"过去庄严劫"，现在若干"劫"组成"现在贤劫"，未来若干"劫"组成"未来星宿劫"。而这三劫均有千佛出世。七佛里的前三佛就是过去庄严劫里千佛的最后三个佛，而七佛里面的后四佛为现在贤劫千佛的前四位佛。除释迦牟尼佛外，他们都是过去了的佛。至于天王殿里称为修补佛或补处菩萨的弥勒佛，是释迦牟尼佛的接班人，他现住在兜率天内院，需要经天上的四千岁即人间的五十六亿七千万年，才会下生人间，而后在华林园的龙华树下继释迦牟尼之后而成佛。

镇靖城里庙宇林立，但崔二爷要顶礼膜拜的只是七佛殿，他认为这七座佛都和自己有缘，所以多年来就一直敬奉着。如今成为丧家之犬的他，看着这七座栩栩如生的佛像，能使他的心里感到踏实，增添出无穷的力量。

缘分是两方面的事情。崔二爷说自己和七个佛爷有缘分，万能的佛难道不知晓？眼前这个神情凝重，两眼冒出仇恨的光芒，牙关紧咬、心存歹意，连上香叩头都心无旁骛地恨不得立马就反攻倒算、血祭死羊湾的人，能和佛结缘吗？

于是乎佛便说：姓崔的，佛缘，首先要的是心中有佛，而你心中有过我吗？我说你从来就没有过。要是想和我结缘，要行宽容待人之事，要给人施于大慈悲，不仅仅是爱你所爱的人，还要能宽恕和爱护与你对立的人，善待你的仇人，爱人如己，你能做到吗？

B21. 搬来救兵反攻倒算

崔二爷看着慈祥的佛，自己却想着：这些佃农、雇农、油毛子、穷小子们，我待你们不薄吧，你们吃着我的，喝着我的，可是到头来却跟着共产党分我的土地家产，抄我的后路！等着，穷小子们，我很快就回来找你们算账的。

佛说：放下非分的欲望，便也是佛缘。爱恨情仇，皆是迷障。你之所以痛苦，在于追求错误的东西。今日的执著，可能会造成明日的后悔。如果你不给自己烦恼，别人永远也不可能给你烦恼。

崔二爷想着：我崔家的财富不是天上掉下来的，那是我祖祖辈辈省吃俭用积攒起来的。你们这些穷小子，老先人把家产和土地吃光弄尽，才使你们成了穷光蛋，尔格却惦念我家的东西。不怕贼偷就怕你们这些贼惦记啊！你们是穷疯了吗，凭甚要惦记我家的东西？

佛说：对己对事的负责就是佛缘。最愚笨的庄户人都懂得，种瓜得瓜，种豆得豆。有佛心的人是不去看众生的错，而总在检讨自己的过失。看清楚自己做事的前因后果，如果固执地一条道往黑里走，不仅仅是烦恼，而且是死路一条。

崔二爷想着：谁都解哈种瓜得瓜种豆得豆，穷小子们在我崔家的心中种下的仇恨，我岂能放过他们！哼，穷小子们！

佛还说：行智慧之事才是佛缘，这智慧是大彻大悟的智慧，而不是眼前得失的小智慧。用智慧，会减少许多烦恼和束缚；用慧眼，能看到自己和别人的前世今生。明白了这一点，便是佛缘。

崔二爷想着：的确，能干大事的都是用大智慧的。现在的世道变了，共产党和红军到处鼓动穷小子们，打土豪分田地，杀人放火来造反，所以面对他们必须要用大智慧。《孟子》说过，劳心者治人，劳力者治于人；治于人者食人，治人者食于人。这是通行天下的原则。

对话到了这里，佛似乎已经绝望了，说你都错误地理解了圣人的教诲，却把圣人的教诲当成了你和我叫板的利器。看来，你这个人罪孽深重。悬崖勒马，回头是岸，放下屠刀，立地成佛！否则真的就无可救药了。

崔二爷的脑子里还是充满着仇恨，他想着：我要血洗死羊湾，强娶李香香，重振崔家万万年的大业！

佛彻底无语了。看着眼前这个病入膏肓的人，佛化为一缕青烟散去。阿弥陀佛！从此后，崔二爷每次进殿里上香叩头，佛的眼睛里再也

153

王贵与李香香

看不到他了。

七佛殿门口有一个用琉璃瓦装饰的九龙壁，九条飞龙色彩绚丽，形态逼真。九龙壁前有一个水池，和九龙壁遥相呼应，一缕轻风吹过，更是涟漪层生，龙影入水，若隐若现，景色十分迷人。崔二爷在佛化为一缕青烟之后，再看到的九龙便是青面獠牙、面目狰狞的怪兽了。其实他就是怪兽。

七佛们知晓，崔二爷自己的心也如明镜一般，在他心中唯一的真佛就是保安团的张团长，眼中的九条龙便是张团长手中的那些杀人的武器。

崔二爷逃离死羊湾后，把反攻倒算的全部希望押到张团长身上。然而他不知，眼下的陕北大地，共产党像东方冉冉升起的太阳。在共产党的领导下，革命形势正呈现出星星之火可以燎原之势。别说张团长无力回天，就连镇靖城的县党部的头头脑脑们也是岌岌可危的。刘志丹、谢子长、习仲勋、高岗领导的陕甘边区苏维埃政府，成了西北革命斗争史上第一个红色政权。他们颁布了土地革命的一系列政策法令，加强根据地的经济、军事、文化建设，还创办学校，设立集市，发展生产，发行苏币，开展禁烟、禁赌、打土豪、分田地、解放妇女等根据地建设活动。不仅陕甘边革命根据地进入了最辉煌的发展阶段，也为一年后的长征红军提供了落脚点。对于南梁苏维埃红色政权，国民党既仇视又害怕。在随后的1935年初，蒋介石急调陕、甘、宁、豫、晋、绥六省的几万兵力，对陕甘边和陕北根据地发动了第二次大规模的军事"围剿"，杀害干部群众，焚烧房屋财物，在南梁地区制造"无人区"。鉴于敌强我弱的严峻态势，陕甘边军事委员会决定，集中红军主力转外线到陕北作战。在刘志丹的指挥下，红军在陕北扎寨安营，连战连胜，所向披靡，彻底粉碎了国民党的第二次"围剿"，还消灭了蒋介石的正规军五千余人，先后解放安定、延长、安塞等县城，在二十多个县的广大农村建立了工农民主政权，游击区也扩大到了三十多个县。共产党以南梁为中心的根据地，扩展到东至洛河川、西至元城川、南至耀县的东西四百多华里、南北约七百华里的广大地域。紧挨着苏维埃边区的靖边一带也已纳入了红军扩大根据地的视野里。

这样的局面，崔二爷哪能知道。他知道一些红军近来好像比以前闹腾得凶猛了，似乎连张团长也输了胆，缩在城里不敢轻举妄动。张团长

B21. 搬来救兵反攻倒算

愈是这样，崔二爷就愈是着急，他多次直接间接地提出打回死羊湾的请求，张团长总是以保安团要以保护镇靖的安全为重任作为借口，就是不动。张团长还不住地说，乡村这块地盘就要依靠你们保安队自治了，这样弄得崔二爷着急上火，抓耳挠腮。面对张团长的拖延，崔二爷只好前晌在庙里求神拜佛，后晌到大烟馆里腾云驾雾，虚度时光。然而等到烟消云散后，他看着眼前冷寂的光景，心里更是焦急万分。

真是想上天就得到了龙爪。保安团出了一件大事，终于弄得张团长再也坐不住了，也给崔二爷带来了机会。

乌烟瘴气的大烟馆里，崔二爷蜷缩在大炕的一角，紧闭双眼，又开始腾云驾雾了。正在非真非幻之时，朱管家匆匆从外面走进来，对着他轻声唤道："老爷，有好事了。"崔二爷很不情愿管家这个时候打扰他，他紧闭着眼睛，挥手叫管家住嘴。过了好一阵子，他从天庭落地后，还甜甜地咂着嘴巴，才记起跟前还杵着个管家，就问："有甚好事？你说来听听！"管家说："保安团出事了，有人偷走了五支快枪，现在全城戒严，正在捉拿嫌犯呢。"

"噢，那算是好事吗？张团长的枪丢了，该是坏事啊。他的枪本来就不够。这样一来，我们要枪岂不是更没希望了？"

"枪支的下落我知道。"管家凑到跟前，和他耳语起来。

一听说能帮忙找到枪支，而且与刘家疙瘩的那个统万城客栈有关，紧闭双眼的崔二爷突然像是打了鸡血来了精神。他马上坐了起来，说："那我们赶紧面见张团长。"

原来，好事的管家经常来大烟馆陪崔二爷，和大烟馆老板的关系搞得不错。刚才看到满街的保安团士兵紧张地盘问着行人，就问老板："解哈发生了甚事情？"平时比较谨慎的老板刚刚喝过酒，就控制不住自己的情绪，得意地说："肯定和那个事情有关。"这管家是个事儿妈，喜欢打破砂锅纹（问）到底，就接着追问，老板就道出了原委：保安团丢了五支枪，是他们内部人干的，那人把枪卖给了客栈的老板，昨天晚上还拿着卖枪的钱到宁条梁的大烟馆抽了一夜的大烟，今儿个天亮后又买了一大块膏子才走的。管家不动声色地继续追问："枪卖到了哪个客栈？"老板就大着舌头说："我也是到宁条梁镇上进膏子和老板讨价还价时才听说的，那枪尔格好像在刘家疙瘩。"此话一出，老板察觉管家问得太多而自己说的更多，就开始抽自己的嘴巴，说："我刚才通通

155

王贵与李香香

都是瞎说,管家你可千万别当真。"管家一副淡然的样子,说:"当真能咋?不当真又能咋?这个事情和自己一根毛的关系都没有。"老板还是不放心,要管家做了保证才罢休。

崔二爷赶紧收拾了自己的行头,和朱管家两人急匆匆地赶往保安团。果然,平日还显平和的街道,现在三步一岗,五步一哨,气氛显得很紧张。团丁们也是神情严肃,查看过往行人的证件,搜查他们的行李。见此情形,他们两个对视了一下,难免流露出了高兴的神情,便被一个团丁看见,叫住了他们,要他们拿出证件。两人连忙掏证,再次互相对视了一下,对这样的盘查十分满意。

保安团里,张团长正雷霆大发,训斥着部下。他暴跳如雷地骂道:"他妈的,你们都是一群废物。能把五支快枪丢了,咋没把你们的脑袋都丢了,啊——,老子真想一枪毙了你们这些狗东西。"说着,摸了腰间的枪,吓得下属双腿直哆嗦。

他骂累了,便停下来喝水,乘这个空隙,一个下属战战兢兢的报告说:"报告团长,事情有了点眉目,初步判断是二连一个抽大烟的班长,乘弟兄们熟睡后偷的。"

张团长一拍桌子,嘴里的一口水喷了出来,连忙问道:"咋不早说呢。下落,人的下落,枪的下落呢?"

下属摇着头说不知道。

张团长喊叫:"继续戒严,严加盘查,发现可疑人员先关押后审讯。另外,既然是抽大烟的家伙,我盘算他偷到枪后肯定要换钱买大烟抽,你们派几路人马到全县的各个大烟馆明察暗访,就是挖地三尺也要找到那个家伙。不,更重要的是通过他,找到枪,找到我的枪。"

张团长一通火发完,把工作安排妥了。正不知道自己接下来再干吗,勤务兵走进来,报告说死羊湾的崔二爷求见。张团长气汹汹地说了声:"请吧!"

崔二爷和管家急匆匆地走了进来,一见面便双手抱拳,说:"张团长,别来无恙,你老还好吧?"

张团长听他这样的口气,似乎里面有些看笑话的意思,顺口就说:"好个屁!"

崔二爷却还是笑嘻嘻的,说:"张团长,你说怪不怪,我今儿个早上到七佛殿上香时,一路上都听得喜鹊的叫声,就盘算着今儿个有甚好

B21. 搬来救兵反攻倒算

事情。呵呵，真是老天开眼了，崔某人果然遇到了好事，尔格是给你送大礼来的。"

张团长定定了神，暗自思忖：这个家伙又来忽悠自己了。这两个多月来为他家的事情，不知跑来多少次，要不是看在每次都孝敬一点小钱的面子上，简直都不想见他，真是烦死了。

"你好像对我的大礼不感兴趣？"崔二爷见张团长对自己的说辞无动于衷，就有些揶揄地问道。

张团长乜眼看了看崔二爷："请讲！"

崔二爷慢腾腾地走到张团长跟前，耳语了几句。他看到张团长的表情似乎无动于衷，但眉毛却好像和本人作对一般地连续跳动着，解哈这个家伙动心了。果然，听完了耳语，张团长对着手下挥手叫他们下去，然后慢腾腾地发问："你不会是公报私仇，借刀杀人吧？"

崔二爷面无表情，说："我有刀，不用借。但我尔格是为我们两个的共同利益。你找你的枪，我报我的仇。"说着，从兜里摸出一根黄灿灿的金条放在桌上，"权当你们的活动经费。"见张团长依然保持着淡定的神态，他又摸出一根再一根，一气摸出了五根，然后摊摊手表示自己真的没了。

张团长的眼睛随着金条的累积睁得愈来愈大，看到崔二爷摊手后，就猛地将身子弹起，说："崔队长，我相信你说的是实情。"

崔二爷说："反正信不信是你的事，走不走也要你自己定。"

张团长大喊一声："副官。"副官闻讯跑来，"通知撤销全城戒严，紧急集合。"

157

王贵与李香香

B22. 三边大地又起狂风

　　从夜黑里开始，三边起了漫天的沙尘暴，狂风挟带着大颗粒沙子犹如暴风骤雨般袭来，一阵又一阵地轮番袭向干旱的大地。这哪是风啊，分明是一堵又一堵的沙墙，压抑得人们都出不来气了。天已经大亮后，风有些停住了，但通过满是沙尘漂浮的天空，看到那个煞白得如同病人脸一般的太阳和周围的日晕，便知道了今天不过晌午，新一轮的沙尘暴又会不请自到。

　　三边，因为与毛乌素沙漠肌肤相亲的天然联系，它的空气中总有些淡淡的沙土味道。虽然每年有数十场沙尘暴肆无忌惮地侵袭，但在善良的三边人看来，只要是大自然馈赠的，无论是天空、土地、沙漠还是戈壁，皆为财富。是财富就是美丽的。起码今天这样的坏天气，丝毫没有影响到统万城客栈老板娘巧巧的心情，她此时的心情甚至比平时都开心。因为，游击队传来了消息。

　　为了给林大哥的游击队搞到武器，很长时间以来，巧巧不知费了多少思量。思来想去，在三边能接触武器的，除了保安团当兵的，不会再找到其他的人。她巧妙地利用一个抽大烟脚夫的关系，结识了张团长手下一个也抽大烟的班长。经过多少次的小恩小惠，终于游说他偷来了五支快枪，而巧巧仅仅付出五块袁大头，按照事先说的，班长拿到袁大头后就立即回老家定边做买卖，谁知这个家伙拿了钱却在第一时间里跑进了大烟馆。巧巧的行动事先连林大哥也没有告诉，前天后响快枪一到手，她就连夜派伙计把消息送出去，要游击队赶紧派人取走，免得放在

B22. 三边大地又起狂风

客栈夜长梦多。按说如果情况正常,今儿个游击队就会派人来的。到了夜里,送信的人一点消息都没有,这咋叫她不揪心呢?消息如果没有送到,那就意味着游击队又转移了,心爱的林大哥会不会有危险?惦记着心爱的人是幸福的,也是折磨人的。直到今天鸡叫的时候,送信的伙计才回来,原来他把消息送到后就顺便回家过夜了。伙计倒是踏实地回家过了一夜,巧巧的心却一夜未落下。

有了消息,今儿个她不知多少次地瞭望着门前那条通往南边的大路,但路上总是空荡荡的,不见人影。偶尔有了几个行人,不是回娘家的婆姨,就是赶集的老汉。眼看就要响午了,盼星星盼月亮的她总算看到了熟悉的身影,是游击队的小李和小刘。他们赶着两头骡子,来到客栈时已经是汗津津的了,一看就知道他们是急着赶路的。巧巧一见他们的面就想问问林大哥的情况,又觉得在这两个小后生面前,一个老大姐问男人的事有些不好意思,就说要给他们做饭吃,然后让他们连夜返回。

小李拦住她,说:"老板娘你就别忙活了,我们都带着干粮呢。林队长有交代,这么重要的东西一刻都不能停留的。"说话间,小刘已用早准备好了的几捆干草把快枪藏了起来,绑着便往骡子身子放,还扭过头来说:"你真有办法,这一下子就弄了五支快枪,比给我们吃几顿猪肉年糕都要高兴。游击队真不知该咋感谢你,老板娘。"

巧巧说:"今天你们两个后生咋客气了?感谢甚,真是的,一家人能说出两家话。"

"对,我们是一家人。"小李听到说一家人,就突然想起了一件事,自己叫了起来,"噢,我还差点忘了,临走的时候林大哥特意叫我给你捎了东西呢。"说着,从怀里掏出一块白底蓝碎花的洋布,递给巧巧。

巧巧高兴地在身上比划了一下,问他们道:"你们看好看吗?"

"好看,做成花布衫穿在你身上,你就俊得赛过貂蝉了。"

"呵呵,还真看不出来,你一个人小鬼大的后生,解哈的事还真多。"

"林大哥说你赛过貂蝉。他还给我们讲了貂蝉的故事呢。"小李说。

"对了,你们林大哥,他好吗?"终于控制不住自己了,巧巧大着胆子问道。

小李嘿嘿笑着:"好着呢。一天忙着打反动派,再剩下的时间就是

王贵与李香香

在想你了。"

巧巧甜蜜地说:"净胡说,再说拧你的嘴!"

说话当中,东西已在骡子身上驮好。两个后生就和巧巧道别。巧巧让他们等等,就到厨房拿出几个窝头包在手巾里,又提出一个茶壶和两个瓷碗,叫他们喝一碗烧好的砖茶再走。

小李和小刘正喝着茶水的当儿,太阳又泛起了更大的日晕,天色也暗淡起来。从远处望过去,伴随着呼呼的声音,一堵厚重的黑墙沉甸甸地从远处压了过来。这还不到晌午,沙尘暴就气势汹汹地来了。两人赶紧放下碗,一赶骡子就要走,巧巧突然发现正前方沙尘还没有到的地方也滚动着巨大的黄尘,定睛一看,她突然失声道:"等等,你们看,那是甚?"

两后生顺着巧巧指的方向一看,好像是一队荷枪实弹的人马,正急匆匆地冲着这边赶来。

"看来,是冲着客栈来的。小李、小刘,你们赶紧从后门走。"巧巧当机立断地说。

两个后生从腰间拨出了枪,看着跑来的人愈来愈近,骂道:"狗日的,看来还真好像是奔这来的。老板娘,你前面走,我们后面掩护你。"

巧巧毫不迟疑地说:"不行。既然敌人有目的地来这里,估计是和这五支枪有关,我们要是一起走,恐怕一个也走不成。看来,只有我把他们拖住了。"

"那咋行,我们咋给林大哥交代?"小李急得都快哭了。

"走吧,你林大哥会理解的,千万不能叫枪落回到敌人的手里。"

小李和小刘相互看看,他们一咬牙,难受地说:"这,好吧,老板娘,保重。"说着,赶起了骡子。巧巧突然想起了甚,将自己脖子上的一个挂件扯下来,说:"把这个交给他!快走!"

两人含着眼泪,拉着骡子急忙从后门出去。巧巧看着他们远去的背影,心里轻松了很多,她不慌不忙地端起一个里面放了些绿豆的瓷盆,淡定地走出屋子,扫了一眼正飞速赶过来的人马,从容而专注地挑拣起盆子里的杂物。其实,只有她自己才能听得见,紧张的心正怦怦地跳着。

张团长骑着一匹老马,保安团没有多少钱,这老马还是从民间买回来的。崔二爷依旧骑着他的毛驴,他们的身后跟着二三十个保安团的团

B22. 三边大地又起狂风

丁，从镇靖城一出来就一路小跑着向统万城客栈进发。张团长在这个客栈喝过茶水，也见识过老板娘的伶牙俐齿，当时甚至还动过和她相交的心思。现在看来，她的一切都是伪装出来的，乡村野店的后面竟是共产党！他不由得倒吸了一口冷气。本来，平时要是搞这么一个小案子，派三五个团丁出动就成了，而这次他差不多倾巢出动。保安团名义上是团的编制，作为地方武装，其实全团加起来也就五六十个人，就这不多的几十个人，县里的经费还常常捉襟见肘。眼下共产党活动频繁，打着打土豪分田地的旗号，在广大乡村一呼百应，大有取代国民党的趋势。究竟鹿死谁手，尔格还说不清楚，但是这个团长的位子能坐多久自己解哈，随着陕北大地快速"染红"，自己还是乘机多捞几把一走了之，管他妈的甚后事了。

毛驴背上的崔二爷随着不停的颠簸，心里也是五味杂陈。真是他妈的扯淡，统万城客栈离死羊湾那么近，竟没发现是共产党的联络点。其实，这个老板娘他也有过几次交往，对她的印象还蛮好，甚至也曾对这个来自榆林城的女人动过点心思，因为她不光脸蛋长得俊俏，身材错落有致，更是令人想入非非，还有那么一种三边的女人身上没有的新鲜劲儿。她精明、泼辣、豁达、风情，反正集好多新鲜的东西于一身，崔二爷都准备花上大笔的钱财和她相好了。但是，后来他发现自己对这个女人从心里感到了恐惧。不光这个女人的身世复杂，一张口就是县长、团长的，似乎这些当官的都是自己的相好，而且从她的眼神的背后，崔二爷看到的像是对自己的漠视与仇恨。慢慢地，他就打消了和她交往的念头。这次把她捉拿归案，一定会弄清楚一切的。

两人心怀鬼胎地盘算着心事，也就在不知不觉中赶了许多的路，当看到统万城客栈若隐若现出现在不远处时，张团长一挥手，对着身边的团丁们说："听好了，目标，统万城客栈，不能放跑里面的任何人。"此时，小李和小刘正在打开后门往外跑。

巧巧将盆子里的绿豆倒进一个簸箕开始一上一下地簸着，张团长和崔二爷他们骑着马和毛驴就横挡在她的面前。

巧巧感到惊讶地说："嗨吆，是甚风把你们两位大人吹来了？噢，是大黄风。快，快进来，后面的大黄风立马就到了。"

崔二爷和张团长对视了一下，便奸笑着一步跨到巧巧的前面，说："老板娘，别来无恙啊？呵呵呵，真是愈活愈俊俏，也愈活愈精彩啦！"

王贵与李香香

巧巧说:"老了,再说了,一个开客栈的人,哪像你们当官的,有钱的,能活出个甚精彩?"

张团长嫌崔二爷的话多,就冲了过去:"哪那么些废话?说正经的。"

崔二爷连忙从毛驴上下来,奸笑着说道:"嘿嘿,就听张团长的,我们不闲磕牙了。我问你,你那'荞面圪坨羊腥汤,死死活活厮跟上'的林大哥跑到哪达磕了?"

巧巧一惊,她定了定神,装作没有解哈崔二爷的意思,无动于衷。

崔二爷不给她留一点盘算的空当,接着追问:"还有这个,藏在哪达了?"他用手比划成枪的样子。

张团长也跳下马来,凶巴巴地说道:"老板娘,你就快说吧,老子真没时间和你闲磕牙。"

见巧巧不配合,他气急败坏地吼道:"来人,给我搜!"

他的手下就纷纷跑进了屋子,在客栈的四处翻箱倒柜,搜索起来。此时,沙尘暴更加猛烈了,吹得连人也站不住。巧巧淡定地招呼张团长和崔二爷,说:"你们也别为了公务弄坏了身子,来,进屋喝茶。"

张团长盘算着:老板娘如此淡定,是不是搞错了?而崔二爷却在心里说:真沉着啊,只有共产党才能够这样。虽然他并没有见过共产党,但倒是听说了这些不顾性命的共产党的事情,此时看着老板娘,他更加确认了自己的判断。

一会儿,团丁们纷纷跑了出来,都报告说甚也没找到。张团长满腹狐疑地看着崔二爷,崔二爷的两个圆眼睛不停地打着转转,看着老板娘,说:"继续搜,屋里屋外,房前屋后,不留一点空白。"

说到了房前屋后,张团长便拿出了望远镜四处张望,突然他一指西南方向喊叫起来:"那是甚?"崔二爷拿过望远镜,看到有两个人跟着骡子拼命地奔跑,还不时地回头张望。崔二爷也大喊:"是,是共产党,游、游击队!"张团长就兴奋地大声命令:"全体出发,追!"话音未落,团丁们便纷纷向西南方向跑去,谁也不再理睬老板娘了。

就在张团长正要跨上马时,巧巧突然掏出一把手枪,抵住了张团长的腰,厉声道:"别动,快叫你的人全部回来,不然我就开枪了。"

张团长哪里见过这个阵势,顿时脸色煞白,双腿吓得筛起了糠,连忙说:"别开枪,别开枪。"他对着跟前副官说,"快,你他妈的快喊住

B22. 三边大地又起狂风

人啊。"副官连忙跑了出去,对着已跑出去的团丁们大喊:"都回来,快回来,张团长命令赶紧回来。"沙尘暴呼呼的声音淹没了他的声音,他只好拔出枪鸣放起来。团丁们听到了枪声,就纷纷返回来了。

巧巧用枪抵着张团长,对着逐渐围上来的团丁们说:"你们退后,都退到西墙根去。"

崔二爷气得在一旁咬牙切齿,但也只能干着急。他从旁边的团丁手里夺过枪对着巧巧,又不敢轻举妄动。巧巧用眼睛盯着他,说:"姓崔的,你也退过去,不然我就开枪了。"

张团长歇斯底里地喊叫起来:"你他妈的快给老子退后啊,听见没有?!"崔二爷只好慢慢地退下。巧巧警惕地环顾四周,一手扯着张团长的衣领,一手继续顶在他的身后,拉着他倒退着往屋里走去。这时一股沙尘暴遮天蔽日地呼啸而来,客栈院子里顿时弥漫起厚重的尘土,巧巧的眼睛也被沙尘迷住了,张团长乘机从巧巧的手里挣脱出来,连忙跑开。一直紧张地瞄准着老板娘的崔二爷扣动了扳机,引发了更多的枪声。在一片枪声中,巧巧应声倒地。已在第一声枪响时就卧倒的张团长赶紧掉头匍匐到老板娘跟前,看着那张俊俏的脸干干净净的,只是怒目圆睁,血色全无,呼吸已经停止,他气势汹汹地爬了起来,怒吼道:"谁开的枪,啊,是谁?"崔二爷站在老板娘的身边,看着那张依旧美丽的脸庞,心里不住地感叹:共产党的迷魂药难道比大烟都厉害?真是可惜啊,可惜,一个年轻漂亮的美人就这样香消玉殒了。

163

王贵与李香香

A4. 牺牲性命为了信仰

  为了五支快枪，巧巧付出了年轻的生命。多年后，年迈的李香香还一直在思考着这个问题。那个时候的人难道真是吃了豹子胆吗？为了革命，竟然连自己的性命都可以毫无顾忌地豁出去。其实，答案早在她的心中，革命者之所以不害怕牺牲，那是因为心里有着一个强大的信仰，就是对共产主义忠贞不渝的信仰。是坚定的信仰驱使着年轻人不惜牺牲自己的生命。巧巧从相爱的林大哥的身上认识到共产党是为千千万万老百姓谋幸福的，她觉得自己为党的事业而牺牲，值得。伟大的信仰是持续的、稳定的和有生命力的，直到如今，我们仍然不难在陕北地区看到，一些乡村的老百姓每天还在扭着延安时期盛行的陕北大秧歌，缅怀着过去的岁月。在这些地区别的宗教是没有立足之地的，即使是佛教、基督教、天主教这些正规的宗教在当地也无人响应。这些宗教要是到这些地方进行传播，往往遭遇的不仅仅是不客气的拒绝，有时候甚至是辱骂和殴打，人们把传教人员当做过街老鼠一般。越是闹红时间长的地区，这样的排斥就越是坚决。在这些乡村里，人们信仰的依旧是领导人民打土豪分田地的共产党，哪怕老百姓们今儿个骂着官场的腐败，明儿个谈论着社会的种种不公，但是对共产党心存的感恩和期待却是走进了他们的骨子里的，像是遗传的基因一般坚定。

  吃饭的时候，刘主任再次到了山梁上请老人到村委会去。老人这才觉得肚子真的饿了，就上了刘主任的奥迪车，来到村委会大院。院子北边是一排楼板房，房子宽大整齐，窗明几净，还配置了办公用品。西边

A4. 牺牲性命为了信仰

的三间楼板房是厨房和餐厅，上面来的人，如水利、农业、计划生育以及乡里的干部，就在这里统一接待，平时没人的时候大门是锁着的。村委会原是一座希望小学，近些年希望小学的学生陆续都随着家长转学进城寻找希望了，前年学校送走了最后一位学生后，村委会的牌子就挂到了这里。

老人进来后，大家就依次坐定。吃食端了上来，除了炖羊肉和鸡肉外，还摆了猪肉熬酸菜、羊肝炒土豆条、小白菜烩豆腐和六个凉菜，另外还放了两瓶白酒。李香香看着连酒都上来了，脸色就不那么好看了。听说村里的主任来陪同自己，还请大家吃饭，老人显得很高兴，看来村里人没忘记自己。但吃饭可以，白酒一上桌子，她感觉事情弄得复杂了，喝酒好像是违反规定的。她心里不高兴，嘴里也就嘟哝，甚至说这么复杂的，有些铺张浪费，便要把酒拿下。这时候旁边一个中年人手里拿着一瓶酒到她跟前，说："老人家，你看这是甚酒？"老人只得眯起眼去看，原来这酒瓶上是一个帅气的后生画像，旁边有三个遒劲有力的大字"王贵酒"。那人又拎起一个精美的酒盒，印的是年轻帅气的王贵与纯朴美丽的李香香深情对视的国画，这画是出自陕西国画院的一个姓杨的大画家之手，属于田园自然主义画派，人物有鼻子有眼的画得很精致，惟妙惟肖，十分传神。叶大夫拿起另一瓶酒，就惊叫起来，说："李老，这瓶酒还是你的牌子呢。"李香香就去端详，只见一张俊美的女子画像，旁边写了四个大字"李香香酒"。那个中年人看老人的脸上荡漾起了笑容，就介绍说自己就是县里酒厂的高厂长，他们厂为了迎接激烈的市场竞争，切实打造文化品牌，就请人创意了情侣酒"王贵与李香香"，一盒两瓶礼品包装，王贵酒度数高是针对男人消费的，李香香酒度数低适合女人品尝。拿自己的名字当做商品，足以证明家乡人民对自己的厚爱。眼睛湿润的李香香就不再拒绝上酒，但要陈大姐支付酒钱。刘主任连忙说这是酒厂的广告酒，他们平时都免费提供给村里用于接待。高厂长连连说是，还大着胆子要和她合影留念。叶大夫就打趣高厂长说，你们酒厂把生意都做到了李老身上，要给老人支付巨额广告费的。高厂长连说那是一定的。老人却说都老成这个样子人家还不嫌弃，我谢谢还来不及呢。大家都哈哈大笑起来。老人又转过话题，说既然酒是免费的，但饭钱一定要支付，到了我的家乡我请客，是理所当然的，说着要陈大姐当场拿出一千元支付了饭钱，刘主任脸一红说："老人家，

165

王贵与李香香

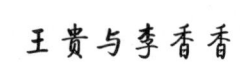

这江山都是你们打下的，尔格生活这样好，别说吃顿羊肉，就是山珍海味也不过分。"老人却说："我们不能忘记共产党就是靠严明的纪律受到了人们的拥戴，才有了今天。我们生活好了，但不能忘本，不能忘记那些为了革命而牺牲的人。"说着眼圈有些红红的。大家知道老人想起了往事，刘主任也就不再争执，把钱收下了，说："吃饭掏钱本来是应该的，只有电影《小兵张嘎》里面的胖翻译才不掏钱。从前无论哪里来的干部，下乡都是吃一顿算一顿，尔格这些好传统再没人发扬了。"

高厂长打断了刘主任的话，说："厂里正准备拿出一些资金把靖边老革命的故事整理在一起，汇编出书呢。现在，大家喝酒吧。"说着，他就毕恭毕敬地给大家斟满了酒，喊了一嗓子信天游，说，"我们靖边是信天游的故乡，我给大家唱信天游敬酒。"在赢得了大家热烈的掌声后，高厂长声情并茂地唱了起来：

　　大雁塔高来哟芦河水长，
　　李香香回到了阔别六十年的家乡，
　　双手手端起了酒一杯，
　　为了共产党的江山万年长。

老人说："唱得好，这杯酒我喝了。"大家也都叫着好，痛快地喝了起来。等到酒场掀起了高潮，开始觥筹交错的时候，老人却死死地盯着酒盒上的王贵画像端详，再次走进了久远的回忆中。

B23. 崔家回乡百姓遭殃

  肆无忌惮的沙尘暴继续呼啸着，愈刮愈大，连整个天空都恐惧地成了一堵无边无际的厚黑的墙，似乎随时都有可能垮塌下来，摧残迫害苍生。这样的坏天气一点也不影响此刻崔二爷的心情，他自顾不暇地盘算着，连旁边张团长也不看一眼。走在这条既熟悉又陌生了几个月的路上，他咋能不感慨万千？这几个月的事情简直就是一场噩梦，先是仓皇出逃，历经心理磨难，尔格又卷土重来，虽不是荣归故里，但也有着气宇轩昂的豪迈气。得让这些跟着共产党蹦跶上天的穷小子们立马落地。他这样想着，心情很愉快。他的心情也影响着屁股下面的毛驴，这家伙走着熟悉的道路，也表现出了一反常态的兴奋。这些天里，被赶到镇靖的毛驴也失去了往日的自由，甚至在街上拉屎都要看人家店主的脸色，日子过得死气沉沉的。现在，终于来到了熟悉的土地里，它撒欢地跑着，似乎要一吐背井离乡的晦气。旁边张团长哪里解哈小毛驴的心事，就惊奇着这头小毛驴竟比自己的高头大马还跑得欢实，只好快马加鞭地追赶。

  等到百感交集地站在久违了的崔家大院门口时，崔二爷在眼眶里打了一路转转的眼泪终于哗啦啦地流淌出来。看着他老泪纵横，不停地擦拭，张团长不知如何是好。看到崔家的人一个也没有，张团长就连连大声吼叫着心仪的四姨太，说："四姨太，你死哪达了？快出来接你们老爷。"话音还在回荡着，随着呜里哇啦的一片哭声，几个女人从羊圈方向兴奋地叫喊着小跑过来。这是一群衣衫褴褛、披头散发的女人，比乡

167

王贵与李香香

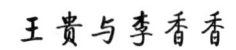

民的婆姨还要脏和丑，崔二爷看着她们，相信了人常说的三分长相七分打扮的话，要不是听得真切的熟悉声音，打死他也不相信这几个女人就是几个月前还浑身珠光宝气的崔家太太们。虽然看起来都像农村婆姨，但大太太的权威还是能看出来的。大太太走在几个人的最前面，神情是从容镇定的，她的两个胳膊被二姨太和四姨太搀扶着，显示出自己的权威性。"老爷，我们烧香拜佛，求爷爷告奶奶，可算是把你给念回来了。"大太太高兴地说的时候，便忍不住地抽泣起来。崔二爷得意地笑着说："你们受苦了。"四姨太忙过来，扶住他说："老爷你瘦了。"又有些埋怨地说，"老爷你走的时候也不说把我们带上，看我们过的这日子，简直生不如死。要不是心里有了老爷你一定会回来的信念，我早就气得见阎王了。"崔二爷拍了几下四姨太的手，就不再搭理她，他在人群里辨认着姨太太、儿女们，却发现没了三姨太，就问："老三到哪磕了？"四姨太哼了一声，鄙夷地说："人家对着穷小子们说自己也是穷鬼出身，爱穷人的共产党就把她给放了。一点不错，夫妻本是同林鸟，大难来时各自飞。还是我们死心塌地等着老爷。"

"大——你可是回来啦。也回来迟了，呜呜——香香姐都嫁给王贵了。你回来也要给我娶香香姐。"穿着一身粗布大袄的崔小宝手里拿着一根放羊鞭子，圆乎乎的脸似乎变得长了，他满脸抹的是鼻涕，头发上还有两三根杂草，不知从哪达冒出来，一提到香香就呜呜地哭出了声。

崔二爷听说王贵娶了李香香，心里一不高兴，鼻子也酸起来，他抱起儿子说："大这会儿回来就给你娶，想娶谁我们就娶谁。"崔小宝说："我就要香香姐。"他只好说："那就李香香，我们娶李香香。儿子，你可是瘦多了。"他心疼地抱着崔小宝。四姨太赶紧凑过来，挽起自己黑乎乎的胳膊，撒娇又委屈地说："老爷你看看，我也瘦了很多。"

看到崔二爷不咋关注四姨太，张团长便凑过来，有些怜香惜玉地看着她说："老四，你真是瘦多了，不过，没有了肥肉就更加俊了。"

四姨太给他抛了一个媚眼，说："人家遭了这么大的罪，张团长还能说笑话。这兵荒马乱的，看来以后啊，我们崔家是离不开你团长大人的保护了。"

张团长心里痒酥酥的，说："那是没问题的，我这不就是来保护你、你们崔家来的吗？"

大太太说："老爷回来就好，我们别干站在这达，快回家看看。"

B23. 崔家回乡百姓遭殃

一行人就走进大院。

"好在,崔家大院所有的房子穷鬼们还没有胆子住进来。"崔二爷说,"这也说明这些穷鬼们还不是憨头。"他挨着房子转了一圈后发现,房子倒是完好,可房子里几乎所有能搬动的东西都被席卷一空了,就雷霆大发,要赶紧发告示追回来。

现代摆设的四姨太房间更是被搬得空空如也,只在圪垯里丢着一个破箱子,是她的首饰箱,也已被撬得七零八落。四姨太撕心裂肺地大哭起来,喊着:"这些可都是我娘家陪的嫁妆呀,值钱得很,都叫挨刀子的穷鬼们明着抢走了,老娘非和你们拼了不可。"

大太太一旁冷冷地说:"这箱子里你娘家的东西能有几件?还不都是崔家的,老爷给的!"四姨太理屈了,也就不搭理大太太,转身抓过张团长的手说:"团长大人,你可要给我们主持公道,一定帮我讨回这些东西啊。"

张团长被四姨太弄得更加酥软,一边把手放到四姨太的手上,一边笑着说一定一定。其实,在决定跟着崔二爷走出镇靖城前,他和崔二爷约法三章,这次打着剿共的幌子出来,是为崔二爷收复土地和家产的,事成后三七分成,所以他早做好了在死羊湾多住一阵子的准备,到时候分得崔家不菲的财物,为兵荒马乱年代里的自己留足后路。

他们在这里忙活着,跟随来的团丁更是忙得不亦乐乎。他们原以为到了大门大户的崔家一定会有酒有肉,谁料大院里乱得一塌糊涂,饥肠辘辘的团丁们只得自己出去找吃的。他们满村里瞎转悠,东家门出,西家门进,进羊圈,摸鸡窝,连副官也亲自动手闯进一户乡民的鸡窝里捉了一只大母鸡,乡民拦住哀求,说:"老总,这是只立马要下蛋的母鸡,请老总高抬贵手,留点情吧。"副官眼睛一瞪,说:"老子是来保护你们的,这是甚破村子,连口饭也吃不上。想要鸡留下,那好,我们吃你!"乡民听这样说,吓得连连摆手,躲到了一边。

崔二爷回来后就立即要朱管家鸣锣通知乡民们开会。朱管家这些天住在城里受够了气,回到死羊湾,顿时牛气十足起来。他满村里敲着铜锣转悠,咣当铜锣一响,便大声喊道:"各家各户注意,县保安团张团长有令,全体乡民午时三刻到崔家油坊前集合,瘸腿的、瞎眼的也不得有误。如有违反,格杀勿论!"他杀气腾腾,边敲铜锣,边叫唤。

午时三刻就是杀人的时刻,这个时辰开会准不是甚好事。昨儿个崔

169

王贵与李香香

二爷带着大队人马回到村里，虽然进了崔家大院再没有出来，村里人大概除了娃娃们之外都是一夜未眠，纷纷想着对策。分到土地的家家户户都拿出了地契，心情十分复杂。土地就是农人的命，尔格自己的命又可能交出去被别人攥住，怎么能心甘呢？有好一部分人家在扳着手指头算计着谁家分的崔家土地和财物比自己家分的更多，那些穿了戴了崔家衣物首饰的，也都把东西藏了起来，反正这些东西没有登记，到时候来个死不认账。而带头分崔家财产的和家里有参加游击队的人家，倒是显得比较淡定，因为早就算到有这么一天。还是那句老话，谁笑到最后还只有天才解哈。

开会的时间还没到了，胆小的乡民们似乎觉得自己理亏，不少人就来到油坊前，他们个个神情不安，心里忐忑，看着荷枪实弹的团丁们，互相也不敢打问着甚，只是默默地在心里祈祷，期盼厄运不要降临自己的头上。

油坊的窗户前，张团长坐在一个凳子上，神情严肃地抽着纸烟，那双鹰一般敏捷又阴沉的眼却不停地在乡民身上扫来扫去，那似乎能看进人五脏六腑的眼睛令站在前面的乡民们不寒而栗，他们纷纷往后面躲去，却被团丁们拿枪一拦，顿时双腿哆嗦着。本该恼羞成怒的崔二爷，今儿个倒是淡定，还和平日一样，一团和气，虽然他的表情沉稳，可仔细去看，他的嘴角是微微上翘着的，遮掩不住卷土重来的、反攻倒算的喜悦。自从站到这里，他的眼睛就一直看着天空，好像是聆听着老天爷的教诲。

清点过人数后，朱管家走到崔二爷跟前，说人差不多到齐了。崔二爷便到张团长跟前耳语起来，见张团长点头默许，管家便使出老劲，"咣当"一声敲响了铜锣，扯开嗓子喊道："注意了，尔格开会。下面的人都要闭嘴，听清楚了，就是连屁也不能放。先请县保安团的张团长训话。"说完，他把手高高地扬起，自己带头鼓起了掌！崔二爷也侧转身子笑盈盈地看着张团长鼓掌。

下面的鼓掌稀拉拉的，张团长还是习惯性地将两手一压，好像是制止大家的掌声，他说道："乡亲们，我们保安团这次来到你们死羊湾，大家解哈是做甚来的吗？"他提高了声音说，"我们是为了保护好人，保护你们大家的合法权益来了。众所周知，最近以来，在你们死羊湾、刘家疙瘩一带，共产党活动频繁，匪患十分严重。共匪煽动不明就里的

B23. 崔家回乡百姓遭殃

乡民们成立了所谓的农会、赤卫队，非法聚集起来，打砸抢烧，破坏治安，特别是对乡间豪绅进行残酷的迫害，其暴行在本县，乃至三边和陕北地区有着极其恶劣的影响。"

张团长的这一段训话似乎戳到崔二爷的伤心处，他突然失控地竟当着乡民们的面"呜呜"地哭出了声。

张团长和蔼地走过去，拍着他的肩膀，又看着下面的大家，说："你们看看，这老兄，崔队长、崔善人多可怜啊，他为了死羊湾做了那么多的好事，可到头来，家产被分、田地被抢、老婆也被——啊，人家的东西你们咋就敢随便拿？这还有没有王法了？！俗话说，干井里打不出清水，天生的穷骨头就别想发财！阎王爷叫你当了穷汉，斜头歪脑还想把身翻，问问老天爷，那能翻得过来吗？"

张团长的训话在人群里引起了一些骚动。善良的乡民们紧张地盘算着，这个胖子张团长说的还是有些道理的，咱们老先人都是一出生就掉进了穷窝，再咋扑腾也不可能有结果的。

张团长打枪一般严厉地说了这一大串子话，侧过身来看了看崔二爷，便把话锋一转进到正题，他再次提高嗓门，大喝一声："给本团长把人拉上来。"说话间，就有一个吱吱扭扭作响的毛驴车从侧面赶了过来，站在前面几排的乡民们看见车上躺着一个人，两条小腿还在车帮外吊着，白皙而又细长，像是女人的腿。

"大家站好了，现在从前到后，轮流过来参观，看看这个女共匪的下场。"张团长张扬地说着，下面维持秩序的团丁就驱赶着乡民们排队，前面的人已开始绕毛驴车转圈子了。

这是多么惨烈的一幕！见过这一幕的乡民至死也能原封不动地将这一幕在脑子里闪回出来。毛驴车上，统万城客栈的老板娘巧巧静静地仰面躺在车厢里，俊俏的面容依旧清秀，但脸色煞白得吓人，那对毛眼眼死不瞑目地瞪着苍天，似乎在向老天爷无声地控诉着眼前这群魔鬼的罪恶。从胸口到裤脚，她浑身的衣服被罪恶的子弹射击得千疮百孔，凝固的鲜血将她包裹起来，身体僵硬。人们静静地从她身边绕过，与其说是接受教训，不如说是在心里悼念这位叱咤风云的奇女子。大人们看到她的惨状心都在剧烈地颤抖，而一两个调皮的猴娃娃们，好奇地从娘的衣袖缝里偷看上一眼，当场便吓得号啕大哭，还有一个娃娃当场就尿了裤子。

171

王贵与李香香

参观完老板娘的尸体，乡民们回到原来的位置，整个死羊湾的上空连空气都凝固了，鸦雀无声，静得可怕。张团长和崔二爷交换了眼神，对用尸体示众取得的效果感到满意。张团长清清嗓子说："各位听好了，当初你们听信了共产共妻的妖言，抢夺了土地和财产。现在我宣布：凡是拿走崔家地契的，赶紧交给朱管家；凡事抢占崔家财物的，就是一根针也必须从哪达拿的就送到哪达；凡是家里有参加游击队、赤卫队和农会的，赶紧投案自首，已经出走的，尽快捎话叫他们回来归案。在半个月里归案的，保安团一律既往不咎。如果顽固不化，执迷不悟，那么，"他一指毛驴车上的老板娘，拉长声音说，"这就是下场。"

张团长说完，冲着崔二爷做了一个请的手势，崔二爷便接过了话茬，假惺惺地说："我们都是本乡本地的人，多少辈子了都在这四十里长涧烟墩山下搅稠稀。发生这样的事情，我感到十分痛心。可是尔格能说甚呢？我只能说，乡民们都是受了共匪的蒙蔽。不过，请大家心放得堂堂的，只要你们保证和共匪划清界限，保证把拿我家的东西完璧归赵，那么，我崔某说到做到，以前所有发生的事情都既往不咎。"

人群开始躁动了，几户随身带着地契的老实庄户人，战战兢兢地走上前来，对着崔二爷点头哈腰的，说我们真是脑子里装了浆子了，受了共产党的蒙蔽，尔格就把地契都带来了。说着就递给了崔二爷。

崔二爷喜形于色地和这几个人握手，侧身对着下面的人们说："看看，这些都是多么好的乡民啊，他们就是你们学习的榜样。"说着，他猛地愣住了，因为突然在人群里看到那张既熟悉又陌生的李香香的俊脸，顿时勾起了他强烈的欲望，思想一抛锚，说话就结巴，一时竟不知说甚为好。还是察言观色的管家灵机一动，接过了话茬，要求大家把地契和拿走的财物都交给自己来登记。

崔二爷还是盯着李香香，却见李香香一下子就沉入了人海里面，不见了。人不见了，崔二爷的脑子里还在想着，早就听儿子说李香香竟真跟王贵做了婆姨汉，今儿个一见感觉果然不一般，青瓜成了熟瓜，处女成了婆姨，这都写在了脸上和身子上，其韵味更是不一样。他咽了口吐沫，心里说：小香香你等着，你个红军的婆姨，自然有你的好事。

死羊湾的大会开过后，当天后晌开始，崔家大院就红火起来，几个月前搬走的东西，大到箱子柜子、桌椅板凳，小到衣服首饰、锅碗瓢盆等物件，都纷纷搬运回来。朱管家和家丁们手里拿着账本，一边清点登

B23. 崔家回乡百姓遭殃

记,一边还要进行验收,查看是否被损坏。那个分到太师椅的乡民,诚惶诚恐、吭哧吭哧地背着椅子走进崔家大院,尽管已是秋天,他还是大汗淋漓,浑身直淌水,头上的汗水也热得蒸发起了一股股热气,盘旋着往上冒。他战战兢兢地问朱管家:"这把椅、椅子放哪达?"

朱管家把三角眼一瞪,扬起手就甩了他一个大嘴巴,训斥说:"哪达搬的就放到哪达,你他妈的会搬不会放了?"

乡民的脸上浮现出了一个巴掌印子,却继续说:"崔家院子这么大,我真的不知道是从哪达搬来的。"他嘀嘀咕咕的,见管家又要扬起手,就连忙背着椅子跑开了。

拿了四姨太绸缎衣裳的几个婆姨,见管家凶神恶煞的模样,吓得连忙跑开,却听到管家在她们后面叫喊:"你们几个婆姨等着,以为跑了就完了?跑了和尚还跑不了庙呢!"婆姨们面面相觑,哆嗦地站立在一旁,谁知管家大半天都不理睬她们。

173

王贵与李香香

B24. 歪算盘打算成美事

　　崔家大院红火热闹地忙了好几天，大范围的清算工作才算基本完成，至于小的东西，管家就交给了一些崔家的佣人们慢慢地回忆和追缴了。崔二爷本人无论大小东西都懒得顾及，因为顾及得详细了，心里想起来要给张团长分三成财富就发憷。对于他而言，眼下最当紧有两件事情：一是要将那些带头分财产的人找个名堂，通通进行严刑拷打。虽然他也知道拷问不出甚，但他就是想打人，哪怕打死了这些强盗，要的就是要出这些天缠绕在自己身子上的毒气。他根据这几天自己掌握的情况，列出了一个单子，叫团丁们抓人去审问。二是李香香事情。这两天他依旧装出一副善人的模样，淡然地在村里胡乱闲逛，脑子里打的小九九，就是如何得到小媳妇李香香。这几个月来，他体味到了什么叫做心力交瘁，重回死羊湾按说可以放松地享受一番，他也礼节性地与大太太、二太太有过敷衍了事的肌肤之亲，但要准确说的话，其实那都是一种并无实质性内容的安慰，不过就是为了安慰她们对自己和崔家的不离不弃。而和四姨太的温存倒是充满了肉欲和激情，可想着她和张团长眉来眼去的样子，这种肉欲与激情也就完全成为兽性的发泄了。

　　四姨太肆无忌惮地和张团长勾搭在一起了。虽然张团长长相猥琐，举止粗俗不堪，但和崔二爷相比，他年轻，身壮如牛、精力旺盛，在炕上翻滚起来，如同暴风骤雨、霹雳闪电，带给四姨太的是一种从没有过的飘飘欲仙、死去活来的享受，这种享受是真正的欲罢不能的肉欲，是

B24. 歪算盘打算成美事

一种今儿个好活了哪管明儿个的及时行乐的冲动。

崔二爷左右为难：收回了财物和土地，赶走了共产党，是天大的好事；但引狼入室，留住了张团长，却令自己堵得慌。该怎么让张团长自己带着大队人马撤离呢？他记得当时和张团长的三七开的口头协议，三七开里虽然拿出的是三成，然而崔家庞大的资产基数，三成下来也是一笔巨大的数额。看来只有叫朱管家在账目上做文章了。如何能叫张团长给自己的保安队留下几支快枪和几个有经验的团丁，然后带着缩水的分成离开，那是考验他崔二爷智慧的事情。他决定主动找张团长谈谈。

张团长住在以前三姨太住的房间里。这个逃回娘家的女人看到崔二爷又卷土重来，自己不好意思直接回来，就传话过来说想回来过日子。哼，还不是撂不下崔家的荣华富贵。对于这种关键时候只顾自己逃生、见利忘义的女人，崔二爷简直就视她为粪土。就连四姨太都坚守下来，可是她呢?！再说三姨太也是三十已过，奔往四十的人了，人老珠黄还能要她做甚？所以，她的屋子就给张团长腾了出来。

崔二爷走进张团长的屋子，见到张团长躺在炕上，旁边却是珠光宝气的四姨太在半躺着，正磕了一个葵花子，款款深情地送到张团长嘴边。这样的瓜子崔二爷也吃过，可那是在夜深人静之时，这大白天的两人就这样，真他妈的难堪！崔二爷走进来，看到两人亲昵着，就犹豫了一下，盘算着自己是退出去还是继续进来。转念一想：他妈的，这是自己家啊，又不是保安团的团部，凭甚自己要退出去?！他的脸上马上阴沉起来，还大声斥责四姨太，说："你先给我出去，我们有事要商量。"

四姨太哼了一声，极不情愿地下了炕，张团长脸上也挂不住了，爬了起来，请崔二爷入座。崔二爷的脑子还没有从四姨太的龌龊里走出来，一时竟不知说甚是好。

倒是张团长嘿嘿笑着，和颜悦色地说："崔二爷，你家的财产差不多都弄回来了吧？"

崔二爷马上想到了自己找他的目的，就说："张团长，这乡民就是乡民，你一把共党老板娘示众，就吓得他们屁滚尿流。而这游击队也就是一群乌合之众，你们正规军一来，就跑得无影无踪，不敢露头了。"

张团长有些得意地说："那倒是，几个土八路，岂能成大器？"

175

王贵与李香香

崔二爷调转话题，说："张团长，你们保安团真是安逸，你看你在死羊湾一驻扎就是半个月，县党部也没有让你回去的意思？"

张团长转动了几下眼珠子，有些生气地说："我倒是解哈了你的意思。恕我直言，崔队长，你是财物完璧归赵了，要过河拆桥，要我们走啊？好，明天我们就开拔！"

崔二爷连忙表态，说："兄弟你脾气还不小啊，别别，我不是这个意思。"

张团长三角眼一瞪："那你是甚意思？"

崔二爷说："其实我也没有其他的意思。尔格姓林的和游击队不知藏身何处，我还等张团长一举歼灭残匪，为老乡民祈福呢！"

张团长说："是呀，你解哈这个道理就好。其实，我已向上峰秘密请示了，就打算在死羊湾守株待兔，来个以不变应万变，全歼游击队。"嘴上是这样说着，心里却盘算着：你崔二爷老奸巨猾，说好的三成分成，尔格都只字不提，还想就这样打发老子走，没门！

崔二爷赔着笑脸，这脸看起来有些抽搐，他只好说："还是张团长高明，我们就守株待兔，待兔！"心里也想着：赶紧叫管家弄出一本账本糊弄他，算账走人。

崔二爷和管家谈完建立一本假账本的事，话题不由得又转到了李香香身上。虽说自己可以在死羊湾独霸一方，但强娶民女的事情还是大门大户的崔家做不出来的，这不是害怕谁的问题，是害怕失了面子，给崔家丢人。再说这个李香香性子很倔强，真要是把她逼急了，闹出一哭二闹三上吊，会惹下更大的麻烦。朱管家解哈老爷的担心，就说："孙子曰'上兵伐谋，其次伐交，再次伐兵，其下攻城'。面对李香香，我们就用伐谋这一招，才是上策。""这不动一枪一炮的上策，憨憨也懂得好，可到李香香身上就不怎么灵验。"崔二爷不自信地说。"如今王贵参加了游击队就是她李香香的一个把柄，再要是把那个老李头调开，还看她一个女子家能有甚本事？"管家出了这个主意，崔二爷觉得不错，两人就商量了具体的细节和步骤。

按照既定的办法，朱管家来到油坊，把正在干活的李德瑞叫了出来，说有事跟他商量。

李德瑞心头咯噔了一下，他怀着惴惴不安的心情跟着朱管家出来，

B24. 歪算盘打算成美事

心头却被莫大的恐惧侵袭着。这一年来他经历的事情要比大半辈子经历的都多：王贵从崔二爷的枪口下死里逃生，死羊湾得到解放，自己答应了女儿的婚事。谁料王贵、油坊二师父和几个徒弟都跟着林大哥参加了游击队，一走了之。尔格女儿整天丢魂落魄，使本来就活得战战兢兢的他，不由得对女儿看在眼里，急在心头。当油坊重新回到崔二爷手里后，他心里更加忐忑，生怕崔二爷找自己的茬儿。好在，油坊在添了几个工人后，还是交到自己手里，又开始运转起来了。老实的李德瑞豁出这把老骨头拼命干活，为的是换取女儿、女婿的平安无事。

朱管家领着李德瑞走到北墙边的一个圪崂里，太阳暖融融地晒在圪崂里，还算是舒服。管家说："老李头，你是吃斋念佛，还是在哪达修行，怎么老能摊上好事呢？"

李德瑞心里七上八下，不知道这个管家葫芦里卖的是甚药，便说："唉，我一个受苦的老汉，土都上了半脖子了，还能有甚好事？"

"老爷要派你磕宁夏收这一两年来卖麻油的欠账。你说，这算不算好事？"管家满脸堆笑地说。

李德瑞感到奇怪了，就说："我一个油毛子就会榨油，又不识字，咋敢到那么老远的地方收账？"

管家说："你还看不出来是老爷对你好？你的女婿和那些徒弟们都参加了游击队，老爷没找你一点麻烦，还继续把这么一个摊子交给你管。不是对你好，是甚？他说了，看你这个人老实厚道，一年到头辛辛苦苦地窝在油坊，就招呼你乘着收账的机会，到塞上江南的宁夏散几天心，一吐共匪折腾的晦气。"

"唉，我一个油毛子，没甚喜气也没甚晦气，能干活吃饭睡觉就行了。"嘴上这样说了，李德瑞心里却嘀咕，摸不准崔家的葫芦里究竟卖的是甚药。

"你能没晦气？难道你是招了女婿的喜气，王贵给你家带来的喜气？你也不盘算盘算，你家香香小小年纪就守了活寡。老爷那天就说了，叫你快给王贵传话，只要他脱离游击队回来，投案自首，老爷就给张团长说情，保准既往不咎，让他和你女子安分守己地过日子。再过一两年生下一堆娃娃，你老汉的光景过得多有滋味。"管家直往李老汉的心上说去了。

听得心花怒放的李德瑞觉得管家是一番好意，但想到自家和崔家已

177

王贵与李香香

经走那么远了,崔家的承诺能算话吗?他就要朱管家保证要说话算话:"只要保全我家两个娃娃好,我老汉什么都无所谓了,你们就是叫我上刀山下火海,我都二话不说。"

朱管家呵呵笑着,说:"这就是你老汉的不对了,你看老爷说的话,哪句是假的?那么多分了他财产和土地的人,只要乖乖地交了回来,他追究过哪个的责任。"

李德瑞想想也是这么回事,就说:"我回磕和香香商量一下,再答复你。"

"还商量甚。快好好准备准备,就几天工夫,又不是走了不回来。"管家对他的磨磨蹭蹭明显地不高兴了。

李德瑞回家把管家说的事情跟女儿一讲,正在做鞋的李香香把鞋子一丢,瞪着一对明亮的大眼睛说:"甚?你说崔家派你到宁夏收账?"

李德瑞点点头:"千真万确,朱管家就是这么说的。我也想顺便路过你姨姨家,把你的婚事给她说说,免得她还惦记着给你找人家。"

李香香气恼地说:"大呀,你糊涂啊,崔二爷是甚人,管家又是甚人,他们的话你也敢信?"

李德瑞深深地叹了一口气,说:"可我又有甚办法?常话说人在屋檐下,不得不低头。你们刚刚成家,王贵又当甚游击队,一走不回来!咱们一老一少能咋?"

"反正,反正崔二爷的话听不得。"李香香气鼓鼓地说,"谁解哈他安的是甚心,反正不是好心。"

李德瑞也下定决心地说:"坏心好心,我们看看再说。不过,大走这几天,你要管好自己,关好门窗。唉,穷人的苦日子到甚时候才能熬到一个头啊?"

李香香见大这样固执,就生起气来,说:"你的事情我再也不管了。"

临走的那天早晨,心情复杂的李德瑞不想叫香香解哈,刚要悄悄地走出家门,却见朱管家带着收账的两人伙计大喊大叫,催促着老李头赶紧上路。管家担心夜长梦多,他最怕老李头反悔。李德瑞低声应答着,手里拎着一个布口袋走出院子。管家一看一个大口袋,就说快放下,还带着这个做甚用?这次出门,老爷给你们包吃包住。那两个经常出门的伙计点头说是,老李头却固执地说一定要带着。他们正要离开,李香香

B24. 歪算盘打算成美事

从沟那边听到响动，走了过来，劝告道："大，你不要磕！那么远的路，不能磕！"

管家一副大人教训小孩的口气，说："香香，你还是过好自己的光景吧。至于你大，拉扯你这么大也不容易，尔格乘老腿老胳膊还能动弹，也该叫出磕开开眼，见见世面。"

李德瑞说："大没事，走几天就回来。你要好生照顾自己。"

李香香实在不能再说甚，就返回自己的家里，拿出几块玉米面馍馍给大带上。

王贵与李香香

B25. 月黑风高有"鬼"敲门

　　送走了李德瑞，朱管家屁颠屁颠地赶紧给崔二爷报告，自然令崔二爷感到高兴。眼看着李香香要成为五姨太，崔二爷的脸上泛起了红色的光芒，好似一个年轻的后生。管家说："接下来该怎么办，我的意思是老爷自己要多找找李香香，拉拉话，年轻女子经过的世面有限，好多事情她都解不哈，所以重在开导嘛。"崔二爷说："你还是操心其他的事情吧，我活到了这把年纪，过手的女人无数，还能搞不定个小香香？"说着，他得意地对管家说，"你知道'潘驴邓小闲'吗？自古以来，搞女人只要具备了'潘驴邓小闲'这五个条件，哪怕只具备了三个，就没有弄不成的。这是《水浒》里那个给大官人西门庆牵线的王婆说的，王婆说勾引女人要五件事俱全方才行得。第一件，潘安的美貌；第二件，驴儿大的阳具；第三件，似邓通有钱；第四件，能小看自己；第五件，要有闲工夫。嘿嘿，你说老爷我要貌有貌，要钱有钱，尔格又有时间，对付一个活寡妇岂能搞不定？"

　　崔二爷的一席话让朱管家听得直咂舌，竖起大拇指说："还是老爷你高明，李香香的事情看来你就会马到成功的。"在心里他也是十分地佩服，难怪人家崔二爷一辈子在女人上面如鱼得水呢，他有这样的本事呀。想想自己这男不男女不女的样子，他叹了一口气，还是干自己的活去吧！

　　崔二爷说的倒是一套套的，想用闲工夫软磨硬泡。可是，在老李头走的当夜，就难耐自己火烧的激情，偷偷溜出崔家大院，到李香香家骚

B25. 月黑风高有"鬼"敲门

情磕了。他乘着月黑风高，鬼鬼祟祟地来到李香香家，随意拉开柳椽做的所谓大门，就进了院子。土窑洞的一块半张席子大小的窗子透射出昏暗的灯光，崔二爷暗自叫好，偷偷地贴着窗户聆听，似乎没有声响，他便用舌头舔开了窗户纸，用一只眼睛往里面窥视。昏暗的油灯下，李香香穿着臃肿的棉衣正专心致志地纳着鞋底，动作是那么舒展熟练，墙上的红囍字和炕上的红被褥被昏暗的灯光反射到她那张俊俏的脸上，显得更是楚楚动人。崔二爷目不转睛地看着，两只眼睛之间就产生了嫉妒心理，叫左眼看，右眼就在寒风里流淌眼泪，叫右眼看，左眼就不停地痒酥酥的，他只好左眼看一会儿，右眼看一会儿，两只眼睛轮番动作着，尽量把握平衡。时间长了，一不小心，一只眼睛就想扑进去，却弄得窗户纸轻轻地响了起来。

李香香停住针线活，紧张地问："谁？"她从窗户纸的一个小破洞里看到一只恐怖的眼睛，一动不动。

"啊，你是人是鬼？"李香香叫喊着，一口吹灭了油灯。月光下透视出窗户外站着一个人。李香香拿起放在身边的王贵经常使用的那把砍柴刀，说："快说话，不然我就不客气了。"

"是我，小香香，我专门来看你了。快开门！"门外传来了崔二爷的声音。

尽管和崔二爷见面很少，但李香香和他说过几次话，对这个沙哑的老男人的声音还是熟悉的。"半夜三更的，你不好好在你崔家大院里，跑我家来干甚？"李香香问道。

"解哈我就好。"崔二爷心中暗自高兴，说，"唉，小香香，你那游击队的老汉王贵跑得没了踪影，年纪轻轻的你就守着活寡，我心里不安生。过磕的事情我全不记，只要你乖乖地跟上我，有吃有穿真受活。好不好？快开门。"

李香香又羞又气又害怕，拿起砍刀在窗子上拍打着作响，连连说了狠话："你再纠缠我，小心你的脑袋。"

听见刀子拍打的声音，崔二爷的欲火就开始熄灭了。他解哈这个女子性子倔强得厉害，惹急了恐怕甚事情都能做得下，就说："小香香，要不你睡觉磕，我给你窗户下放下几块银元，明儿个好好买点好吃的，再扯上两身花衣裳。"

"拿走，谁要你的臭钱。"李香香在屋子里边大喊。

181

王贵与李香香

"你要是出来当面退给我,我就拿走。"崔二爷逗着李香香。

"谁上你的当。"李香香说着,又拿起砍刀拍打。

折腾了差不多一个时辰,夜愈来愈深,崔二爷看到今儿黑里是不可能有结果了,便拿起已放在窗户底下的五块银元掂量了一下,把四块装了进去,放下了一块,悻悻地、又恋恋不舍地离开了。

大今天刚刚走,崔二爷夜里就来打自己的主意,她的担心成了事实。李香香胡思乱想地盘算了一夜,好不容易熬到了天亮,乱蹦着的心脏才安稳了下来。迷迷糊糊地睡了一觉,竟做了一个噩梦:天空雷鸣电闪,黑压压的乌云翻滚着像一座座大山般压来,突然,王贵哥被翻滚的乌云卷起,他痛苦地大喊着,如同闪电一般向天空飞起。李香香喊叫着王贵哥,王贵哥,但渺无音讯。等到晴空万里时,王贵却满脸流淌着血迹,瘸着腿向自己走来。他站在自己面前伸出手,等待着自己的拥抱,可是近在咫尺却像远隔千山万水一般,两人的手怎么也够不着。李香香急得哭出了声,不停地喊叫着王贵哥。就在这个时候醒了过来,发现自己已出了一身冷汗。这样的噩梦令她再也睡不着,便连忙爬了起来,准备到村里找户家婶婶说说,叫她晚上过来和自己做个伴,等到大回来。她头脸未梳洗就出了屋门,却发现门口站了两个人,定睛一看,原来是常常站在崔二爷身边的家丁。他俩的跟前还放着一些东西。李香香平静地走过家丁身边,又发现前面不远处一个人背对着她站着。她不得不调转回来对着家丁说:"你们两个站在我家门口要干甚?"家丁甚话也不说,而不远处站着的那个人转过了身子,嘿嘿地干笑着说:"小香香,起来了?"

李香香吓得连忙往后退着:"你,你,你究竟要干甚?"

"不干甚?"崔二爷火烧火燎地伸出了手,乘她不注意就在她脸上摸了一把,说,"小香香,小亲亲,你解哈吗?夜黑里惹得我浑身发痒,一夜都没有睡着。"他装出一副可怜兮兮的样子,一边说着,竟又要上来抱李香香。

李香香一把推倒崔二爷,劲用得大了,竟把自己也摔倒了,跌在了崔二爷的身上。她一边喊叫着:"来人啊!快来人啊!"一边往起来爬。崔二爷躺在地上却拉住了李香香的衣裳,顺水推舟地抱住了李香香:"你个女人家,做事真糊涂,亲个嘴子,哇乱叫个甚。"说着就要往下拉李香香。香香挣扎着,双脚乱踢双手乱抓,在崔二爷的脸上划出几道

B25. 月黑风高有"鬼"敲门

血迹，还不住地把唾沫往躺在地上的崔二爷身上吐，乘唾沫迷住了崔二爷的眼睛，狠狠地往他的裤裆踢了一脚。崔二爷痛得哎哟哎哟地叫了起来，手一松，李香香乘机跑回了屋子，啪的一下拴上了门。

崔二爷见她跑了，马上一骨碌坐起来，手还捂着脸压低声音说："你个死女子，还反了你，敢挠烂我的脸，叫老爷我咋见人？"

崔二爷见家丁跑了过来，脸上就有些不自在了。他摆手叫他们走远点，自己却走几步来到李香香家的窗户前，缓和了口气，说："小香香，今儿个我就打开窗户说亮话，这一回你从也要从，不从还得从！叫你知道马王爷到底长了几只眼。"他回头大声对着两家丁说道，"从尔格起把她给我彻底看起来，连院子也不能出，知道了吗？出了事情拿你们是问。"

王贵与李香香

B26. 妹是哥哥的心头肉

　　林大哥带着赶牲灵游击队离开死羊湾后，奉陕甘边特委的指示南下延安安塞县，配合大部队参加安塞全境的解放。他们在靠近靖边的高家庄建立农会，打土豪分田地，积极拓展新的根据地。

　　那天，当巧巧把搞到五支快枪的消息送来后，林大哥既对巧巧为游击队做出了这么大的贡献感到由衷的高兴与自豪，又隐约地担心她的安危：一下子弄到这么多的枪，就是捅了保安团的马蜂窝，敌人肯定不会善罢甘休的；本来，在此前客栈就可能成为崔二爷怀疑的重点，尔格更发发可危了。特别是当小李交给自己巧巧脖子上的挂件后，他预感到了不幸即将来临。于是，他准备亲自到刘家疙瘩接巧巧撤离。还没等他安排好工作动身，巧巧遇难的噩耗就从死羊湾传出来了。他强忍着内心巨大的悲哀，把无尽的思念深深地埋藏在心底，只是在夜深人静的时候，才偷偷地想念这个鲜活可爱的女人。他们的相识是那样的偶然，但他们的爱又是那样的必然，可是如今，一对相爱的人已是阴阳两隔。想着想着，他冲动地坐起来，就想立刻找到上级，请求打回死羊湾，彻底消灭崔二爷，为巧巧报仇，为乡民们雪恨。有一天晚上，他甚至都走出了屋子，被寒冷的夜风一吹，脑子清醒了。眼下上级在巩固原有地盘的基础上为了扩大根据地，正调集力量解放安塞全境，如此重要时刻，怎么能提出这样的要求？再说了，据情报说张团长跟着崔二爷回到死羊湾后就一直驻扎在死羊湾，究竟他们葫芦里卖的是甚药，目前还不清楚，革命最大的忌讳就是盲目冲动啊。

B26. 妹是哥哥的心头肉

对于巧巧的遇害，林大哥得知消息后就一直没有说出来，只是自己独自承受着痛苦的煎熬。过了没几天，消息还是在游击队里传开了。"多好的老板娘啊，为了给我们弄枪，贴了钱财不算，还献出了自己宝贵的生命。"大家背着林大哥悄悄议论，愤怒的他们正在酝酿着，如同一座等待喷发的火山，不断地积聚着力量，就等爆发的那一刻。

随着高家庄的土改工作接近尾声，这天晚上游击队的火山终于爆发了。后响，高家庄农会犒劳大家吃了一顿猪肉烩菜，还拿出了自己酿的烧酒让大家喝着补补身子。林大哥看到工作即将结束，加上天气已经凉了起来，喝点酒也暖和，就同意了村里的安排。谁料，早就憋着一肚子暗气的大家借助着酒劲发作了。油坊二师父刚刚放下酒碗，就拿起身边磨得寒光闪闪的大刀，对身边的那些来自死羊湾的人说："弟兄们，我们帮人家安塞人翻身得解放，可我们连自己的父老乡亲都还没有照顾，亲人们还在受着崔二爷、张团长的欺负压迫。要是不回去报仇，还算是死羊湾的男人吗？"

王贵一抹眼泪，霍地站了起来，夺过身边一个老游击队员的一杆快枪，挥舞着说："走，我们今儿个就打回去，给巧巧姐报仇！给死羊湾的乡亲们报仇。"他们旁边的那些死羊湾人也都站了起来，呼应道："好！我们回磕跟敌人拼了。谁不磕谁就是窝囊废。"

另一些不是死羊湾的游击队员也纷纷站起来："我们也跟你们到死羊湾，为老板娘报仇。"

"都给我坐下，简直是胡闹！这是游击队，不是骡子队。你们还有没有组织纪律性？"林大哥铁青着脸，站了起来，生气地说，"同志们，我们是革命的队伍，而革命是不分地域，不分先后的。我们尔格在安塞就是按照上级的安排在工作。看看你们大家，一口一个死羊湾、死羊湾的，这么狭隘自私，还是共产党的队伍吗？"

林大哥说得大家面面相觑，他们一个个无语地坐了下来。只有二师父和王贵还是倔强地站着。林大哥就走到王贵身边，拍着肩膀，态度缓和了一些，说："同志们，面对恶霸地主、保安团这些反动派的暴行，我们谁不想报仇？可是意气用事就能解决问题，就能打败敌人吗？大家分析分析，目前张团长带着几十个人驻扎在死羊湾，他们的武器配备比较齐全，而且有高墙大院作屏障。再看看我们，游击队就这些人和这几杆枪，我们磕了是为了战胜敌人，还是盲动地去送死？"

185

王贵与李香香

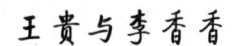

王贵着急得都快哭出来了,他问道:"那巧巧姐就算白死了,她的仇不报了?"

林大哥有些生气地说:"敢情我刚才说了半天,你是真没有听懂还是装得听不懂啊?不是不报,是时辰不到。"

王贵摸着自己的头,的确听得有些糊涂,他也说不出所以然来。

这次明面上的火山喷发被林大哥熄灭了,但大家内心涌动的火山熔岩正在酝酿着喷发。王贵尔格不知心爱的香香已被崔二爷软禁起来,但他解哈崔二爷一定会对香香贼心不死。这些天虽然白天的事情很多也很累,但晚上他却常常睡不踏实,梦见香香。有一次竟梦见自己家窑洞上面的大山滑坡下来,腾起了巨大的黄雾。他哭喊着,拼命地用手刨土,十个手指都是鲜血淋漓的,厚重的黄土却是愈刨愈多。就在他要发疯的时候,香香却披头散发地站在了他的身后,双手揉着眼睛,哭泣着喊王贵哥。他猛地醒来,冒着一身冷汗要跑出门去找香香,被冷风一吹才发现原来是个梦。

老人们说过,做甚梦都是有缘由的,大山都塌了下来,香香尔格肯定过得不好。做梦后的这几天,王贵着急得神情恍惚、坐卧不安,连口角都生出了一串串火泡泡。不行,必须再和林大哥谈谈,巧巧姐是人死不能复生,但不能连李香香的死活都不管吧!

对李香香的思念像是一股熊熊燃烧的火焰,烧得王贵冲动地闯进了林大哥的屋子。油灯下,林大哥显得十分安详,他聚精会神地看着一本叫《共产党宣言》的书。这本书林大哥曾给大家念过一些章节,可惜没几个人能听得懂。

林大哥抬头一看是王贵,就黑了脸说声:"出去。"见王贵一愣,林大哥又说,"你咋没喊报告就进来了?"王贵记起自己在鲁莽着急中连报告也没喊,便红了脸退了出去,然后整理了衣服和帽子,挺直了腰板,响亮地喊了一声:"报告!"听到林大哥说进来后,他才精神抖擞地推开门,站在林大哥面前。

林大哥的眼睛从书本上移到王贵的身上,说:"王贵,你又是哪个字认不得了?"

王贵急忙说:"我不是来问字。"

林大哥说:"那你修了一天的水窖,不累啊?半夜三更还不睡觉,跑来干吗?"

B26. 妹是哥哥的心头肉

王贵气鼓鼓地说:"林大哥,不,林队长,我就是想问你一句,咱们游击队甚时候能打回死羊湾,为巧巧姐报仇,也救我婆姨和乡亲们?"

林大哥放下了手中的书,两眼凝视着油灯,神情有些异样地停顿了半响才说:"我又何尝不想早点打回去,杀了仇人崔二爷、张团长他们,为巧巧报仇呢。可是,我还是那句话,我们共产党人,是为解放整个劳苦大众的,不该只顾及自己的小家和私情。我们要干的事业不光叫死羊湾得到彻底解放,也要整个三边地区,整个陕北地区和全中国都插遍红旗。"

王贵听得有些不耐烦,他打断了林大哥,说:"你说的那些道理都是大道理,而我就担心我家香香被崔二爷欺负了。"在这个问题上,他对林大哥张口闭口滔滔不绝说的那些大道理感到了失望。

林大哥说:"虽然在高家庄的工作接近了尾声,正在等待上级的指示返回靖边,但我们尔格就要打回死羊湾,还是那句话,条件不成熟。"

听他最后这么说,王贵的眼睛顿时黯淡起来,而此时一个酝酿已久的计划猛然间在心中浮现出来,而且愈来愈清晰了。他精神十足地和林大哥告辞,倒弄得林大哥感到王贵有些不同寻常。

黑漆漆的夜里,高家庄除了几声蝙蝠的怪叫声处,万物都显得十分静谧。

突然,二师父急急地擂响了林大哥的屋门。半醒半睡的林大哥一个鲤鱼打挺坐了起来,枕头边的盒子枪便已拎到了手里,连忙问有甚情况。二师父说王贵不见了。这时,院子里其他屋子的灯也都亮了起来。

得知王贵拿了一支快枪跑了,林大哥顿时明白了昨天晚上他走出屋子时精神十足的缘由,原来这小子另有打算呀。"跑了多久?"林大哥问。二师父说:"恐怕有两个时辰了吧。睡觉的时候他就磨磨蹭蹭的不睡,等到我起来尿尿,才发现他跑了。怎么说这泡尿也憋了有两个时辰了。"林大哥再没说甚,就要二师父通知住在正窑的游击队一班紧急集合。

一阵有条不紊的忙乱过后,一班的队员们带着快枪、大刀等武器纷纷跑出来。林大哥全副武装地站在院子中间,他神色凝重地看着大家,听完报数后,一挥手,压低声音说:"出发!"

李香香被崔二爷软禁第五天了,两个家丁白天黑夜地照看着她,她

187

王贵与李香香

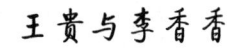

能在家里和院子里随意走动,也能干任何事情,要是走到大门口即遭到阻拦。心急如焚的李香香望着大树上叽叽喳喳的麻雀浮想翩翩,她真是羡慕这些鸟儿,想飞到哪达,只要有体力,就能飞到哪达,想唱歌,只要有歌喉就能随便唱。愈是羡慕鸟儿,就愈渴望与心爱的王贵相见,希望门前这些和自己熟悉的鸟儿,赶紧给王贵和出门在外的大报上消息,让他们早日回来搭救自己。这样一想,李香香又有了活下去的勇气。她每天和一天三上门的崔二爷比着耐心。每次看见崔二爷走进来,她马上就把门拴上。他也不再强求,只是隔着窗子说今儿个送来的是甚好吃的,明儿个又送来了甚女人用品。昨儿个还拿来了一盒雪花膏,他打开了不住地嗅着,说了一句真香,就从破了的窗户纸里递进来,还要她的脸蛋凑过来,亲自教她涂抹。李香香恶心得差点吐了出来。

这几天崔二爷克制着情绪,之所以这么有耐心,是朱管家叮咛的。管家还是以前说的那一套:李香香是一个重感情不爱钱财的倔强女子,俗话说强扭的瓜不甜,要上炕也得等把炕墩子烧热啊。管家保证不出十天就让这个女子主动上崔家的炕头。崔二爷便强忍着欲望的折磨,但随着李德瑞回来时间的临近,崔二爷愈来愈不耐心了。刚才他和管家说道:"这都七八天了,我的唾沫都差不多灌满了几个大水窖,可是李香香咋就还没有一点反应呢?"朱管家也在心里着急,真要是十天都软化不了李香香,看来只好强娶了。崔二爷和管家议论着李香香,叫崔小宝听得仔仔细细,他盘算着难怪这些天不见了香香姐,原来是大把香香姐藏起来了。半憨的崔小宝竟悄悄地跟在大的后面,找到了李香香原来就藏在她家里。

等大一离开,崔小宝就从对面山梁上跑了过来,就要拉开柳椽门进入,遭到了家丁的阻拦。崔小宝说:"你们都给我滚开,是我大叫我来的,给香香姐捎几句话。"两个家丁互相看了看笑出了声,一边放他进去一边议论:"老爷的五姨太又是少爷的姐姐,这家人班辈咋这么乱呢?"

崔小宝敲打着屋门,喊叫着:"香香姐,我来看你来了。"李香香听到崔小宝的声音,无动于衷,心里说你一个半傻子赶到这里凑甚热闹。崔小宝见里面没有动静,就不停地用小手拍打门板,李香香烦得受不了了,就隔着门说:"崔小宝,你要做甚?"

崔小宝见香香姐搭了腔,显得异常高兴,连忙说:"香香姐,你想

B26. 妹是哥哥的心头肉

出磕吗？我带你出磕耍。"李香香猛然感到眼前一亮，连忙问："外面有几个人？"崔小宝说就他一个。李香香从门缝里看着，果然是崔小宝一个人。一个念头马上涌现出来。她在家里找到了一个篮子，里面放上砍柴刀，上面又遮着一些东西，还拿起了几个泥人放在最上面，打开了门走了出来。

"香香姐——"崔小宝见她开门出来，激动地拉住她的手叫着，看着脸色煞白、脑袋也好像瘦了一圈的李香香，他又有些怯生生地说，"香香姐，我大他们打你了？"李香香摇摇头。崔小宝就又说，"我大也是为了我，叫你和我结婚。香香姐，你和王贵都结过婚了，尔格他走了，就该轮到和我结婚了吧？"

李香香看着崔小宝，苦笑了一下，说："好吧，小宝，香香姐这回答应和你结婚。"

崔小宝啊了一声，手舞足蹈，高兴地叫道："我要结婚啦，香香姐成我婆姨啦。"

李香香一把捂住崔小宝的嘴，说："要悄悄的，不能叫人家解哈，不然姐姐就不跟你结婚了。"崔小宝连忙答应，说："好，我再也不说了。香香姐，我们到哪达耍？"

李香香装做思索状，她的眼睛却看着门口那两个走动着的家丁。她悄悄问："门口那两个人能叫他们走开吗？"崔小宝满不在乎又充满霸气地说："我们想到哪达就到哪达，看他们的尻相，还敢管老子？"李香香说："那我们就到烟墩山南边玩藏猫猫吧！到了哪达，我把这些泥人藏了，你慢慢找出来就算你赢了，咋样？"崔小宝看到篮子里的泥人，高兴得直说好。

李香香拉着崔小宝走到门口，两个家丁将李香香拦住，说："少爷，你一个人走吧，老爷说了，不许她走出门口一步。"崔小宝眼睛一瞪："我就要和她走，你们敢咋样？"

家丁为难地说："少爷，我们要是放她走了，老爷知道了，会打死我们的。"

崔小宝一听说打，对着一个家丁就使劲地踢了一脚，又抓起另一个家丁的胳膊狠狠地咬了一口，嘴里还说："香香姐是我婆姨，你们不能管她！"

挨了一脚的家丁依旧不依不饶地还要阻拦，崔小宝也抓过他的胳膊

189

王贵与李香香

就要咬，被他甩开了。李香香乘机跑了出去，被踢的家丁连忙跑几步要磕追，被咬得嗷嗷叫唤的家丁生气地说："回来，管他妈的屁。叫他们走，走得愈远愈好，老子也不想再在这里挨饿受冻了。"他们看着李香香和崔小宝的背影逐渐消失，突然想起了赶紧给老爷报告磕。

逃出了崔二爷的魔爪，李香香高兴地奔跑着，似乎她的爱人王贵就在前面等着她。肥胖腿短的崔小宝撑得气喘吁吁，在后面不停地喊叫："香香姐，等等我，等等我呀。"李香香只得拉住崔小宝的手一起奔跑。他们拐过了几道山梁，过了几条小沟，等又站上了山梁，看到死羊湾在视野里变成了一个黑点时，她甩开了崔小宝的手，说："崔小宝，我们尔格开始玩藏猫猫，你就坐在这里歇着，姐姐把这几个泥人藏好后，再叫你找，好不好？"崔小宝哪里跑过这么远的路，早累得浑身散了架，话也说不出来，他一屁股坐在地下，点头算是应答。

李香香解哈崔小宝还在看着自己，就装模作样地东瞅瞅西看看，寻找藏泥人的地方。等到慢慢地走过山坳后，突然像是一只受惊的骡子，拼命地往前冲去。

崔小宝还坐在冰凉的地上喘着气，等着香香姐藏猫猫，管家带着十来个团丁、家丁赶到了。看到崔小宝，管家忙问："少爷，你咋在这达？李香香呢？"崔小宝指着山湾说："香香姐在那达藏猫猫了，一会儿就上来和我耍。"管家说："坏了，这个鬼女子跑了。"就带着人，朝着崔小宝指的方向追去。崔小宝还在后面大喊："你们不能找我的猫猫。"

浑身冒出热气的李香香高一脚低一脚地奔跑着，她解哈崔家很快肯定会派人来追赶。她不知摔了多少个跟头，又顽强地爬起来，向前再向前。跑得愈远就愈有希望摆脱崔家的魔爪，获得新生。想着跑着，她的脚踩进了一个野兔窝里，又一次摔倒了，还崴了脚。

从游击队营地走了大半夜的王贵，肩膀上扛着一支快枪，每时每刻都在思念着香香妹子。李香香就像他心中的一颗永不落下的太阳一般，时时刻刻都照耀在他的身上，给他增添着无穷的动力。他精神抖擞，迈着大步，走在通往死羊湾的路上。随着死羊湾愈来愈近，他愈来愈迫切地想见到香香妹子。

王贵看到四旁五处没有一个人影，便情不自禁地唱起了信天游。

上坡坡（那个）下梁梁，

B26. 妹是哥哥的心头肉

我看妹妹走一回。

难道是天外之音？听到歌声，李香香仰头看着天空，天还是往常那样碧蓝清澈，云还是那样纯洁白净，没有一丝的异常。她盘算着大概是自己的心理作用吧，又连忙爬起来。还没有站稳脚跟，天籁之音再次响起，不，从大地上飘了过来，愈来愈清晰：

上一道道（那）坡（了）坡（哎哟哟哎）下一道道梁，
想起了（那个）小妹妹（哎哟哟哎），
好心慌（哎嗨嗨）。
你不去（那个）掏菜（哎哟哟哎），
崖畔上的（那个）站，
把我们的（那个）年轻轻人（哎哟哎），
心扰乱（哎嗨嗨）。

哪是甚天上的声音，这分明就是王贵哥唱的信天游啊！李香香激动得差点眩晕了，压根就忘记了自己的险境。她也放开了嗓子唱了起来：

鸡娃子的个叫来狗娃子咬，
我那当红军的哥哥哟回来哟嘀了。
羊肚子的个手巾哟三道道的兰，
俺的红军哥哥跟的是刘志丹。
你当你那红军呀我劳的那个动，
咱二人的那一心一意闹革的那个命。

这下轮到王贵惊奇了，他也看着天空，在找寻着这无端飘来的天籁之音。找寻中发现声音是从大地上飘来的，定睛一看，在对面的山上，一夜里梦见三回回的香香妹子正在动情地唱歌。他大喊一声："香香，我在这达。"

李香香循声看过去，看见了山梁那边的王贵，高兴地挥着手，大喊着："王贵哥，我在这达。"他们两人面对的这条沟是方圆几十里最有名的沟，是丹霞地貌的大沟岔。两面对峙的红色山峰突兀竖立，下面的

王贵与李香香

沟又宽又深。王贵与李香香这对爱人面对着大沟,都恨不得马上长出一对飞翔的翅膀,跨过横在眼前这条鸿沟。无奈中,两人心急如焚地指着不远处的交会处,在他们眼中那儿就是天上银河里的鹊桥,两人从两个不同的地方向"鹊桥"跑去。李香香一边跑着,一边尽情地唱着:

一杆杆那红旗呀半空中那飘,
当红军的哥哥哟出发了。
我送我的那哥哥坡坡里下,
红军哥哥你骑上大红哟嘀马,
红军哥哥你走到哪达,都记住我。

鸡娃子的个叫来狗娃子咬,
我那当红军的哥哥哟回来哟嘀了。
羊肚子的个手巾哟三道道的兰,
俺的红军哥哥跟的是刘志丹。
你当你那红军呀我劳的那个动,
咱二人的那一心一意闹革的那个命。

一杆杆那红旗呀半空中那飘,
当红军的哥哥哟出发了。
我送我的那哥哥坡坡里下,
红军哥哥你骑上大红哟嘀马,
红军哥哥你走到哪达,都记住我。

飞向"鹊桥"的王贵与李香香,忘乎所以地忽视了周围时刻都存在的危险,更不知道就在他们的不远处,灾难已经在步步逼近。

管家也听到了天籁之音。起先他听到这莫名其妙的声音有些恐惧,心里打鼓说难道真有苍天在给李香香照应?恐惧中他停住了脚步,从天空到大地寻找起声音来,突然他看到了不远处唱歌的李香香,就咧开了大嘴奸笑起来,冲着手下喊道:"弟兄们,目标正前方,给我追。"

近了,更近了。李香香跑到沟沿线附近,开始找寻着那条跨过沟壑的羊肠小道。王贵也跑近了,然而到了对面的沟沿线才发现自己跑偏

B26. 妹是哥哥的心头肉

了,于是他直恨自己的愚蠢,对着脑袋使劲地敲击了一下,赶紧瞄准小道跑了过去。管家和随从们也跑近了,似乎只要再跑几步就能把李香香抓住。

管家嘿嘿地笑着喊道:"李香香,你跑不了了,快自己过来吧!"李香香似乎没有听见,继续跑着。团丁们沉不住气了,猛地一拉枪栓,说:"站住,再不站住就开枪了。"管家连忙拉住,说:"千万不能开枪,老爷还等着娶她做五姨太呢。"

后面人声嘈杂,李香香感觉到了,她回头一看,立马傻愣愣地站住了,只见管家嘿嘿地笑着出现在眼前,一只手还抱在肚子上喘着粗气,显然跑了很长的路。管家说:"李香香,你害得我们好苦啊。"几个团丁、家丁凶神恶煞般地走了上来。就在李香香惊恐万分的时刻,突然响起一声清脆的枪声,面前的一个团丁应声倒地。管家凑到跟前一看,只见团丁脖子上出现了一个枪眼,一团鲜血汨汨地流淌开来,吓得他腿一软就倒下了。其他人见状也全部趴下,都在哆嗦中纳闷是从哪达射来的枪弹?

刚才,王贵高兴地找到了翻过沟壑的羊肠小道,就在下沟的一瞬间向李香香看一眼时,无意中发现香香的后面有一群人在死命地追赶。他赶紧就地趴下,躲在一丛柠条后面查看,发现李香香已经呆呆地站住,后面那些人拿着枪对准香香走过来,他连忙拿枪瞄准,对准第一个上来的团丁就是一枪。枪声响过,对方应声倒地。

王贵看到灵醒过来的李香香又开始撒腿跑了起来,就大声喊叫着:"香香,快跑啊,跑啊!"他第一次真刀真枪的射击就打中了,顿时信心大增,于是他瞄准了管家,再放一枪,枪声过后却发现并未伤及对方一根毫毛,倒暴露了自己的位置。管家他们显然找到了开枪的方向,团丁们的几支快枪齐刷刷地向这边射击,打得王贵四周尘土飞扬。王贵又瞄准了一个目标开枪,好像是打中了,但还是压不住对方的火力,他被压得抬不起头来,不得不匍匐着退到了后面躲避起来。

王贵这边停止射击的当儿,几个家丁早就跑到了李香香跟前,将她一把抓住就往回拉。李香香拧过身,大喊:"王贵哥,王贵哥。"

管家一听对面射击的原来是王贵,便高兴地对身边的人说:"弟兄们,那达是王贵啊!快,就他一个人,过去,抓活的,有赏。"几个团丁看到对面果然是一个人跑来跑去的和他们对抗着,便开始交叉掩护,

193

王贵与李香香

向前靠近。

李香香看到这种情况，和家丁们拉扯着，大喊起来："王贵哥，不要管我了，你快跑，不要过来，跑啊！"

"啪"，王贵一咬牙射过一颗子弹，又射中了一名团丁，剩余的团丁们就地卧倒，疯狂地对着王贵就是一通猛射。管家说："弟兄们，老爷说了要抓活的，每人赏大洋十块，不，二十块。"团丁头儿气愤地说："老东西，你他妈的瞎眼了，王贵拿的不是烧火棍，是快枪啊。没看到我们都躺下两个了？去你妈的大洋吧！为了大洋我们都躺在这达？给我打，狠狠地打，打死这个狗日的，为倒下的弟兄们报仇。"话音未落，他们的火力更猛了。

管家看到这种状况，也就改口说："打死王贵就赏十块大洋，可千万不能叫他跑了。"

从草丛中望过去，王贵看到香香被几个家丁连拉带扯地拖走了，他突然站了起来，端着枪，歇斯底里地喊着："香香，香香啊。"就对着团丁开了一枪，这一枪竟打中了管家的帽子，逼得他们通通趴倒在地上。王贵赶紧又一拉枪栓，却发现没有了子弹。正在犹豫的时候，有一个团丁定住神端起了枪，对着准星瞄准着，随着枪声一响，站着的王贵应声倒地，并开始了滚动。

团丁们欢呼起来，高兴地喊叫："打中了！哈哈，我发了，发了，十块大洋啊。"听到团丁们的欢呼声，李香香从家丁手里挣脱着，回过头来，她看见王贵在很陡的山坡上滚动着，腾起了一股尘土，快速地坠下了山崖。目睹这一惨状的李香香顿时泪如雨下，昏厥过去。

虽然没有抓到活的，管家也高兴得手舞足蹈。除去了王贵，就断了自己的心头之患。不光是为了崔家，也是为他自己。这些天里他有些恍惚不安，甚至梦见王贵笑嘻嘻地要找自己拉话，而王贵的身子一转，却又提着那一闪着寒光的大砍刀，令他不寒而栗。自古以来，人世间最大的仇恨莫过于杀父之仇和夺妻之恨。想到这里，管家说："弟兄们，赶紧下到沟底寻找，崔老爷吩咐过，要领赏钱，必须活要见人，死要见尸。"团丁们嘀嘀咕咕说："打死就拉倒了，还要见尸首，弄上来谁背？"管家说："你们只管抬上来，拉尸首有马车。"勉强答应的团丁们刚要下去寻找，突然有人惊慌失措地大喊着："看啊，那达来的是甚？"团丁头儿定睛一看，连连叫道："不好，王贵的援兵来了！"

B26. 妹是哥哥的心头肉

　　管家顿时没有了刚才的得意劲儿，惊慌失措地往前一看，果然远处跑来了一些手里拎着快枪的人，他叹了一口气说："撤吧，看来王贵命大啊！"

　　林大哥带着一个班的游击队员马不停蹄地一路追赶，当望到大沟岔的这两座大山时，他们开始犹豫了，因为翻过了大沟就快接近死羊湾了，而过沟容易，如果遭遇到了保安团的人马要从对面撤回来就有一定的难度。他正思忖着是继续追还是撤兵时，突然听到前面传来了枪声。从北边火力较猛、南边火力零星的枪声分析，他预感到可能是王贵和敌人交上了火，便命令大家用最快的速度赶去支援。大家奔跑了一阵子，果然看到了王贵站在悬崖边的身影。林大哥暗叫一声不好，王贵这小子咋忘记了军训时教给他的战术要领，竟敢明目张胆地把自己完全暴露给敌人，成了敌人的靶子？这不是找死是做甚。着急的他喊着大家准备战斗，自己也马上拨出了手枪。刚要提醒王贵卧倒，注意保护自己时，就听得对面响起了枪声，王贵一头倒下去，在山坡上滚动着。二师父带着大家一边射击一边就要跨过深沟，林大哥马上喊着制止了他们。他下达命令，停止追击；一班长带四个人下山崖去抢救王贵，剩余人分散队形开始警戒。他站在沟沿往下一看，还好，崖下不算很深。听着一班长惊喜地叫喊说王贵还活着，他悬着的心终于落地了。原来，山崖并不是垂直下去的，在半崖的地方有一个斜坡，王贵刚好落在这里的一堆草丛中，受了些皮外伤。更为万幸的是，他中弹的地方是在小臂上，对生命并无大碍。很快，王贵被一班长他们抬了上来。王贵看见林大哥，竟呜呜地哭了起来，发疯一般地说："林大哥，我求求你了，香香遇到了危险，求求你带着大家打回死羊湾，救出香香。不然，她就可能被崔二爸欺负了。"林大哥依旧黑着脸，无动于衷，王贵突然扑通一声跪了下来，要给林大哥和大家磕头，被众人一把拉住。林大哥还是黑着脸，神情严肃地说："一班长带三个人在后面警戒，我们撤。"

　　王贵叫喊着："要走你们走，我不走，我要回死羊湾救香香，快放开我，我要回死羊湾救香香。"林大哥说："把他的嘴给我堵上，来两个人架着他走。"一班长拿出一块毛巾，麻利地堵住了王贵的嘴，一行人快速撤离。

　　林大哥带着游击队刚刚撤离，张团长就带着自己的人马匆匆赶到。在王贵和团丁们交手之后，富有经验的张团长也从零星的枪声中听得是

王贵与李香香

小股游击队。枪声对于亟待建奇功的他来说，就像是一个赌徒听到骰子声，让他马上有了兴奋点。他连忙带着人赶往枪响的地方，眼看就到了大沟岔，却见管家和先前派出的人马押着李香香返回了。团丁头儿惊恐地报告说："团、团长，我们刚击毙了王贵，正要往回搬运尸首，谁知这小子原来是放鸽子的，后面跟着援兵呢。好在我们跑得快，不然就麻烦了。"

张团长拿起望远镜瞭望，见对面山上空空荡荡的，他分析：刚一支烟的工夫就消失得无影无踪，肯定不是大部队；但要过大沟岔到对面去追击，也还是没把握。为了稳妥起见，他命令回撤。

王贵被带回游击队，包扎了伤口就关押在由柴房改成的临时禁闭室里。王贵是个好苗子，这一点林大哥早就认可。游击队里，年轻好胜的他样样领先，就说射击吧，从来没有摸过枪的他按三点一线的要领，射击水平竟在队里数一数二，那些后面的人不服气地说，王贵之所以瞄得准，是他常年用放羊铲子拦羊的老工夫。王贵学习文化也毫不含糊，从小就没有念过书，斗大字不识一个的他，每天黑夜里总要抽时间学习文化，一两个月的时间就认识了差不多一百个字。这次他擅自行动，差点导致自己送了性命，教训太深刻了，不关禁闭，他这匹野马是不会驯服的。

孤独无聊的感觉简直比干活累死都要难受。这两天，王贵和同志们虽是处在同一个院子，能清清楚楚地听到大家嬉闹和玩笑，可他就是参与不进去。他独处柴房没活干，没话拉，简直如坐针毡，度日如年。不安分的他也几次闹腾着要出去找林大哥说理，他和门口的看守人员软泡硬磨，都无济于事。受林大哥的指派，一班长拉着一张严肃的脸，一天一次走进柴房和他谈心，明确告诉他自己是受林队长指示而来的，至于多会儿解除禁闭，就要看王贵的表现了。一班长跟着林大哥几年，无论政策水平还是军事水平，都是顶呱呱的。每天人家都抽出时间来谈心，足可以说明对自己的重视。王贵就这样在一班长的启发下对自己的错误开始有了认识。到了第三天，终于承认由于自己自私自利引起的盲目冲动，给游击队和自己差点酿成了大祸。一班长说："很好，你终于转变了认识，态度还算端正。"临走时给他放下一支毛笔和两张纸。王贵问一班长："你给我纸笔做甚？"一班长说："这是林队长要求的，他说如果你还不认识到自己的错误，那就只好继续反省，直到认识为止。如已

B26. 妹是哥哥的心头肉

开始认识到了错误，那就给你纸笔好好地写份检查，到时候给大家一念，就可以解除对你的禁闭了。""甚是检查？"王贵不解地问。一班长说："检查就是把对自己所犯错误的认识和保证以后再不犯类似错误的态度白纸黑字地写出来。"王贵急了："错误我不是已经认识到了吗？还要写到纸上呀？"一班长说："尔格你觉得麻烦了？半夜三更无组织无纪律随便脱离游击队，你知道这是甚性质的问题？""是甚性质？"王贵紧张地问道。"这种行为就是逃兵。如果放在战场上，我就可以把你'咔吧'了。"一班长做了一个开枪的动作，对他说，"好好反省吧，反省得不深刻是不会放你出去的。"

王贵的检查一班长审阅后已是第五天，林大哥才亲自打开禁闭室门。看到手臂缠着绷带的王贵牙齿上咬着毛笔，正对着检查在做苦思冥想的修改，就点了点头。看到林大哥进来了，王贵猛地坐起来，刚要抬手敬礼，手臂的一阵剧痛令他叫出了声。

林大哥满脸严肃地站在跟前，抚着王贵的胳膊，说："咋样了，还疼吗？"

王贵摇摇头，拿过手里的检查准备递给他。

林大哥继续严肃地说道："念！"

王贵只好低头念了起来：

"我的检查。赶牲灵游击队并林队长，因我实在太担心我婆姨会受崔二爷的欺负，就偷偷离开游击队想着回家看看，把她接出来，也顺便杀了崔二爷。但是，我的无组织无纪律的私自行动，惹出了大麻烦，连我本人也差点送了命。经过几天的禁闭，我认识到了自个儿错了。明白一个革命战士，在甚时候都要牢记组织高于个人、集体利益高于个人利益的原则。因为只有服从命令听指挥，才能真正取得胜利，让三边和全中国都飘扬起红旗。检查人，王贵。"

林大哥感到好奇，这检查写得一套一套的，里面有些字对王贵来说是生僻的。他就从王贵手里拿过检查，一看，禁不住笑出了声。原来，检查里面那些生僻的字，王贵都用画图做了标记，如赶牲灵就画了一个骡子和一根鞭子，崔二爷画了一个瓜皮帽。他收起了笑容，挥动着检查书说："你对自己的错误认识得还可以，看来，这几天的禁闭没有白关。"

王贵见检查过了关，就高兴起来，连忙发问道："林大哥，不，林

197

王贵与李香香

队长，我婆姨香香尔格咋样了？"

　　林大哥一指他的脑袋，说："看看，这还没有到游击队大会上念检查，就又得意忘形了。香香，她，她暂时还没甚事。我可以告诉你一个好消息，安塞县全境已得到解放，上级指示我们马上回到靖边县，随后大部队也向靖边进发，将很快解放靖边全境。崔二爷和张团长这些盘踞在靖边的地主恶霸反动派的死期就要到了。"

　　王贵激动地说："真的？我能和香香妹子团圆了？林队长，那我的——"他指了指屋子。

　　林大哥对门口看守王贵的游击队员说："从尔格开始，解除王贵的禁闭。"

B27. "寡妇"上坟魂牵梦绕

亲眼目睹王贵滚下山崖的李香香当场晕倒,被朱管家带回后接连昏沉大睡。昏睡中,她不知做了多少次噩梦,有妖魔鬼怪,有阴曹地府,有雷劈火烧,更多的就是凶神恶煞的崔二爷和管家,这些梦令她心力交瘁,浑身大汗淋漓,差一点虚脱。等到她彻底醒来,已是三天后的中午了,明媚的阳光暖洋洋地从窗户透射过来,恰好投到她极度虚弱的身子上,她感到舒服极了。她缓缓睁开眼睛,看到的景象是全新的:盖的是柔软的绿缎被子;旁边放着一张炕桌,上面摆满了一些甚至都叫不全名字的吃食;地下还摆放了两个红光闪亮的大竖柜和一个带镜子的梳妆台;旁边还站着丫鬟。李香香的心猛地一缩,知道自己已被崔二爷囚禁起来了。她挣扎着要起身,但浑身精疲力竭,脑子也不听使唤,动弹不了。她只好继续躺下,极力回忆着究竟发生了甚事情,自己如何来到了这里。

随着吱的一声响动,一道透进来的光亮裹挟着两个黑影走了进来,她下意识地动了一下身子。进来的是崔二爷和管家。李香香的动弹被朱管家看到了,他激动地说:"老爷,你快看,香香醒了。"崔二爷显得十分高兴,说着谢天谢地,就来到炕沿边上,垂下身子欲看个究竟。李香香闭着眼睛,但感觉到一股热乎乎的口臭味,就拉了被子盖住自己的脑袋。朱管家说:"死女子,老爷来了,你赶紧坐起来迎接呀,咋这个态度!"崔二爷却笑嘻嘻地说:"别,人家女子还害羞呢。羞得好,我就喜欢这样羞答答的。"

王贵与李香香

  崔二爷拿起炕桌上的吃食，对着李香香和蔼地说："我可要说你了，小香香。你看看，这几天只顾昏昏大睡，不吃又不喝。人是铁饭是钢，一顿不吃饿得慌。吃点吧，再不吃，老爷我的心就要碎了！"说着就要揭开被子，李香香继续往下面躲着。管家眼疾手快，一把将被子全部扯开，露出李香香浑圆的身子。
  崔二爷竟爬上了炕，对着这个梦寐以求的身子，定定神，给她开导："唉，小香香啊，你可真是年轻气盛。其实啊，人活一世，草活一秋。跟上财主，穿金戴银，吃香喝辣，是一辈子；跟着穷汉，吃了上顿没下顿，穿了薄的没厚的，牺牺惶惶地过光景，也是一辈子。你是精明人，荣华富贵和牺牺惶惶，哪个好，哪个差，不用说也解哈吧？"
  李香香眼睛闭着，对崔二你的话无动于衷，但豆大的泪珠却无声地从她的眼角流出来，一颗颗地滚向了耳边汇集。
  "大，香香姐是我的婆姨，你们不能欺负她。"崔小宝突然从门外跑了进来，一咕噜爬上了炕，挡在崔二爷面前，气愤地说着。
  崔二爷和朱管家两人先是面面相觑，接着管家有点憋不住了，就捂嘴而笑，崔二爷却瞪了眼睛。
  崔小宝懂事地给李香香抹着眼泪，似乎懂事地说："香香姐，你不要哭了。你睁开眼睛看看，这是我捏的泥人，和你一样俊吧。"
  李香香终于睁开了眼睛，看着这个善良的娃娃，有一丝的怜悯和爱意，说："小宝，谢谢你了。"
  崔二爷和管家听到李香香开口说的第一句话是谢谢小宝，两人有点自鸣得意。
  李香香手里拿过泥人，问道："小宝，你快告诉我，王贵哥咋样了？"
  崔小宝一听提起王贵，就气不打一处来，气鼓鼓地说："你咋还说王贵呀？他不是被枪打中了吗。哼，打得好，谁叫他和我抢香香姐。"
  李香香猛地要坐起来，却只动了半个身子，她支撑着质问崔二爷："你们把我王贵哥咋了？"
  管家眼睛珠子一转，说："李香香，你是真糊涂还是装糊涂，不敢面对现实啊？你不是也亲眼看到，王贵中枪滚下了红石崖了吗？"
  崔二爷借机说道："唉，小香香，你可要想开点，这人死是不能复生的，你年纪轻轻的，何必就在一棵树上吊死呢？盘算长远的好光景

B27. "寡妇"上坟魂牵梦绕

吧,和我的好日子,还长着呢。"

还没等李香香说话,崔小宝却说:"大,香香姐是我的婆姨,是和我的好光景。"

崔二爷嘿嘿笑着,说:"对,是和你的好光景,和我们崔家的好光景长着呢!你好好盘算吧。小宝,我们走!"

"我不走,我要和香香姐玩!"崔小宝任性地说着。崔二爷头一扭,看着管家,管家心领神会地走上来,一把抱住崔小宝,说:"让你的香香姐好好歇着吧。"便走出了门。崔二爷指着炕桌对着身边的下人说:"把这些东西都拿下去,给厨房说好好做点饭菜。"

香喷喷的鸡汤和三边特有的美食剁荞面端了上来,丫鬟便说:"你就吃点吧,不然老爷要骂我的。"李香香的鼻子尽管嗅到了鸡汤的奇香,可她还是看也不看这些饭食,继续瘫倒在炕上,脑子里逐一闪过与王贵相好的画面:两人一达藏猫猫,一达爬上树掏山雀,一达河滩捏泥人,一达抱着把嘴亲。想着想着更焦心,不由得在心里唱起了信天游:

沙梁梁高来沙窝窝低,
照不见亲人尔格在哪里。

手扒着榆树摇几摇,
你给我搭个顺心桥!

马儿不走鞭子打,
无论在哪能不能捎回来两句话?

阳洼里糜子背洼里谷,
哪里想你那里哭!

前半夜想你点不着灯,
后半夜想你天不明。

一夜想你合不着眼,
炕围上边画你眉眼。

201

王贵与李香香

叫一声王贵哥来寻我，
你要是走了我也不活。

死死活活厮跟上，
魂灵儿跟在你身旁。

对，王贵与李香香两人阳间再也厮跟不上，就在阴间做一对魂灵儿长相依！李香香猛地有了主意，似乎精神也好了起来，叫丫鬟赶紧去找崔二爷。

听说李香香回心转意，高兴得崔二爷屁颠屁颠地跑进来，他笑眯眯地问着："小香香，终于想开了？就说你不会执迷不悟，放着绸缎穿老布，放着山珍吃糠菜嘛。"

李香香看也不看他一眼，只是冷冷地问："我王贵哥尔格在哪达？"

崔二爷感到很不舒服，仿佛空气里充满了一股股醋味。他解哈一日夫妻百日恩，可还是不愿意已经睡在自己炕上的女人还想着死鬼前夫，就收起了笑容，说："你又犯糊涂了吧？不看都到甚时候了，还问这样的憨问题。没见过死人呀，你见过哪个死人还能出来到处走动，到镇靖、榆林城里逛街磕？这人死了不都是到了地底下，陪着他大他妈敬孝？！"

李香香不听他这些穷唠叨，口气依旧严厉地问："王贵哥尔格在哪达？"

管家接了话茬，说："这要是说起来，还是老爷的心好。为了让你安心在崔家，他派人找到王贵的尸首，厚葬在王麻子跟前了。"说着，他偷眼看着崔二爷，在为自己灵机一动感到得意的同时，也预感到李香香的打算了。

果然，李香香低沉地说："放我出去，我要给王贵哥上坟。"

崔二爷果断地说："好，给王贵上坟。念你们夫妻一场，能成。也是人之常情嘛。不过，我也有条件，还是那句话，只要答应嫁给我做五姨太，随时就可上坟磕。"

这次，李香香连一点犹豫都没有，斩钉截铁地说："我——答应！"

崔二爷和管家两人下意识地对视在一起，不知道为何。为了这个答

B27. "寡妇"上坟魂牵梦绕

复努力了那么久的主仆两人,这个时候的表情竟都是从容淡定的,两人没有说话就要离开。李香香说:"等等,我还有话说。要给我雇一班最好的吹鼓手,就是我结婚的那个班子吧。我要披麻戴孝,给王贵哥哭坟。"

"好吧!"崔二爷满口答应,当场嘱咐管家认真准备。两人背着李香香合计了细节,崔二爷说:"尔格先要给王贵弄一座坟,你要带着几个人乘黑夜偷偷地弄,不能在乡民跟前走露一点风声。"管家说:"大半夜的弄坟,那多瘆人!还要保密,谁跟我磕呀!"

"有钱能使鬼推磨,还找打死王贵的那几个团丁,叫他们赚钱又赎罪。"崔二爷说,"我们假戏真做,要把动静弄大,响吹细打、哭哭啼啼地叫她上坟。把动静闹大了,既了了她的这个心愿,也叫乡民们都知晓了李香香成了寡妇,那我娶她也就没甚闲话了。"

管家答应着照办,心里却在想:这世上真是一物降一物,财大气粗的老爷,咋为了能把李香香搂抱在怀里睡觉,就不惜自己的脸面,而在一个猴女子跟前委曲求全,百依百顺呢?

李香香上坟时管家给找了两班吹鼓手。陕北的吹鼓手班子一般有七八个人组成,吹唢呐的为主,敲鼓拍镲的为辅,还有一两个唱手。旧时,陕北人在一生中最少要与唢呐打上三次交道:先是呱呱坠地,满月时候,欢快的唢呐声张扬地告诉着世界新生命的到来;再就是人生最重要也最美好的结婚大吉时,新郎胸戴大红花,新娘红盖头蒙面的时候,喜庆的唢呐声悠扬动听,为一对新人贺喜,祝福着他们白头偕老幸福一生;第三次就是寿终正寝之时,悲悲戚戚的唢呐声,诉说着死者对这个世界的无限挽留之意,也表达着活人对亡灵的悼念之情。陕北人这缺一不可的三次唢呐,奏出了一个人在短暂的生命历程上"迎、庆、送"的三部曲。

陕北唢呐筒子长、喇叭大,吹鼓手鼓起两个大腮帮子,气运丹田,就通过唢呐神奇地传递出高昂、悠扬、欢快、悲壮、婉转、激荡的情感。曲牌有《大摆队》、《得胜回营》、《南风吹》、《小寡妇上坟》等等,好的艺人吹上百余个曲牌不打重版,而且一气吹个十余里,唢呐声连绵不断,吹手却面不改色心不跳。吹奏的人投入,倾听的人思索,喜、怒哀乐全在曲牌里,体现得淋漓尽致。

李香香头上扎着白头绳,身上穿着白孝服,腰间扎了白带子,就连

203

王贵与李香香

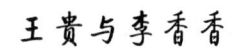

两只鞋子也蒙上了白布,浑身裹白,戴着重孝,泪水涟涟,缓慢走向坟地。她的前面是两班吹鼓手开路,时而齐奏着,时而一班休息一班吹奏。两个歌手更是悲悲戚戚地吟唱着《小寡妇上坟》,低沉的声音,凄凉的唱词,令村里人的泪水如断线的珠子,不停地滚落。

甲班的歌手唱:

人家成双咱成单,好像孤雁落沙滩。
一对枕头两条毡,一个人睡觉实在难。

乙班歌手唱:

叫你家里务庄农,你就要出去赶牲灵。
走头头骡子三盏盏灯,大路上串铃一哇声。
鞭子一响得儿驾,单等我男人转回来。

甲班歌手唱:

对面圪上下来了,一对对骡子拉一副丧。
只见黄尘不见人,小小丈夫丧里头盛。
站在院里照过墙,只听见院里人吵嚷。
双手手推开两扇门,尸体摆在了当院中。

乙班歌手唱:

米面推了两三石,吹手雇下两三班。
和尚请了十二个呀,把我的男人送上山。
白绫子衬白绫子裙,白绫子手帕遮乌云。
走过了一村又一村,前面就是我丈夫的坟。

甲班歌手唱:

三月里来是清明,清明节日上新坟。

B27. "寡妇"上坟魂牵梦绕

跪到新坟哭几声,可怜我丈夫没活几天人。
前沟里过来些吹鼓手,吹的唢呐捣的鼓。
吹鼓手呀走你的路,不要打搅你老娘哭丈夫。

乙班歌手唱:

对面下来些赶脚汉,赶的毛驴驮的炭。
赶驴汉呀走你的路,你不要学老娘哭丈夫。
白天想你硷畔上站,黑地里想你泪不干。
一对对枕头两条毡,一个人睡觉难上难。

甲乙班歌手齐唱:

青天黄天老蓝天,杀人的老天不睁眼。
杀了旁人我不管,杀了我男人实可怜。
呜呜呜呜,呜呜呜呜,实可怜!

山梁梁上,王麻子那座已经矮小了很多的坟茔旁边,堆起了一座新坟,四周散落着刚刚刨出来的一些略带湿润的黄土。如果说来到坟地前李香香对王贵还抱有希望的话,尔格看到了这座新坟,她的一切希冀通通化为了泡影。她大叫一声王贵哥,就疯子一般地扑到坟茔上,撕心裂肺地号啕大哭。

王贵哥,你咋舍得抛下我,就一个人走了?
王贵哥,你咋就不回家看看,红红的囍字还在墙上挂着,红红的被子妹子焐热了还等着你回来睡。
王贵哥,你咋就一磕不回来,我还等着你,我们两个养娃娃呢。
王贵哥,你说话呀,说话呀!

李香香抬头仰望天空,他听王贵说过,王麻子走后就经常站在云朵上和他说话,安顿一些事情。天空一如往常,只有两只飞过的乌鸦叫着,似乎给她一些安慰。

崔二爷和管家安详地看着这一切,身边突然过来一个人,原来是李德瑞,他手上还提着走时的那个包,他回来了。崔二爷和管家赶紧往一

王贵与李香香

边躲着。管家说:"你从宁夏回来了?"老李头一句话不说,只是狠狠地瞪了他们一眼,仇恨的火焰就像要喷涌出来,令他们不由得连连倒退。

李香香的眼泪早已流干,她将包里的一双新鞋子拿出来,往坟头的纸灰里拱了拱,望着再次升腾起来的青烟,心里暗自发誓:王贵哥,你就安息吧!等香香妹子为你报了仇,我们就在这里来相见。

发誓完毕后,她缓缓地站立起来,感到一阵发晕,身子一软就要倒下,此时李德瑞的大手牢牢地抓住她。"大——,你回来了?"李香香先是一声惊喜,随后悲悲戚戚地哭出了声。李德瑞说:"孩子,甚也不说了,我们回家,尔格最要紧的是要保重身子。"

"回家?回那个家?"管家跳了过来,横在李德瑞面前,厉声问道。

"回我家,也可以回她自己的家呀!"李德瑞说道,将手一扒拉,要管家让道。

崔二爷说:"你家香香已是我家的人了,暂时就回不得你家了。"

"你说甚?你把我家香香咋了?"李德瑞狐疑地看着崔二爷和管家。

崔二爷沉稳地说:"你回来得正好。告诉你,你家小香香已答应做我的姨太太了,还是请老丈人和我一道回崔家大院,我们先喝上一杯喜酒庆贺庆贺。"

"香香,这是咋回事?"老李头扭过头,看着身边的香香,厉声道。

李香香微微点头,说:"大,你老就好好保重吧。"说着竟一转身子,跟着崔二爷的家丁走了。留下李德瑞发着愣。突然,老李头发疯一般地朝着崔二爷冲了过去,一把扯住他的胸口,对着那张胖乎乎的脸就呸地吐了一口唾沫,骂道:"你,你真是一个老牲口!"

崔二爷擦着脸上的唾沫,尴尬地笑笑,说:"嘿嘿,看在你是我老丈人的面上,就不跟你计较了,朱管家,我们走。"

B28. 游击队来了"一锅端"

　　李香香的一场哭坟，竟哭出了意外的效果。她当着众乡民的面拒绝了和她大一起回家，乖乖地回到了崔家！这令崔二爷感到十分高兴。即使是自己挨了老李头的唾，可是无所谓啊，唾沫是落到我脸上，可我是他的女婿，唾我，其实那唾的就是老李头他自个儿，他的女子跟老爷我好了，我受点委屈还不是应该的吗？

　　崔二爷兴高采烈地和管家合计，还派管家找阴阳先生看娶小香香的日子。说起来此事已费了多少周折，把个李香香从一个大女子变成了大婆姨才有了结果，所以这次要速战速决。管家也理解老爷的心情，就用最快的方式推进着结婚的程序。

　　这天是初一，按照崔家的规矩又是举办酒宴的日子。一家老小按照大小入席，而这几次另一个外人也加入了他们家宴的行列，这个人就是除了四姨太之外人人都讨厌的张团长。

　　崔二爷端起酒杯站起来，大家就解哈崔二爷有大事要说。其实，他不说谁都解哈，老爷心仪已久的如花似玉的李香香被安置进了五号院，这意味着甚？除了崔小宝，大概没人解不哈的。果然，满面春风的崔二爷笑嘻嘻地开了腔，说："俗话说人逢喜事精神爽。你们看老爷我尔格爽不爽？"

　　大太太看着顶棚，二姨太低头吃菜，四姨太和张团长交换着眼神。见谁也不吭声，围住桌子转着倒酒的朱管家侧过身子，说："老爷你最近当然爽了，气色也好了不少。"

207

王贵与李香香

张团长给四姨太抛了媚眼，端起酒杯说："恭喜恭喜，崔二爷的确一天比一天爽了，还愈活愈年轻了。"

崔二爷忙和张团长碰了杯，说："同喜同喜。今天乘这个好日子，由朱管家宣布一件大事情。"

朱管家一拱手，对崔二爷微微一鞠躬，说："给老爷道喜了。告诉大家一个好消息，崔家马上要添新人，老爷又要做新郎了。十五，娶李香香进门做五姨太。"

崔二爷说："娶亲的黄道吉日，是镇靖城里最有名的张阴阳看的，十五，呵呵，再过五天，崔家又要添人进口啦。我老也老了，还能老树开花。"

桌子下方坐着的崔小宝，先是埋头啃吃猪蹄，等听明白大家说的是甚后，突然哇的一声大哭起来。他把手里的猪蹄往地下一扔，气呼呼地走到崔二爷跟前，说："香香姐是我婆姨，你真不要脸，你不能娶她！"

崔二爷气恼地对着崔小宝的屁股就是一个大巴掌，说："尿大的娃娃你解哈个甚，给老子滚远点！"

大太太连忙过来抱着崔小宝，一边给他揉屁股，一边对着崔二爷说："老爷你平心而论，你娶哪房的姨太太我这个做大的说过一句反对的话，就连个屁也没有放过吧。只是你这回要娶李香香，我可就不得不说几句，她可是一个刚刚死了男人的寡妇呀，人家还在七数里，你就敢明目张胆地娶，不怕娶了寡妇引来鬼？"

"哈哈哈，"崔二爷挺直身子朗朗地笑了，说，"还是大太太盘算得周到，处处为这个家着想。不过请大家放心，这一点阴阳先生也是早算到了，毕竟此次娶的是五姨太，她又是一个新寡妇，所以不能在光天化日之下办事。张阴阳说了，十五的月亮上来之时，才是我与小香香的良辰吉时。"

一家人无语，只有崔小宝在大太太怀里抽泣。这顿饭吃得很乱，大家草草结束。

李德瑞被彻底击垮了。那天，崔二爷一行人都离开后，老泪纵横的他依旧呆若木鸡地站着王家的坟地上，最后还是闻讯赶来的油坊小伙计将他搀扶回家。他真是解不哈女儿香香究竟哪根筋被抽了，是受到王贵突然死亡的刺激，还是喝了崔二爷的迷魂汤？尔格竟跟崔家出上了一口

B28. 游击队来了"一锅端"

气!这几天,崔家放出了要娶香香做五姨太的风,管家还真的前来送话,说十五就是他们的黄道吉日。这个老牲口,比自己的年龄都大,这不是作践穷人吗?他臭骂了一通管家,还将拿来的那些聘礼统统扔了出去。尔格最要紧的还是赶紧找到林老板,只有他们才能拯救女儿。前段时间他到宁夏时见到了香香的姨,人家说他们那里的人都喜欢到东路的陕北找媳妇。他看到那边的人丰衣足食生活得很舒心,当时就有心安排叫女儿和女婿等自己死了后就到那边去生活。尔格王贵走了,但年轻的女儿还活着,她的未来还很长很长,所以一刻也不能再耽误了,赶紧找一个好人家。而前提是,尽快解救女儿逃出崔家的魔爪。

  崔家的克星是游击队,虽然做了一辈子油毛子的李德瑞对于共产党和游击队不了解,但他们为穷人过好日子的主张是深得人心的。尽管对共产党的一些所作所为有些怀疑,比如一夜间就能把地主老财的万亩良田和万贯家财抢夺过来,并且分给老百姓,他和许多的乡民一样感到不安:那毕竟是人家祖祖辈辈省吃俭用积攒下来的财产,咋就是剥削的?所以崔二爷回来后,他二话不说,还是诚惶诚恐地把地契奉还。但是游击队也是穷人的主心骨,有了游击队撑腰,穷人的腰杆也就硬朗多了。

  到哪达找到游击队呢?李德瑞记得回来路过大沟岔时,人家说沟岔那达经常闹红,该是游击队和林老板他们闹的吧!时间不等人了,心急如焚的李德瑞在管家送话的当晚,就披星戴月地赶往大沟岔,果然找到刚从安塞返回靖边的林大哥和他率领的游击队。

  李老汉赶到大沟岔时天已快亮了。他在附近一个村里瞎转悠着,正不知何去何从犹豫时,突然有一个人好像从天而降一般出现在他的面前,哗啦一下拉响了枪栓,厉声说道:"站住,你是干吗的?"李老汉战战兢兢地说着是串亲戚的,听到对方惊喜地叫了声:"大!"多么熟悉的声音呀,他抬头一看,不禁双腿一软瘫倒在地上。"大,大,咋到这达来了,你没事吧?"站岗的王贵蹲下来扶住李德瑞。李德瑞吓得连连在地上后退着,说:"你是王、王贵?"

  "是啊,我是王贵啊。"

  "你,你是人,还是鬼?你不是死了吗?"李德瑞还是狐疑地问。

  "说甚呢,你看我不是好好的吗?"王贵站了起来,拍打着胸膛。

  李德瑞放心了,他一把拉住王贵的手,说:"赶紧寻你们的林老板,救救咱们的香香。"

王贵与李香香

"香香咋了？大，你快说啊！"

李德瑞叹了一口气："一言难尽啊，再要是救的迟了，就真的掉进了火坑。"

王贵简单地听了情况，更是急得要命，刚刚想要陪着李德瑞找林大哥，突然意识到自己作为一个哨兵的职责。便告诉李德瑞说："顺着这条小道抄近路走一里路，那达有几个院子，都是游击队的住地。"李德瑞说："你跟着我磕啊。"王贵却说："不行，我尔格的岗位就是这达，即使天塌下来也不能乱跑一步的。"李德瑞不由得高看一眼王贵，心里想这样的部队还是有出息的。

林大哥听完李德瑞情况介绍后，在地上不停地踱步，口里还念着十五、十五。一会儿，他猛地把手一拍："好，我们到时候就来个将计就计。"

如今的赶牲灵游击队已今非昔比，他们在安塞战斗中不断地进行着扩编，人数翻了一番还多，并且缴获了大量的枪械物。但是为了稳妥起见，他一方面派出了侦察员到死羊湾彻底摸清敌人的情况，特别是张团长为何这段时间一直住在死羊湾；另一方面，联系了附近的定边游击队，准备强强联手，一举解放死羊湾。他想以此为基础，继续扩大革命根据地。

上级组织同意了他的计划，因为陕甘边工农兵代表大会即将在甘肃庆阳的南梁召开，这次会议将成立陕甘边苏维埃政府，还将选举一批领导人。边区政府成立后最重要的工作，就是在根据地各县区都建立红色政权。有了红色政权，就可以领导群众实行土地革命，发展农业经济，支援前线作战，有力地促进武装斗争的顺利进行，使陕甘革命根据地进一步得到巩固，成为武装斗争的坚强堡垒。为了继续扩大根据地的范围，最近上级已经开始了部署，靖边县目前将以镇靖城为突破口，继而像安塞一样不断扩大战果，力争使靖边全县尽快得到解放。当然，迫切解放靖边还有另外一个目的，就是要控制定边花马池的食盐生产，这也是上级领导的未雨绸缪。

侦察员很快掌握了保安团在死羊湾的人数、武器及张团长的情况，他之所以住了这么长的时间，主要是崔二爷对他打回死羊湾有分成的承诺，崔二爷拖着不给一是数额巨大不想给，二是崔二爷也害怕游击队再次打回来，所以想留住张团长。尔格眼看拖不过去了，很可能近期就开

B28. 游击队来了"一锅端"

始结算。

"一定要在死羊湾消灭张团长，坚决不能叫这个沾满人民鲜血的刽子手溜走。"林大哥坚定地说。大家一下子就想到了统万城客栈和那位可爱的老板娘。

等到定边大队支援的人马来到，林大哥更是乐开了花：从人数上相比，游击队已经占据了绝对的优势，快枪的数量虽然比不过保安团的，但是快枪、土枪加起来的数量也不比保安团的少。只是，保安团占据着崔家大院的地形优势，所以他们不能硬攻打，只能智取，最好零伤亡。林大哥说："同志们，陕北迅猛发展的革命形势需要我们，我们的命要比反动派的金贵。所以，我们要制订一个能最有力打击敌人，最能保护好我们自己的作战方案。二师父对崔家大院的情况十分熟悉，还是请他介绍一下地形，我们再逐项完善落实。"说着，他拿起了几块土疙瘩，让二师父给大家摆出大院的结构。

王贵与李香香

B29. 死羊湾天上飘彩云

  花心的男人说过，妻不如妾，妾不如妓，妓不如偷，偷着不如偷不着。四姨太和张团长的事情在崔家大院弄得几乎人人皆知。已把名声和地位放置在脑后的四姨太似乎对张团长中了魔一般地喜欢，他们如胶似漆。她嫁过来时崔二爷已知天命，作为女人衣食无忧后，和男人美满的性爱是极为重要的，面对着如狼似虎年纪的四姨太，崔二爷就是再怎么折腾也无法满足她的需求。而正当壮年的张团长能让四姨太欲死欲活地，高潮迭起，这咋能不叫她难舍难分？四姨太也是一个聪明人，解哈男人是没有一个好东西的，和自己滚了多少天被窝的这个姓张的男人估计也是一丘之貉，哪天他拿到了崔家分给他的钱财后，肯定会自顾自地偷着一走了之，不想点办法，自己就赔大了。所以，她就留了心眼，起先是等姓张的在自己身上急吼吼地要快活成仙的时候，她就停止了配合，甚至还要将他掀下身子。憋得难受的张团长就有些求告的意思。四姨太便水到渠成地提出要他走的时候带着自己离开崔家。张团长喘着粗气满口答应，还说你和我这样，已经闹得满院风雨的，我早就打算给你做出安排。事毕，张团长又大倒苦水，说他的大太太如何厉害，二太太也不是好东西。四姨太提出给自己一些钱财，让她在榆林开一个小店。他又哭穷说自己一个穷当兵的，靠着三天两响就停发的瘦军饷，哪里还有积蓄？这样折腾了几次，她终于失望了。男人是一种激情动物，他到最快活的时候你就是要命他也会给的，而事办完了，就会提起裤子不认人。看来口头承诺这种雕虫小技压根就拿不住他，四姨太就又开始动歪

B29. 死羊湾天上飘彩云

脑筋。后来在一次快活的顶峰时，就提出了要张团长把手枪交给她保管的要求，他哼哼着说："行，行的。"说着还真的从枕头下面痛快地拿出手枪交给了她。谁知还没等提上裤子，他就开始要枪了。她就开始耍泼，说："难怪说你们都不讲情义，提起裤子不认账，你裤子都没提就开始不认账了，真是羞死人了，连我们婆姨女子都不如，还当团长？！"一通臭骂后倒是叫张团长有了一点血性，就叮咛她保管好自己吃饭的东西。她说："放心好了，你走的时候叫上我就行。"张团长只好答应，心里却在说：老子和你睡觉是因为住在崔家寂寞得不行。你想得倒美，还想跟着我进城，分我好不容易弄到的崔家的财产。要是死缠烂缠的，惹老子烦了，小心哪天带你走到半道上一枪崩了你，叫你一命归西，还弄个死无葬身之地。

四姨太和张团长的奸情，起先也搅得崔二爷心烦意乱的，三边人虽然豪放大气，可是再大气的男人也容不得得到一顶绿帽子的，毕竟婆姨偷人不是一件光彩的事。可是，死羊湾和张团长绑在了一起，他只有打落了牙齿往自己肚里吞。当千古绝唱的赛貂蝉李香香答应做五姨太后，甚他妈的张团长和四姨太，统统成了过眼云烟，他甚至一刻也不想再见到他们。他打算办完喜事后就给张团长算了账，叫他带着四姨太滚蛋。当然，给张团长算账是有条件的，那就是至少得给自己的保安队留下五支快枪。自己给了他那么多的钱和人，换他五支枪也是说得过去的。

他们的心怀鬼胎一点也不影响崔家大院的热闹。完整的陕北婚俗那一套，崔二爷不打算搞，甚至连从李家迎接李香香，让她坐着大花轿在响吹细打中走进崔家的这个最重要的程序都免了。他考虑到李香香已经住进崔家多天了，既然同意嫁人，那就等于娶了回来，只是没有圆房。而要是将她送回家去弄那些个程序，万一她反悔或则出点甚情况，说不定就弄了个竹篮打水一场空。再说，张阴阳看的时辰是黑里，而从来没有见过娶亲要等到太阳落山的。

娶亲的程序简单了，李香香黑着脸说要拜堂她也不愿意在大庭广众之下，心急如焚的崔二爷满口答应。崔家的祠堂里多一个五姨太和少一个五姨太磕不磕拜堂无关紧要，就是磕不磕敬酒又能咋样呢？他就等着洞房花烛的那一刻。但是，该发的帖子要发，该请的人要请，崔二爷想着乘十五这个好日子，请来乡绅亲朋，一同赏明月吃酒席，大操大办一场，为的是冲冲今年这些乱七八糟的晦气。

213

王贵与李香香

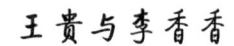

为热闹地办好这几十桌酒席，十三这天天一亮，崔家的上上下下全部忙了起来：管家带着几个人赶了骡子到镇靖城采买食材；崔家大院里到处人来人往，有碾米蒸糕的，有杀鸡宰羊的，有剥葱捣蒜的；厨房里更是忙乱，有烧肉的，有炸丸子的，有做面食的，有烧鱼炖肉的。各种混合的香味从崔家大院里升腾起来，慢慢地就在死羊湾村里满世界地弥漫开来。嗅着这些好闻的味道，大人们喉结动了，将口水强咽下去。猴娃娃们的口水却流了出来，缠着大人要吃肉。大人们说："你以为你也是崔二爷家的，也能当五姨太？"结果肉没吃上，孩子的屁股上却挨了一巴掌。

管家把食材买回来了，大太太先是冷眼相看，后来见买回了那些牛肉、驴肉等肉食堆满了一地，觉得实在铺张浪费了，虽然有些不情愿，但也不能躺倒不管，就进了厨房和厨子要了菜单，果然看出问题，就说："各种肉吧，一般的酒席平均一桌就一斤一两，而这次每桌竟要放一斤半肉，真是吃大户了。"大太太气得找来管家质问，管家也显得委屈地说："这次事情全部是按照老爷的吩咐办的。老爷说他也是最后一次办喜事，招待来宾们吃好喝好也冲冲一年来的晦气。"大太太心里骂着：老东西，真是忘记自己多大了，尔格不是最后一次，难道还想要再办几次？骂着骂着，心里好受了一些，便忍不住了，从吃到喝都亲自掌管，同时却不住地骂自己犯贱，就是那为崔家当牛做马受罪的命！

崔家大院忙活着的这几天，新人李香香成了最清闲和淡定的人。她木然地看着佣人们跑前跑后地忙活，打扫卫生，贴窗花，粘囍字，挂彩带，凭任他们在新房里折腾，她就是一言不发，一动不动。直到铺炕的时候，佣人们看她的身子一点动的意思也没有，只好低声下气地叫她五姨太，请她把炕让一下。谁料她像是发了疯一般暴怒起来，说："谁是五姨太，你妈才是五姨太！"她的疯狂令佣人感到了恐惧，又百思不得其解，明明马上就是五姨太了，可咋还不能让人叫？新房最重要的地方就是炕了，其他的地方都是陪衬，炕上才是一个销魂的场所，崔家有的是钱，况且又是崔二爷准备老树发新芽，他就要管家不惜代价地收拾好炕。大红大绿、有薄有厚、有绸有缎的是被褥，红枣、花生、桂圆和瓜子则安置在被子下面，管家进城买回了这些东西，不管新郎崔二爷多大了，还是寓意着早生贵子，讨个好彩头。

十五很快就到了。一大早，大院里就被厨房飘出的香味所弥漫。而

B29. 死羊湾天上飘彩云

李香香不管情愿不情愿,也被管家叫醒,在两个佣人伺候下,钻在大木桶里沐浴。完毕后,便开始从里到外一件件穿着新衣。先是里面的红肚兜兜,下面的红裤头,再套上粉红色的洋布衬衣和棉布裤子,再穿上一身绣花细棉衣,最外面又是大红的缎子绣花衣服,上面的一对戏水的鸳鸯活灵活现地在胸口游动着。几套衣服穿好,又给她梳头打扮,还插上了一个有龙凤图案的亮闪闪凤冠。凤冠本是贵族家里戴的,尔格已经民国了,只要有钱,连镇靖城里都有卖的,没有谁能戴谁不能戴这些忌讳了。等两个佣人最后给李香香描了柳叶眉,用红纸涂了口红,再搽上了香喷喷的雪花膏,外面的亲朋老友已经陆续到来了。

崔家大院的高门大脸本来就有些装饰,今儿个办喜事,要娶五姨太,就更是装扮得张灯结彩。新买的十八个大红灯笼早早就挂起来了。管家也是一身绸子新衣,一直在门口张罗,见着一个有头脸的乡绅,就张扬地喊着:"王家畔的马老爷到了!""张家滩的张老爷到了!"闻其声后,头戴瓜皮帽,身穿红色绸子衣衫,胸前挽了一朵足有一颗南瓜大小的红绸大花的崔二爷,连忙从大院里跑出来。对方拱手对着崔二爷道喜,满脸春风的崔二爷也向对方拱手,说着同喜同喜。宾客将礼单送到崔二爷手上,崔二爷再次道谢后转给身边的管家,管家就领着客人,安排坐的地方。对于一般的宾客,管家一看也没有多少礼物,就不张扬地喊叫了,只是做着请的动作,让这些人自己找座位了。

刘家疙瘩的刘老爷到了,管家喊着作了通报,崔二爷三步并作两步跑了出来,见刘老爷携着夫人走了过来,赶紧过来接待。两人一番礼节过后,刘老爷说:"真要感谢你和张团长铲除了统万城客栈这个共产党的老窝,绝了我的后患。"崔二爷说:"那是应该的。"刘老爷又压低声音说:"还望崔老爷在张团长跟前给我美言几句,客栈的事情我真不知晓啊。"崔二爷知道当初保安团给下面设立保安队时就有规矩,凡是本村有共党而保安队未查办出来的,一经发现,要处分保安队长。刘老爷作为刘家疙瘩的保安队长,村里出了那么大的乱子,他自然难逃其责。崔二爷说:"那是一定。况且那个榆林城的娘儿们隐藏得太深了,我们都受到了蒙蔽。"刘老爷听这样一说,显得轻松了许多,他避过一旁的夫人,带着隐讳的神情嘿嘿笑着,将手里的一包东西交到崔二爷手里,说:"这是用驴鞭和鹿鞭加工出来的,我特意给你这个新郎官准备的礼物啊!"

王贵与李香香

崔二爷心领神会，嘿嘿地笑着，连声说谢谢刘老爷了，他看着不远处的刘夫人，悄悄地发问："刘老爷甚时也娶了一房新人？到时候可记得要请崔某喝顿喜酒呀。"刘老爷说："我可不像你，威风无比，早就不顶尿了。"他俩逗趣中，听到管家高声大喊："岳丈老李头到！"崔二爷感到奇怪，怎么也想不到他能来参加婚礼。纳闷中只好先让刘老爷入席，自己前去迎接李德瑞。他在心里不住地打鼓，生怕这个老东西节外生枝，弄出些丢人现眼的响动来。

"岳丈，你来了，请！"人模狗样的崔二爷毕恭毕敬地给李德瑞抱拳。

看着这张比自己还要老的脸，李德瑞的心头便不由得燃起了怒火，他强压住不敢喷发出来，因为他不是闹事来的，而是带着神圣的使命来的。他显得很随和地看了看崔二爷，在管家引导下走进大院，找了一个座位坐下。李德瑞提出要见见女儿，管家客气地拒绝了，说："尔格五姨太忙着呢，不方便会见。"见老李头一定坚持，便说，"你要是真有事情，一会儿老爷携五姨太给客人们敬酒时可以说呀！""我女儿出来敬酒？"老李头真是怀疑听错了话。管家一本正经地说："是的。"老李头只好坐下，说："一会要是见不到女儿，我一定要闯进去见的。"管家满口答应地离开，走到一边后跟一个家丁嘀咕，叫他寸步不离地看好李德瑞，千万不能弄出点事情来。

今晚的天气真好，一丝风也没有，纯净透彻的夜空中，一轮皓月从死羊湾的东南方向缓缓升起。此时的大院里，三十张桌子一排排摆开，上面除了摆放酒菜外，还有月饼、葡萄、小果子等献月的贡品。围着桌子坐满了男女嘉宾，女的珠光宝气，男的油头粉面，大家拉着话，显得很开心，倒是坐在正席的张团长那一桌显得有些冷清。这些土豪乡绅来了都先和张团长打了招呼，却对他敬而远之，纷纷在其他地方找了座儿。

大家说话间，冉冉升起的皓月就要越过柳树梢，开始到喧闹的崔家大院上空了。这也是张阴阳拿着崔二爷和李香香的生辰八字掐算的最佳时辰。随着鞭炮噼里啪啦地炸响，崔二爷的新婚仪式开始了。

虽说没有欢快的唢呐锣鼓响吹细打，没有新娘子坐花轿的迎娶过程，但按着张阴阳的安排，还是要举行一个像样的仪式。等良辰吉时鞭炮一响，一对新人要出来会见客人，然后敬酒答谢。爆竹炸响起来后，

B29. 死羊湾天上飘彩云

崔二爷笑盈盈地从新房里出来，他走在前面，后面随着的是一袭红衣脸色阴沉的李香香。两人虽不说一句话，但都按部就班地站在布置好的一个台子上，四只大汽灯投向台子，亮如白昼。崔二爷掩藏不住内心的喜悦，说："感谢诸位乡绅名士、亲朋好友前来参加崔某人的婚礼。"大家起哄叫五姨太说几句话，李香香似乎没有听见，眼睛依旧无光迷离。担当司仪的管家见状，喊着一对新人敬酒开始，崔二爷就带着李香香离开台子开始敬酒。台子下面的灯光弱了许多，就给了月亮照射的机会。皓月如水，静静地泄到迈着细碎步子的李香香身上，她精巧端庄，淡定自若，犹如月宫派下凡间的冷艳仙女。其不同凡响的美艳逼得所有宾客都屏声息气，在她敬酒的那一刻不敢有丝毫欲念。张团长端着杯子，像是被雷电击中一般，直到旁边的四姨太拉扯了他一把，方才灵醒过来，嘴里还嘟嘟囔囔地连说："难怪，难怪！"

李香香面无表情地默默跟着崔二爷敬酒，她是自觉自愿。这一点令崔二爷感到奇怪，倔强的她咋就能服服帖帖地跟着自己呢？奇怪归奇怪，只要能跟着自己敬酒就给了自己莫大的面子。李香香挨桌敬了一圈酒，自始至终没说一句话，看到她大李德瑞也端坐在圆桌前，她眼角一挑，眼睛里泛起了一丝光芒，下意识地发出了声："大！"随即又眼睑低垂，眼神黯淡，给大满满地斟了一杯，毕恭毕敬地端起来，突然就是一个双腿跪地，高高地举着酒杯给李德瑞敬酒。这突然出现的一幕，令全场的眼睛刷地都投射了过来。本来李德瑞还想见机盘问女儿几句，此时只有端起酒杯一饮而尽。随着酒杯见底，他也老泪纵横，竟不知道说甚了。等到女儿敬酒离开后，他还呆呆地坐着，不理解女儿是中了甚魔，咋就答应做了崔二爷的五姨太？

随着一轮酒敬过，婚宴开始推向了高潮。人们走动了起来，互相敬着酒，觥筹交错，好不热闹。张团长周边坐着的是团丁们，他们端着酒杯敬酒，张团长却说还是划拳来的痛快，就蹲在椅子上和下属们划拳，喊着五魁首，六六六，八匹马，二人好。这些逐渐进入醉态的团丁们也就放开了，张团长一输就要灌酒，旁边的四姨太出来挡驾，却被张团长大手一挥拦住，说："你个小娘们还管老子？"自己痛快地喝了，气得四姨太屁股一扭进了屋子。

无论甚时候，朱管家都处在服务的第一线。这会儿，他抱着一坛酒，挨着桌子走动着，看哪桌没有了就及时添上。嘴里还不住地说：

王贵与李香香

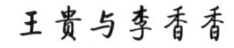

"放开喝,喝呀,这是芦河水酿出的芦河酒,香醇甘甜,好着呢。喝了这个酒,先软胳膊后软腿,腾云驾雾好舒服。喝,各位放开肚子尽情地喝。"酒桌上乱糟糟的,人们吃着喝着拉着话,都在忙着。李德瑞也走动起来,他抱着一坛子酒,手里还拿着一个大酒碗,见熟人就敬,还端起自己的碗和人碰了,人家打趣地叫着给老丈人道喜,他也不恼,回应着同喜同喜。他还径直走到管家跟前要和他碰酒,管家摇摇头,老李头的表现把他搞得稀里糊涂。那个监视李德瑞的家丁看到管家和老李头都热情地碰酒,就馋得不行,也找了熟人坐在桌上喝起了喜酒。

崔家大院门口站岗的两人一个是团丁一个是家丁,他们看着空无一人的四周,不时扭转脖子看着院子里的热闹景象,羡慕不已,两人的舌头也情不自禁地舔来舔去,都显出一副馋相。沿着崔家大院四周也有几个团丁和家丁在巡逻,这是特意增加的流动哨。今儿个响午,镇靖城里送来消息,县党部要张团长立即赶回县城加强防卫工作。有消息说,最近共产党游击队频繁地在靖边县境内活动,出现了一些不好的迹象。他便打算明天就和崔二爷谈判,带上属于自己的那一份钱财返回城里。所以,今儿个他特意安排增加了这些岗哨,还一副尽职尽责的样子对崔二爷说:"愈是婚丧嫁娶办事的时候,就愈要防范共产党游击队出来乱骚扰。不过,你要给弟兄们几个执勤补助,叫他们巡逻起来专心认真。有他们保驾护航,宾客们吃喝起来也就安心了。"

李德瑞转了一大圈,看着酒桌上的人们酒兴正酣,连那个监视自己的家丁也喝得热火朝天,便抱着酒坛子来到大院门口给两位站岗的敬酒。他们两个舔着嘴唇,团丁说:"谢谢老岳丈了,不过我们当兵的有纪律,尔格算是当班,酒就不喝了,但还是要感谢你,老李头,嗯,老岳丈。"

家丁说:"还是老岳丈义气,你看里面的,哪个能记得起我们?这大冷的天,我可真想喝。"

李德瑞连忙递过去一碗,说:"这可是我女儿和你们老、老爷的喜酒,你们不给我女儿道喜,难道也不给你们老爷道喜?"李德瑞说着,恶心也在嗓子眼上不住地泛起。

家丁说:"喝一碗酒算个甚,你是当兵的,我是崔家人,没有屌纪律。来,给老李头,不,给老岳丈道喜,道喜了。"说着接过酒碗,一饮而尽。

B29. 死羊湾天上飘彩云

李德瑞又倒起了一碗,递给了团丁,说:"老总,你也喝一碗暖暖身子吧。"团丁四下望了望,看到近处是红灯笼投下的红光,稍微远点的地方是白茫茫的一片月光,便二话不说,接了过来,也是一饮而尽。两个门卫正在喝着,巡逻的几个人也陆续凑了过来,你一碗我一碗,一坛子酒喝了个底朝天。李德瑞一看这个情况,又搬来了一坛子交给他们。

站岗放哨的团丁、家丁们喝得正欢时,李德瑞偷偷地溜出了大门,很快和已潜伏在附近的游击队碰了头。天刚刚擦黑,游击队就在死羊湾的一个废弃的油坊里开始聚集,因为担心遇到崔家请的宾客,他们一直悄悄地潜伏着,按照和李德瑞的约定,等到月亮露出了树梢,才慢慢地接近崔家大院。

李德瑞介绍了崔家的情况,并特意说自己感觉到女儿今晚的神情怪怪的,令人十分担心。林大哥安慰了他,对大家说:"到目前为止,作战方案正有条不紊地进行着,还看不出有甚问题。请大家再仔细检查一下准备情况,记住不能出一点问题,不到万不得已不得开枪,明白了吗?"见大家都点头了,他就说,"好,现在按计划,开始行动。"

李德瑞来到门口,看见那两个站岗的东倒西歪的,正胡言乱语,见了他就说:"老、老岳丈,给你道喜、喜啦,再喝一碗。"李德瑞应许着,进了大门,看看里面一切如旧,便冲着外面点了点头,只见几个黑影闪电一般地将两个站岗的脖子掐住,麻利地将他们拖走了。很快,游击队员换上了他们的衣裳,拿过了两支快枪站在大门口。部署完毕,林大哥和王贵两人低着头,装作醉意朦胧的样子向后院溜过去。他们后面也走着两三个游击队员,装扮成崔家佣人的样子,暗中保护着他们。

崔家大院围墙外面,游击队员个个瞪着鹰一样的眼睛,盯着巡逻的团丁走到了月光中,他们如猛虎下山一般,一跃而起,准确地将一个个口袋套在团丁的脑袋上,不消一分钟,三个团丁都被搞定了。四个武艺高强的游击队员麻利地爬上墙头,一跃而过。

王贵带着林大哥来到四姨太的院子,点了一下头做了暗示,自己蹑手蹑脚地靠近五号院,突然,他看到迎面走过来两个人,躲避显然是来不及了,他只好灵机一动,从裤子里面掏出鸡鸡来就尿得刷刷作响。只听一个人说:"是谁不往茅坑里尿?"另一个说:"大概是醉汉,我们走。"王贵听得出是两个女用人,就松了一口气,发现自己出了一身的

王贵与李香香

冷汗。

　　王贵蹑手蹑脚地摸进了被叫做五号院的那个小院里，看到正房透出的红色灯光和月光交织在一起，他仔细查看四周竟没看到一个人影，心里就不住地暗喜，悄悄地走近窗户跟前，用嘴唇舔开一个小洞，用了一只眼睛往里面窥视。

　　新房内，红烛流淌着热辣辣的眼泪，蜡烛的捻子不知咋了，不停地噼啪爆响着。李香香蒙着盖头，背着双手静静地独坐在炕沿，她在等待着那个时刻。

　　"吱"的一声，门被轻轻推开了，李香香浑身一抖，顿时听到了自己的心脏怦怦跳动的声音。真是奇怪了，怎么听起来这个人走路是蹑手蹑脚的？李香香也顾不上盘算甚，只是想着这个不住走近自己的人要干甚？她听到了来人的喘气声，蒙在她头上的红盖头开始滑动，与此同时，她眼睛都没有睁开，就从身后拿出一把闪亮的刀子，对着面前的人猛地刺了过去，那人身子一斜躲了过去，她的手却被有力的大手紧紧地攥住。她睁开眼睛一看，立即啊地叫了一声，对方一把捂住她的嘴，轻声唤道："香香，是我，我是你王贵哥！"

　　被捂住嘴的李香香扭动着身子，感觉更加恐惧，支支吾吾地说："王贵哥，你，你不是中枪滚下红石崮了，你究竟是人是鬼？"

　　王贵对着她的耳朵说："是我，我真是王贵哥，是林大哥他们救了我。"感觉到李香香不挣扎了，他把捂嘴的手拿了下来。李香香激动得眩晕起来，马上把王贵紧紧地抱着。王贵却把她推开，悄悄地说，"这个屋子里哪达可以藏人？"李香香回到现实里，顿时感觉到了危险，就在屋子里四处寻找，看到地下的那两个大竖柜，手指着说："那达面大着呢！"王贵点点头，说："赶快把你的红衣服给我换上。"两人手忙脚乱地刚刚换好衣服，门又"吱"的一声响起来。"香香姐，你做甚呢？我来陪你来了。"崔小宝说着，就从里屋进来，看见李香香戴着红盖头，便激动地要揭开，还手舞足蹈地说，"香香姐，叫我看看新娘子打扮好看不好看？"

　　盖头下面的人发出了怪怪的声音，说："不要，不要揭。"

　　听到怪声，崔小宝有些诧异，问道："香香姐，你咋了？声音怪怪的，难听死了。"

　　王贵继续用假声说："这几天，姐姐心情不好，把嗓子都哭坏了。"

B29. 死羊湾天上飘彩云

崔小宝："哦。你是不愿意给我大当婆姨吧？好好，以后晚上你给他当婆姨，白天就给我当婆姨，我保准对你好！"他又要掀盖头，说，"婆姨，叫我看看嘛，好不好？"

"小香香，五姨太，我来了！"这时，外面传来了朱管家的声音。崔小宝一听管家的声音就有些紧张，说："我大要是解哈我来这达，要打死我的。"他说着就打量屋子，发现地下的柜门开了一条缝，就连忙钻了进去。他将柜门关上，咯噔响了一下，让摇摇晃晃刚刚进来的朱管家吃惊不小。朱管家揉揉眼睛，摇摇头，诧异地分辨着哪达出来的声音，定了定神，他觉得还是自己喝酒后的幻觉。他走到新娘子跟前，一个趔趄差点摔倒，手也就顺势托到了对方的胸前。他呵呵笑了两声，说："小香香，你这会儿倒是乖巧啊，就等着做新娘子。不过，你可要记住，做了五姨太以后吃香的喝辣的，要记得朱管家我这个大媒哦。"

黑暗中的崔小宝发现自己竟和李香香一达里钻进了柜子，显得很兴奋，刚要说话，就被李香香一把捂住了嘴。

屋子里的朱管家似乎又听到了一点动静，狐疑中还有些害怕地四处看看，嘟哝着真是见鬼了，便走了出去。

王贵把新房搞定，坐着等崔二爷的时候，林大哥也手里握着一把手枪，轻轻地推开了四姨太的屋门。只见外屋亮着一盏油灯但空无一人，他蹑手蹑脚地走到里屋门口，顺着屋门的一条细缝查看，里面也是点燃着红蜡烛，而地下空荡荡的，他判断四姨太此时应该躺在炕上，于是就慢慢地推开门。还没有看见四姨太的人影，就听到她的声音说道："张团长，咋才过来，老牲口进洞房了？是不是人家娶亲惹得你眼热了，看你刚才看李香香的眼神，哼！"

林大哥终于看见，一条大红缎被子紧紧地裹在四姨太身上，勾勒出她微微曲着的身体。她的头上还盖着一块红盖头，继续娇滴滴地骚情道："你磨磨蹭蹭干甚？快上炕来，揭开我的红盖头，我们也入洞房呀。"林大哥看看四周似乎显得有些犹豫，但还是上了炕。四姨太大概是没有听到脱鞋的声音，就说，"死鬼，你咋连鞋也不脱就爬上来了？"说话间感觉到无论动作还是气味都有所不同，便自个儿掀起了盖头，看到一个英俊的男人手里拿着一支枪对准自己，便下意识地啊了一声，问："你是谁？"

林大哥沉着脸，压低声音说："闭嘴，再说话就开枪打死你。"

王贵与李香香

四姨太筛糠一般说:"听你的,我不说话了,我怕,我还没有活够。"这时,窗外面传来了朱管家的声音:"四姨太,你咋了,没甚事情吧?"朱管家刚刚从李香香屋子了出来,路过这里,似乎听见里面有些动静,就问道。四姨太看着英俊的男人用黑洞洞的枪口正对着自己的脑袋,用眼神暗示自己说话,便说:"没,没甚事!"管家说了没事就好,但仍然把耳朵贴到窗子上听了听,有些狐疑地离开了。

皓月当空,院子里人们继续热闹着,一些人喝酒猜拳,更多的人围在桌子前,吃着点心,拉着话。有一桌前坐着死羊湾的老秀才,他端着酒杯摇头晃脑地吟着古诗:"皓魄当空宝镜升,云间仙籁寂无声。平分秋色一轮满,长伴云衢千里明。狡兔空从弦外落,妖蟆休向眼前生。灵槎拟约同携手,更待银河彻底清。"另一个老者不甘示弱,也吟诵起来:"把酒冰壶接胜游,今年喜不负中秋。故人心似中秋月,肯为狂夫照白头。"老秀才说:"你吟的是宋朝戴石屏的《中秋》。"老者说:"你刚才吟的也不是你写的吧,那是唐代诗人李扑的《中秋》。"大家就说:"你们几个真是酸秀才,看见了月亮就想到了中秋。看见人家的五姨太,是不是也想自己弄个姨太太?"

一桌的人都哈哈大笑起来,弄得老秀才的脸红一阵白一阵,也是月光把他的尴尬遮掩了。

高兴的崔二爷也喝了不少的酒,此时他摇摇摆摆地在桌子前转着圈子,脑子里却在盘算着,该敬的酒敬了,该热闹的也热闹了,小香香还在独守空房呢。想到这里,他马上心急火燎起来,就连忙和大家抱拳告辞。管家一看老爷要走,便跑过来搀扶着。两人走到五号院门口,老爷一把推开管家说:"你要干甚?"管家说:"我送老爷你进洞房呀。"崔二爷眨巴着眼睛,说:"我进洞、洞房,跟你有关系?"管家说:"没有,是没有关系。"崔二爷就说:"没有关系你就回去,给我继续招呼客人,让大家喝、喝好,玩好。"说着迈着趔趄的步子进了院子,他一拍房门,竟自动开了,便高兴地进到洞房里。他揉了揉眼睛一看,心头的欲火点燃起来,在红蜡烛的照耀下,头戴红盖头的小香香温柔地端坐着。心旌摇动的他一边连声喊着:"小香香,亲亲,我的小亲亲,老爷我来了。"一边就急吼吼地往炕边跑。还有两步的时候,突然脚下一软,头就正好杵进红衣人怀里,他猴急地探起了身子,准备一把揭开红盖头。就在他一抬手的时候,一只大手紧紧地抓住了他,他的手似乎都要

B29. 死羊湾天上飘彩云

被抓断了。崔二爷的身子随着手的方向转动着，还说着，"哎哟，小香香，你的劲儿还不小呢，快省省劲儿，一会儿到炕上有你娃娃折腾的。嘿嘿，哎哟。"

突然他的脖子又被另外一只大手紧紧地掐住，这只手是那么有劲儿，以至于崔二爷的脖子上暴出了一条条青筋。崔二爷说："你咋那么大的劲啊，你的手上咋长了毛了？"这时红盖头掉了下来，崔二爷才发现这个新娘子原来就是王贵，他惊叫一声，"你，你是王贵？！"说着就瘫倒在地。

坐在大院里喝酒的张团长，发现崔二爷和管家早都不见了，自己便站了起来，推了推几个已经爬到桌子上的团丁，要他们带好自己的武器，自己便醉醺醺地走回四姨太的屋子。一进门他就自言自语地说："他妈的，你还真别、别说，那个李香香呀真是要模样有模、样，要水灵有水灵，真，叫人眼馋。是不是，老四？"说着，他就挪动着笨重的身子往炕上爬着，说，"四姨太，宝贝，今儿个我们也、也他妈的入洞房，嗬，还是你想得周到，连红盖头都盖好了。好，我来了！"说着，他伸出手揭开了盖头。盖头下面竟露出一张男人的脸，他是林大哥，乘张团长惊恐未定，林大哥抬起了右手，将一支盒子枪顶到他的脑袋上，对他说："别动！"

张团长此时酒醒了大半，他战战兢兢地问道："这位好汉，敢问你，你是谁？"

林大哥说："我就是赶牲灵游击队队长林孔山。"林大哥用枪抵着张团长走进院中宴会场，对着天空放了一枪。还没有等这些吃客们反应过来，早已等候在大门口的游击队员听到了发令枪响，立马跑了进来，将他们团团围住。一些喝酒的团丁们发现有了情况，纷纷四处寻找武器，只见林大哥威风凛凛地做出随时准备扣动扳机的样子，说，"通通放下武器，不然我就先叫你们团长的脑袋搬家。"张团长吓得开始发抖，声音是一连串的颤音，他说："快，快给老子，放下枪。"

听见枪声的王贵，此时也用枪顶着崔二爷的脑袋走了过来，后面跟着喜气洋洋的李香香。

游击队员们押着站岗的团丁走了进来，见此情景，所有的团丁、家丁也都放下了武器，和张团长、崔二爷、朱管家他们站在了一起。林大哥对身边的张团长、崔二爷说："多行不义必自毙，等待你们的将是人

223

王贵与李香香

民的审判!"他一挥手,叫游击队员将这些人全部带走!这时,饭桌前站着的那些崔二爷请来的宾客们早就吓得直筛糠。刚才还在文绉绉地吟诗的老秀才裤脚竟滴滴答答地流淌起了尿液,他上下牙齿敲得咯噔噔乱响,说:"共产党,不,游击队的长官,我、我是一个良、良民,就是给崔二爷、写过对联,他才请,请我的。"一个头上光秃秃的人,竟跪地求饶说:"长官放了我吧。"林大哥问旁边的人这个人是干吗的,有人说他是张阴阳,专门看黄道吉日的。林大哥哈哈笑了,说:"阴阳先生,你就起来吧,感谢你看了这么一个好日子。"他的调侃引来了笑声一片。林大哥接着说,"大家放心,我们共产党绝对不会冤枉一个好人,也不会放掉一个坏人,更不会因为你们到这里来吃顿婚宴就和崔二爷等同对待。"他的一席话给这些人吃了定心丸,好几个人连连讨好地说:"还是共产党讲道理。"

B30. 跟着哥哥做花木兰

真是风水轮流转,死羊湾的老百姓短短一年多,恍然如同穿越了几千年:幸福从天而降,分得了崔二爷的土地财产;地还没有种,又被崔二爷夺走了;几个月后又是一个咸鱼翻身,死羊湾重新回到了他们的手中。

死羊湾解放一个多月后,经上级组织批准,张团长及几个手上沾满共产党和革命者鲜血的团丁,加上崔二爷及附近几个村的地主恶霸在死羊湾被就地正法。之所以放在死羊湾执行他们的死刑,这是为了试探十几里开外镇靖城保安团的底细。为了这次活动,上级组织还调动了与靖边相邻的定边与横山游击队,让他们潜伏在死羊湾一带,只等保安团出来,便可以把他们消灭在野外。为此,游击队很早就把执行张团长他们死刑具体时间的消息传出去了,坐等镇靖城里的部队出来劫法场。游击队还专门叫张团长送出了口信。然而,在游击队与张团长望眼欲穿的等待中,已成惊弓之鸟的镇靖保安团最后做了缩头乌龟。

敌人没有被引出来,但审判必须进行。正当午时,林孔山宣读了宣判书之后,张团长等十几个人很快被就地正法。刑场上,死到临头的崔二爷看着几房太太里面只有大太太带着儿女前来收尸,他一言未发地对天长叹,感慨人生的无常。

虽然没有吸引来镇靖保安团主力,但林大哥领导的游击队不费一枪一炮就智取镇靖保安团张团长,受到了上级嘉奖。上级指示他们继续驻扎死羊湾,给十几里外的镇靖城安下钉子,等待时机成熟一举拿下镇靖

王贵与李香香

城，解放靖边县。半年后的一九三五年五月二十九日，游击队和刘志丹率领的红二十六军攻陷了镇靖城，国民党靖边党部逃往靖边宁条梁镇。这次战斗中，林大哥的游击队又冲锋在前，取得了卓著的战功。

镇靖城解放后，李香香敏锐地感到游击队可能快要开拔了，一天晚上，她将这段时间来自己深思熟虑的一些想法说给了王贵。她先是婉转地说："王贵哥，你尔格是一个共产党游击队队员，你见过哪个当兵的一直在自己家门口呆着？"

王贵说："那是当然的，林大哥说了，部队过几天就要开拔，很可能去百十里外的定边县。"

李香香抱着王贵，温柔地说："你要是走了，留下我可咋办呀？实在受不了与你分离的痛苦。"

王贵的眼睛红红的，他说："难道我不是这样吗？可林大哥早就说过，革命不能只为了自己的小家，要是不服从组织纪律，问题就大了。不过，实在不行的话，我，我就给林大哥撂担子，不跟着游击队走了，留下来和你过两亩地一头牛，老婆娃娃热炕头的光景。"他故意逗李香香。

看他一本正经的样子，李香香当真急了连忙说："可不敢有这种想法。我们的命都是共产党给的，真要是临阵脱逃的话，不光是人家笑话死我们，我们自己的良心也对不起共产党和林大哥啊。说实话，参加革命真好。要不你和林大哥说说，让我也参加革命。这样又能跟着你，又能感谢共产党的救命之恩。跟着共产党走遍三边，打倒所有欺负人的崔二爷们，救出更多的李香香，这样多好。"

王贵侧身看着身边的这个弱女子，没想到香香妹子突然长大了，但他还是说："革命是男人的事情，女人有好多的不方便，还是留在家里伺候老人养娃娃好了。"说着，他就贴着李香香的耳朵说，"我们也赶紧要一个娃娃，这样我走了你也就有个伴了。"

李香香说："你这是自私。林大哥早就说过，革命不分男女，也不分先后。"

王贵急急地说："扛枪打仗的事情就是男人们干的，再说革命还有生命危险，你要是参加了，打起仗来我操心两个人，还怎么集中精力？"

李香香不甘示弱地抢过话来，说："难道我不担心你吗？万一你有个三长两短，我可咋办呀？所以，我们两个都到游击队里，总还有个照

B30. 跟着哥哥做花木兰

应吧。"

王贵无以应对，只好说："那我们问问林大哥，我估计他是不会叫带上家属的。"

"谁是你家属？我要参加了游击队，就是游击队员李香香。"李香香坚定地说，"我也要学习打枪，学习写字，做一个合格的游击队员。我有信心，林大哥肯定会同意我参加的。"

崔家大院成了游击队的临时驻地，林大哥的办公地点就设在崔家宽敞的客厅里。李香香走进客厅时，看见林大哥手里正拿着巧巧留下的挂件在沉思。看到他难受的样子，她一时不知道说甚是好，就准备退出去，却被林大哥看见了，就叫了一声："香香你来了，有事吗？"

李香香不敢看他手里的挂件，便低下了头，说："巧巧姐要是活着该多好啊！"

林大哥仿佛擦拭了一下泪花，说："是啊，死羊湾解放了，杀害她的仇人也就地正法了。巧巧也知道，革命总是有牺牲的。如今九泉下的她，也可以瞑目了。"

"林大哥，我，我想跟着你们走，参加游击队，实现巧巧姐的愿望。"

"你——呵呵，甚时有这个想法的？"林大哥有些惊讶，这个没有文化的农村女子竟然有当兵的想法。

"说实话，你们第一次来到死羊湾打跑了崔二爷，我还只盘算着能和王贵成亲了就是人生最大的幸福。后来经了这么多的事，看到你们为死羊湾的老百姓做了这么多的好事情，我就开始盘算，人活着究竟为甚？如果为了自己一个小家庭的幸福，是不是眼光短浅了，是不是没太大的意思？当巧巧姐为了革命付出了宝贵的生命后，我就想了，要做她那样的人，参加游击队，跟着共产党打天下，为更多的穷苦人做好事。"李香香一脸严肃地说。

"好啊，你的觉悟真高。"林大哥赞叹地说，"不过，你的想法给你大说过吗？王贵肯定会同意的，但不知你大的意见是个甚？"林大哥有些担心地问。

"眼下还没说，不过大的事我也考虑好了。陕北说书里有一出替父从军的花木兰的故事，我尔格都记得顶顶真真。如今大老了，不能亲自上战场打敌人，我跟着你们走，也算是替他老人家做点好事。这一年

227

王贵与李香香

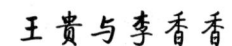

来,他也经历了生与死的煎熬,我想他会同意我的选择的。"李香香信心百倍地说。

"好,如果是那样,我答应!"林大哥当即表态。

"真的,那可太好了。"李香香学着游击队员们的样子,给林大哥敬了一个礼,尽管这个礼敬得不那么标准,但感情是真挚的。

李香香的军礼,令林大哥马上起立,严肃地回敬了一个。看着眼前这个普通的农家小女子在历经那么多的磨难后觉醒,如今即将成为一名革命战士,林孔山不禁思绪万千:是啊,我们的陕北红军之所以能在逆境中一天天壮大起来,靠的就是一心一意为穷苦人过上好日子的出发点,赢得了陕北穷苦大众的广泛支持。党的政策感化、吸引、鼓舞了一批又一批王贵、李香香这样富有朝气的后生们加入进来,陕北红军和共产党才形成了汹涌澎湃、奔涌不息的巨大潮流。

A5. 阴阳难隔人间情爱

吃素多年，且从来不饮酒的老年李香香破天荒地各喝了一小杯王贵牌、李香香牌酒，吃了一点米饭和土豆，就起身让大家继续吃，她要散步了。陈大姐跟着走出来，离开屋子的时候，她给觥筹交错中的大家用眼神做了示意，叶大夫也回敬了一个有事打手机的动作。

两人走出村委会，二话没说便向西边走去。这也是吃饭前的约定，老人在山梁上驻足时就看到这个地方，只是当时太远，就没有立即前往。尔格从村委会出来，往西只消走上一百多步就能到达。老人惦念的是几个貌似坟茔的土堆堆，不，就是坟茔！老人站在故乡的土地上定神端详四周时，已将七十多年前新婚的两孔贴了窗花的土窑洞和王贵背着自己跨过的门前的那条小沟准确地定位了，以此为参照，她就无误地找到了这几座坟茔。看到了这些，无限的思绪便不住地涌上了她的心头，老泪再次开始流淌起来。她赶紧让陈大姐拿出带过来的苹果、草莓等祭奠物品，分头摆放开来。她是个无神论者，认为人死如灯灭，没有甚来世今生的，随着年龄一天天增大，特别是几次和死神擦肩而过后，她的心灵深处更加怀念自己的亲人了。

看着陈大姐拿出的那几个苹果、几颗草莓孤零零地放在土堆上，不知咋了，她感到现在生活这样好，却只给王贵带来这么少的祭品，实在有点对不住，就去附近采一些自己也叫不出名字的野花，放在土堆上。看着看着，她不禁感慨万千，一生过得太快了，黄土还依旧在这里堆着，自己一晃却虚度了九十多年。

229

王贵与李香香

扳着手指头,老人的脑海里闪现出自己走出死羊湾以后的一幕幕情景。

当时,中央红军刚刚到达陕北,林大哥带领着他的队伍按照上级的指示直接开拔到定边县,先后解放了盐场堡周边的三个,不,是四个村子,最后占领了盐场堡的花马池,而且一住就是四五年,为陕甘宁边区军民提供着食盐。

定边有三宝,皮毛、咸盐、甜甘草。三宝之一的咸盐就出产在花马池。这个池子水深仅十多厘米,但水平如镜的池面达三千多万平方米。池畔坝田毗连纵横,池子周边绿草如茵。唐代花马池有盐池十八个,年产咸盐八百万斤,是重要的官盐生产基地。

直到一九四〇年"三五九"旅四支队驻防盐场堡后,林大哥的游击队才换防到了绥德城。林大哥领导的这支游击队是陕北红军游击队十二支队的二分队,他们到绥德后并入绥德特委警备区司令部。一九四一年一月,奉陕甘宁边区中央局指示,中共绥德特委改为中共绥德地方委员会。这时候李香香调到绥德师范学校,一边学习一边工作。王贵后来进入绥米清安办事处,这是为加强绥德、米脂、清涧和横山的插花地管理而专门成立的一个机构,他被派到横山县开展工作。李香香清楚地记得,他们最后一次分手的时间是一九四六年夏天。

那一年夏天,天下名州绥德的天气炎热又非常沉闷。离家已经两三个月的王贵急匆匆地从横山回绥德汇报工作,在家里住了两个晚上,又要返回。临走前的那天正是五月端午,李香香特意买了几个粽子,凉拌了一个豆芽,还拿出了家乡来人带来的芦河酒,两人把一瓶酒喝了个精光,然后携手漫步在无定河畔的龙湾。这一带是大理河注入无定河的汇流处,看着从西边子洲、靖边流过来的大理河水缓缓地汇入湍急的无定河。王贵说:"香香你看,我们就是那条小小的大理河,而尔格陕北革命的洪流就像是眼前滚滚向前的无定河,它奔流不息流到黄河,流向东海,汇入世界的大海洋里。这就是挡也挡不住的共产党,一定能成大气候的共产党。当年,我们一心一意跟着共产党走,这一步,算是走对了。"

李香香款款深情地说:"是啊,如果我当初不下决心跟你出来革命,说不定尔格你早就忘记我了。"

王贵说:"哪能啊。不仅是这辈子,就是到了下一辈子,我也不会

A5. 阴阳难隔人间情爱

忘记你的。下一辈子我也要和你做婆姨汉。"说着，轻轻地把李香香揽在怀里。

李香香有些遗憾地说："可惜，人是没有下一辈子的。唉，这些年里我们跟着部队东奔西走，唯一的遗憾就是耽误了生娃娃的事。"她想起在定边花马池驻扎时好不容易怀孕了，还因为繁重的劳动而导致意外流产，心里便忍不住泛起了酸楚。

王贵安慰说："我们还年轻，生娃娃还来得及，没见到绥德地委的郝大姐四十多了还刚刚生娃娃吗？"王贵安慰她，说，"等我这次十分重要的任务完成后，就和组织上申请，将我调到绥德，这样我们夫妻也就团圆了，能生娃娃了。"

"那样不好吧，不要小家要大家，这可是我们多少年来都这样做的。还是服从组织的安排好。"

"好吧，就听你的。尔格小日本被打跑了，蒋介石也快要完蛋了，革命眼看就要成功。等革命成功了，我们就专心回到死羊湾，生一对，不，生十个八个小革命。"

"好，一言为定。"在无定河畔，他们的约定让他们和当初相爱时一样热血奔涌，他们紧紧地抱在一起，期待着兑现约定的那一天。谁知，这次分手竟成为他们的诀别。

王贵工作的横山县驻扎着国民党二十二军和陕北保安指挥部。听起来这些驻军的牌子很大，其实他们是属于国民党的杂牌部队，素来与蒋介石、胡宗南之间不睦。二十二军副军长兼陕北保安指挥官胡景通、副指挥官胡景铎，是著名爱国将领胡景翼的胞弟，分别是老五和老六，人们也就称他们为"胡老五"和"胡老六"。鉴于他们长期与蒋介石矛盾很深，并且多年前都是进步青年，根据毛泽东对胡家兄弟策反的一系列指示，一九四六年，中共西北局书记兼陕甘宁晋绥联防军政委的习仲勋同志对策反横山守军做出了重要部署，横山起义就此拉开序幕。

王贵此次的任务就是陪同带着习仲勋给胡景铎密信的联络员到横山波罗面见胡长官。他们骑马从绥德出发，沿着大理河、小理河，经过子洲马蹄沟、横山石窑沟，来到红白区交界的棉蓬洼乡政府后，将马匹放在这里，然后徒步前行，过响水古镇，又步行了二十多华里，到达了横山县波罗镇，陕北保安司令部驻地。

波罗镇是一个古堡，也是陕北国民党的军事要地，防范极为严格。

王贵与李香香

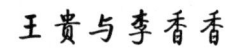

尽管联络员声称自己是胡司令的外甥，但依旧遭到了仔细的盘查，甚至都被搜身了。当搜到他们带的一包扯开的"哈德门"香烟时，联络员的心提到了嗓子眼上，他灵机一动拿起烟分散给周围的士兵，同时把一支点了三个小黑点的烟卷分给了王贵，用眼神暗示这根香烟的不同之处，然后将剩余的小半盒香烟全部给了一个连长模样的长官，才得以进城。敌人当然不知道王贵拿到的这支烟就是习仲勋同志给胡长官的亲笔密信。他们通过层层盘查，最后接近了胡景铎设在古堡半山腰的司令部。眼看就要进到门里，却被哨兵再次拦住，还把他俩扣押在一间小房里，以八路军探子的名义要把他俩拉出去枪毙。他们对此沉着应对。联络员大喊大叫自己就是胡司令的外甥，是来找表舅谋差事的，这也是胡司令和共产党接触的暗号。王贵哭喊起来，扯开了拦羊嗓子唱起了信天游，终于叫胡长官听到了，这才得以见到了胡司令，送上了习仲勋的信件。胡司令看到信件后眉头舒展，给习仲勋写了回函，他让联络员带着回函返回绥德，王贵就留在保安部队里，为过一段时间举行的起义做着准备。王贵身着胡司令发的军官服，先后安置了由边区延属分区和绥德分区派来的四十多名干部进入波罗、石湾等陕北保安部队驻地，秘密进行着宣传和联络活动。

十月十二日晚，胡景铎以保安指挥部召开会议为名，将反动分子的主要人物和军统特务全部集中起来软禁。次日清晨，胡景铎亲自到城外迎接范明率领的接应部队进城，随即集合波罗镇驻扎的全体官兵，正式宣布起义。驻扎在波罗附近的敌十一旅的一个骑兵连和驻扎在横山石湾的部队也加入了波罗起义的队伍，共有五千多起义军走上了革命道路。

起义成功后，起义部队召开大会宣读了《反对蒋、胡卖国内战，为和平建国而奋斗》的通电，胡景铎将军发表了慷慨激昂的讲话：蒋介石、胡宗南发动反共内战不得人心，我们不能给他们当炮灰。我们是英雄的三秦健儿，三秦健儿的热血要洒在为正义而战的疆场上！现在，我们是西北民主联军，解放军是我们的友军，我们有一个共同的目标，就是要打倒蒋介石，推翻南京政府，解放全中国！

王贵作为横山起义的直接参与者，心潮澎湃，他认定全国解放的日子一定不会太远。

消息传到绥德，李香香方才知道这段时间以来王贵做的大事，激动中的李香香赶紧写了一封信给王贵，为他的英勇机智而感到自豪。信写

A5. 阴阳难隔人间情爱

好后还没找到人带过去，却从横山传来了噩耗。原来，起义部队和解放军联合起来，于起义后的第四天发动了"响水战役"，一举消灭响水守军一个营并击毙了营长，还歼灭了榆林守军派过来的十个连的援军。就在攻进响水古城时，冲锋在前的王贵意外地被流弹击中，当场倒地，弥留之际，他留下了两句遗言：一是自己走了以后叫李香香早日改嫁，替自己生一个娃娃；二是如果可能的话，把自己安葬回死羊湾，就睡在大的身旁，好好陪着老人。

那个时代的革命者，都明白参加了革命就意味着随时都会付出生命的代价，可是真的自己的亲人在战场上牺牲了，这样晴天霹雳的噩耗一时是难以承受的。参加革命工作多年，经历过多少战友牺牲的李香香听到王贵哥牺牲的消息，顿时如五雷轰顶，怎么也不能相信。前不久还漫步在无定河畔和自己讨论生一群小革命的王贵哥，就和自己这样阴阳两隔了？王贵虽然第一个遗言就是让她再婚，但她违背了死者的遗愿，怎么也不可能把王贵哥占据她心灵的位置腾出一点来给其他的人。

解放后，李香香唯一的一次回过死羊湾，就是为完成王贵的遗愿。那是刚解放不久，她就要离开绥德，南下关中。那一次，她特意到横山响水，请人将王贵的灵柩移到了死羊湾，安葬在王麻子的身边。她记得这块安葬的地方，就是十几年前崔二爷早给王贵选好的地方，自己在《小寡妇上坟》唢呐曲的伴奏下，给王贵哥上过坟的地方。多年的风风雨雨，她的泪水已流干了，安葬王贵的时候她看着王贵遗骨下葬，没有流出眼泪，而是认真地叫干活的人将王贵遗骨按照人的四肢摆放好。她在心里说：对不起，王贵哥，今儿个我实现了你第二个遗愿，但是今生今世是不可能实现你第一个遗愿的，也可不能再替你生一个娃娃了。我知道你是为我好，但我，我的心里是不会接受任何人的。说着，她的心里唱起了信天游"荞面圪坨羊腥汤，死死活活撕跟上"。

"你看这花多漂亮啊。"陈大姐手里捧着鲜艳的山丹丹花走了过来。老人含着微笑接住，嗅着清馨的花香，感叹美丽的山丹丹花生命力的顽强。她小心翼翼地将山丹丹放在坟前，也真是奇怪，此时王贵的声音飘荡起来："花儿真香，真艳丽，和你一样好看！"

"你尔格还是六十年前的模样，可别笑话九十多岁的我了。你看我老得都快动弹不了了，满脸的褶子比死羊湾的沟沟还多、还深。"李香香听着王贵的话，脑子里浮现出王贵哥三十多岁时的影子。

233

王贵与李香香

"在我的心里，你永远就是盛开的山丹丹花。"王贵正经地说道，"看看，你就是这些鲜花里最大最艳的那一朵，而且是永远灿烂开放的。"

"瞎说甚啊，人活一世草活一秋，鲜花开的时间更是短，世界上哪有一成不变的事呀。"

"那倒也是。我想知道这六十多年里，人世间都有了甚大的变化。"王贵显然很好奇地问道。

"变化太多太大了。尔格咋说呢，有一个词叫做日新月异。你数数这六十年过了多少个日子，眼花缭乱，变得我也说不清了。这样吧，先从近了说。咱们的死羊湾村早改名叫广阳湾了，乡民们人人吃得好，穿得漂亮，还把衣食无忧的光景过到城里了。国家不是一直在搞城镇化吗，村里的人就大多数进了城，到靖边，到榆林，还有到西安的。说完了死羊湾，再说大点的，咱们靖边县迈入了全国经济百强县，地下的石油天然气都送到北京了。北京你知道不，就是新中国的首都，政治文化的中心啊。"

王贵说："当年我们打江山，不就是为了让人民当家做主，过上好光景吗。不过，日新月异的大变化，好光景不仅仅就是吃饱穿暖那样简单吧？"

"是啊，光吃喝不愁，衣食无忧，当然不够好光景。人们住进了高楼大厦，许多人买了小汽车，借着国家搞的黄金周和一年放的几个假期，人们都走遍中国看祖国的大好河山，还有很多人尔格已不满足国内走走看看，开始跑到国外去看外国的西洋景了。"

"这样的光景真好，就是共产主义吧？可惜，我不能亲眼看到。对了，你说了半天都是大好事，难道这么大的一个国家，就没甚问题？"

"问题当然有。唉，这事说起来话太长，胸口也堵得难受。"李香香叹口气后说，"尔格我就觉得不少党员的共产主义信仰不够坚定。我常常问身边的一些共产党员，你们敢拍着自己的胸膛给我说实话，尔格还相信党章上说的共产主义吗？多数人都是嘻嘻一笑，不置可否，个别人甚至说我的脑子出了问题，还有一些人甚至说尔格信仰甚都不如信仰钱实际。听听，把钱当成了人们的唯一信仰，这个社会的畸形发展能不令人担忧吗？对了，当年你中了反动派的枪后，在弥留之际，对自己为了追求共产主义这一信仰感到过后悔吗？"

A5. 阴阳难隔人间情爱

"当时一枪打中我的胸口后,先是连痛也感觉不到,我就只想着找到射我的枪是从哪达打过来的,我也打过去。可惜还没有找到,自己就倒下了。最后连给你留的那两句话都是挣扎着说出来的,哪还顾得上后悔不后悔。人总是有一死的,为了让天下老百姓都过上好光景,这个死值得。"

"你的话更叫我理解了信仰的力量。"李香香说,"我最近看了一篇文章,说的是当年在长征路上,那些人衣衫褴褛,缺枪少弹,九死一生,一声'救亡图存',就能让他们行走两万五千里,来到陕北,最终打倒了国民党反动派,打败了日本鬼子,推翻了蒋家王家,建立了新中国。就是在建国后的三年经济困难时期,国家为缓解粮食压力、减少工资支出,一次性精简职工近二千万,压缩城镇人口二千六百万,减少吃商品粮的人数两千八百万,没有一点补偿,甚至根本不用动员,当事者竟几无怨言。这是因为甚?还不就是相信共产党的力量!记得当年美国人斯诺来我们陕北寻找中国问题的答案,他说过:我看到毛泽东住在简陋的窑洞里,穿的是打了补丁的衣服,吃的是小米饭和辣椒土豆丝;周恩来睡在土炕上;彭德怀穿的背心是用缴获敌人的降落伞做的;林伯渠的耳朵上用线绳系着断了一只腿的眼镜;林彪请我吃的是'面条宴';红军大学学员把敌人的传单翻过来当作课堂笔记本使用……他们坚忍卓绝,任劳任怨,是无法打败的。"

"说一千道一万,这就是信仰的力量。"王贵笑了,他为自己的牺牲找到了信仰的源头而高兴。

"好了,我们要是这样拉话的话,就是三年五年也拉不完。干休所的人都在等着我呢。不过,好在我也很快就会过来找你了。我们见了面后拉上十年八年的话,我把人世间的事情通通告诉你。"

李香香跟王贵哥拉完话后,当即就对陈大姐说:"哪天我死了后,一定要将骨灰安放在这里,因为我答应了要下去和王贵拉话的。"

陈大姐说:"您老说些啥话,您能长命百岁的。"

老人也不再理睬她,自言自语地说:"好不容易来一趟这达,乘着这个机会,先在这达留下点响动吧。"她拿出了时尚的智能手机,不停地翻动屏幕,找到了一首最新的陕北信天游《走三边》,对着王贵的坟头响亮地放了起来,她知道王贵一定能听得到的。

随着歌声的唱起,老人仿佛看到年轻的王贵与年轻的李香香笑盈盈地手挽着手从天际中走来,他们站在漂浮的云朵上由远及近,就在自己

235

王贵与李香香

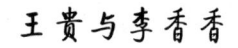

的头顶上停住了。最后,那朵白云像是一架直升机一般缓缓地落在山梁梁上,王贵与李香香豪情满怀,脚下踢起了黄土,腾起了尘埃,他们深情地对视着。

李香香先唱起来:

一道道(个个)水来(哟)一道道川(唉),
赶上(哟)骡子儿(哟)我走(呀哎嗨)走三边。

王贵看了一眼李香香,也大声地唱到:

一条条(那个)路上(哟)人马马(那个)多,
都赶上(那个)三边(哟)去把(那)宝贝驮。
三边(那个)三宝名气大,
二毛毛羊皮甜干干草,还有(那个)大青盐。

李香香给王贵指着那些巨龙一般匍匐在三边大地上的天然气管线和巨大的旋转着的风力发电机,唱到:

山有(那个)灵气(哟)地有好出(那个)产,
而今又(那个)三边(哟)又把(那)宝贝添。
提起个三边新三宝名更大,
石油煤炭天然气,运到北京和西安。

王贵饱含着款款深情唱到:

人人都说(那个)三边好,好三(那个)边,
塞上(哟那个)明珠(哟)亮(呀么)亮闪闪。
赶骡子的(个)人儿(哟)爱三边,
三边的(那个)妹子(哟)歌(么)歌也甜。

他们两人站在高高的山坡上,看着雄浑壮美的三边高原拉起了手,深情地合唱到:

A5. 阴阳难隔人间情爱

一道道水来一道道川，
赶上骡子我走三边。
好山好水好风景，
我们是自豪的三边人。
王贵李香香把名留，
千古绝唱的是爱情。

耄耋老人李香香对三边大地的美景彻底陶醉了。此时的她，情不自禁地吟唱起了由西安一位姓尚的著名歌词作家写的电影《王贵与李香香》的主题曲：

六月的日头腊月的风，
老祖宗留下个人爱人。

古老的土地，
生命的传奇。
一首深情的歌谣，
一段动人的故事。

荒漠的小城，
遥远的记忆。
一次灵魂的沐浴，
一个浪漫的甜蜜。

啊，山水间有你，
蓝天白云上有你。
你就在我们中间，
永远是那样美丽。

2013 年 10 月 1-31 日于陕西榆林

王贵与李香香

注：

1. 日怪，陕北话，奇怪。
2. 尔格，陕北话，现在。
3. 解哈，陕北话，明白的意思。
4. 解不哈，陕北话，不明白。
5. 甚，陕北话，啥的意思。
6. 大，陕北人对父亲的称呼。
7. 磕，陕北话，去的意思。
8. 户家亲戚，陕北话，本家亲戚。
9. 受活，陕北话，好受。
10. 光景，陕北话，日子，生活。
11. 一达，一达达，一达里，陕北话，一起，一块儿。
12. 这达，陕北话，这儿。
13. 那达，陕北话，那儿。
14. 哪达，陕北话，哪儿。
15. 憨头，陕北话，傻子。

王贵与李香香
——三边民间革命历史故事

李 季

第一部

一　崔二爷收租

中华民国十九年，有一件伤心事，出在三边。

  人人都说三边有三宝，
  穷人多来富人少。

  一眼望不尽的老黄沙，
  哪块地不属财主家？

  民国十八年雨水少，
  庄稼就像炭火烤。

  瞎子摸黑路难上难，
  穷汉就怕闹荒年。

  荒年怕尾不怕头，

王贵与李香香

第二年的春荒人人愁。

掏完了苦菜上树梢,
遍地不见绿苗苗。

坟堆里挖骨磨面面,
娘煮儿肉当好饭!

二三月饿死人装棺材,
五六月饿死没人埋。

窑里粮食霉个遍,
崔二爷粮食吃不完。

穷汉们饿得像只丧家狗,
崔二爷狠心见死他不救!

风吹大树嘶啦啦啦响,
崔二爷有钱当保长。

一个算盘九十一颗珠,
崔二爷牛羊没有数数。

三十里草地二十里沙。
哪一群牛羊不属他家!

烟洞里冒烟飞满天,
崔二爷他有半个天。

县长跟前说上一句话,
刮风下雨都由他。

王贵与李香香

天气越冷风越紧,
人越有钱心越狠!

十八年庄稼没有收,
庄户人家皱眉头。

打不下粮食吃不成饭,
崔二爷的租子也难还。

饿着肚子还好过,
短下租子命难活!

王麻子三天没见一颗米,
崔二爷的狗腿子来催逼。

舌头在嘴里乱打转,
王麻子把好话都说完。

"还不起租子,我还有一条命,
这辈子还不起,来世给你当牲灵。"

"短租子,短钱,短下粮——
老狗你莫非想拿命来抗?"

一句话来三瞪眼,
三句话来一马鞭!

狗腿子像狼又像虎,
五十岁的王麻子受了苦。

浑身打烂血直淌,
连声不断叫亲娘。

王贵与李香香

孤雁失群落沙窝，
邻居们看着也难过。

"冬天穿皮袄为避风，
王麻子短租谷，不短你的命。

"房子家产由你们挑，
打死我租子也交不了！"

毛驴撞草垛没有长眼，
狗腿子不长人心肝！

一根棍断了又一根换，
白落红起不忍心看！

太阳偏西还有一口气，
月亮上来照死尸。

拔起黄蒿还带根，
崔二爷做事太狠心！

打死老子拉走娃娃，
一家人落了个光踏踏！

冬天里草木不长芽，
旧社会的庄户人不如牛马！

二　王贵揽工

王麻子的娃娃叫王贵，

王贵与李香香

不大不小十三岁。

崔二爷来好打算,
养下个没头长工常使唤。

算个儿子掌柜不是大,
顶上个揽工的不把钱花。

羊羔子落地咩咩叫,
王贵虽小啥事都知道。

牛驴受苦吃草料,
王贵四季吃不饱。

大年初一饺子下满锅,
王贵还啃糠窝窝。

穿了冬衣没夏衣,
六月天翻穿老羊皮。

秋天收庄稼一张镰,
磨破了手心还说慢。

冬天王贵去放羊,
身上没有好衣裳。

脚手冻烂血直淌,
干粮冻得硬邦邦;

心想拔柴放火烤,
雪下得柴儿点不着了。

王贵与李香香

马兰开花五个瓣瓣,
王贵揽工整四年。

冬里雪大来年麦好,
王贵就像麦苗苗。

十冬腊月雪乱下,
王贵想起他亲大。

老牛死了换上牛不老,
杀父深仇要子报。

三 李香香

百灵子雀雀百灵子蛋,
崔二爷家住死羊湾。

大河里涨水清浑不分,
死羊湾有财主也有穷人。

死羊湾前沟里有一条水,
有一个穷老汉李德瑞。

白胡子李德瑞五十八,
家里只有一枝花。

女儿名叫李香香,
没有兄弟死了娘。

脱毛雀雀过冬天,
没有吃来没有穿。

王贵与李香香

十六岁的香香顶上牛一条,
累死挣活吃不饱。

羊肚子手巾包冰糖,
虽然人穷好心肠。

玉米结子颗颗鲜黄,
李老汉年老心肠软。

时常拉着王贵的手,
两眼流泪说:"娃命苦!"

"年岁小来苦头重,
没娘没大孤零零。

"讨吃子住在关爷庙,
我这里就算你的家。"

刮风下雨人闲下,
王贵就来把柴打。

一个妹子一个大,
没家的人儿找到了家。

四 掏苦菜

山丹丹开花红姣姣,
香香人材长得好!

一对大眼水汪汪,

245

王贵与李香香

就像那露珠在草上淌。

二道糜子碾三遍,
香香自小就爱庄稼汉。

地头上沙柳绿蓁蓁,
王贵是个好后生!

身高五尺浑身都是劲,
庄稼地里顶两人。

玉米开花半中腰,
王贵早把香香看中了。

小曲好唱口难开,
樱桃好吃树难栽。

交好的心思两人都有,
谁也害臊难开口。

王贵赶羊上山来,
香香在洼里掏苦菜。

赶着羊群打口哨,
一句曲儿出口了:

"受苦一天不瞌睡,
合不着眼睛我想妹妹。"

停下脚步定一定神,
洼洼里声小像弹琴!

王贵与李香香

"山丹丹花来背洼洼开,
有那些心思慢慢来。"

"大路畔上的灵芝草,
谁也没有妹妹好!"

"马里头挑马不一般高,
人里头挑人就数哥哥你!"

"樱桃小口糯米牙,
巧口口说些哄人话。

"交上个有钱的花钱常不断,
为啥要跟我这个揽工的受可怜?!"

"烟锅锅点灯半炕炕明,
酒盅盅量米不嫌哥哥穷。

"妹妹生来就爱庄稼汉,
实心实意赛过银钱。"

"红瓤子西瓜绿皮包,
妹妹的话儿我忘不了。

"肚里的话儿乱如麻,
定下个时候,说说知心话。"

"天黑夜静人睡下,
妹妹房里把话拉。

"——满天的星星没有月亮,
小心踏在狗身上!"

王贵与李香香

五　两块洋钱

太阳落山红艳艳，
香香担水上井畔。

井里打水绳绳短，
香香弯腰气直喘。

黑呢子马褂缎子鞋，
洼洼里来了崔二爷。

一颗脑袋像个山药蛋，
两颗鼠眼笑成一条线。

张开嘴瞭见大黄牙，
顺手把香香捏了一把。

"你提不动我来帮你提，
绣花手磨坏怎个哩！"

"崔二爷你守规矩，
毛手毛脚干啥哩?!"

"小娇娇你不要恼，
二爷早有心和你交。

"大米干饭羊腥汤，
主意早打在你身上。

"交了二爷多方便，

王贵与李香香

吃喝穿戴由你拣。"

香香又气又害羞,
担上水捅往回走。

崔二爷紧跟在后边,
腰里摸出来两块钱。

"二爷给你两块大白洋,
拿去扯两件花衣裳。"

香香的性子本来躁,
自幼就把有钱人恨透了:

一恨一家吃不饱——
打下的粮食交租了。

二恨王贵给他揽工——
没日没夜当牲灵。

脸儿红似石榴花:
"谁要你髌钱干什么?"

"死丫头你不要不识好,
惹恼了二爷你受不了!"

挨骂狗低头顺着墙根走,
崔二爷的醋瘾没有过够。

"井绳断了桶掉井里头,
终久脱不过我的手。

王贵与李香香

"放着白面你吃饹饹,
看上王贵你看不上我!

"王贵年轻是个穷光蛋,
二爷我虽老有银钱。

"铜罗里筛面落面箱,
王贵的命儿在我手上。

"烟洞里卷烟房梁上灰,
我回去叫他小子受两天罪!"

第二部

一　闹革命

三边没有树石头少,
庄户人的日子过不了。

天上无云地下旱,
过不了日子另打算。

羊群走路靠头羊,
陕北起了共产党。

头名老刘,二名高岗,

王贵与李香香

红旗插在半天上。

草堆上落火星大火烧,
红旗一展穷人都红了。

千里的雷声万里的闪,
快哩马撒红了个遍。

紫红犍牛自带耧
闹革命的心思人人有。

前半晌还是个庄稼汉,
到黑里背枪打营盘。

打开寨子分粮食,
土地牛羊分个光。

少先队来赤卫军,
净是些十八九的年轻人。

女人们走路一阵风,
长头发剪成短缨缨。

上河里涨水下河里浑,
王贵暗里参加了赤卫军。

白天到滩里去放羊,
黑夜里开会闹革命。

开罢会来鸡子叫,
十几里路上往回跑。

王贵与李香香

白天放羊一整天,
黑夜不眨一眨眼。

身子劳碌精神好,
闹革命的心劲高又高。

手指头五个不一般长,
王贵的心思和人不一样。

别人的仇恨像座山,
王贵的仇恨比天高:

活活打死老父亲,
这刻又要抢心上的人!

牛马当了整五年,
崔二爷没给过一个工钱。

崔二爷来胡日弄,
修寨子买马又招兵。

地主豪绅个个凶,
崔二爷是个大坏骸!

庄户人个个想吃他的肉,
狗儿见他也哼几哼。

众人向游击队长提意见:
早早地打下死羊湾。

王贵与李香香

心急等不得豆煮烂,
定下个日子:腊月二十三。

半夜先捉定崔二爷,
到天明大队开进死羊湾。

定下计划人忙乱,
后天就是二十三。

二 太阳会从西边出来吗?

打着了狐子兔子搬家,
听见闹革命崔二爷心害怕。

白天夜晚不瞌睡,
一垛墙想堵黄河水。

明里查来暗里访,
打听谁个随了共产党?

听说王贵暗里闹革命,
崔二爷头上冒火星!

放羊回来刚进门,
两条麻绳捆上身,

顺着捆来横着绑,
五花大绑吊在二梁上。

全庄的男女都叫上,

王贵与李香香

都来看闹革命的啥下场!

连着打断了两根红柳棍,
昏死过去又拿凉水喷。

麻油点灯灯花亮,
王贵浑身扒了个光。

两根麻绳绕着胳膊腿,
捆成个鸭子倒浮水。

满脸浑身血道道,
活像个剥了皮的牛不老。

崔二爷来气汹汹,
打一皮鞭问一声:

"癞虾蟆想吃天鹅肉,
穷鬼们还能闹成个大事情!

"撒泡尿来照照你的影,
球眉鼠眼还会成了精!

"五黄六月会飘雪花?
太阳会从西边出来吗?"

"老狗日你不要耍威风,
不过三天要你狗命!

"我一个死了不要紧,
千万个穷汉后面跟!"

王贵与李香香

"王贵你不要说大话,
说来说去咱们是一家。

"姓崔的没有亏待过你,
猴娃娃养成大后生。

"过罢河来你拆了桥,
翅膀硬了你忘了恩。

"马无毛病成了龙,
该是你一时糊涂没想通?

"浪子回头金不换,
放下杀猪刀成神仙。

"千错万错我不怪你,
年轻人没把握我知道哩。"

"老王八你不要灌米汤,
又软又硬我不上你的当。

"世上没良心的就数你,
打死我亲大,把我当牲畜;

"苦死苦活一年到头干,
整整五年没见你半个钱。

"五更半夜牲口正吃草,
老狗日你就把我吼叫起来了。

王贵与李香香

"没有衣裳没有被,
五年穿你两件老羊皮。

"你吃的大米和白面,
我吃顿黄米当过年。

"一句话来三瞪眼,
三天两头挨皮鞭。

"姓崔的你是娘老子养,
我王贵娘肚里也怀了十个月胎!

"你是人来我也是个人,
为啥你这样没良心!?

"我王贵虽穷心眼亮,
自己的事情有主张。

"闹革命成功我翻身了,
不闹革命我也活不长。

"跳蚤不死一股劲地跳,
管他死活就是我这命一条。

"你要杀要剐由你挑,
你的鬼心眼我知道:

"硬办法不成软办法来,
想叫我顺了你把良心坏。

"趁早收起你那鬼算盘,

王贵与李香香

想叫我当狗难上难!"

崔二爷又羞又气恼,
撕破了老脸,一跳三尺高。

"狗咬屄屎你不是人敬的,
好话不听你还骂人哩!"

说个"打"字皮鞭如雨下,
痛得王贵紧咬着牙。

一阵阵黄风一阵阵沙,
香香看着心上如刀扎。

一阵阵打颤一阵阵麻,
打王贵就像打着了她。

脸皮发红又发白,
眼泪珠噙着不敢滴下来。

两耳发烧浑身麻,
活像一个死娃娃。

为救亲人想的办法好,
偷偷地跑出了大门道。

一边走来一边想:
"王贵的命儿就在今晚上。

"他常到刘家圪塔去开会,
那里该住着游击队!

王贵与李香香

"快去快跑把信送,
迟一步亲人就难活命!"

三 红旗插到死羊湾

队长的哨子呼呼响,
挂枪上马人人忙。

听说王贵受苦刑,
半夜三更传命令:

"王贵是咱好同志,
再怎么也不能叫他把命送。"

二十匹马队前边走,
赤卫军、少先队紧跟上。

马蹄落地嚓嚓响,
长枪、短枪、红缨枪。

人有精神马有劲,
麻麻亮时开了枪。

白生生的蔓菁一条根,
庄户人和游击队是一条心。

听见枪声齐下手,
菜刀、鸟枪、打狗棍。

王贵与李香香

里应外合一起干，
死羊湾闹得翻了天。

枪声乱响鸡狗乱叫唤，
游击队打进了死羊湾。

崔二爷当炕上睡大觉，
听见枪响往起跳。

打罢王贵发了瘾，
大烟抽得正起劲。

黄铜烟灯玻璃罩，
银镶的烟葫芦不能解心焦。

大小老婆两三个，
哪个也没有香香好！

肥羊肉掉在狗嘴里头，
三抢两抢夺不到手。

王贵这一回再也活不成了，
小香香就成我的了。

越想越甜赛砂糖，
涎水流在下巴上。

烟灯旁边做了一个梦，
把香香抱在怀当中。

又酸又甜好梦做不长，

王贵与李香香

"噼啪""噼啪"枪声响。

头一枪惊醒坐起来,
第二枪响时跳下炕。

连忙叫起狗腿子:
"关着大门快上房!

"哪边过来那边打:
一人赏你们十块响洋。"

人马多枪声稀稠不一样,
崔二爷心里改了主张——

太阳没出满天韶,
崔二爷从后门溜跑了。

太阳出来天大亮,
红旗插在崄畔上。

太阳出来一朵花,
游击队和咱穷汉们是一家。

滚滚米汤热腾腾的馍,
招待咱游击队好吃喝。

救下王贵松开了绳,
游击队的同志们个个眼圈红。

把王贵痛得直昏过,
香香哭着叫:"哥哥!"

"你要死了我也不得活,
睁一睁眼睛看一看我。"

四　自由结婚

太阳出来满天红,
革命带来了好光景。

崔二爷在时就像大黑天,
十有九家没吃穿。

穷人翻身赶跑崔二爷,
死羊湾变成活羊湾。

灯盏里没有油灯不明,
庄户人没地种就像没油的灯。

有了土地灯花亮,
人人脸上发红光。

吃一嘴黄连吃一嘴糖,
王贵娶了李香香。

男女自由都平等,
自由结婚新时样。

唐僧取经过了七十二个洞,
王贵和香香受的折磨数不清。

王贵与李香香

千难万难心不变,
患难夫妻实在甜。

俊鸟投窝叫喳喳,
香香进洞房泪如麻。

清泉里淌水水不断,
滴湿了王贵的新布衫。

"半夜里就等着公鸡叫,
为这个日子把人盼死了!"

香香想哭又想笑,
不知道怎么说着好。

王贵笑得说不出来话,
看着香香还想她!

双双拉着香香的手,
难说难笑难开口:

"不是闹革命穷人翻不了身,
不是闹革命咱俩也结不了婚!

"革命救了你和我,
革命救了咱们庄户人。

"一杆红旗要大家扛,
红旗倒了大家都遭殃。"

"快马上路牛耕地,

王贵与李香香

闹革命是咱们自己的事。"

"天上下雨地下滑,
自己跌倒自己爬。"

"太阳出来一股劲地红,
我打算长远闹革命。"

过门三天安了家,
游击队上报名啦。

羊肚子手巾缠头上,
肩膀上背着无烟钢。

十天半月有空了,
请假回来看香香。

看罢香香归队去,
香香送到沟底里。

沟湾里胶泥黄又多,
挖块胶泥捏咱两个。

捏一个你来捏一个我,
捏的就像活人托。

摔碎了泥人再重和,
再捏一个你来再捏一个我。

哥哥身上有妹妹,
妹妹身上也有哥哥。

王贵与李香香

捏完了泥人叫哥哥,
再等几天你来看我。

第三部

一　崔二爷又回来了

大红晴天下猛雨,
鸡毛信传来了坏消息。

拿了鸡毛信不住气地跑,
压迫人的白军又来了!

游击队连夜开到白军屁股后边去,
上级命令去打游击。

吹起哨子背起枪,
王贵没顾上去看香香。

死羊湾黑里听到信,
第二天大清早,白军可进了村。

白军个个黑丧着脸,
就好像谁都短他们二百钱。

王贵与李香香

东家查来西家问：
"谁家有人随了红军？

"谁家分了牛和羊？
谁家分地又分房？"

牛四娃分了一孔窑，
三查两问查出来了。

崔二爷的大门宽又高，
两根麻绳吊起了。

两把荆条一把刺，
浑身打成血丝丝！

白军连长没头鬼，
叉着手来咧着嘴：

"干井里打不出清水来，
天生的穷骨头想发便宜财！

"阎王爷叫你当穷汉，
斜头歪脑还想把身翻？

"仗着你红军老子势力大，
粪爬牛①还想推泰山！

"分的东西赶快往出交，
你们的红军老子靠不着了。"

---

① 粪爬牛：即屎壳郎。

王贵与李香香

绳子捆来刺刀逼,
崔二爷的东西都要回去。

狗腿子开路,狼跟有后边,
崔二爷又回到死羊湾。

长袍马褂文明棍,
崔二爷还是那个骚样子。

东家溜来西家串:
"想发我姓崔的洋财是枉然。

"前朝古代也有人造反,
这些事情不稀罕。

"世上有怪事,天上也一样,
天狗还能吃月亮。

"嘴里吃来屁股里巴,
月亮还是亮光光。

"自古一正压百邪,
妖魔作乱不久长。

"真龙天子是个谁?
死羊湾的天下还姓崔!"

本性难改狗吃屎,
崔二爷对香香,心还没有死。

王贵与李香香

打发李德瑞去支差,
崔二爷来到他家里。

露着牙齿只是个笑:
"小香香,我又回来了!

"过去的事情我全不记,
只要你乖乖地跟我去。

"你那红军老汉跑得没影踪,
活活守寡我心里不安生。

"不要再任性,你跟上我,
有吃有穿真受活。"

香香又羞又气又害怕,
低着头来不说话。

崔二爷当她顺从了,
浑身发痒心里似火烧。

屋里没人崔二爷胆子大,
照着脸上捏了一把。

顺水推舟亲了一个嘴,
——大白天他想胡日鬼!

香香气急往外跑,
一边跑来一边叫。

满脸笑着把门堵:

王贵与李香香

"女人家做事真糊涂！"

说着说着又上前，
香香把唾沫吐了他一脸。

双脚乱踢手乱抓，
崔二爷脸上叫抓了两个血疤疤。

邻居们都来看热闹，
崔二爷害臊往回跑。

临走对着香香说：
"看你闹的算个啥？

"打开窗子，把话说个明，
这一回你从也要从，不从也要从！"

二　羊肚子手巾

崔二爷他把良心坏，
李德瑞支差一去不回来。

老雀死了公雀飞出窠，
香香一个人怎过活？

有心去找游击队，
狗腿子照着走不开。

又送米来又送面，
崔二爷想把香香心买转。

王贵与李香香

请上这个央那个,
一天来劝两三遍。

硬的吓来软的劝,
香香至死心不变。

一天哭三回,三天哭九回,
铁石的心儿也变软。

人不伤心不落泪,
羊肚子手巾水淋淋。

羊肚子手巾一尺五,
拧干了眼泪再来哭。

房子后边土坡坡,
瞭见寨子外边黄沙窝。

沙渠梁高来,沙窝窝低,
照不见亲人在哪里?

房子前边种榆树,
长得不高根子粗。

手扒着榆树摇几摇,
你给我搭个顺心桥!

隔窗子瞭见雁飞南,
香香的苦处数不完。

王贵与李香香

"人家都说雁儿会带信,
捎几句话儿给我心上的人。

"你走时树木才发芽,
树叶落尽你还不回家。

"马儿不走鞭子打,
人不能回来捎上两句话。

"一圪坨石头两圪坨砖,
你不知道妹妹怎么难!

"满天云彩风吹乱,
咱们的婚姻叫人拆散。

"五谷里数不过豌豆圆,
人里头数不过咱俩个可怜!

"庄稼里数不过糜子光,
人里头数不过咱俩凄惶!

"想你想得吃不进去饭,
心火上来把嘴燎烂。

"阳洼里糜子背洼里谷,
哪达想你哪达哭。

"端起饭碗想起你,
眼泪滴到饭碗里。

"前半夜想你点不着灯,

王贵与李香香

后半夜想你天不明。

"一夜想你合不着眼,
炕围子上边画你眉眼。

"叫一声哥哥快来救救我,
来得迟了命难活!

"我要死了你莫伤心,
死活都是你的人。

"马高铲短扯手长,
魂灵儿跟在你身旁。"

刘二妈来好心肠,
香香难过她陪上。

得空就来把香香劝:
"可怜的娃娃,不要伤心!

"有朝一日游击队回来了,
公仇私仇一齐报。

"活捉崔二爷拿绳绑,
狗腿子白军一扫光!"

三十三颗荞麦,九十九道棱,
伤心过度,香香得了病。

天不下雨,庄稼颜色变,
面黄肌瘦变了容颜。

王贵与李香香

带病做了一双鞋,
含着眼泪交给刘二妈。

"刘二妈,这双鞋托付你,
我死后,一定要捎给他!

"送去鞋子把话捎:
他只能穿我做这一双鞋子了!"

三 团圆

崔二爷发了火:
"死丫头这样不抬举我!"

黑心歪尖赛虎狼,
下了毒手抢香香。

七碟子八碗摆酒席,
看下的日子,腊月二十一。

崔二爷娶小,狗腿子忙,
坐席的净是连排长。

当兵的每人赏了五毛钱,
猜拳赌博闹翻天。

香香哭得像泪人,
越想亲人越伤心。

王贵与李香香

红绸子袄来绿缎子裤,
两三个老婆来强固。

香香又哭又是骂:
"姓崔的,你怎么不娶你老妈妈?

"有朝一日遂了我心愿,
小刀子扎你没深浅!"

听见只当没听见,
崔二爷当炕抽洋烟;

过足了烟瘾去看酒,
推推让让活像一群咬架狗。

你敬我来我敬你,
烧酒喝在狗肚里。

你恭喜来他恭喜,
崔二爷好比是他亲大哩。

崔二爷来笑嘻嘻:
"薄酒蔬菜大家要原谅哩!

"我娶这小房,靠大家,
众位不帮忙,就没办法!

"本来叫她来敬酒,
酬劳诸位多辛苦。

"脑筋不转只是个哭,

王贵与李香香

往后闲了再叫她补。

"这个女人本来贱,
看不上有钱的要穷汉。

"穷骨头王贵争又抢,
胳膊扭大腿他犯不上。

"我和她这婚姻天配就,
东捣西捣,没脱过我的手。

"从来肥羊大圈里生,
穷鬼们啥也闹不成!

"说来说去还是我说的那句话:
太阳会从西边出来吗?"

喝酒赌博寨门口没放哨,
游击队悄悄进来了!

枪声一响乱喊"杀",
咱们的游击队打来啦!

一人一马一杆枪,
咱们游击队势力壮!

大刀、马刀、红缨枪,
马枪、步枪、无烟钢。

白军当兵的哪个愿打仗?
乖乖地都给游击队缴了枪。

王贵与李香香

点起火把满寨子明,
庄户人个个来欢迎。

连排长没兵,酒席桌前干着急,
崔二爷怕得钻到炕洞里。

连长跑了抓排长,
一个一个都捆上。

崔二爷浑身软不踏踏,
捆一个老头来看瓜。

连长翻身往外跳,
冷不防被牛四娃抓定了。

听见了枪响香香笑,
十成是咱游击队打来了。

人逢喜事精神爽,
翻起身来跳下炕。

走起路来快又急,
看看我亲人在哪里?

队长跟前请了假,
王贵到上院来找她。

满院子火把亮又明,
不见我妹妹在哪里盛?

王贵与李香香

远远瞭见一个新媳妇，
上身穿红下身绿。

马有记性不怕路途长，
王贵的模样，香香不会忘。

羊肚子手巾脖子里围，
不是我哥哥是个谁！

两人见面手拉着手，
难说难笑难开口。

一肚子话儿说不出来，
好比那，一条手巾把嘴塞。

挣扎半天，王贵才说了一句话：
"咱们闹革命，革命也是为了咱！"

（选自1946年9月22－24日延安《解放日报》）

70年后，再说王贵与李香香

编者按：七十多年前，著名作家李季深入信天游的故乡"三边"，创作出长篇叙事诗《王贵与李香香》，开创了信天游诗体的新形式，在中国新诗发展史上写下了重要一页。在文化大繁荣的今天，脍炙人口的《王贵与李香香》必然会成为代表陕北文化的一张响亮名片！近日，本文作者从李季先生的儿子李江树手里获得了《王贵与李香香》的影视剧改编版权，王贵、李香香故事发生地的靖边县政府也决定，将参与信天游式的音乐电影《王贵与李香香》的拍摄。

陕北靖边县席麻湾乡广阳湾村是位于三边高原上的一个普通的山村，山峁起伏，地域广阔，群众多年依靠旱作农业靠天吃饭，广种薄收。然而，这看似普通的广阳湾村，就是著名作家李季笔下的"死羊湾"村，是传世长篇叙事诗《王贵与李香香》人物原型的生活地。也就是这个广阳湾和生活在这里的王贵、李香香们，激发了李季先生的创作热情。

走在广阳湾村的山山峁峁，我似乎就能听到从远处飘来的悠扬的信天游歌声和王贵、李香香们留下的可歌可泣的故事。这里的人喜爱诗人李季，提起王贵、李香香也倍感自豪。戴着近视眼镜、颇具干部风范的50岁村民刘伟，虽然没有生活在那个年代，但说起王贵、李香香来简直如数家珍。他说，李季当年来村里就住在自己家，而他六爷爷刘德则是刘志丹部的陕北红军，和王贵原型之一的林孔山一起砸过洋堂，后来被反动派杀害。由于故事有些繁杂，笔者这里就作家与作品人物的原型等分头进行叙述。

王贵与李香香

1. 李季与《王贵与李香香》

《王贵与李香香》的故事好多读者耳熟能详。1929年陕北大旱，死羊湾恶霸地主崔二爷来逼租，王贵的爹因无力交租被活活打死。从此，13岁的王贵被地主拉去当长工抵债。在苦难的生活中，王贵与李香香产生了纯真的爱情。但是，地主崔二爷却企图霸占香香，他先用吃喝穿戴引诱香香，遭到拒绝后，他又想对王贵下毒手。红军长征到达陕北后，一心想为父报仇的王贵暗地里参加了赤卫军。崔二爷听说王贵投身了革命，便将他捆起来毒打。这时，香香冒着生命危险，跑到游击队送信。游击队打进了死羊湾，穷人分了田，王贵也被解救，并最终与香香结婚。然而不久，崔二爷又随白军反攻死羊湾，并趁王贵随游击队转移时，欲抢娶香香做妾。面对崔二爷的威逼，香香宁死不从。就在崔二爷大宴宾客、逼香香成亲时，王贵和游击队再次打进死羊湾，活捉了崔二爷。王贵和香香重新获得了团圆。

写出这首经典长篇叙事诗的著名作家李季，出生在河南省唐河县。1942年冬天，20岁的他被党组织派到三边工作，先后在靖边完小当教师，三边行署做教育科员，盐池县政府担任政务秘书、代理县长，又回到靖边担任三边报社的社长等职务。五年中，他的命运和三边大地、三边人民紧紧联系在一起。在这片有着茫茫沙漠、滚滚戈壁的神奇土地上，无论是唱着信天游的放羊娃，还是憨厚淳朴的老农人，对有着豪放气质的李季来说都是既新奇可爱、又富有诗意的。像著名诗人艾青写的那样："为何我的眼里常含泪水，因为我对这片土地爱得深沉。"李季在这片土地上获得的一种崭新力量，是他穿着三边婆姨做的土布对襟棉袄，抽着老乡的旱烟锅子，喝着用铜壶熬出的砖茶，盘腿坐在老乡的土炕上吸取的。他深入到老百姓的心里，那三边粗犷高亢的驮盐歌、洪亮悠远的牧羊曲、男女青年互诉衷肠千年传唱的"信天游"才会成为他的挚爱。在三边大地生活的五年里，紧张的工作之余他竟记录了30多本、3000多首信天游！正是有了这样丰厚的生活积累，《王贵与李香香》的"一鸣惊人"就不足为奇了。

1944年已到盐池县担任政务秘书的李季，时常想起在靖边听到的死羊湾村的奇女子张青（原名张美莹）的故事。5岁许给人家，18岁冲破封建婚姻的樊篱，勇敢地走到革命队伍中并找到如意郎君。被强烈的创作冲动折磨的李季到了1945年终于厚积薄发了，仅花了20多天时

70年后，再说王贵与李香香

间就写出了不朽的诗歌《红旗插在死羊湾》(《王贵与李香香》)。"一对大眼水汪汪，就像露水珠草上淌"、"烟锅锅点灯半炕炕明，酒盅盅量米不嫌哥哥穷"，短短几句活灵活现的诗句就把李香香的美丽与王贵的真挚感情描绘得沁人心脾。1946年夏天，《三边报》开始连载这首长诗，接着新华社及延安广播电台也采用了这篇作品。1946年底，《王贵与李香香》在《解放日报》上连续刊登。从此，新诗史上的一座新的里程碑，从三边大地上树立起来，成为新中国家喻户晓的文学名作。

2. 李香香与张青

李香香是艺术人物，其原型是广阳湾村的张青（原名张美莹）。据广阳湾村村民刘伟告诉笔者，张青家原在靖边大夏帝国统万城一带（今属靖边县红墩界乡），她的祖上是一个有着方圆上百里山川田地的大财主。张家不仅有钱、也有势，曾出过道台。靖边人都知道的一句名言就来自张家：烟墩山（靖边县境内的著名长梁）不平，张必得不穷。张必得是张青的爷爷。然而，烟墩山到现在依然高高挺立，而张必得的后人因抽大烟等原因很快走向衰落，流落到席麻湾乡的绿银村。张青就出生在这个村子，后来举家迁到邻近的广阳湾村，她的父亲也成了村里洋堂（天主教堂）的揽工汉。

张青和村里的方秉秀青梅竹马，但是由于地位问题难成好事。倒是后来村里来的一个外乡人、地下党人林孔山，由于一次意外的事件，他与张青私订终身，而方秉秀则是一生未娶。当然，方秉秀与张青的男女私情没多少人知道，随着《王贵与李香香》在全国的影响越来越大，吸引众多专家学者前来采访，村里人才知道这里的故事被李季写进文章里。1964年，中央歌舞团准备将《王贵与李香香》编成歌舞剧（后未能实现），编导来村里体验生活时，人们才猜测到故事中的人物了。但张青的侄子张毅否认了方与姑姑的关系。他说，民国18年陕北大旱闹灾荒，张青的哥嫂将她送到安塞县杨家沟给人做童养媳，因男方脑袋上有秃疮，张青跑到延安参加了红军。逃婚，又私通"共匪"，张青干下这样大逆不道的事，作为没落地主的张家认为这是败坏名声的事情，所以家人一直对女儿不理不睬。解放后，张青才终于回了家，见过张青回家的广阳湾刘姓、樊姓和冯姓的3个年逾七旬老人异口同声地对笔者肯定了这一点。他们说，张青在解放后的1956年、1961年和1964年三次

279

王贵与李香香

回来上坟。那时她已是黄陵县委副书记。回来时都是骑着高头大马,后面跟着背着盒子枪的勤务兵,而在靖边县做了十年县委书记的张德本每次都陪着。老人们回忆,张青个头不高,圆脸,人比较胖,面容和善。张毅也曾说姑姑回来时,还曾要找来《王贵与李香香》的唱片听一听,但当时条件有限,没能如愿。

明明是张青的故事,李季为何取名李香香呢?原来李季创作《王贵与李香香》时已在与靖边相距近200公里的宁夏盐池县工作,县政府通讯员经常向他学习文化。一次通讯员把写字本子落在李季处,他就拿起本子看,发现是给乡下叫"香香"的未婚妻写的信。李季觉得"香香"是一个美妙而动听的名字,很适合长诗里的主人公,就改名李香香了。

3. 王贵和方秉秀、林孔山

憨厚老实、对爱情忠贞的陕北后生王贵,在现实生活中其实是两个人的化身,即当地人方秉秀与外路人林孔山。

广阳湾人认定,村里的方秉秀(小名方贵)就是李季笔下王贵的原型。方秉秀和张青是邻居,他自幼给张青的四爷爷家拦羊,两小无猜的他们有接触的机会,偷偷好上是正常的事情。但好到甚程度,至今没人能说得清。刘老汉说,方家是村里的穷人,而张家虽说破落但烂船也有三千钉子,方家和张家是门不当户不对的,他俩的事张家肯定不会同意。

有村民回忆说,常年放羊的方秉秀有一副好身体和一副好嗓子,信天游唱得很好。因家境不好,和张青不明不白一场后,就一辈子再也没结过婚。后来有一个侄子过继给他算是"顶门",也为他养老送终。"如今方秉秀差不多去世快30年了,坟墓就在那边的山坡上。"刘伟指着村西南方向的一道梁告诉笔者。

王贵的另一个原型是籍贯不明的红军林孔山。1935年中央红军到达陕北后,为巩固扩大红色根据地,派出了许多干部到乡村发展革命力量。当年秋冬广阳湾村来了一个名叫林孔山的人,他给当时家境殷实、已秘密参加共产党的刘德家拦羊。但双方都不知对方的身份。刘家每月付给林孔山一块半大洋作为工钱。在刘家干了一个半月,林孔山跳槽给洋堂放羊,工钱却只有刘德家的一半,对此村里人很是不解。

原来,林孔山是看到洋堂不仅占据着村里的大部分土地,而且统治着老乡们的思想才去的。一天，张青到山上给父亲送饭，路经一群羊时却不见放羊人，她就在附近寻找，却在一条沟里看到偷偷拿着盒子枪在擦的林孔山。"知道自己的身份已暴露，林孔山当时就给张青耍了手段。"刘伟笑嘻嘻地说。尽管那时张青和方秉秀有些关系，林孔山和张青当天就私定终身，林孔山还买了一只老母鸡，两人吃了算是举行了仪式。两天后林孔山不辞而别，就在张青不知所措时，他随着一个戏班子再次来到广阳湾。由于洋堂的沙神父阻拦村民看戏，林孔山就发动群众闹了起来，一鼓作气地砸了洋堂，沙神父也被迫狼狈逃窜到了杨桥畔。

据说，张青就是这时跟着林孔山离开广阳湾，去延安参加革命的。"据说林孔山后来官至师长，在战争中受伤成为植物人。"刘伟肯定地说。

4. 崔二爷与沙神父

李季笔下的恶霸地主叫崔二爷。事实上，当时广阳湾村的土地都属比利时传教士兴办的洋堂，神父中文名叫沙智林。

据地方志介绍，天主教传入靖边大概是同治末年到光绪初年间。光绪二十六年（1900年）七月十五日夜，靖边的义和团团民、红灯照姑娘、四乡群众等会合附近内蒙古乌审、鄂托两旗蒙兵组成队伍，围攻小桥畔教堂。教堂凭借洋枪和土垣，负隅顽抗，团民连攻20多日，打死洋教士1人，教民10人，但未将教堂攻克。九月八日，清政府发布"围剿上谕"，与天主教代表会集柠条梁镇议和，会上签订了丧权辱国的《三边教案和约》。从此，天主教会以小桥畔为中心，在毛团库仑、四十里铺、死羊湾（今广阳湾）、死糜子圪坨等地兴建了10余处教堂。民国时又在大黄口子、杨桥畔、九里滩等地增修教堂10余处。洋堂一边大量圈地，用土地、籽种、牛犋作诱饵，诱惑周围老乡入教；一边勾结当地土豪劣绅欺压不入教群众。教堂里拥有武器弹药，还私设法庭，动辄拘捕无辜百姓，轻则辱骂、罚款，重则鞭笞、监禁，民愤极大。教会规定：教民见教士，必须行长跪、磕头、揖拜大礼；星期天，全体教民必须停工罢市做弥撒；教民男女婚事须经教士同意方能婚配；严禁离婚、参军；不准听书、看戏；教会可随意强制教民家良女充作修母等等。

广阳湾洋堂的沙神父掌管着几乎村里的全部土地和油坊、牛羊等，他就是名副其实的恶霸地主，一个活脱脱的崔二爷。民国二十四年

王贵与李香香

(1935年),死羊湾村民刘真、刘六兄弟俩因不顺教,沙神父以"私通红军"罪将刘六捆绑打死,罚刘真糜子12石。林孔山率众砸了洋堂,沙神父逃走后村里的土地才陆续分到了农民的手里。

5. 时代呼唤唱响"王贵与李香香"

《王贵与李香香》诞生迄今已半个多世纪。作品出版了多个版本,仅外文版就多达几十种,还被改编成歌剧、舞剧及大量的地方剧。相关的连环画、年画、书法、剪纸、刺绣等艺术品、工艺品也风靡全国几十年。在我国文化大繁荣的促动下,宁夏盐池县建起了"李季纪念馆",还塑起了王贵、李香香的青铜剧情雕塑,成了该县的一张响亮名片。但是,作为李季生活地与故事发生地,在资源的挖掘与开发方面,王贵、李香香的故乡就在理念与行动上显得有些滞后了。比如广阳湾村里有一个三边地区最后也是保存最完整的老油坊,据说就是当年方秉秀做过工的地方,油坊如今破烂不堪,甚至屋顶都见了天日,宝贵的文化遗产日益消逝,真是令人扼腕叹息!

如何把李季先生奉献给三边人的这件艺术珍品得以保存,使之成为陕北文化的一张响亮名片?是地方打造文化产业的重要内容。笔者以为,首要任务是尽快把《王贵与李香香》搬上舞台和银幕,拍摄的影视剧要在全国打响,舞台剧要成为当地旅游活动中长期保留剧目,让《王贵与李香香》在新时期得到传唱;其次,在广阳湾村建设"文化旅游观光园",园内包括"李季纪念馆"、"老油坊"、"王贵李香香故居"及影视拍摄基地等系列内容,可以根据财力情况,分步实施;第三,在广阳湾建立信天游欣赏、创作与研究基地,吸引省内外更多的人喜欢并创作信天游,使信天游在更广阔的天地里得以传唱,直到走出黄土地,走向全中国乃至世界。值得庆幸的是,近年来,社会经济得到长足发展的靖边县,对于利用好《王贵与李香香》这张名片十分重视。县委、县政府早就将此列入文化大繁荣的重要内容,县文广局领导还亲自组织动笔将《王贵与李香香》改编为秧歌剧。最近,县里已和影视剧制作公司、省音乐家协会等一起,强强联手,拍摄一部高水准的信天游式的音乐故事片《王贵与李香香》,让这张名片在中国、在世界更加响亮。

(原载《陕西日报》2013年08月26日)

后 记

后记：让信仰拨动你的心灵之弦

2013年6月6日，当我从著名诗人李季先生的儿子手里拿到叙事长诗《王贵与李香香》的改编授权书时，我知道自己一贯奉行的坚持原创的原则将被颠覆。这件事的起因是上级分配给我的扶贫村正好就是李季先生笔下王贵和李香香的家乡——陕北靖边县席麻湾乡广阳湾村。我在那里扶贫发现，除了做一些农田水利等基础设施建设的常规动作之外，生活逐渐好起来的村民们最大的愿望就是进行文化扶贫，让村子能傍着王贵和李香香的名气红火起来。于是，我就有了把《王贵与李香香》搬上银幕，继而吸引有识之士来打造文化旅游园区的想法。

《王贵与李香香》是我国解放区文学创作中长篇叙事诗的高峰，是现代新诗进程中的一次重大突破，在中国文学史上留下了不可取代的地位。但是，鉴于原诗中人物较少、故事简单，特别在阶级斗争的背景下，存在着地主凶残邪恶的脸谱化问题。为了既尊重原著，又创新，我在作品里增加了大量的人物和复杂的故事，也给地主注入了一些人性化的东西，还加入了一些现代元素，所以改编起来的难度可想而知，甚至超过了我以前的任何一部作品的创作。

围绕着原著，新的人物和故事不断地在我的脑海里闪现着，框架很快地拉开。结合着此前曾亲耳聆听过的好莱坞著名编剧理查德·沃尔特先生"给每个人赋予善良之心"的观点，我很快写出了电影剧本。经过几番修改，等到自以为可投拍后，就来到北京成立剧组，租赁设备，与"导摄美灯服化道"们洽谈，而等这些事有点眉目时，却在选择主要演员的环节卡了壳。虽然如云的美女如走马灯一般，但真要找一个清纯美丽且会演戏并会唱歌的"李香香"还真不是一件容易的事情！这时，我才理解一些大导演为一个主角撒开"天罗地网"的良苦用心了。

无奈中，在作出电影推后拍摄决定的当天，我在北京接受了出版社朋友的建议，又作出了一个决定，索性抓紧时间将剧本先改为小说，以赶上一年一度的全国图书订货会。回到榆林后，用了一个月时间弄成了

王贵与李香香

这本 18 万字的长篇小说。

王贵和李香香，一个是年轻憨厚的帅后生，一个是如花似玉的俊女子。古往今来，这样令人神往的爱情不知成了多少文人骚客笔下歌咏的对象，我在这里也就不再赘言。在这篇后记里，我倒是想提醒读者，通过小说中一些人物无怨无悔的生命付出，从而引发出对时下信仰缺失的一些思考。

所谓信仰，词条上说就是人们对某种理论、学说、主义的信服和尊崇，是做人的根本准则和基本态度，是对人生观、价值观和世界观的选择和持有。人的心理是最为复杂的，而只有伟大的信仰才能拨动这一复杂心灵之弦，让人生有价值，叫人活得有意义。可想而知，信仰的力量是何等的巨大。

前不久，我参加了市里组织的一个大讲堂，北京来的知名学者开场白就向与会的数百名党员领导干部发问："大家扪心自问，你们有多少人把共产主义作为自己的信仰？"一时满场鸦雀无声。虽然大家无言，但答案自在心中。学者接着说，"其实，这个问题是中央高层提出来的，被问的也多是高层，但答案显然是不尽如人意的！"

对芸芸众生而言，信仰的缺失或信仰的混乱是可以理解的，而对拥有八千多万党员的世界第一大党，一些共产党的领导干部，也在信仰方面出了问题，这是不能容忍的！

信仰是一个民族的灵魂，也是支撑一个人精神世界的力量之源。我在这部长篇小说《王贵与李香香》中加入的客栈老板娘巧巧，就是一个钦佩共产党人和共产党主张的年轻女子，因为有了这样的信仰，她为共产党人、也是她的恋人林大哥的事业而不惜献出自己年轻的生命。同时，我还虚构了六十多年前在战斗中牺牲的王贵与耄耋老人李香香在当代的真诚对话，这些都是为了诠释信仰问题。我让躺在地下的王贵直言，自己当年跟着共产党闹革命，为的是让普天下劳苦大众都能过上好日子，虽然付出了生命，但至今也毫不后悔。事实上，为了共产主义信仰而牺牲的这些英雄们，在我们党的历史上是不胜枚举的。这些英雄们砍头不要紧，只要主义真，牺牲自我，成全革命事业的献身精神，应当受到我们的景仰。

令我们扼腕叹息的是，就像自然的环境被污染了一样，我们的信仰

后　记

天空也被重度污染了。

我们看到，这些年伴随着经济大潮的风起云涌，不少人的信仰出现了缺失，道德也随之出现了滑坡。如在依托地下资源使经济得到飞速发展、土豪们"遍地开花"的"羊（只）煤（炭）土（地）气（天然气）"的我所生活的城市榆林市，动辄一瓶酒、一桌饭菜就成千上万的，有的土豪在五星级酒店举行一场婚礼耗费就近千万元。更为可怕的是，面对着众多土豪们的一掷千金，谴责的声音是微弱的，而啧啧艳羡的声音却是强大的。在这些艳羡与期盼的眼神中，我们不难看到金钱成了人们普遍的信仰。

因为只信仰金钱，所以不少人在道德上就保不住底线，喊出了"人生如梦，抓紧胡弄"的口号，纸醉金迷、花天酒地。虽然物质财富丰富了，精神文化却被严重扭曲了。

诚然，人生是不易的，但正因为人生的不易，才更需要一个伟大的信仰来支撑。让我们用强大的信仰力量拨响我们的心灵之弦，脚踏实地地看清脚下的道路，从细小细微之处做起，在理想和信仰的旗帜下，让人生变得崇高。

这里，首先要感谢著名作家李季先生接了三边的地气，创作出了《王贵与李香香》这样的经典诗歌。也祝福李季先生夫人、作家李小为女士健康长寿！我还要特别鸣谢李季之子李江树先生和作家出版社的王宝生先生。李江树先生不仅将其父李季先生的诗歌《王贵与李香香》的影视剧版权交给我，而且还豪爽地同意将诗歌附在本书后。而为了联系到李先生，王宝生先生在北京找过许多部门、单位和相关人员，做了大量的工作。当我匆忙完成小说初稿，怀着忐忑不安的心情把稿件交给出版社后，本书的责任编辑倪友葵、唐永平先生真诚地给了我不少鼓励，他们付出了大量心血才使本书得以顺利出版。大智慧都是来自民间的，无论是惟妙惟肖、传递着陕北人俊秀灵气、巧手剪出"一片天地"的剪纸；还是粗犷高亢、天人合一，从心灵深处流淌出来的饱含情感的信天游，都是黄土高原上充满智慧的民间大师们祖祖辈辈传承的杰作。靖边县剪纸大师华岳秀女士提供的精美剪纸作品为本书增色不少；而陕北人辈辈相传却未留下名姓的民间歌手创作的信天游在本书中多处进行了引用，我向这些给陕北乃至人类提供了精神食粮和信念图腾的大师们

王贵与李香香

致敬！这里，还要感谢我的妻子刘利萍和女儿姬璟，她们持之以恒的支持，给我创造了宽广远大的三维空间。

借此平台，我要衷心感谢为电影拍摄和小说改编而给予各种帮助的领导与朋友们，他们是：李金柱、刘培仓、王建领、高扬、井剑萍、尚飞林、樊彦彬、孙毅安、梁伟、刘义、张伯达、黄博、杨光利、李爱民、姬永兵、袁建刚、姬他、王长安、艾保全、陈宁、雷正西、张海峰、姜国璋、刘春桥、陈保平、温江城、朱云、李永奇、雒风祥、刘维平、常少海、赵世雄、王成继、苗丰、贺利贵、刘生胜、叶兴山、郝宪利、辛耀峰、白雪梅、霍慧军、王润榆、奚军、尚建国、杨树伟、王振泽、张宏伟、刘飞、雷永飞、任利戈、赵世斌、刘唤坤、刘建亮、高生智、王智、柴元亮、吉治勤、陆宇阳、孙志铭、贺军、余利平、张振中、张锦国、鲁明智、白亮、杨静、李慧、王志诚、马建旭、李苗苗、崔炜、王广华、谢红宇、贺庆文等，还有更多在这里难以一一枚举的朋友们。

滴水之恩当涌泉相报。我的前几本小说之所以顺利出版并能在全国畅销，和各地各界的朋友们无私的支持密不可分。这里，心中的千言万语融为四个普通的字：深表谢意！

姬晓东
2013 年 11 月 15 日